普通高等教育"十二五"规划教材

三维数字设计与制造

——UG NX 操作与实践

主　编　王亮申

副主编　王保卫　李　刚

参　编　徐永汉　邢忠义

主　审　吴昌林

机械工业出版社

本书依据高等学校工程图学教学指导委员会制定的《普通高等院校工程图学课程教学基本要求》编写。本书作为计算机绘图基础性教材，充分考虑了工科专业教学特点，力求内容编排系统、简洁。以 UG NX 7.0 为基础，以文字和图形相结合的形式详细介绍了 UG NX 7.0 操作的基本方法和不同模块，包括 UG NX 7.0 操作概述、草绘图形、绘制和编辑曲线、特征建模、特征操作和编辑特征、创建自由曲面、编辑曲面、装配设计、工程图、UG NX 7.0 数控加工等内容。每章都附有实例、习题供教学时参考。

　　本书知识结构编排合理，概念简洁、清楚，操作方便，易学易用，适合作为机械工程等专业大学本科生教材、相关工程技术人员的参考书、软件培训用教材或自学参考书。

图书在版编目（CIP）数据

三维数字设计与制造：UG NX 操作与实践/王亮申主编. —北京：机械工业出版社，2012.3

普通高等教育"十二五"规划教材

ISBN 978-7-111-37370-4

Ⅰ. ①三… Ⅱ. ①王… Ⅲ. ①计算机辅助设计—应用软件，UG NX—高等学校—教材 Ⅳ. ①TP391.72

中国版本图书馆 CIP 数据核字（2012）第 017490 号

机械工业出版社（北京市百万庄大街 22 号　邮政编码 100037）
策划编辑：舒　恬　责任编辑：舒　恬　任正一
版式设计：石　冉　责任校对：姜　婷
封面设计：张　静　责任印制：乔　宇
三河市宏达印刷有限公司印刷
2012 年 4 月第 1 版第 1 次印刷
184mm×260mm · 20 印张 · 507 千字
标准书号：ISBN 978-7-111-37370-4
定价：38.00 元

前　　言

高等学校工程图学教学指导委员会在《普通高等院校工程图学课程教学基本要求》中特别说明："计算机二维绘图和三维造型是适应现代化建设的新技术，对学生以后掌握计算机辅助设计技术有着重要的影响"。由此可见，计算机绘图是工程图学课程重要组成部分。

随着 CAD/CAE /CAM 等技术的发展和人们对设计软件要求的提高，软件运营公司不断提升自己的软件技术水平，以应对可能面临的各种挑战。UG NX 在航空航天、汽车、通用机械、工业设备、医疗器械以及其他高科技应用领域的机械设计和模具加工自动化的市场上得到了广泛的应用。UG 是 Unigraphics 的缩写，是一个集交互式 CAD /CAE/CAM 于一体的三维数字化软件系统，它功能强大，可以实现各种复杂实体的建模、工程分析、运动仿真、数控编程及后处理等功能。为了满足不同用户的需要，UG NX 系统提供了建模、外观造型设计、装配、制图、加工、高级仿真、运动仿真等多个功能强大的应用模块，每个模块既有其独立的功能，且模块之间又有一定的相关性。

UG NX 7.0 功能强大，从不同方面对 UG NX 6.0 进行了改进，增强了同步建模技术等多项功能。为便于读者了解和掌握 UG NX 7.0 系统的使用方法，熟练使用该系统完成产品的设计、数控加工编程任务，有必要较为系统地介绍 UG NX 7.0 的主要模块和使用方法。

本书以中文版 UG NX 7.0 为基础，结合计算机绘图的基本原理，讲解了利用软件进行图形设计、数控加工编程的基本方法和技巧。

全书共分 10 章，其中第 1 章主要介绍 UG NX 7 主要技术特点、操作界面和基本操作；第 2 章介绍了草图基本环境、创建和编辑草图、草图的约束和草图操作；第 3 章介绍了基本曲线、样条曲线的绘制方法，以及曲线操作、编辑曲线；第 4 章介绍了基本体素特征、创建扫描特征、创建设计特征；第 5 章介绍了布尔运算、细节特征、特征编辑；第 6 章介绍了由点、曲线和曲面构造曲面的方法；第 7 章介绍了编辑曲面的常用方法，包括曲面的变形操作、再生操作和参数化编辑；第 8 章介绍了装配设计，包括装配约束、装配建模方法、编辑组件、爆炸视图、组件阵列和镜像；第 9 章介绍了工程图基础、工程图管理、编辑工程图、标注工程图；第 10 章介绍了数控加工，包括 NX 7.0 加工模块、创建组、创建操作、生成刀具路径、后处理等内容。

本书由王亮申、王保卫、李刚、徐永汉、邢忠义共同编写。其中王亮申、徐永汉编写了第 1 章、第 2 章、第 3 章；李刚编写了第 4 章中除 4.3 和 4.4 以外的部分、第 5 章中除 5.4 以外的部分、第 6 章、第 7 章；王保卫编写了第 8 章、第 9 章中除 9.7 以外的部分、第 10 章；邢忠义参与编写了第 4 章中的 4.3 和 4.4、第 5 章中的 5.4、第 9 章中的 9.7，并制作了全书教学课件；王亮申对全书进行了统稿。书后所列参考文献对本教材的编写借鉴意义颇大，在此对这些参考文献的编著者表示感谢。本书由国家级教学名师、全国工程图学学会常务理事、华中科技大学吴昌林教授担任主审。吴昌林教授对本教材的编写提出了很多中肯意见或建议，马勇矗、闫平、宋进桂对教材的编写提出了很多意见或建议，在此一并表示感谢。由于编者水平有限，书中难免出现疏漏和不足之处，恳请读者批评指正。

　　请将本书作为教材使用的老师访问机械工业出版社教育服务网 www. cmpedu. com，免费注册后可下载本书网络下载资源仓，包括 PPT 课件和相关三维模型。如果有疑问，可致电机械工业出版社高等教育分社服务电话：010-88379724

作者

目　　录

前言

第1章　UG NX 7.0 操作概述 ············ 1

1.1　主要技术特点 ············· 1

1.2　UG NX 7.0 操作界面 ·········· 2

1.3　UG NX 7.0 基本操作 ·········· 4

1.4　管理对象显示 ············· 17

1.5　视图、对象选择 ··········· 19

1.6　使用鼠标和键盘 ··········· 21

1.7　信息查询与分析 ··········· 22

1.8　本章小结 ··············· 27

1.9　思考与练习 ············· 27

第2章　草绘图形 ············· 28

2.1　草图基本环境 ············· 28

2.2　草图生成器 ············· 31

2.3　创建和编辑草图 ··········· 32

2.4　草图的约束 ············· 40

2.5　草图操作 ··············· 44

2.6　实例 ················· 47

2.7　本章小结 ··············· 49

2.8　思考与练习 ············· 50

第3章　绘制和编辑曲线 ········· 51

3.1　曲线的基本图元和高级曲线 ····· 51

3.2　基本曲线 ··············· 57

3.3　样条曲线 ··············· 62

3.4　曲线操作 ··············· 65

3.5　编辑曲线 ··············· 72

3.6　来自实体的曲线 ··········· 76

3.7　实例 ················· 78

3.8　本章小结 ··············· 81

3.9　思考与练习 ············· 81

第4章　特征建模 ············· 82

4.1　基本体素特征 ············· 82

4.2　创建扫描特征 ············· 86

4.3　创建设计特征 ············· 93

4.4　其他特征 ··············· 101

4.5　实例 ················· 103

4.6　本章小结 ··············· 108

4.7　思考与练习 ············· 109

第5章　特征操作和编辑特征 ······· 110

5.1　布尔运算 ··············· 110

5.2　细节特征 ··············· 112

5.3　特征编辑 ··············· 125

5.4　实例 ················· 128

5.5　本章小结 ··············· 130

5.6　思考与练习 ············· 130

第6章　创建自由曲面 ·········· 131

6.1　由点构造曲面 ············· 131

6.2　由曲线构造曲面 ··········· 134

6.3　由曲面构造曲面 ··········· 138

6.4　实例 ················· 144

6.5　本章小结 ··············· 151

6.6　思考与练习 ············· 151

第7章　编辑曲面 ············· 152

7.1　曲面的变形操作 ··········· 152

7.2　曲面的再生操作 ··········· 155

7.3　曲面参数化编辑 ··········· 156

7.4　实例 ················· 168

7.5　本章小结 ··············· 174

7.6　思考与练习 ············· 174

第8章　装配设计 ············· 175

8.1　UG NX 装配模块概述 ········· 175

8.2　装配约束 ··············· 182

8.3　装配建模方法 ············· 188

8.4　编辑组件 ··············· 191

8.5　爆炸视图 ··············· 194

8.6　组件阵列和镜像 ··········· 197

8.7　实例 ················· 203

8.8　本章小结 ··············· 213

8.9　思考与练习 …………………… 214

第9章　工程图 ………………… 215

9.1　工程图基础 ………………… 215

9.2　工程图管理 ………………… 217

9.3　视图管理 …………………… 220

9.4　编辑工程图 ………………… 236

9.5　标注工程图 ………………… 241

9.6　创建工程图样 ……………… 252

9.7　实例 ………………………… 254

9.8　本章小结 …………………… 264

9.9　思考与练习 ………………… 264

第10章　UG NX 7.0数控加工 ……… 267

10.1　UG NX 7.0加工模块 ………… 267

10.2　创建组 ……………………… 283

10.3　创建操作 …………………… 290

10.4　生成刀具路径 ……………… 292

10.5　后置处理 …………………… 293

10.6　车间文档 …………………… 294

10.7　实例 ………………………… 294

10.8　本章小结 …………………… 311

10.9　思考与练习 ………………… 311

参考文献 ………………………… 312

第1章　UG NX 7.0 操作概述

UG 是 Unigraphics 的缩写，是一个集交互式 CAD/CAE/CAM 于一体的三维数字化软件系统。它功能强大，包括各种复杂实体的建模、工程分析、运动仿真、数控编程及后置处理等。自 1990 年 UG 进入中国市场以来，它被广泛地应用于航空航天、汽车、通用机械及模具等重要领域。

1.1　主要技术特点

1.1.1　功能模块和特点

UG NX 系统糅合了原 UG 和 I-deas 软件系统的强大功能，使用户可以在集成的数字化环境中模拟、验证产品及其生产过程。UG NX 能够实现参数化设计，针对产品级和系统级进行设计，通过应用主模型的方法，在建模、外观造型设计、装配、制图、加工、高级仿真、运动仿真、钣金等所有应用模块之间建立对应的关联。

1. CAD 模块

利用计算机及软件帮助设计人员进行设计工作。可以通过草图绘制、三维建模、外观造型设计、装配等功能绘制出数字模型、进行数字组装，在计算机上模拟产品零部件及整体构造情况，并为后续的 CAM、CAE 等模块奠定基础。

2. CAM 模块

利用计算机及软件帮助工程师进行生产设备的管理和操作。CAM 模块提供了交互式数控编程和后置处理，以及钻、铣、车和线切割刀具轨迹的编程操作工具。该模块包括加工基础、后置处理、车削加工、型腔和型芯铣削、固定轴铣削、可变轴铣削和切削仿真等子模块，能将所有的数控编程系统中的元素集合在一起，以便制造过程中的所有相关任务能够实现自动化。

3. CAE 模块

利用计算机及软件帮助设计人员分析设计的数字产品。该模块提供了求解复杂工程和产品结构强度、刚度、屈曲稳定性、动力响应、热传导、三维多体接触、弹塑性等力学性能的分析计算，以及对于结构性能的优化设计等问题的一种近似数值分析方法。该模块是进行产品分析的主要模块，包括注塑分析、运动仿真和有限元分析等子模块。

4. 钣金模块

钣金模块是由钣金设计、钣金制造和钣金冲压等子模块组成，可实现复杂钣金零件的生成、参数化编辑、定义和仿真钣金零件的制造过程、展开和折叠的模拟操作、生成精确的二维展开图样数据等功能。

5. 管道布线模块

管道布线模块包括逻辑管线布置、机械管线布置和电气管线布置三个模块。软件可以将布线中心转换为实体，以便进行干涉检查，还能自动生成管路明细表、管路长度等关键数据，自动计算电缆长度和捆扎线束直径。

1.1.2　新增功能

UG NX 7.0 从不同方面对 UG NX 6.0 进行了改进，引入了"HD3D"功能，增强了同步建模技术等多项功能。

1. 设计

UG NX 7.0 支持的零件和几何体范围大幅度扩大，改善了多 CAD 环境的工作流程并简化了几何体重用方法，提供了新的面优化和倒圆替换功能，改善孔、边缘倒圆和倒角时参数化特征的创建，改善不依赖历史的装配建摸，以及薄壁零件的处理，添加了尺寸锁定和固定约束，从而防止大小或位置改变。

2. 制图

UG NX 7.0 包含两个新制图选项，能自动配置符合中国（GB）和俄罗斯（ESKD）标准的标注和制图视图首选项。

3. 数字化仿真

UG NX 7.0 的同步建模技术工具增强功能可加速原始或导入的几何体的 CAE 模型准备流程，从而促进仿真工作。该功能还提供了改善的中间面生成功能和更为准确的边缘拆分操作，并能自动为已分解为多个主体的几何体生成网格连接条件。

4. CAE

UG NX 7.0 与各种广泛使用的解算技术的结合扩大了其优异的集成性，增添了新的多物理集成解决方案，包括柔性体的耐久性和弹性分析，以及更多可用于结构、热量和流量分析的解决方案。该功能还引入了两种新的 CAE 产品，即 NX 有限元（FE）模型关联和 NX 有限元模型更新。

5. 加工

UG NX 7.0 的同步建模适合用于删除或简化特征来帮助优化 NC 编程，用于根据加工模型创建铸坯的铸造模型。通过并行生成 NC 刀具轨迹加速 NC 编程，允许使用交互式多进程计算同时进行 NC 编程和刀具轨迹处理。

6. HD3D 可视化报告与验证

UG NX 7.0 引入了"HD3D"（三维精确描述）功能，即一个开放、直观的可视化环境，有助于全球产品开发团队充分发掘 PLM 信息的价值，并显著提升其制定产品决策的能力。通过对用户进行个性化设置将用户置于适当环境下，主动协助用户完成任务，帮助做出协同决策，通过直接的信息展示使用户拥有清晰的体验，并参照已有基本原理验证用户决策的正确性。HD3D 使用户能够通过交互式导航直观地理解 PLM 数据，并深入获取所需的详细信息。通过产品的 3D 展示，用户能轻易地进入正确的环境，从而快速地回答有关项目状态、设计变更、团队责任、各种事项、费用、供应商等方面的问题。利用颜色编码、屏幕上的标记和图例，有助于对产品开发问题和决策标准做出解释，并快速做出直观评价。

1.2　UG NX 7.0 操作界面

启动 UG NX 7.0 应用程序后，可以进入到设计、数字化仿真、加工等不同的模块，不同模块的工作界面虽然各有特点，但界面的构成是一致的。下面以建模模块为例介绍 UG 软件界面（图1-1）的组成。建模模块的工作界面主要由标题栏、菜单栏、工具栏、工作区、提示栏、状态栏等几部分组成。

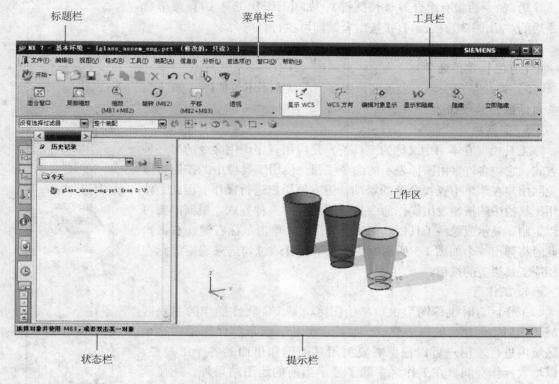

图1-1　UG NX 7.0 操作界面

1. 标题栏

标题栏位于应用程序窗口的最上面，用于显示软件的版本、所在模块、当前正在运行的文件名称、当前正在运行的文件状态（如修改的、只读）等信息。标题栏最左边是应用程序的小图标，单击它将会弹出一个 UG 窗口控制下拉菜单，可以进行还原、移动、大小、最小化、最大化、关闭程序窗口等操作。

2. 菜单栏

菜单栏由【文件】、【编辑】、【视图】等下拉菜单组成，几乎包括了 UG NX 中全部的功能和命令。【视图】下拉菜单如图1-2 所示。从图1-2 中可以看到，某些菜单命令后面带有"►"、"…"、"Ctrl + 3"、"(R)"之类的符号或组合键，用户在使用它们时应遵循以下约定。

1）命令后跟有"►"符号，表示该命令下还有子菜单（如【布局】菜单命令）。

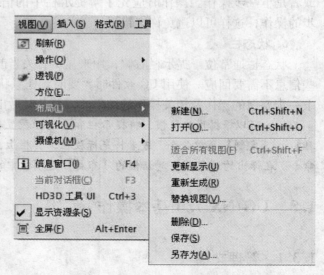

图1-2　【视图】下拉菜单

2）命令后跟有命令字母，如【刷新】菜单命令后的"（R）"，表示打开该菜单时，按下字母键"R"即可执行相应命令。

3）命令后跟有组合键（快捷键），如【HD3D 工具 UI】菜单命令后的"Ctrl + 3"，表示直接按组合键即可执行相应命令。

4）命令后跟有"…"符号，表示执行该命令可打开一个对话框（如【方位】菜单命令）。

5）命令呈现灰色，表示该命令在当前状态下不可使用（如【当前对话框】菜单命令）。

3. 工具栏

工具栏（在本书中又称为工具条）是应用程序调用命令的另一种方式，它包含许多由图标表示的命令按钮。使用工具栏中的按钮可以免除用户在菜单中查找命令的繁琐，更方便用户进行操作。因此，使用工具栏中的按钮发出操作命令是使用最多的一种方式。根据需要可以定制、显示或隐藏工具栏。在任意工具栏上单击鼠标右键（右击），此时将弹出一个如图 1-3 所示的快捷菜单，可通过勾选来确定显示在相应工具栏上的按钮。

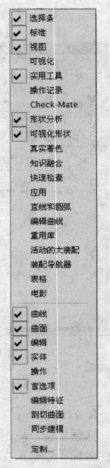

4. 工作区

工作区有时也称图形窗口、绘图区，是 UG 软件操作的主要区域。模型的创建、编辑、修改、装配、分析、演示等操作都在这个区域内进行。用户可以根据需要关闭其周围和里面的各个工具栏，以增大操作空间。在工作区中除了显示当前的绘图结果外，还显示了当前使用的坐标系原点、X、Y、Z 轴的方向等。

5. 提示栏

提示栏主要用于显示有关信息，提示用户如何操作。在执行每一步命令时，系统都会自动在提示栏中显示用户必须执行的操作，或者是下一步操作。操作时应先了解提示栏中的信息，再继续下一　　图 1-3　工具栏快捷菜单
步的操作，这样可以避免许多错误。

6. 状态栏

状态栏通常位于提示栏右侧，用来显示有关当前选项的消息或最近完成的功能信息。这些信息不需要回应。使用 UG 软件时，要时刻注意状态栏内显示的信息，根据这些信息了解下一步要做的操作及相关操作的结果，以便及时做出调整。

注：可以根据用户习惯，将提示栏和状态栏放置在工作区的左下方或是左上方。执行【工具】|【定制】菜单命令，或者将光标放在工具栏上，右击，在弹出菜单上选择【定制】菜单命令，在弹出的【定制】对话框的【布局】选项卡中的【提示/状态位置】选项区内进行设置。

1.3　UG NX 7.0 基本操作

1.3.1　管理文件

【文件】菜单下包含多种管理文件的操作命令，如创建新的文件、打开已有的文件、关

闭文件、保存文件，以及导入、导出部件文件等。

1. 新建文件

新建文件是指可以创建一个新的文件。执行【文件】|【新建】菜单命令，或单击【标准】工具条上的【新建】按钮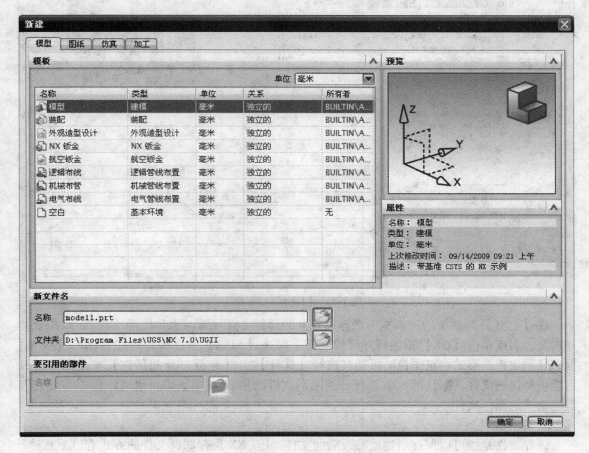，弹出【新建】对话框，如图1-4所示。

图 1-4　【新建】对话框

【新建】对话框包含 4 个选项卡：【模型】、【图纸】、【仿真】和【加工】。建模时应选择【模型】选项卡中【模型】选项，默认文件名为"modelx. prt"。其中，x 可能为 1、2、3、…。可以在【名称】文本框中输入文件名，在【文件夹】文本框内输入文件保存路径；或单击其右侧📁按钮，在打开的【选择目录】对话框中选择文件保存路径。

【单位】下拉列表框中有"毫米"、"英寸"和"全部" 3 种方式，新建文件时一定要事先选定。其中"毫米"为公制单位，"英寸"为英制单位，"全部"为在列表中同时列出"毫米"、"英寸"两种单位，供用户选择。

注：创建新文件时，文件名的字符数量不能超过 31 个，且文件名及文件保存路径中不能包含任何中文字符。

2. 打开文件

打开文件是指可以打开现有的文件。执行【文件】|【打开】菜单命令，或单击【标准】工具条上的【打开】按钮📁，弹出【打开】对话框，如图1-5所示。

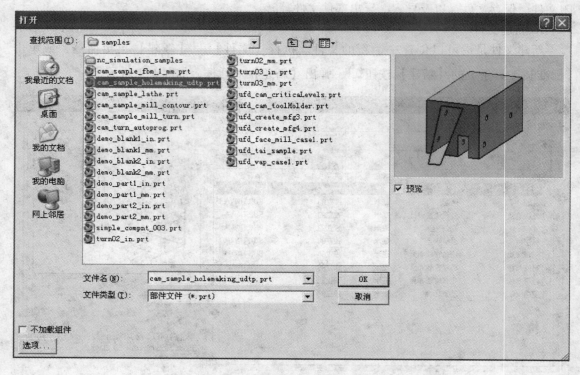

图 1-5　【打开】对话框

在【打开】对话框的列表框中选择要打开的部件文件（有时也称图形文件），双击要打开的文件名或单击【OK】按钮打开部件文件。勾选【预览】复选框，可在右侧的【预览】框中显示出该图形的预览图像。可通过执行【文件】｜【最近打开的部件】菜单命令打开近期访问过的文件。默认情况下，打开的图形文件的格式为".prt"，也可以根据需要打开其他格式的图形文件。

3. 保存文件

保存文件是指可以保存新建或修改后的文件。UG NX 保存部件文件的方式有以下几种。

1）执行【文件】｜【保存】菜单命令，或单击【标准】工具条上的【保存】按钮，保存工作部件或任何已修改部件的文件。

2）执行【文件】｜【另存为】菜单命令，弹出【另存为】对话框，如图 1-6 所示。可将正在操作的工作部件换名保存在另一文件目录下。

3）执行【文件】｜【仅保存工作部件】菜单命令，仅保存当前的部件文件。

4）执行【文件】｜【全部保存】菜单命令，保存所有已修改的部件和所有打开的部件文件。

4. 关闭部件文件

关闭部件文件是指可以关闭新建或已打开的文件。可以执行【文件】｜【退出】菜单命令，或单击右上角的 ✖ 按钮，系统弹出【关闭文件】对话框，如图 1-7 所示。用户可通过按钮选择是否保存对文件的修改。

1.3.2　定义工作平面

在使用 UG 软件进行建模、数控编程等操作时，通常会遇到需要构建基准平面/平面的

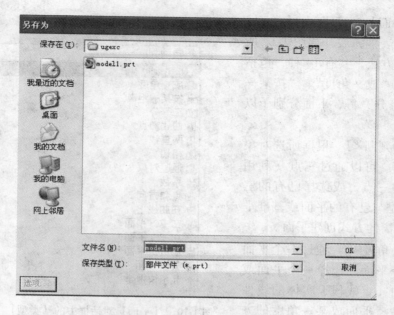

图 1-6　【另存为】对话框

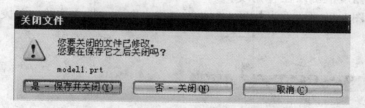

图 1-7　【关闭文件】对话框

情况。如执行【插入】|【基准/点】|【基准平面】菜单命令，系统会弹出【基准平面】对话框，如图 1-8 所示；在创建草图时，单击【完整平面工具】按钮 ，系统会弹出【平面】对话框，如图 1-9 所示，有时也称该类对话框为"平面构造器"。

图 1-8　【基准平面】对话框

图 1-9　【平面】对话框

单击【平面】对话框中【类型】栏中的下拉列表框，展开如图 1-10 所示的创建平面方法，共有 14 种，包括"自动判断"、"成一角度"、"按某一距离"、"二等分"等，下面分别予以简单介绍。

（1）自动判断 根据所选对象构造一个平面。可以通过三点（利用点构造器创建三点，或选择已有的三个点），或者是与已有的平面或基准平面偏置一定距离的方式创建平面。

（2）成一角度 通过一个平面和轴构造一个平面。选择一个平面或基准平面和轴（直线段、实体的线性边等）并与参考平面成某一角度的方式创建平面。该角度值可以在【角度】文本框设置，如图 1-11 所示。其中图 1-11b 为创建一个通过长方体的一条棱边且与其上表面成 60°角的平面。

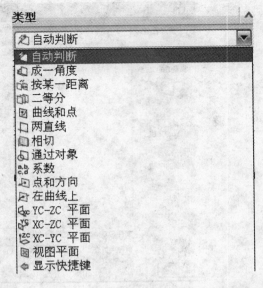

图 1-10　【平面】对话框中的【类型】下拉列表框

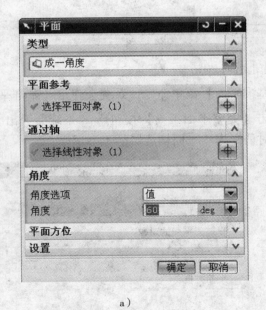

a）

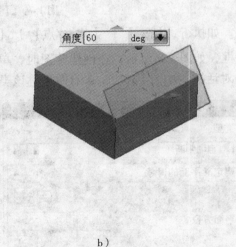

b）

图 1-11　通过"成一角度"方式创建平面

a）【平面】对话框——"成一角度"　b）实例

（3）按某一距离 通过将参考平面偏置某一定距离的方法构造一个平面。偏置距离值可以在【距离】文本框设置，如图 1-12 所示，也可以在绘图区内选定特征点以确定平面位置，其中图 1-12b 为创建一个与长方体的侧面距离为 30mm 的平面。

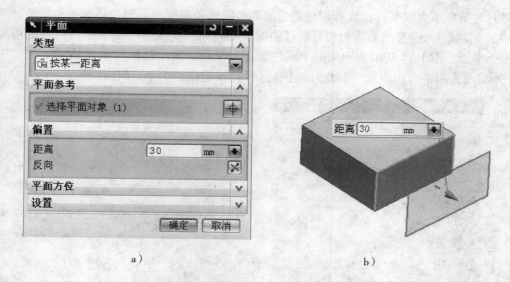

图 1-12　通过"某一距离"方式创建平面
a)【平面】对话框——"某一距离"　b) 实例

（4）二等分 通过两个平面构造一个平面。在两个平行参考平面之间，且距两参考平面间距相等的位置创建平面，或者是利用两相交平面的角平分面创建平面，如图 1-13 所示。其中图 1-13b 为创建一个在两个选定平面中间的平面。

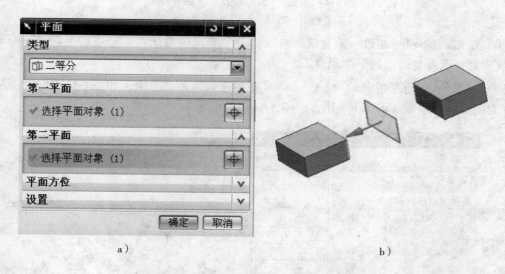

图 1-13　通过"二等分"方式创建平面
a)【平面】对话框——"二等分"　b) 实例

（5）曲线和点 以一个点、两个点、三个点或点和曲线/轴、点和平面/面为参考来构造一个平面。如果选择以一个点和一条曲线构造平面，当点在曲线上时，创建的平面通过该点且垂直于曲线在该点处的切线方向。如果点不在曲线上，则创建的平面通过该点和该曲线。

（6）两直线 通过两条直线构造平面。如果两条直线在同一个平面内，则创建的平面为这两条直线所在的平面。如果两条直线不在同一个面内，则创建的平面通过第一条直线，同时与第二条直线平行；或者创建的平面通过第二条直线，同时与第一条直线平行。

（7）相切 通过和曲面相切且通过曲面上的点或线，或者与某个平面成一定角度来构造一个平面。图1-14所示为利用两个圆柱面创建平面。两个外圆柱表面的切平面有4个（两个外切面，两个内切面），可以单击【备选解】按钮在这4个平面内切换。

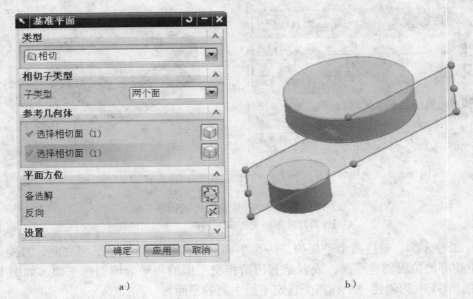

a) b)

图1-14 通过"相切"方式创建平面
a)【基准平面】对话框——"相切" b)实例

（8）通过对象 通过一条直线、曲线或一个平面构造平面。创建的平面可以与所选的直线垂直，或者与所选的平面重合。

（9）系数 通过指定 $aX + bY + cZ = d$ 中的系数来创建平面，如图1-15所示。其中图1-15b为创建一个系数 $a = 5$，$b = 10$，$c = 0$，$d = 200$ 的平面。

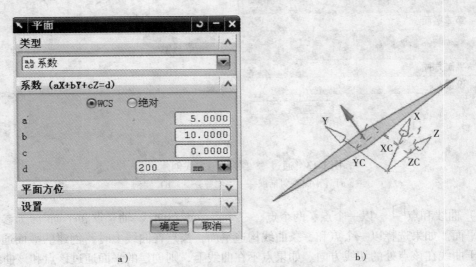

a) b)

图1-15 通过"系数"方式创建平面
a)【平面】对话框——"系数" b)实例

（10）点和方向 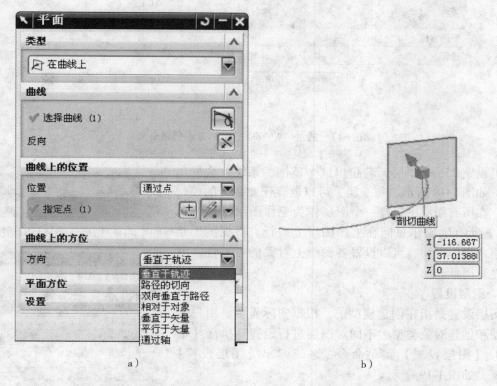 利用一个参考点和一个参考矢量构造一个平面。创建的平面通过参考点并与参考矢量垂直。

（11）在曲线上 通过选择一条参考曲线构造一个平面。创建的平面在曲线上的位置有"圆弧长"和"通过点"两种方式，在曲线上的方位有"垂直于轨迹"、"路径的切向"、"垂直于矢量"等 7 种方向，如图 1-16 所示。其中图 1-16b 为创建一个通过曲线上的一点且垂直于曲线的平面。

图 1-16　通过"在曲线上"方式创建平面

a）【平面】对话框——"在曲线上"　　b）实例

（12）YC-ZC 平面 创建的平面与 YC-ZC 平面平行且相距一定的距离，若距离为 0，则创建平面与 YC-ZC 平面重合，如图 1-17 所示。其中图 1-17b 为创建一个与 YC-ZC 平面平行且距 YC-ZC 平面 30mm 的平面。

（13）XC-ZC 平面 创建与 XC-ZC 平面重合或相距一定距离的平面。

（14）XC-YC 平面 创建与 XC-YC 平面重合或相距一定距离的平面。

（15）视图平面 创建的平面与视图平面平行且重合或相距一定的距离。

1.3.3　设置图层

所谓图层，就是人为地将图样分成多个层次，在不同的层上可以放置不同的图形对象。图层就像一层透明的薄纸，各层之间完全对齐（一层上的某一基准点准确地对准其他层上的同一基准点）。所有图层上的对象叠加在一起，就构成了一个完整的图样。UG NX 系统中

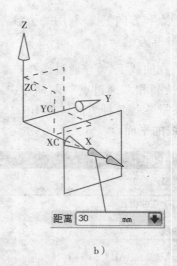

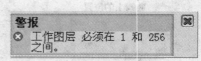

图 1-17　通过 "YC-ZC 平面" 方式创建平面

a)【平面】对话框——"YC-ZC 平面"　　b) 实例

总共可设定 256 个图层，若超出这个范围，系统就会发出警报，如图 1-18 所示，每个层上可以放置任意数量的模型对象。在所有图层中选择一个图层作为工作图层（即当前图层），所有的操作只能在工作图层上进行。根据图形结构和用户操作习惯，可以设置各图层上对象的可见性、可选择性及属性。

图 1-18　图层【警报】对话框

1. 图层设置

图层设置是指在创建模型前，根据实际需要、用户使用习惯和创建对象类型的不同对图层进行设置。执行【格式】|【图层设置】菜单命令，系统弹出【图层设置】对话框，如图 1-19 所示。

（1）查找来自对象的图层　单击该选项区，再在绘图窗口内选择某个图形对象，此时在【工作图层】文本框内将会显示该图形对象所在的图层名。

（2）工作图层　该选项区含有【工作图层】文本框，用于显示或设置工作图层。

（3）图层　该选项区含有【Slect Layer By Range/Category】文本框、【类别显示】复选框、【Category Filter】下拉列表框、图层名称列表、【显示】下拉列表框和【图层控制】选项区。利用【图层】选项区提供的不同功能，可以设置"工作图层"、"设为可见"和"仅可见"图层，并定义图层的类别名称，进行"复制至图层"、"移动至图层"等操作。

2. 工作图层

工作图层有时又称为当前图层、工作层。用户在进行

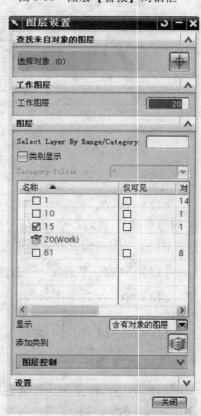

图 1-19　【图层设置】对话框

图形绘制时首先应选择一个图层作为工作图层，在工作图层上进行图形绘制等操作。在【图层设置】对话框的【工作图层】文本框中输入工作图层序号并按"Enter"键确认，或者双击某一图层，或者单击【实用工具】工具条上的【工作图层】下拉按钮215▼，均可将该层设置为工作图层。这时，就可以在该层上绘制或编辑图形。

3. 可见/不可见图层

该选项用于控制某一图层可见性。如果创建的模型比较复杂，有时为了方便观察和操作，用户可以根据需要隐藏某些图层，或者打开隐藏的图层。对于复杂图形来说，通过该选项来设置图形对象的可见性，往往比简单地显示或隐藏图形对象更易于操作。当某图层设为【仅可见】时，该层上的对象仅可见但不能被编辑。

4. 移动至图层

移动至图层是指将选取的对象从一个图层移动到另一个图层上，原图层中不再包含选取的对象。通过这种方式可以将对象进行归类处理，以方便管理。执行【格式】|【移动至图层】菜单命令，系统弹出【类选择】对话框，如图 1-20 所示。选择需要移动的对象，单击【确定】按钮后弹出如图 1-21 所示的【图层移动】对话框。选择目标图层后单击【确定】按钮或【应用】按钮，完成操作。

图 1-20　【类选择】对话框

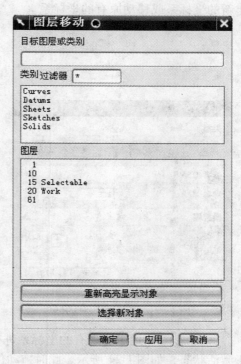

图 1-21　【图层移动】对话框

注：以后出现的对话框中若同时有【确定】和【应用】按钮时，本书有时只描述单击【应用】按钮。

5. 复制至图层

复制至图层是指将选取的对象从一个图层复制到另一图层上。其操作方法与"移动至图层"操作方法类似。二者的不同之处是执行"复制至图层"操作后，选取的对象同时存在于原图层和指定的图层中。执行【格式】|【复制至图层】菜单命令，然后按照提示进

行操作。

1.3.4　坐标系

UG NX 模型中的位置都是由坐标系来确定的。在 UG NX 中常用的有两种坐标系，分别为绝对坐标系（ACS）和工作坐标系（WCS），两者都遵循右手法则。其中绝对坐标系是系统默认的坐标系，其原点位置和各坐标轴的方向是固定不变的，为固定坐标系，用 X、Y、Z 表示。而工作坐标系是系统提供给用户的坐标系，在设计过程中经常被使用，用 XC、YC、ZC 表示。在 UG 建模过程中，有时为了方便模型各部位的创建，需要改变坐标系原点位置和旋转坐标轴的方向，即对工作坐标系进行变换。还可以对坐标系本身进行保存、显示或隐藏等操作。

1. 创建坐标系

创建坐标系是指根据需要在视图区创建一个新的坐标系或移动原有的坐标系。执行【视图】|【方位】菜单命令，弹出【CSYS】对话框（又称"坐标系构造器"，用于辅助建立基本特征的参考位置，或坐标系），如图 1-22 所示。

在该对话框中，可以通过【类型】下拉列表框（图 1-23）来选择构造新坐标系的方法，创建新的坐标系或移动原有的坐标系。

图 1-22　【CSYS】对话框

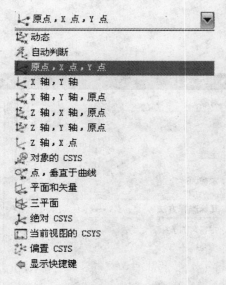

图 1-23　【CSYS】对话框【类型】下拉列表

（1）动态　用于对现有的坐标系进行任意的移动和旋转，选择该类型时，坐标系将处于激活状态，如图 1-24 所示。此时拖动位于原点的方形手柄，如图 1-24a 所示，可拖动坐标系至任意一点，也可直接输入坐标值或利用点构造器指定一点来设定新的原点。拖动坐标轴上的移动手柄，如图 1-24b 所示，可沿坐标轴移动坐标系，移动的距离显示在【距离】字段中；也可在【距离】字段中输入位移距离值，然后按"Enter"键，则坐标系移动至指定的位移位置。在【捕捉】字段中输入捕捉值，则拖动时，按捕捉值跳动。拖动坐标轴之间的旋转手柄，如图 1-24c 所示，可绕坐标轴旋转坐标系，旋转的角度显示在【角度】字段中，也可在【角度】字段中输入角度值，然后按"Enter"键，则坐标系旋转指定的角度，在【捕捉】字段中输入捕捉值，则拖动时，按捕捉值跳动。

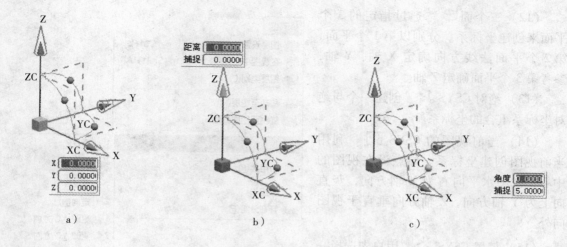

图 1-24　动态坐标系

a) 拖动原点手柄　b) 拖动坐标轴手柄　c) 拖动坐标轴间手柄

（2）自动判断 　根据选择对象的构造属性，系统智能地筛选可能的构造方法，当达到坐标系构造器的唯一性要求时，系统将自动产生一个新的坐标系。

（3）原点，X 点，Y 点 　根据用户依次指定的 3 个点（原点，X 点，Y 点）来创建一个坐标系。第 1 个点与第 2 个点的矢量方向为 X 轴方向，第 3 个点确定 Y 轴方向。注意，X、Y、Z 坐标轴方向应符合右手法则。

（4）X 轴，Y 轴 　通过定义或选择两个矢量依次确定 X 轴、Y 轴，原点为两个矢量的交点，Z 轴方向按照右手法则确定。

（5）X 轴，Y 轴，原点 　先利用点创建功能指定一个点（具体操作方法请见"3.1.1点和点集"）作为坐标系原点，再利用矢量创建功能先后选择或定义两个矢量，这样来创建基准 CSYS。坐标系 X 轴的正向应为第一矢量的方向，XOY 平面平行于第一矢量及第二矢量所在的平面，Z 轴正向可通过从第一矢量在 XOY 平面上的投影矢量至第二矢量在 XOY 平面上的投影矢量，按右手法则确定。

（6）Z 轴，X 轴，原点 　与"X 轴、Y 轴，原点"方式确定坐标系的方法一致，在此不再赘述。

（7）Z 轴，Y 轴，原点 　与"X 轴、Y 轴，原点"方式确定坐标系的方法一致，在此不再赘述。

（8）Z 轴，X 点 　通过定义或选择矢量确定 Z 轴。指定矢量外一点，通过该点作该矢量的垂线，以垂足为原点，原点与指定点的连线方向为 X 轴正向，Y 轴方向按照右手法则确定。

（9）对象的 CSYS 　通过对象上的 CSYS 创建坐标系。

（10）点，垂直于曲线 　通过指定一条曲线和一个点创建坐标系。指定的点为坐标系原点，Z 轴方向为过指定点的曲线切线方向。

（11）平面和矢量 　通过指定一个平面和与该平面相交的矢量创建坐标系。该矢量与平面的交点为坐标系原点，平面的法方向为 X 轴方向，Y 轴方向由矢量方向确定，Z 轴方向按照右手法则确定。

（12）三个面 通过指定的 3 个平面来创建坐标系。分别以第 1 个平面、第 2 个平面法线方向确定 X 轴、Y 轴，参考第 3 个平面确定 Z 轴。

（13）绝对 CSYS 创建一个与绝对坐标系重合的坐标系。

（14）当前视图的 CSYS 利用当前视图创建坐标系。原点设在视图的中心，视图水平向右为 X 轴方向，竖直向上为 Y 轴方向，Z 轴方向垂直于视图向外。

（15）偏置 CSYS 用户先选择一个坐标系作为参考，然后通过在跟踪条内输入偏置距离及旋转角度的方法确定新的坐标系。

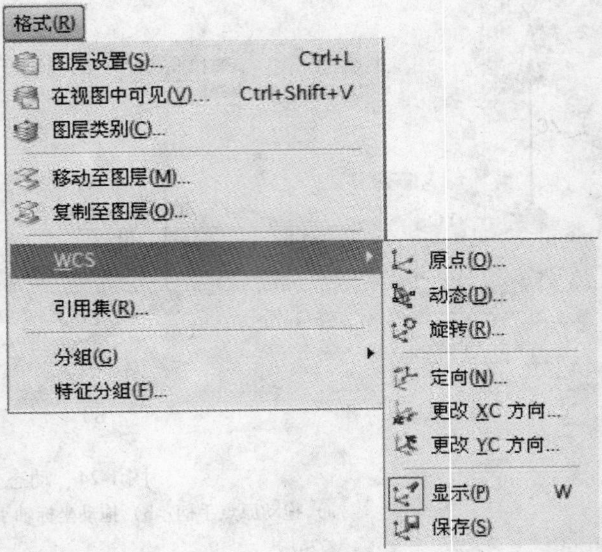

图 1-25 【格式】|【WCS】子菜单

2. 变换坐标系

在 UG NX 建模过程中，有时为了方便模型各部位的创建，需要改变坐标系的原点位置或坐标系的旋转方向，即对工作坐标系进行变换。执行【格式】|【WCS】菜单命令，出现坐标系变换的下一级子菜单，选择不同子菜单可对坐标系作相应变换，如图 1-25 所示，表 1-1 列出了 WCS 子菜单及功能。

表 1-1 WCS 子菜单及功能

序 号	WCS 子菜单命令	功 能
1	原点	平行移动工作坐标系（WCS）的原点
2	动态	可利用手柄动态移动或重定向工作坐标系（WCS）
3	旋转	绕现有坐标系的某一轴旋转工作坐标系（WCS）
4	定向	重新定向工作坐标系（WCS）到新的坐标系
5	更改 XC 方向	重定向工作坐标系（WCS）的 XC 轴
6	更改 YC 方向	重定向工作坐标系（WCS）的 YC 轴
7	显示	工作坐标系（WCS）在显示和隐藏两种状态之间切换
8	保存	在当前工作坐标系（WCS）原点和方位创建坐标系对象并保存，后续建模过程中根据用户需要随时调用

3. 坐标系的显示与隐藏

该选项用于显示或隐藏当前的工作坐标系。执行该命令后，当前的工作坐标系的隐藏与否取决于当前工作坐标系的状态。如果当前坐标系处于显示状态，则执行该命令后，将隐藏当前工作坐标系；如果当前坐标系处于隐藏状态，则执行该命令后，将显示当前坐标系。

4. 坐标系的保存

一般对经过平移或旋转等变换后创建的坐标系需要及时地保存，以便于区分原有的坐标

系，同时也便于后续建模过程中根据用户需要随时调用。执行【格式】|【WCS】|【保存】菜单命令，系统将保存当前的工作坐标系。

1.4　管理对象显示

1.4.1　调整对象显示方式

用户可以根据需要，对特征对象的显示属性（包括修改对象的图层、颜色、线型、宽度、栅格数量、透明度、着色和分析显示状态等）进行编辑修改。执行【编辑】|【对象显示】菜单命令，弹出【类选择】对话框，利用该对话框在视图工作区选取所需对象，单击【确定】按钮后，弹出【编辑对象显示】对话框，如图 1-26 所示。

该对话框含有【常规】和【分析】两个选项卡。【常规】选项卡用于编辑修改特征对象的显示属性，【分析】选项卡用于分析特征对象（如曲面、截面、曲线等）的显示属性。

在【常规】选项卡又含有【基本】、【着色显示】等多个选项区。

（1）基本　该选项区用于修改特征对象所在的图层、颜色、线型、线宽度等属性。

（2）着色显示　该选项区用于修改特征对象的透明度、局部着色和进行面分析。图 1-27 所示为设置不同透明度的对象显示情况实例。

注：【编辑】|【对象显示】操作方法及对话框的结构与【首选项】|【对象】基本相同，但【编辑】|【对象显示】操作仅仅对选定的对象有效，而【首选项】|【对象】操作对设置后创建的所有对象有效。

图 1-26　【编辑对象显示】对话框

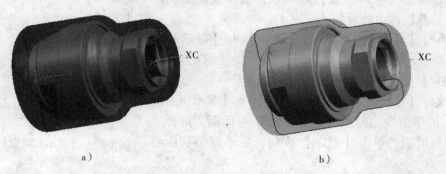

a）　　　　　　　　　　　　　b）

图 1-27　设置不同透明度的对象显示情况

a）透明度 50%　b）透明度 85%

1.4.2　对象操作

一个复杂的模型中往往包括多个特征对象，从不同视角观察模型时，部分特征对象可能由于被遮挡的原因，不能被完全观察到。为便于观察和操作，可以隐藏暂时不用或者与当前操作无关的对象。完成后，再根据需要将隐藏的特征对象重新显示出来。执行【编辑】|【显示和隐藏】菜单命令，弹出【显示和隐藏】子菜单，如图1-28所示。UG NX 提供了 7 种隐藏和显示操作方法。此外还可以通过"快捷菜单操作"或"导航器操作"完成对象的显示和隐藏。

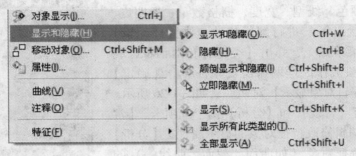

图 1-28　【显示和隐藏】子菜单

1. 菜单操作

1）执行【编辑】|【显示和隐藏】|【显示和隐藏】菜单命令，弹出【显示和隐藏】对话框，如图1-29所示。在对话框中，单击"＋"显示该对象，单击"－"隐藏该对象。

2）执行【编辑】|【显示和隐藏】|【隐藏】菜单命令，弹出【类选择】对话框，选择要隐藏的对象，单击【确定】按钮，隐藏被选中的对象。

3）执行【编辑】|【显示和隐藏】|【颠倒显示和隐藏】菜单命令，显示已被隐藏的对象，同时隐藏当前显示的对象。

4）执行【编辑】|【显示和隐藏】|【立即隐藏】菜单命令，弹出【立即隐藏】对话框，选择要隐藏的对象，立即隐藏被选中的对象。

5）执行【编辑】|【显示和隐藏】|【显示】菜单命令，弹出【类选择】对话框，选择要显示的对象，单击【确定】按钮，显示被选中的对象。

6）执行【编辑】|【显示和隐藏】|【显示所有此类型的】菜单命令，弹出【选择方法】对话框，选择要显示的对象类别，单击【确定】按钮，显示该类别所有的对象。

图 1-29　【显示和隐藏】对话框

7）执行【编辑】|【显示和隐藏】|【全部显示】菜单命令，显示所有对象。

2. 快捷菜单操作

在绘图窗口中选择要隐藏的对象，右击弹出右键快捷菜单，如图1-30所示，选择【隐藏】命令隐藏已选对象。

3. 导航器操作

在【部件导航器】中可通过勾选和右键快捷菜单两种方式来控制对象的隐藏和显示，如图 1-31 所示。

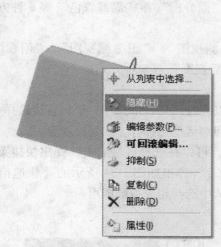

图 1-30　右键弹出快捷菜单

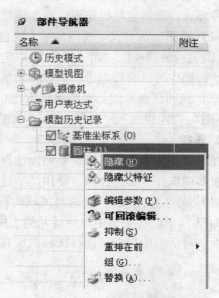

图 1-31　【部件导航器】快捷菜单

注：当选用右键快捷菜单方式完成隐藏或显示操作后，不能再通过勾选方式实现隐藏或显示操作。

1.5　视图、对象选择

1. 视图

任意视图是在空间任意设置一个视点得到的视图，常用的视图是三维视图。三维视图是在三维空间中从不同视点方向上观察到的三维模型的投影。根据视点位置的不同，可以把投影视图分为标准视图、等轴测视图和任意视图。标准视图即为制图学中所说"正投影视图"，分别指俯视图、仰视图、左视图、右视图、主视图、后视图。等轴测视图是指将视点设置为等轴测方向，即从 45°方向观测对象。为了清楚地表达图形的结构、展示效果，有时需要对模型进行适当的渲染，采用实体模型、线框模型等不同的表达方式。视图操作可以通过执行【视图】菜单下的命令或通过单击【视图】工具条（图 1-32）上的按钮来完成的。

注：对视图的各种操作（如平移、旋转、放

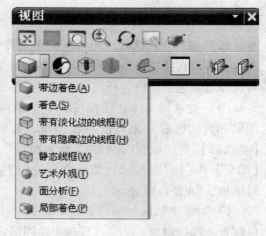

图 1-32　【视图】工具条

大等），都不会改变模型的参数。

利用好视图操作功能，对提高绘图效率、建模速度等操作帮助很大。可以将视图操作归为视图观察方式、视图显示方式和视图观察方位 3 种类型。

（1）视图观察方式　视图观察方式包括"刷新"、"缩放"、"旋转"、"平移"、"透视"等 5 种方式，通过这些操作可以更加清楚地观察模型的局部结构或整体效果。

（2）视图显示方式　视图显示方式包括"带边着色"、"着色"、"带有淡化边的线框"、"带有隐藏边的线框"、"静态线框"、"艺术外观"、"面分析"和"局部着色"等 8 种方式，通过这些操作可以对模型进行渲染和艺术化处理。

（3）视图观察方位　视图观察方位包括"正二测视图"、"正等侧视图"、"俯视图"、"仰视图"、"左视图"、"右视图"、"前视图"和"后视图"等 8 种方式。

2. 选择

在建模、编辑等操作时，必须先选择对象。可以通过从列表中选择、鼠标直接选择、部件导航器中选择、类选择器、使用类型过滤器选择和对话框选择等方式选择对象。

（1）从列表中选择　当选择区域的特征很多时，可以在选择区域右击，弹出快捷菜单，如图 1-33 所示，在菜单中选择【从列表中选择】命令，弹出如图 1-34 所示的【快速拾取】对话框。对话框中列出了选择区域内所有的特征，从中选择相应特征即可。

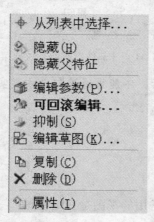

图 1-33　快捷菜单

图 1-34　【快速拾取】对话框

（2）鼠标直接选择　当系统提示选择对象时，将鼠标移到要选择的对象上，单击鼠标左键，即可直接选中该对象。若有多个对象需要同时选择，则在屏幕上选择一点，拖动鼠标将选择对象包括在内，释放鼠标即可选择这些对象。

（3）类选择器　在建模过程中，经常需要选择对象，特别是在复杂的建模中，有时用鼠标直接选取对象可能存在困难，此时就可以使用【类选择】对话框快速选择对象。【类选择】对话框有时又称"类选择器"。打开【类选择】对话框的方式有很多，执行【编辑】｜【对象显示】菜单命令、【信息】｜【对象】菜单命令等都会弹出【类选择】对话框，如图 1-35 所示。

1）对象选项区包括"选择对象"、"全选"和"反向选择" 3 个选项。①选择对象即用鼠标直接选择对象；②全选即选中绘图区内的所有显示对象；③反向选择是将所有已选中的对象改为不选，所有未选中的对象改为选中。

2）其他选择方法选项区包括"根据名称选择"文本框、"选择链"和"向上一级"3个选项。①根据名称选择为通过在文本框中输入对象名称选择对象；②选择链为通过选择链选择对象；③向上一级为通过对象特征的父子关系选择对象。

3）过滤器选项区包括"类型过滤器"、"图层过滤器"、"颜色过滤器"和"属性过滤器"4 种方式。①类型过滤器为按照指定的类别选择对象；②图层过滤器为按照指定的图层选择对象；③颜色过滤器为按照指定的颜色选择对象；④属性过滤器为按照指定的属性选择对象。

（4）部件导航器选择　在【部件导航器】区域内，单击对象名来选择该对象。

（5）类型过滤器选择　在对对象进行操作时，可能涉及"曲线"、"草图"、"边"、"面"、"实体"、"基准"等特征，有时只对某一类或某些类特征进行选取，此时就可以利用【类型过滤器】来进行选择。【类型过滤器】通常设在窗口的左上角，其下拉列表框如图1-36所示。

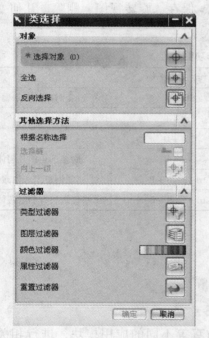

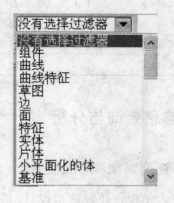

图 1-35　【类选择】对话框　　　　　　　图 1-36　【类型过滤器】下拉列表框

1.6　使用鼠标和键盘

鼠标和键盘是 UG NX 的主要操作工具，用户如能熟练地使用鼠标和键盘，将有利于提高绘图、建模等的质量和效率。点击鼠标和键盘按键可以替代一些菜单命令或工具按钮命令操作。

1. 鼠标操作

UG NX 用户可以利用鼠标的左键、中键（滚轮）和右键进行对象选择、旋转图形、放大或缩小图形等操作，具体见表1-2。

表 1-2　　鼠标操作功能

鼠 标 操 作	功　　能
左键（MB1）	选择对象
中键（MB2）	旋转图形，确定
右键（MB3）	弹出快捷菜单
左键 + 中键	放大或缩小图形
右键 + 中键	移动视图
Ctrl + 中键	放大或缩小图形
Shift + 中键	移动视图
Shift + 左键	取消选择

2. 键盘快捷键及其操作

UG NX 用户可以利用键盘快捷键进行新建文件、保存、旋转视图、删除、几何变换等操作，具体见表 1-3。

表 1-3　　快捷键操作功能

按　　键	功　　能	按　　键	功　　能
Ctrl + N	新建文件	Ctrl + J	改变对象的显示属性
Ctrl + O	打开文件	Ctrl + T	几何变换
Ctrl + S	保存	Ctrl + D	删除
Ctrl + R	旋转视图	Ctrl + B	隐藏选定的几何体
Ctrl + F	满屏显示	Ctrl + Shift + B	颠倒显示和隐藏
Ctrl + Z	取消	Ctrl + Shift + U	显示所有的隐藏体

1.7　信息查询与分析

1.7.1　查询对象和特征信息

在进入建模、外观造型设计、装配、加工、仿真等不同的应用模块，进行相关操作（如实体建模）后，需要了解对象的几何特征信息（如圆柱体的直径、高度）、装配信息（组件阵列）、制造信息（如几何公差），便于用户了解产品设计、数控编程等过程的准确性和有效性。查询信息显示在信息文本框中，可以复制或保存。

执行【信息】菜单命令，展开如图 1-37 所示的子菜单。对于不同的几何对象，选择不同的子菜单，可获得不同的信息。

1. 对象

该命令用于查询对象的集合信息和特征状态。执行【信息】【对象】菜单命令，或单击【标准】工具条上的【对象信息】按钮，弹出【类选择】对话框。在绘图区内选择要查询的对象后，单击【确定】按钮，系统弹出【信息】文本框，如图 1-38 所示。

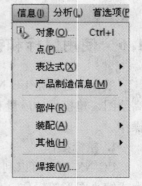

图 1-37　【信息】菜单

图 1-38　信息查询结果

2. 特征

该命令用于查询指定特征的详细信息。执行【信息】| 【特征】菜单命令，弹出【特征浏览器】对话框，如图 1-39 所示。

（1）显示　该下拉列表框中含有"全部"、"已被取消抑制"、"已被抑制"、"已被表达式抑制"、"过时"和"不活动的" 6 种方式，用于过滤拟显示信息的特征类别。

（2）过滤器　根据【显示】下拉列表框中的选项不同，【过滤器】列表框中显示相应的特征。选择要查询的特征，单击【应用】按钮，系统会弹出【信息】文本框，里面包含了该特征的详细信息。

1.7.2　对象和模型分析

在进行建模、外观造型设计、加工等过程中，设计人员需要及时地了解操作对象的几何属性、截面惯性矩、装配间隙等信息。软件可对所需信息进行计算，以便在产品设计过程中及时对模型进行几何或物理特性分析，帮助设计人员发现问题及时解决，这样可以大大提高设计准确性和效率。

执行【分析】菜单命令，展开如图 1-40 所示的子菜单。选择不同的子菜单命令，可进行不同的分析。

1. 测量距离

测量距离是指测量指定点之间、点线之间、点面之间

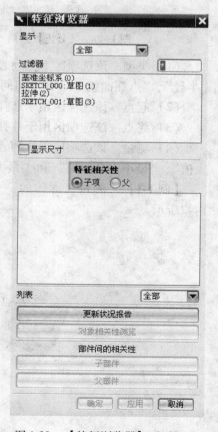

图 1-39　【特征浏览器】对话框

的距离。执行【分析】丨【测量距离】菜单命令，或单击【实用工具】工具条上的【测量距离】按钮 ，系统将弹出【测量距离】对话框，如图 1-41 所示。

图 1-40 【分析】菜单

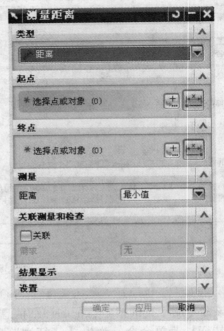

图 1-41 【测量距离】对话框

（1）类型 该选项区下拉列表框中含有"距离"、"投影距离"、"屏幕距离"、"长度"、"半径"、"点在曲线上"和"组间距"7 个选项，用于设定测量方式。

（2）起点 该选项区用于选择测量的起点。可以通过选择点或对象来确定测量的起点。

（3）终点 该选项区用于选择测量的终点。可以通过选择点或对象来确定测量的终点。

（4）测量 该选项区下拉列表框中含有"终点"、"最小值"、"最小值（局部）"、"最大值"、"最小安全距离"和"最大间隙"6 个选项。选择不同的选项，测量结果有所不同。

【例 1-1】 测量长方体的一个顶点与圆柱体上表面圆心之间的距离，测量结果如图 1-42 所示。

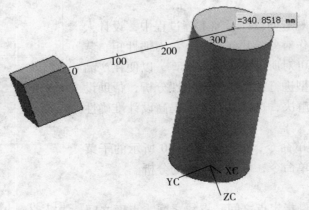

图 1-42 测量距离实例

2. 测量角度

测量角度是指测量指定两曲线之间、两平面之间、直线和平面之间的角度。执行【分析】|【测量角度】菜单命令，或单击【实用工具】工具条上的【测量角度】按钮，系统将弹出【测量角度】对话框，如图 1-43 所示。

（1）类型　该选项区下拉列表框中含有"按对象"、"按 3 点"和"按屏幕点"3 个选项，用于设定角度测量方式。

（2）第一个参考　该选项区选择构成角度的第一个参考对象（或特征、矢量）。

（3）第二个参考　该选项区选择构成角度的第二个参考对象（或特征、矢量）。

此时，系统会根据用户的选择显示测量结果。实例如图 1-44 所示。

3. 检查几何体

检查几何体是指分析实体、面和边等几何体是否存在错误数据结构，或者是否是无效的几何体。执行【分析】|【检查几何体】菜单命令，系统将弹出【检查几何体】对话框，如图 1-45 所示。

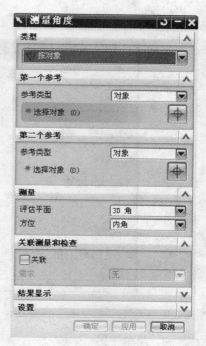

图 1-43　【测量角度】对话框

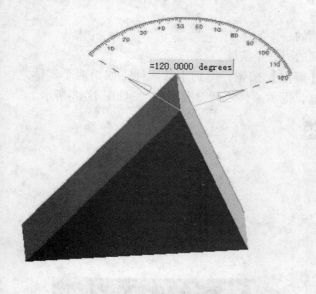
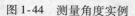

图 1-44　测量角度实例

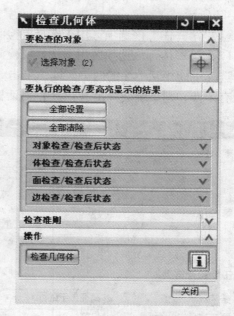

图 1-45　【检查几何体】对话框

单击【要检查的对象】选项区，然后选择要检查的对象，单击【操作】选项区内的【检查几何体】按钮，进行几何体检查。然后单击 📘 按钮，弹出【信息】文本框，如图 1-46 所示。【信息】文本框内记录了检查几何体的相关信息。

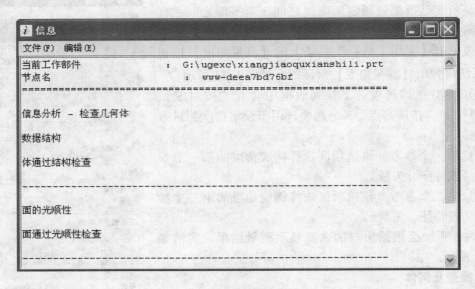

图 1-46　检查几何体后的信息

4. 简单干涉

简单干涉是指分析两个实体之间是否存在相交的面、实体或边，即分析两实体之间是否相互干涉。执行【分析】|【简单干涉】菜单命令，系统将弹出【简单干涉】对话框，如图 1-47 所示。

（1）第一体　该选项区用于选择要检测的一个实体。

（2）第二体　该选项区用于选择要检测的另一个实体。

选择可能相互干涉的两个实体，单击【应用】按钮，得到干涉实体。如果两个实体之间没有干涉，则系统会弹出【信息】对话框，提示"体之间没有干涉"，如图 1-48 所示。

图 1-47　【简单干涉】对话框

图 1-48　【信息】对话框

1.8　本章小结

　　本章简单介绍了 UG NX 7.0 的主要模块和新增功能，详细介绍了 UG NX 7.0 的基本操作、文件管理、坐标系、图层操作、信息查询和分析等方法。这些内容是建模、制图等操作的基础。

1.9　思考与练习

　　1-1. 简述图层的作用及设置方法

　　1-2. 简述坐标系类型及坐标系的创建方法。

　　1-3. 建立一个新的部件文件。打开一个已有的部件文件。

　　1-4. 信息查询与分析之间有哪些异同点？

　　1-5. 如何定制工具按钮？

第 2 章   草 绘 图 形

草图是二维曲线、尺寸及若干约束组成的二维元素的总称，通常与实体模型相关，尤其用在创建截面复杂的特征模型中。一般情况下，用户的三维建模都是从创建草图开始的——先绘制出特征截面的大致形状，然后用草图的几何和尺寸约束功能精确定义草图的形状和尺寸，再利用拉伸、回转或扫掠等功能，创建与草图关联的实体模型。创建实体模型后，如果用户修改草图，则与草图关联的实体模型也会随之自动更新。此外，草图是参数化的二维图形，可以根据用户需要进行参数化编辑修改。

2.1   草图基本环境

根据用户的绘图习惯和图形结构，在进入草图绘制环境时，通常需要对草图的绘制环境进行预设置，如确定草图工作面、设置线型、线宽、草图所在工作图层等参数。

2.1.1   草图工作平面

草图工作平面有时又简称为草图平面，是用于草图绘制、约束、定位、编辑等操作的平面，一个草图中创建的所有几何对象都是在该平面上完成的。执行【插入】|【草图】菜单命令，或单击【特征】工具条上的【草图】按钮 ，系统将弹出【创建草图】对话框，如图 2-1 所示。UG NX 提供"在平面上"和"在轨迹上"两种创建草图工作平面的方法。

图 2-1   【创建草图】对话框

1. 在平面上

"在平面上"是指选择一个已有的平面或创建一个新的平面作为草图的工作平面。【平面选项】下拉列表框中有"现有平面"、"创建平面"和"创建基准坐标系" 3 种指定草图工作平面的方式。

（1）现有平面   选择已存在的基准平面（如 XC-YC、YC-ZC 或 XC-ZC 平面），或者是实体模型上的任意平面作为草图工作平面。

（2）创建平面   通过平面构造器创建草图工作平面。

（3）创建基准坐标系   通过坐标系构造器创建一个基准坐标系并以其基准平面来确定草图平面。

2. 在轨迹上

"在轨迹上"是指以一个已存在的直线、圆、实体轮廓曲线为轨迹（路径），并以与该轨迹有特定约束的基准面作为草图工作平面。当选择【在轨迹上】后，【创建草图】对话框有所改变，如图2-2所示。

（1）路径　该选项区用于选择直线、圆、实体轮廓曲线等作为轨迹（路径）。

（2）平面位置　该选项区用于设置草图平面相对于轨迹的位置。【平面位置】选项区内的【位置】下拉列表框中有"圆弧长"、"%圆弧长"和"通过点"3个选项，选择不同的选项，该选项区有所变化。①"圆弧长"指按弧长分割曲线，使草图平面经过曲线上的分割点；②"%圆弧长"指按百分比分割曲线，使草图平面经过曲线上的分割点；③"通过点"指草图平面经过曲线上的指定点。

（3）平面方位　该选项区用于设置草图平面相对于轨迹的方位。该选项区内含有【方位】下拉列表框和【反向平面法向】按钮。在【方位】下拉列表框中有"垂直于轨迹"、"垂直于矢量"、"平行于矢量"和"通过轴"4个选项。①"垂直于轨迹"指草图平面应与所选的轨迹垂直；②"垂直于矢量"指草图平面应与所选的矢量垂直；③"平行于矢量"指草图平面应与所选的矢量平行；④"通过轴"指草图平面应包含所选的轴。单击【反向平面法向】按钮，反向草图平面的法向。

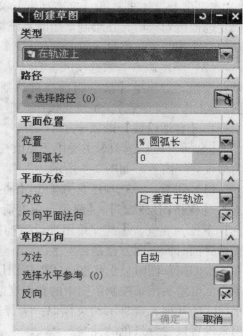

图2-2　【创建草图】对话框

（4）草图方向　该选项区用于设置草图的绘制坐标方向。在【方法】下拉列表框中可以选择"自动"、"相对于面"和"使用曲线参数"3种方式限定草图方向。

2.1.2　设置基本参数

根据用户的个人要求和图形的结构情况，在绘制草图之前应该对草图样式、尺寸标注样式、草图几何元素的颜色进行设置，以利于提高绘图效率，便于用户今后读图和修改草图。执行【首选项】｜【草图】菜单命令，弹出【草图首选项】对话框，如图2-3所示，包括【草图样式】、【会话设置】和【部件设置】3个选项卡。

1. 【草图样式】选项卡

【草图样式】选项卡主要用于设置草图尺寸标签、文本高度，以及草图原点等内容。

（1）设置　该选项区含有【尺寸标签】下拉列表框、【屏幕上固定文本高度】、【创建自动判断的约束】及【显示对象颜色】复选框、【文本高度】文本框。①【尺寸标签】下拉列表框中含有"表达式"、"名称"和"值"3个选项，用于设定草图尺寸的表示方式；②屏幕上固定文本高度复选框被勾选后可以激活

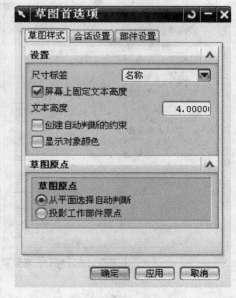

图2-3　【草图首选项】对话框

【文本高度】文本框；③【文本高度】文本框用于定义输入文本高度；④创建自动判断的约束复选框被勾选后，在绘制草图时系统将自动判断约束；⑤显示对象颜色复选框被勾选后，在绘制草图时系统将显示对象颜色。

（2）草图原点　该选项区含有【从平面选择自动判断】和【投影工作部件原点】两个单选按钮。①选择【从平面选择自动判断】，系统将根据平面自动判断原点位置；②选择【投影工作部件原点】，系统将按照投影点的方式确定原点位置。

2.【会话设置】选项卡

【会话设置】选项卡主要用于更改视图方位、保持图层状态、动态约束显示、默认名称前缀设置等内容，如图2-4所示。

（1）设置　该选项区含有1个【捕捉角】文本框以及【更改视图方位】、【维持隐藏状态】、【保持图层状态】、【显示自由度箭头】和【动态约束显示】5个复选框和1个【背景色】下拉列表框。①捕捉角用来设置捕捉角度误差；②更改视图方位用来设置草图切换到模型界面时，视图方位是否发生改变；③维持隐藏状态用来设置隐藏的任何草图曲线或尺寸在下次编辑草图时显示状态；④保持图层状态用来控制工作图层在草图环境中的状态；⑤显示自由度箭头用来控制草图中的自由度箭头是否处于显示状态；⑥动态约束显示用来控制较小尺寸的几何元素显示约束标识；⑦背景色下拉列表框中有"普通"、"继承"两个选项，用来设置设置背景色的种类。

（2）默认名称前缀　该选项区含有【草图】、【顶点】、【直线】、【圆弧】、【二次曲线】和【样条】6个文本框。在各本框中输入不同的符号，可以更改相应名称的前缀。

3.【部件设置】选项卡

【部件设置】选项卡主要用于设置曲线、尺寸、自由度箭头等对象的颜色，如图2-5所示。

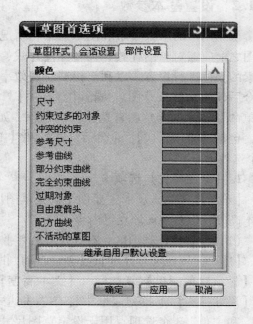

图2-4　【草图首选项】对话框【会话设置】选项卡　　图2-5　【草图首选项】对话框【部件设置】选项卡

【颜色】选项区内有"曲线"、"尺寸"、"约束过多的对象"等 12 个按钮，单击这些按钮会分别弹出对应的对话框，在对话框中选择指定的颜色。另外，可以通过单击【继承自用户默认设置】按钮的方式来恢复系统默认的颜色。

2.2　草图生成器

草图生成器用来对草图进行重命名、定义视图到草图、重附着、创建定位尺寸和更新模型等操作。

2.2.1　草图定位

草图定位是指根据已存在的几何体精确地确定草图位置。通过草图的定位可以确定草图与实体边、参考面、基准轴等对象之间的位置关系。

单击【草图生成器】工具条上的【创建定位尺寸】按钮，弹出【定位】对话框，如图 2-6 所示。该对话框中包含"水平"、"竖直"、"平行"、"垂直"、"按一定距离平行"、"角度"、"点到点"、"点到线"和"线到线"9 种定位方式。

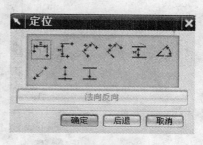

图 2-6　【定位】对话框

图 2-7 所示为选择"水平"定位时弹出的【创建表达式】对话框（图 2-7a）及草图定位实例（图 2-7b）。

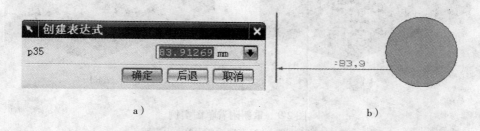

a)　　　　　　　　　　　　　　　　　b)

图 2-7　【创建表达式】对话框和实例

a)【创建表达式】对话框　b)实例

2.2.2　草图的重新附着

草图的重新附着是指可以将草图重新附着到另一个平面、基准平面、实体表面或路径上，或者更改草图的方位。单击【草图生成器】工具条上的【重新附着】按钮，弹出【重新附着草图】对话框，如图 2-8 所示。

从【重新附着草图】对话框中可以看出，"重新附着草图"操作过程与"创建草图"过程类似。

【例 2-1】　图 2-9 所示为重新附着草图实例。其中图 2-9a 为在长方体的侧面上绘制的一个草图，图 2-9b 所示为执行【重新附着草图】命令后的结果。经过该操作，原草图被附着到新的面上（实例中为长方体的上表面）。

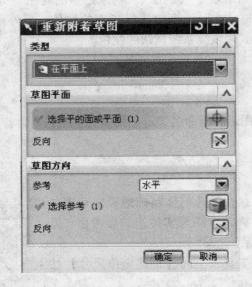

图 2-8　【重新附着草图】对话框

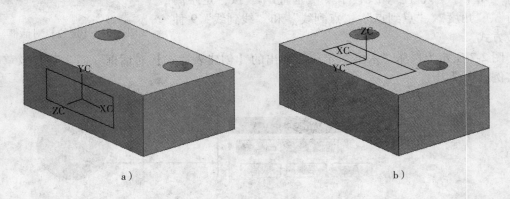

图 2-9　重新附着草图实例
a）侧面草图　b）草图重新附着在上表面

2.3　创建和编辑草图

2.3.1　轮廓

该命令用于外轮廓的连续绘制，可以绘制直线，也可以绘制圆弧。执行【插入】｜
【曲线】｜【轮廓】菜单命令，或单击【草图工具】工具条上的
【轮廓】按钮 ，弹出【轮廓】对话框，如图 2-10 所示。

该对话框中有两个选项区：【对象类型】和【输入模式】。

1. 对象类型

该选项区内含有两个按钮：【直线】 和【圆弧】 。单
击【直线】按钮，可以在绘图区内连续绘制直线段；单击【圆

图 2-10　【轮廓】对话框

弧】按钮可以在绘图区内连续绘制圆弧。

2. 输入模式

该选项区内含有两个按钮：【坐标模式】 XY 和【参数模式】 凸。单击【坐标模式】按钮，在跟踪条中输入直线（或圆弧）的端点 XC、YC 坐标值，如图 2-11a 所示；单击【参数模式】按钮，在跟踪条中输入直线的长度和角度值，如图 2-11b 所示，或者是圆弧的半径和扫掠角度值，如图 2-11c 所示。

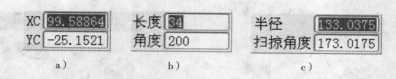

a)　　　　　　　　　　b)　　　　　　　　　　c)

图 2-11　【跟踪条】的不同输入方式

2.3.2　圆弧和圆

该命令用来创建圆弧和圆的特征。

1. 圆弧

通过三个点，或者通过指定圆心和端点来创建圆弧。执行【插入】｜【曲线】｜【圆弧】菜单命令，或单击【草图工具】工具条上的【圆弧】按钮 ，弹出【圆弧】对话框，如图 2-12 所示。

（1）三点定圆弧

1）当【输入模式】选为【坐标模式】时，在绘图区选取 3 个点分别作为圆弧的起点、终点和圆弧上的点，或者在"跟踪条"中的【XC】、【YC】、【ZC】文本框中依次输入对应点的坐标，利用"起点、终点和圆弧上的点"创建圆弧。

2）当【输入模式】选为【参数模式】时，在绘图区选取一点作为圆弧的起点，在"跟踪条"中的【半径】文本框中输入圆弧半径，再确定圆弧的端点及圆弧上的点。每次在"跟踪条"中输入数值完成后回车确认，即可创建圆弧，如图 2-13 所示。

图 2-12　【圆弧】对话框　　　　　　　　　图 2-13　三点定圆弧

（2）中心和端点定圆弧

1）当【输入模式】选为【坐标模式】时，在绘图区选取 3 个点分别作为圆弧的圆心点、起点和终点，或者在"跟踪条"中的【XC】、【YC】、【ZC】文本框中依次输入对应点的坐标，利用"中心点，起点，终点"创建圆弧。

2）当【输入模式】选为【参数模式】时，在绘图区选取一点作为圆弧的圆心点，在

"跟踪条"中的【半径】文本框中输入圆弧半径、【扫掠角度】文本框中输入圆心角度。每次在"跟踪条"中输入数值完成后回车确认，即可创建圆弧，如图 2-14 所示。

2. 圆

通过三个点，或者通过指定圆心和直径来创建圆。执行【插入】|【曲线】|【圆】菜单命令，或单击【草图工具】工具条上的【圆】按钮○，弹出【圆】对话框，如图 2-15 所示。

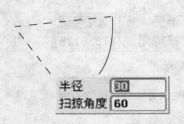

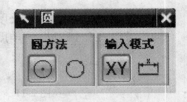

图 2-14　中心和端点定圆弧　　　　　　图 2-15　【圆】对话框

（1）圆心和直径定圆 ⊙

1）当【输入模式】选为【坐标模式】时，在绘图区选取一点作为圆心点，在绘图区选取另一点作为圆上的点，或者在"跟踪条"中的【XC】、【YC】、【ZC】文本框中依次输入对应点的坐标，利用"圆心点，直径"创建圆。

2）当【输入模式】选为【参数模式】时，在绘图区选取一点作为圆心点，在"跟踪条"中的【直径】文本框中输入圆的直径。每次在"跟踪条"中输入数值完成后回车确认，即可创建圆，如图 2-16 所示。

（2）三点定圆 ○

1）当【输入模式】选为【坐标模式】时，在绘图区选取 3 个点分别作为圆上的 3 个点，或者在"跟踪条"中的【XC】、【YC】、【ZC】文本框中依次输入对应点的坐标，三点定圆。实例如图 2-17 所示。

2）当【输入模式】选为【参数模式】时，在绘图区选取一点作为圆上一点，在"跟踪条"中的【直径】文本框中输入圆的直径，再确定圆上的另一点。

图 2-16　圆心和直径定圆　　　　　　　图 2-17　三点定圆

2.3.3　派生直线

派生直线是指创建一条与已有直线平行的偏置直线；或者在两条平行直线中间创建一条与这两条直线平行的直线；或者在两条不平行直线之间创建一条角平分线。

1. 偏置直线

执行【插入】｜【来自曲线集的曲线】｜【派生直线】菜单命令，或单击【草图工具】工具条上的【派生直线】按钮，选择要偏置的直线，在绘图区内选择一点确定偏置距离，或在"跟踪条"中的【偏置】文本框中输入偏置距离，创建偏置直线，如图 2-18 所示。

2. 创建两条平行线的中间线

执行【插入】｜【来自曲线集的曲线】｜【派生直线】菜单命令，或单击【草图工具】工具条上的【派生直线】按钮，分别选取两条平行线，创建两条平行线的中间线，在绘图区内选择一点确定偏置直线的长度，或在"跟踪条"中的【长度】文本框中输入中间线的长度，如图 2-19 所示。

3. 创建两条不平行直线的角平分线

执行【插入】｜【来自曲线集的曲线】｜【派生直线】菜单命令，或单击【草图工具】工具条上的【派生直线】按钮，分别选取两条不平行直线，创建这条不平行线的角平分线，在绘图区内选择一点确定偏置直线的长度，或在"跟踪条"中的【长度】文本框中输入中间线的长度值，如图 2-20 所示。

偏置 [15]

图 2-18　偏置直线

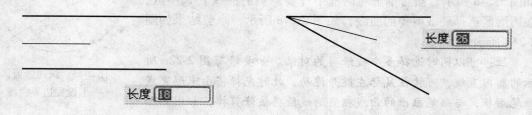

图 2-19　两条平行线的中间线　　　　图 2-20　两条不平行直线的角平分线

2.3.4　快速修剪

快速修剪用于以任一方向将曲线修剪至最近的交点或选定的边界。可以通过设置"边界曲线"、不设置"边界曲线"或"修剪至延伸线"3 种方式进行快速修剪。

执行【编辑】｜【曲线】｜【快速修剪】菜单命令，或单击【草图工具】工具条上的【快速修剪】按钮，弹出【快速修剪】对话框，如图2-21 所示。

（1）设置边界曲线　【边界曲线】选项区用于设置要被修剪曲线的修剪边界。如图 2-22a 所示，要修剪位于圆内的直线部分，就可以圆为修剪边界。单击【边界曲线】选项区，选择圆为修剪边界，如图 2-22a 所示，再单击【要修剪的曲线】选项区，然后选择要裁剪掉的直线，如图 2-22b 所示，修剪结果如图 2-22c 所示。

（2）不设置边界曲线　如要修剪图 2-22a 所示

图 2-21　【快速修剪】对话框

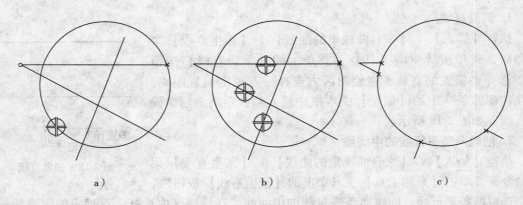

图 2-22　快速修剪——设置边界曲线

的位于圆外的直线部分，先单击【要修剪的曲线】选项区，然后在图形区选择要修剪掉的直线段，修剪结果如图 2-23 所示。

　　（3）修剪至延伸线　如果两条曲线没有交点（图 2-24a），可勾选【设置】区域内的【修剪至延伸线】复选框，完成修剪操作。先单击【边界曲线】选项区，在图形区选择直线边界，如图 2-24b 所示，然后单击对话框中【要修剪的曲线】选项区，在图形区选择要裁剪掉的曲线，如图 2-24c 所示，修剪结果如图 2-24d 所示。

　　注：可以同时选择多个被修剪的对象。如要修剪图 2-22a 所示的圆内直线，可按住鼠标左键并拖动，此时光标将由球形变成画笔形状，与画笔画出的曲线相交的线段将被修剪掉，如图 2-25 所示。

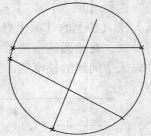

图 2-23　快速修剪
——不设置边界曲线

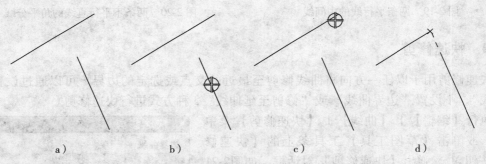

图 2-24　快速修剪——修剪至延伸线

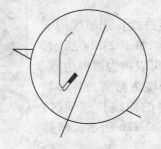

图 2-25　快速修剪——一次修剪多个对象

2.3.5 快速延伸

快速延伸用于将曲线延伸到它与另一条曲线的实际交点或虚拟交点处。可以通过设置"边界曲线"、不设置"边界曲线"或"延伸至延伸线"3 种方式进行快速延伸。

执行【编辑】|【曲线】|【快速延伸】菜单命令，或单击【草图工具】工具条上的【快速延伸】按钮，弹出【快速延伸】对话框，如图2-26所示。

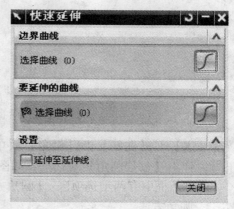

图 2-26 【快速延伸】对话框

（1）设定边界进行延伸 【边界曲线】选项区用于设置要被延伸曲线的延伸边界。如图 2-27a 所示，要延伸位于圆内的直线部分，就可以圆为延伸边界。单击【边界曲线】选项区，选择圆为延伸边界，如图 2-27a 所示，再单击【要延伸的曲线】选项区，选择要延伸的直线，如图 2-27b 所示，延伸结果如图 2-27c 所示。

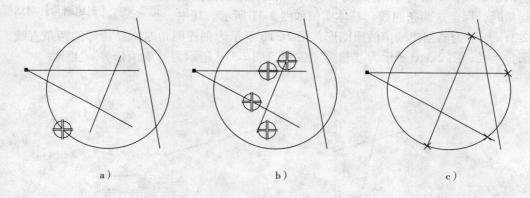

a) b) c)

图 2-27 快速延伸——设置边界曲线

（2）不设置边界曲线 如要延伸图 2-27a 所示的位于圆内的直线部分，先单击【要延伸的曲线】选项区，然后在图形区选择要延伸的直线段，延伸结果如图 2-28 所示。

（3）延伸至延伸线 如果两条曲线没有交点（其延长线有虚拟交点），如图 2-29a 所示，可勾选【设置】区域内的【延伸至延伸线】复选框，完成延伸操作。先单击【边界曲线】选项区，在图形区选择直线边界，如图 2-29b 所示，然后单击对话框中【要延伸的曲线】选项区，在图形区选择要延伸的曲线，如图 2-29c 所示，延伸结果如图 2-29d 所示。

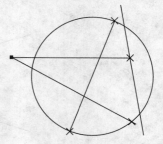

图 2-28 快速延伸
——不设置边界曲线

2.3.6 圆角

圆角是指在草图中的两条或三条曲线之间创建圆角。执

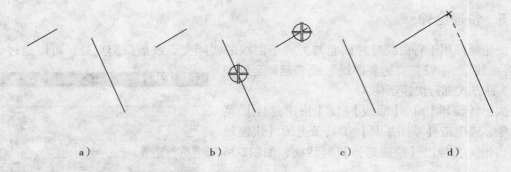

图 2-29　快速延伸——延伸至延伸线

行【插入】｜【曲线】｜【圆角】菜单命令，或单击【草图工具】工具条上的【圆角】按钮　，弹出【创建圆角】对话框，如图 2-30 所示。

该对话框中有两个选项区：【圆角方法】和【选项】。

1. 圆角方法

该选项区内含有两个按钮：【修剪】　和【取消修剪】
　。单击【修剪】按钮，可以在绘制两曲线间圆角时，修
剪这两条曲线；单击【取消修剪】按钮，可以在绘制两曲线
间圆角时，保留这两条曲线。具体实例如图 2-31 所示。其中

图 2-30　【创建圆角】对话框

图 2-31a 所示为要创建圆角的原图形；图 2-31b 所示为创建圆角时选择相邻的两条直线，输入圆角半径；图 2-31c 所示为"修剪"实例，图 2-31d 所示为"取消修剪"实例。

半径 20

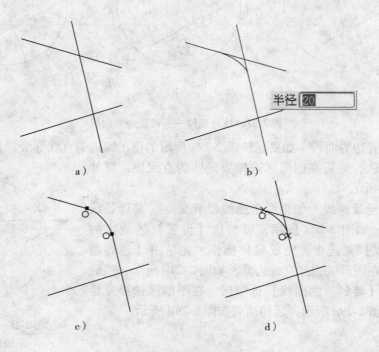

图 2-31　圆角实例

2. 选项

该选项区内含有两个按钮:【删除第三条曲线】和【创建备选圆角】。单击【删除第三条曲线】按钮,在绘制圆角时将删除第三条曲线。图 2-32a 所示为在上下两条直线间创建圆角,且圆弧与第三条直线相切,图 2-32b 所示为不选择"删除第三条曲线"按钮时的实例;图 2-32c 所示为选择"删除第三条曲线"按钮时的实例;单击【创建备选圆角】按钮,绘制出圆角的补弧。图 2-33a 所示为在上下两条直线间创建圆角,且不选择"创建备选圆角"按钮时的实例;图 2-33b 所示为选择"创建备选圆角"按钮时的实例。

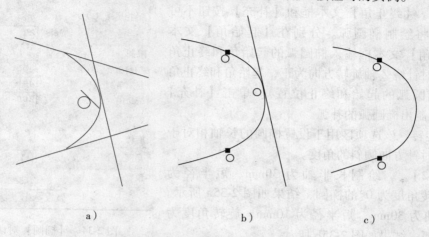

a)　　　　b)　　　　c)

图 2-32　圆角——删除第三条曲线

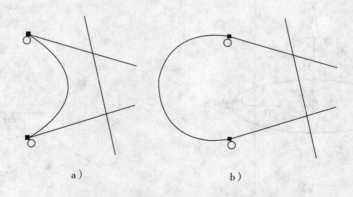

a)　　　　b)

图 2-33　圆角——创建备选圆角

2.3.7　椭圆

椭圆是指根据椭圆圆心点、长短半轴尺寸及旋转角度来创建椭圆。

执行【插入】|【曲线】|【椭圆】菜单命令,或单击【草图工具】工具条上的【椭圆】按钮,弹出【椭圆】对话框,如图 2-34 所示。

(1) 中心　该选项区用于设置椭圆或椭圆弧的中心。

(2) 大半径　该选项区用于设置椭圆或椭圆弧的半轴(一般为长半轴)长度。可以在【大半径】文本框内输入半轴长度值,也可以在跟踪条内输入半轴长度值。

（3）小半径　该选项区用于设置椭圆或椭圆弧的另一个半轴（一般为短半轴）长度。可以在【小半径】文本框内输入半轴长度值，也可以在跟踪条内输入半轴长度值。

（4）限制　该选项区含有【封闭】复选框、【起始角】文本框、【终止角】文本框和【补充】按钮。勾选【封闭】复选框，将绘制出椭圆，此时【起始角】文本框、【终止角】文本框和【补充】按钮不可用。否则，将绘制椭圆弧。分别在【起始角】文本框、【终止角】文本框输入椭圆弧的起始角和终止角（椭圆沿逆时针绕 Z 轴旋转方向为正，起始角和终止角用来确定椭圆弧的起始和终止位置）。单击【补充】按钮可以绘制出椭圆弧的补弧。

（5）旋转　该选项区用于设置椭圆的长轴相对于 XC 轴沿逆时针方向倾斜的角度。

【例 2-2】　　绘制长半轴为 30mm、短半径为 10mm、旋转角度为 0°的椭圆，结果如图 2-35a 所示。绘制长半轴为 30mm、短半径为 10mm、旋转角度为 45°的椭圆弧，结果如图 2-35b 所示。

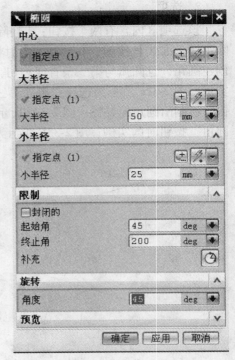

图 2-34　【椭圆】对话框

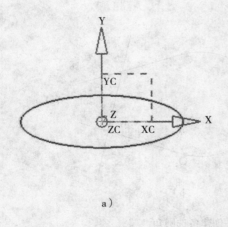

a）

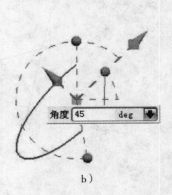

b）

图 2-35　绘制椭圆及椭圆弧实例

2.4　草图的约束

草图约束分为几何约束和尺寸约束。在绘制草图时，可以先绘制出大概形状，草图对象之间先不设置约束，然后根据草图的形状、尺寸及对象之间的关系向草图添加约束条件，草图曲线会随着约定的条件进行变化，以满足设计要求。

2.4.1　几何约束

将几何约束添加到草图几何图形，用于定位草图几何图形，确定草图对象之间的相互几何关系。几何约束分为"约束"和"自动约束"两种。

1. 约束

执行【插入】|【约束】菜单命令，或单击【草图工具】工具条上的【约束】按钮，选择一个草图对象（如直线）后，弹出【约束】对话框，如图 2-36 所示。

注：草图对象不同（如直线、圆弧），可添加的几何约束类型就不同，弹出的【约束】对话框也就略有不同。

图 2-36　【约束】对话框

如果草图未被完全约束，即在某方向上还存在自由度，则在曲线的控制点上将显示自由度箭头。当草图被完全约束时，自由度箭头全部消失。图 2-37 所示为存在几何约束（图 2-37a）和添加部分几何约束后（图 2-37b）的图形。

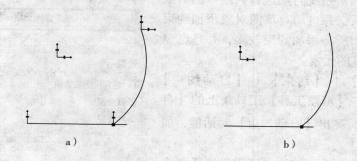

a）　　　　　　　　　　　　　　　　b）

图 2-37　几何约束

系统提供了"固定"、"共线"、"平行"等 19 个几何约束条件，其具体类型及作用如下。

（1）固定　　定义草图对象固定到当前所在的位置。

（2）完全固定　　定义所选取的草图对象完全固定，不再需要任何约束。

（3）共线　　定义两条或多条直线共线。

（4）水平　　定义直线为水平线，即与草图坐标系 XC 轴平行。

（5）竖直　　定义直线为竖直线，即与草图坐标系 YC 轴平行。

（6）平行　　定义两条曲线相互平行。

（7）垂直　　定义两条曲线相互垂直。

（8）等长　　定义两条或多条曲线等长。

（9）恒定长度　　定义选取的曲线长度固定。

（10）恒定角度　　定义一条或多条直线与坐标系的角度为恒定。

（11）相切　　定义两个草图元素相切。

（12）同心　　定义两个或两个以上的圆弧或椭圆弧的圆心相互重合。

（13）等半径　　定义两个或两个以上的圆弧或圆半径相等。

（14）点在曲线上 定义选取的点在某条曲线上。

（15）中点 定义点在直线或圆弧的中点上。

（16）重合 定义两个或两个以上的点互相重合。

（17）均匀比例 定义样条曲线的两个端点在移动时，仍保持样条曲线的形状不变。

（18）非均匀比例 定义样条曲线的两个端点在移动时，样条曲线的形状发生变化。

（19）曲线的斜率 定义样条曲线过一点与一条曲线相切。

2. 自动约束

自动约束是指由系统自动进行判断草图对象间的几何位置关系，并自动对草图对象添加约束的方法，主要用于所需添加约束较多，并且已经确定位置关系的草图元素。

执行【工具】|【约束】|【自动约束】菜单命令，或单击【草图工具】工具条上的【自动约束】按钮 ，弹出【自动约束】对话框，如图2-38所示。

（1）要约束的曲线　该选项区用于选择要应用约束的曲线。

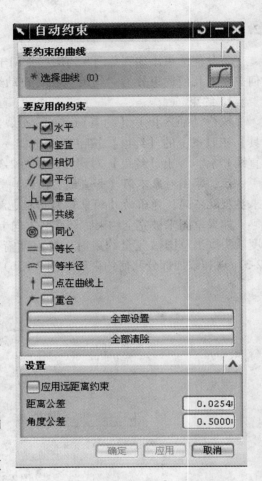

图2-38　【自动约束】对话框

（2）要应用的约束　该选项区含有"水平"、"竖直"、"相切"、"平行"、"垂直"、"共线"、"同心"、"等长"、"等半径"、"点在曲线上"和"重合"11个复选框，提供11种约束方式。选取要约束的草图对象，并在【要应用的约束】选项区内勾选所需约束的复选框，然后在【设置】选项区内设置公差参数，单击【应用】按钮完成自动约束操作。

2.4.2　尺寸约束

将尺寸约束添加到草图几何图形，用于控制一个草图对象的尺寸，或确定两个对象之间的相对关系。尺寸约束与尺寸标注略有不同，尺寸约束可以驱动草图对象的尺寸，即根据给定尺寸驱动，限制和约束草图的形状和大小。

执行【插入】|【尺寸】|【自动判断】菜单命令，或单击【草图工具】工具条上的【自动判断的尺寸】按钮 ，弹出【尺寸】对话框，如图2-39所示。

图2-39　【尺寸】对话框

该对话框包含三个按钮：【草图尺寸对话框】 、【创建参考尺寸】 和【创建内错角】 。

（1）【草图尺寸对话框】 单击该按钮后，弹出另一个【尺寸】对话框，如图 2-40 所示。

系统提供了"水平"、"竖直"、"平行"等 9 种约束类型。当需要对草图对象进行尺寸约束时，单击某一尺寸约束按钮，选择需要进行尺寸约束的草图对象，即可对草图对象添加对应的尺寸约束条件。尺寸约束的具体类型及作用如下。

1）自动判断 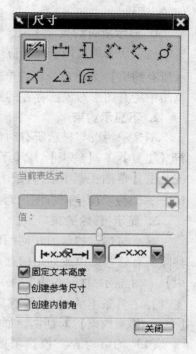，可通过基于选定的对象和光标的位置自动判断尺寸约束类型来创建尺寸约束。

2）水平，用于在两点之间创建水平距离约束。

3）竖直，用于在两点之间创建竖直距离约束。

4）平行，用于在两点之间创建平行距离约束（两点之间的最短距离）。

5）垂直，用于在直线和点之间创建垂直距离约束。

6）直径，用于为圆弧或圆创建直径约束。

7）半径，用于为圆弧或圆创建半径约束。

8）角度，用于在两条不平行的直线之间创建角度约束。

9）周长，用于创建周长约束以控制选定直线或圆弧的总长。

图 2-40 【尺寸】对话框

（2）【创建参考尺寸】 单击该按钮后，选择一个草图对象，即可创建参考尺寸（不能通过改变该尺寸来驱动草图对象的变化）。

（3）【创建内错角】 单击该按钮后，选择两条非平行直线，此时创建的约束角度值为用 360°减去当前角度后的得值，且总是大于 180°。实例如图 2-41 所示，其中 2-41a 所示为两线当前夹角，图 2-41b 所示为创建的内错角。

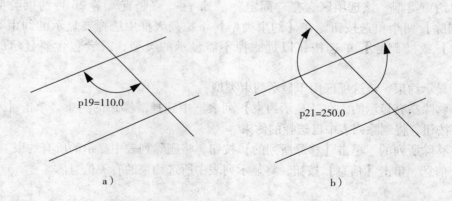

p19=110.0

p21=250.0

a）

b）

图 2-41 创建内错角实例

2.4.3 显示或移除约束

显示或移除约束用于显示草图几何对象的约束类型和约束信息，或移除对草图对象的几何约束限制。

1. 显示所有约束

显示所有约束用于显示应用到草图的全部几何约束。执行【工具】｜【约束】｜【显示所有约束】菜单命令，或单击【草图工具】工具条上的【显示所有约束】按钮，显示草图中所有图形对象已存在的约束。

2. 不显示约束

不显示约束与显示所有约束命令的功能相反，用于隐藏应用到草图的全部几何约束。执行【工具】｜【约束】｜【不显示约束】菜单命令，或单击【草图工具】工具条上的【不显示约束】按钮，隐藏草图中所有图形对象已存在的约束。

3. 显示/移除约束

显示与选定的草图几何图形关联的几何约束，并移除所有这些约束或列出信息。执行【工具】｜【约束】｜【显示/移除约束】菜单命令，或单击【草图工具】工具条上的【显示/移除约束】按钮，弹出【显示/移除约束】对话框，如图 2-42 所示。

（1）约束列表　该选项区包括 2 个【选定的对象】和 1 个【活动草图中的所有对象】单选按钮。选择第 1 个【选定的对象】单选按钮时，每次仅能选择 1 个图形对象，选择其他对象时将自动取消前面选定的对象；选择第 2 个【选定的对象】单选按钮时，可同时选择多个图形对象，或者用矩形窗口一次选择多个图形对象；选择【活动草图中的所有对象】单选按钮，在列表中显示活动草图中所有对象上施加的约束。

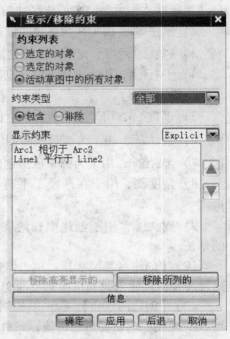

图 2-42　【显示/移除约束】对话框

（2）约束类型　该选项区含有"固定"、"水平"、"竖直"等 26 种约束类型和【包含】、【删除】两个单选按钮。在【约束类型】下拉列表框中选择要显示的约束类型，选择【包含】或【删除】单选按钮以过滤掉不需显示的类型，或者包含要显示的约束类型。

（3）显示约束　该选项区用于显示约束类型。

（4）移除高亮显示的　在【显示约束】列表框中选择需操作的约束，单击【移除高亮显示的】按钮，将删除列表中已选择的约束。

（5）移除所列的　单击【移除所列的】按钮，将删除列表中显示的所有约束。

（6）信息　单击【信息】按钮，将显示列表中所选约束的有关信息。

2.5　草图操作

【草图工具】工具条上包括很多草图操作命令，如镜像曲线、偏置曲线、添加现有的曲线和投影曲线等。

2.5.1　镜像曲线

　　镜像曲线是指通过现有草图相对于某直线（镜像中心线）创建草图几何图形的镜像副本（对称复制），同时镜像中心线可转换成为参考直线。镜像复制的对象与原对象保持相关性。执行【插入】|【来自曲线集的曲线】|【镜像】菜单命令，或单击【草图工具】工具条上的【镜像曲线】按钮，弹出【镜像曲线】对话框，如图 2-43 所示。

　　（1）镜像中心线　该选项区用于选择镜像中心线。

　　（2）要镜像的曲线　该选项区用于选择要镜像的草图对象。

　　（3）设置　该选项区含有【转换要引用的中心线】复选框，勾选该复选框，在完成镜像操作后，镜像中心线将转换为参考线。

　　实例如图 2-44 所示。

图 2-43　【镜像曲线】对话框

图 2-44　镜像操作实例

2.5.2　偏置曲线

　　偏置曲线是指以已有的草图曲线为参考生成偏置一定距离的曲线，并对偏置生成的曲线与原曲线进行约束，保证偏置曲线与原曲线之间的相关性。对原曲线进行修改后，相应的偏置曲线也会随之自动改变。执行【插入】|【来自曲线集的曲线】|【偏置曲线】菜单命令，或单击【草图工具】工具条上的【偏置曲线】按钮，弹出【偏置曲线】对话框，如图 2-45 所示。

　　（1）要偏置的曲线　该选项区用于选择要偏置的曲线。

　　（2）偏置　该选项区包含【距离】文本框、【反向】按钮、【创建尺寸】和【对称偏置】复选框、【副本数】文本框和【端盖选项】下拉列表框。【距离】文本框用于输入偏置距离；【反向】按钮用于调整偏置曲线方向；【创建尺寸】复选框用于设置偏置曲线间是否标注尺寸；【对称偏置】复选框用于设置是否对称偏置；【副本数】文本框用于设置偏置曲线数量；【端盖选项】下拉列表框中含有“延伸端盖”和“圆弧帽形体”两个选项，用于设置有拐角的曲线在偏置操作拐角的形状是否是圆滑过渡。图 2-46a 所示为选择“延伸端盖”选项后的偏置曲线，图 2-46b 所示为选择“圆弧帽形体”选项后的偏置曲线。

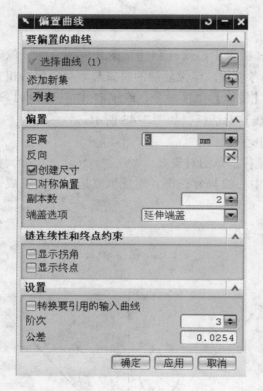

图 2-45　【偏置曲线】对话框

图 2-46　偏置曲线实例
a）拐角　b）圆弧过渡

2.5.3　投影曲线

投影曲线是指沿草图平面的法向将能够抽取的对象（关联或非关联曲线、边或点）投影到草图平面上，生成草图对象。可以执行投影曲线命令的对象包括所有的二维曲线、实体及其边缘。执行【插入】|【处方曲线】|【投影曲线】菜单命令，或单击【草图工具】工具条上的【投影曲线】按钮 ，弹出【投影曲线】对话框，如图 2-47 所示。

（1）要投影的对象　该选项区用于选择要投影的曲线或点。

（2）设置　该选项区包含【关联】复选框、【输出曲线类型】下拉列表框和【公差】文本框。【关联】复选框用于设置投影的曲线或点与原对

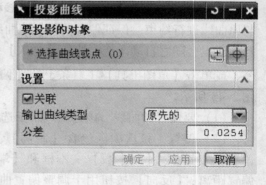

图 2-47　【投影曲线】对话框

象的关联性。【输出曲线类型】下拉列表框中有"原先的"、"样条段"和"单个样条"3 个选项，用于设置投影曲线的类型。【公差】文本框用于设置投影精度。

2.6 实例

下面为一个草图曲线的绘制实例。通过本实例练习，可以加深读者对草图创建及文件管理等操作的理解深度。绘制如图 2-48 所示的图形。

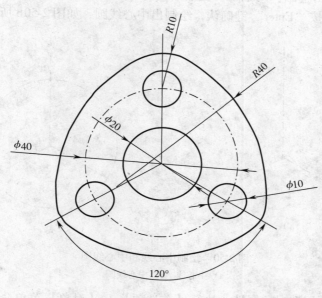

图 2-48 实例

具体操作步骤如下。

1. 建新文件

执行【文件】|【新建】菜单命令，弹出【新建】对话框，选择"模型"模板，绘图"单位"为毫米，输入"新文件名"为"2zhangshili. prt"，确定合适的"文件夹"，单击【确定】按钮，完成建新文件操作。

2. 确定草图平面

执行【插入】|【草图】菜单命令，弹出【创建草图】对话框，在该对话框中，"类型"选择"在平面上"，"草图平面"选择"现有平面"，点选 XC-YC 平面，"参考方向"选择"水平"，单击【确定】按钮，选择 XC-YC 平面为草图平面，完成确定草图平面操作。

3. 绘制轮廓

（1）设置工作图层和对象属性 执行【首选项】|【对象】菜单命令，弹出【对象首选项】对话框，设置【工作图层】为"2"层，【线型】为"中心线"，【线宽】为"细线宽度"，如图 2-49所示，单击【确定】按钮完成工作图层和对象属性设置。

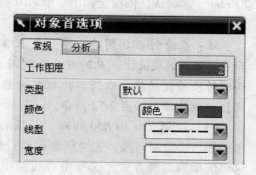

图 2-49 【对象首选项】对话框

（2）绘制中心线和中心线圆　执行【插入】｜【曲线】｜【直线】菜单命令，弹出【直线】对话框。在绘图区内选择一点作为中心线的起点（φ20 的圆心点），移动鼠标竖直向上，在跟踪条内【长度】栏内输入 35，按"Enter"键确认；在【角度】栏内输入 90，按"Enter"键确认，绘制出竖直中心线。类似地，依次在【角度】栏内输入 210、330，按"Enter"键确认，绘制另外两条中心线，如图 2-50a 所示。执行【插入】｜【曲线】｜【圆】菜单命令，弹出【圆】对话框。在绘图区内选择中心线的交点作为圆心点，在跟踪条【直径】内输入 40，按"Enter"键确认，绘制出中心线圆，如图 2-50b 所示。

图 2-50　绘制中心线和中心线圆
a）中心线　b）中心线圆

（3）设置工作图层和对象属性　执行【首选项】｜【对象】菜单命令，设置【工作图层】为"3"层，【线型】为"实体"，【线宽】为"粗线宽度"，单击【确定】按钮完成工作图层和对象属性设置。

（4）绘制 φ20 圆和 3 个 φ10 圆　执行【插入】｜【曲线】｜【圆】菜单命令，在绘图区内选择中心线的交点作为圆心点，在跟踪条【直径】内输入 20，按"Enter"键确认，绘制出 φ20 圆，按【Esc】键结束该操作。选择中心线与中心线圆的交点作为圆心点，在跟踪条【直径】内输入 10，按"Enter"键确认，依次绘制出 3 个 φ10 圆。结果如图 2-51 所示。

注：在绘制 φ10 圆时，圆心点很难选择在中心线和中心线圆的交点上，此时应充分利用 UG NX 系统提供的对象捕捉功能，取消其他捕捉功能，只启用【交点】捕捉按钮，如图 2-52 所示。

（5）绘制 R10 和 R40 圆弧　圆弧的绘制方式有很多，如直接绘制圆弧、先绘制圆再进行修剪、倒圆等。这里选择第二种方式。选择中心线与中心线圆的交点作为圆心点，在跟踪条【直径】内输入 20，按"Enter"键确认，依次绘制出 3 个 R10 圆，如图 2-53

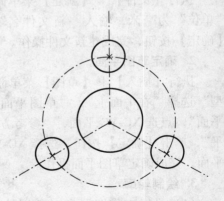

图 2-51　绘制 φ20 圆和 3 个 φ10 圆

图 2-52　【交点】捕捉

所示。取消【启用捕捉点】按钮，在绘图区内任选一点作为圆心，绘制 R40 圆。同样绘制另外 2 个 R40 圆。

　　注：在绘制 R40 圆时，不要让该圆与已有的图形对象有任何约束关系。

　　（6）添加约束　将已绘制好的 R40 圆移动到适当的位置（便于下面的约束操作）。执行【插入】｜【约束】菜单命令，选择 $\phi20$ 圆、$\phi10$ 圆、R10 圆及中心线、中心线圆，在弹出的【约束】对话框中单击【固定】按钮，将以上选定的图形对象固定。选择一个 R40 圆和邻近的一个 R10 圆，在弹出的【约束】对话框中单击【相切】按钮，使得这两个圆相切；再选择该 R40 圆，选择另外一个 R10 圆，在弹出的【约束】对话框中单击【相切】按钮，使得 R40 圆与另外一个 R10 圆也相切，结果如图 2-54 所示。

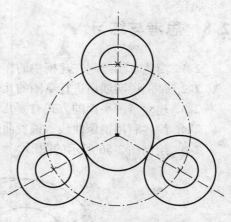

图 2-53　绘制 R10 圆弧

　　（7）修剪　分别将 R40 圆及与该圆相切的两个 R10 圆修剪成圆弧。执行【编辑】｜【曲线】｜【快速修剪】菜单命令，弹出【快速修剪】对话框，单击【要修剪的曲线】选项区，将鼠标移到要修剪的圆弧上，将被修剪掉的圆弧部分高亮化（红色），单击鼠标左键，进行修剪操作，结果如图 2-55 所示。

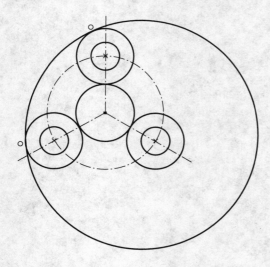

图 2-54　绘制 R40 圆弧

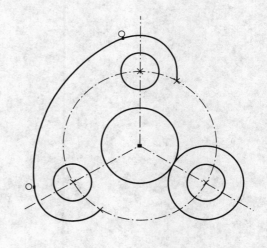

图 2-55　修剪操作

　　重复（6）、（7）两步，最后绘制出如图 2-48 所示的图形。

2.7　本章小结

　　本章主要介绍了草图曲线的基本环境和创建、草图参数的设置、草图的定位和约束操作等，最后用一个比较完整的实例，较为详细地说明创建草图的步骤。

2.8　思考与练习

2-1. 简述草图绘制在建模中的作用。

2-2. 举例说明如何进行草图的几何约束和尺寸约束。

2-3. 建立草图平面的方式有哪几种?

2-4. 简述利用镜像曲线、偏置曲线等方式建立草图的方法。

2-5. 绘制图 2-56 所示的图形。

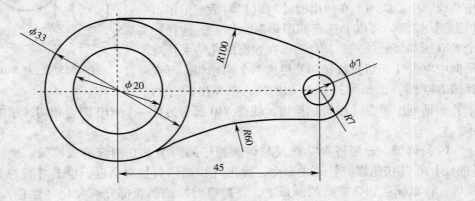

图 2-56　习题 2-5 图

第3章　绘制和编辑曲线

曲线是三维建模的基础，在建模过程中应用非常广泛，各种复杂形体的造型几乎都离不开曲线的造型，有些简单的实体特征可通过曲线的拉伸、回转等操作来构造；复杂特征可以用曲线创建曲面的方式进行建模。在特征建模过程中，曲线也常用作建模的辅助线（如定位线、中心线等）。另外，还可以将创建的曲线添加到草图中进行参数化设计。

3.1　曲线的基本图元和高级曲线

3.1.1　点和点集

1. 点

该选项用于创建新的点或捕捉已有的点，有时也称为"点构造器"。UG 操作中，很多地方都会用到【点】对话框来定义点的位置。点是最小的几何构造元素，利用点不仅可以按一定次序和规律来生成直线、圆、圆弧和样条曲线，也可以通过矩形阵列的点或定义曲面的极点来直接创建曲面。执行【插入】|【基准/点】|【点】菜单命令，或单击【曲线】工具条上的【点】按钮┼，弹出【点】对话框，如图3-1所示。

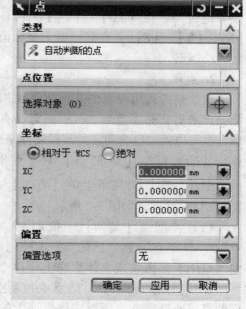

图3-1　【点】对话框

（1）类型　【类型】下拉列表框中含有"自动判断的点"、"光标位置"等13种方式，具体含义如下。

1）自动判断的点💥。根据光标在曲线或实体上的位置自动判断曲线或实体边的端点、圆心点、中点等。在光标的右下角会显示出点的类型图标。

2）光标位置┿。利用光标所在的位置确定点。这里应注意实际点的位置是光标投影到绘图平面内的点位置。

3）现有点┼。利用已有的点构造新的点。

4）终点╱。利用已有的直线、圆弧、样条曲线等的端点构造新的点。

5）控制点ᒪ。利用已有的直线、样条曲线等的控制点构造新的点。

注：在选择曲线时，光标的单击位置决定了选择曲线上的哪个控制点。

6）交点┿。利用两条曲线的交点，或者一条曲线与一个曲面或平面的交点构造新的点。

7）圆弧中心/椭圆中心/球心 ⊙。利用圆弧中心/椭圆中心/球心构造新的点。

8）圆弧/椭圆上的角度 △。在圆、圆弧或椭圆上并与过圆心的水平线成一定角度的地方构造新的点。

9）象限点 ○。利用圆、圆弧或椭圆上的象限点构造新的点。

注：在选择曲线时，光标的点击位置决定了选择曲线上的哪个象限点。

10）点在曲线/边上 ✎。通过在曲线上指定一个位置构造新的点。可以通过 U 向参数改变点在曲线上的位置。

11）点在面上 🐾。通过在曲面上指定一个位置构造新的点。可以通过 U 向参数和 V 向参数改变点在曲面上的位置。

注：所谓 U 向和 V 向是指在定义点或定义曲面网格时所用到的基准，U 向和 V 向是互相垂直的两个方向。

12）两点之间 ✎。在两个已有点之间指定一个位置构造新的点。可以通过在【% Location】文本框中输入数值来确定点的具体位置。

13）按表达式 ＝。通过选择某一表达式来构造新的点。

此外，用户可以在【坐标】选项区文本框内输入点的坐标值，确定点的位置。这里应注意指定点的坐标值是相对坐标还是绝对坐标。

（2）点位置　该选项区用于在绘图区内选择要绘制点的位置。

（3）坐标　该选项区含有【相对于 WCS】、【绝对】两个单选按钮和对应的【XC】、【YC】、【ZC】文本框（或【X】、【Y】、【Z】文本框）。选择不同的坐标系（"相对于 WCS"或"绝对"），在【XC】、【YC】、【ZC】文本框（或【X】、【Y】、【Z】文本框）输入坐标值，即可在绘图区内绘制点。

2. 点集

点集是指利用现有的几何体创建相关的点，这些相关点的集合称为点集。可以是对已有曲线上点的复制，也可以通过已有曲线的某种属性来生成其他点集。执行【插入】|【基准/点】|【点集】菜单命令，或单击【曲线】工具条上的【点集】按钮 ⁺₊，弹出【点集】对话框，如图 3-2 所示。

（1）类型　【类型】下拉列表框中包含"曲线点"、"样条点"和"面的点" 3 种创建点集的方式。曲线点用于在曲线或实体边缘上创建点集。样条点可利用样条曲线的定义点、结点或控制点来创建点集。面的点可通过现有曲面或实体表面上的点或控制点来创建点集。

（2）子类型　在【类型】下拉列表框中选择不同的选项，对应的"子类型"会发生变化。当选择"曲线点"后，【子类型】中有 7 种产生曲线点的方法："等圆弧长"、"等参数"、"几何级数"、"弦公差"、

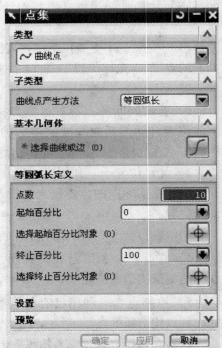

图 3-2　【点集】对话框

"增量圆弧长"、"投影点"和"曲线百分比"。当选择"样条点"后，【子类型】中有 3 种产生样条点的方式，包括"定义点"、"结点"和"极点"。当选择"面的点"后，【子类型】选项区域下拉列表框中有 3 种点的选择方式："图样"、"面百分比"和"B 曲面极点"。

3.1.2 矩形和多边形

1. 矩形

通过选择两个对角点来创建矩形。执行【插入】|【曲线】|【矩形】菜单命令，或单击【曲线】工具条上的【矩形】按钮 ▭，弹出如图 3-1 所示的【点】对话框，在绘图区内选择或创建两个点，绘制出的矩形实例如图 3-3 所示。

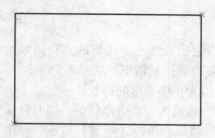

图 3-3 矩形实例

2. 正多边形

正多边形是指创建各边相等，各角也相等的特殊多边形。执行【插入】|【曲线】|【多边形】菜单命令，或单击【曲线】工具条上的【多边形】按钮 ⬡，弹出【多边形】对话框，如图 3-4 所示。

【侧面数】用于输入正多边形的边数。在该对话框中输入数值后，单击【确定】按钮，弹出另一个【多边形】对话框，如图 3-5 所示。

图 3-4 【多边形】对话框之一

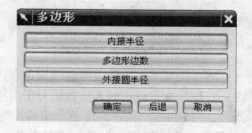

图 3-5 【多边形】对话框之二

该对话框上有 3 个按钮，分别是：【内接半径】、【多边形边数】和【外接圆半径】。

（1）内接半径 通过指定内接圆和正多边形的方位角来构建正多边形。单击【内接半径】按钮弹出第三个【多边形】对话框，如图 3-6 所示。

1）内接半径文本框中输入的数值为正多边形"内接圆"的半径。

2）方位角文本框中输入的数值为正多边形绕中心逆时针旋转的角度。

输入"内接半径"和"方位角"值后，单击【确定】按钮，弹出【点】对话框。该对话框用于设置正多边形中心位置，指定正多边形的中心位置后，单击【确定】按钮，即可创建正多边形。

正六边形实例如图 3-7 所示。

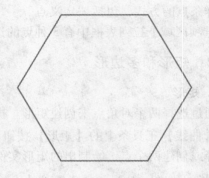

　　图 3-6　【多边形】对话框之三　　　　　　　　　图 3-7　正六边形实例

（2）多边形边数　通过指定边长和正多边形的方位角来构建正多边形。单击【多边形边数】按钮，弹出第四个【多边形】对话框，如图 3-8 所示。

1）侧文本框中输入的数值为正多边形的边长。

2）方位角文本框中输入的数值为正多边形绕中心逆时针旋转的角度。

输入"侧"和"方位角"值后，单击【确定】按钮，弹出【点】对话框。该对话框用于设置正多边形中心位置。指定正多边形的中心位置后，单击【确定】按钮，即可创建正多边形。

（3）外接圆半径　通过指定外接圆半径和正多边形的方位角来构建正多边形。单击【外接圆半径】按钮，弹出第五个【多边形】对话框，如图 3-9 所示。

　　图 3-8　【多边形】对话框之四　　　　　　　　图 3-9　【多边形】对话框之五

1）圆半径文本框中输入的数值为正多边形外接圆的半径。

2）方位角文本框中输入的数值为正多边形绕中心逆时针旋转的角度。

输入"圆半径"和"方位角"值后，单击【确定】按钮，弹出【点】对话框。该对话框用于设置正多边形中心位置，指定正多边形的中心位置后，单击【确定】按钮，即可创建正多边形。

3.1.3　二次曲线

二次曲线也称圆锥曲线或圆锥截线，是用一截面剖切圆锥面而创建的曲线。当截面不通过锥面的顶点时，曲线可能是圆、椭圆、双曲线、抛物线。当截面通过锥面的顶点时，曲线退缩成一点、一直线或两相交直线。

该选项是通过使用各种放样二次曲线方法或一般二次曲线方程来创建二次曲线。执行【插入】|【曲线】|【一般二次曲线】菜单命令，或单击【曲线】工具条上的【一般二次曲线】按钮 ，弹出【一般二次曲线】对话框，如图 3-10 所示。

（1）5 点　单击【5 点】按钮后，弹出【点】对话框。依次选择或构建 5 个共面点，创建二次曲线。实例如图 3-11 所示。

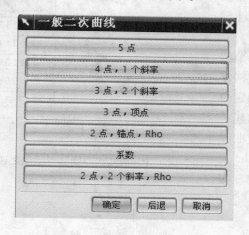

图 3-10　【一般二次曲线】对话框之一

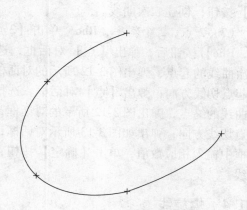

图 3-11　二次曲线实例

（2）4 点，1 个斜率　单击【4 点，1 个斜率】按钮后，弹出【点】对话框；选择或构建曲线的起点，弹出第二个【一般二次曲线】对话框，如图 3-12 所示。该对话框列出了 4 种用于确定二次曲线起点的切线方向方法。单击其中一个按钮，确定二次曲线起点的切线方向后，再依次选择或构建 3 个共面点，创建二次曲线。

（3）3 点，2 个斜率　单击【3 点，2 个斜率】按钮后，弹出【点】对话框；选择或构建曲线的起点，弹出如图 3-12 所示对话框；确定二次曲线起点的切线方向后，再依次选择或构建 2 个共面点，再次弹出如图 3-12 所示对话框；确定二次曲线终点的切线方向，创建二次曲线。

（4）3 点，顶点　该方式构建二次曲线的方法与"3 点，2 个斜率"方法类似。这里的顶点分别与二次曲线的起点和终点相连，确定了二次曲线的起点切线方向和终点切线方向。

（5）2 点，锚点，Rho　单击【2 点，锚点，Rho】按钮后，弹出【点】对话框；依次选择或构建 3 个共面点，分别作为二次曲线的起点、终点和锚点，弹出如图 3-13 所示对话框，在 Rho 文本框中输入相应数值，单击【确定】按钮，创建二次曲线。

图 3-12　【一般二次曲线】对话框之二

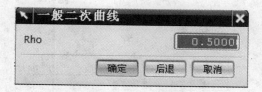

图 3-13　【一般二次曲线】对话框之三

（6）系数 单击【系数】按钮后，弹出如图3-14所示的第四个【一般二次曲线】对话框，在相应的二次曲线方程系数文本框中输入数值，单击【确定】按钮，创建二次曲线。

（7）2点，2个斜率，Rho 单击【2点，2个斜率，Rho】按钮后，弹出【点】对话框，选择或构建二次曲线的起点，弹出图3-12所示的对话框，确定曲线起点切线方向；弹出【点】对话框，选择或构建二次曲线的终点，弹出图3-12所示的对话框，确定曲线终点切线方向；弹出如图3-13所示对话框，在Rho文本框中输入相应数值，单击【确定】按钮，创建二次曲线。

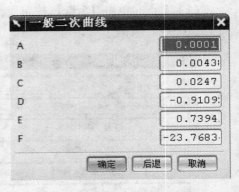

图 3-14 【一般二次曲线】对话框之四

3.1.4 螺旋线

螺旋线用于创建具有指定圈数、螺距、弧度、旋向和方位的螺旋线。螺旋线是一种特殊的规律曲线，常用于螺杆、螺钉、弹簧等特征建模中。执行【插入】|【曲线】|【螺旋线】菜单命令，或单击【曲线】工具条上的【螺旋线】按钮 ，弹出【螺旋线】对话框，如图3-15所示。

（1）圈数 该文本框用于设置螺旋线的圈数。

（2）螺距 该文本框用于设置螺旋线的螺距。

（3）半径方法 该选项区含有两个单选按钮，分别为【使用规律曲线】和【输入半径】，用于设置螺旋线半径。当选择【使用规律曲线】单选按钮后，【半径】文本框不可用，此时弹出【规律函数】对话框，用户可以选择不同的方式确定螺旋线半径，绘制出变半径螺旋线。当选择【输入半径】单选按钮后，在【半径】文本框中输入螺旋线半径。

（4）旋转方向 该选项区含有两个单选按钮，分别为【右手】和【左手】，分别用于绘制右旋和左旋螺旋线。

螺旋线实例如图3-16所示。

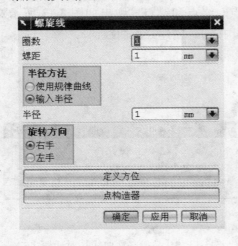

图 3-15 【螺旋线】对话框

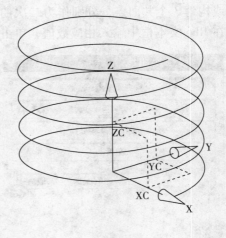

图 3-16 螺旋线实例

3.2　基本曲线

3.2.1　直线

直线是指通过两个点构造的线段，是最基本的构图元素之一。执行【插入】｜【曲线】｜【直线】菜单命令，或单击【曲线】工具条上的【直线】按钮，弹出【直线】对话框，如图 3-17 所示。

（1）起点　【起点】选项区含有【起点选项】下拉列表框和【选择对象】按钮。【起点选项】下拉列表框中有 3 种方式："自动判断"、"点"和"相切"，通过这 3 种方式设定直线段的起点或方向。单击【选择对象】按钮后，在绘图区内确定直线的起点。

（2）终点或方向　确定终点及直线方向的方法与确定起点的方法一致。

（3）支持平面　【支持平面】下拉列表框中有 3 种方式："自动平面"、"锁定平面"和"选择平面"，通过这 3 种方式设定直线段的放置平面。

3.2.2　圆和圆弧

圆弧/圆的定义为：当一条线段绕着它的一个端点在平面内旋转一定角度时，它的另一个端点的轨迹叫做圆弧/圆，或者说在平面上到指定点的距离等于定长的一些点（或所有点）的集合。使用此选项可迅速创建关联圆和圆弧特征。执行【插入】｜【曲线】｜【圆弧/圆】菜单命令，或单击【曲线】工具条上的【圆弧/圆】按钮，弹出【圆弧/圆】对话框，如图 3-18 所示。

图 3-17　【直线】对话框

图 3-18　【圆弧/圆】对话框

（1）类型　【类型】下拉列表框中有两种方式绘制圆弧/圆："三点画圆弧"、"从中心开始的圆弧/圆"，确定绘制圆弧/圆的方法。

1）三点画圆弧 是通过确定圆弧/圆上的 3 个点来完成圆弧/圆的绘制，实例如图 3-19 所示，其中，图 3-19a 为绘制圆弧，图 3-19b 为绘制圆。

2）从中心开始的圆弧/圆 是通过确定圆弧的圆心和圆弧上的 2 个端点来完成圆弧绘制，或通过确定圆的圆心和圆上的 1 个点来完成圆的绘制。

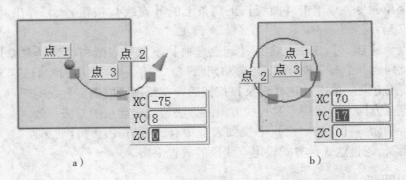

图 3-19　"三点画圆弧/圆"实例

a）绘制圆弧　b）绘制圆

（2）起点　该选项区内的【起点选项】下拉列表框中有 3 种方式："自动判断"、"点"和"相切"。利用这 3 种方式确定圆弧/圆的起点。

（3）终点　该选项区内的【终点选项】下拉列表框中有 4 种方式："自动判断"、"点""相切"和"半径"。利用这 4 种方式确定圆弧/圆的终点。

（4）中间点　该选项区内的【中点选项】下拉列表框中也有 4 种方式："自动判断"、"点""相切"和"半径"。利用这 4 种方式确定圆弧/圆上的一点。

（5）中心点　该选项区内的【点参考】下拉列表框中有 3 种方式："WCS"、"绝对"和"CSYS"。利用这 3 种方式确定圆弧/圆的圆心点。

（6）限制　该选项区内有【起始限制】和【终止限制】两个下拉列表框，以及两个【角度】文本框，用于确定圆弧的起点和终点；【整圆】复选框用于确定是绘制圆弧还是整圆；【补弧】按钮用于确定绘制当前弧还是其补弧。

3. 2. 3　圆角

圆角是指利用圆弧在两个或 3 个相邻边之间形成的圆弧过渡，形成的圆弧相切于相邻的边。执行【插入】│【曲线】│【基本曲线】菜单命令，或单击【曲线】工具条上的【基本曲线】按钮 ，弹出【基本曲线】对话框，如图 3-20 所示。

单击圆角 按钮，弹出【曲线倒圆】对话框，如图 3-21 所示。

1. 方法

【方法】选项区内含有"简单圆角"、"2 曲线圆角"和"3 曲线圆角"3 种方法。

（1）简单圆角 该选项用于共面但不平行的两条相交直线间的倒圆。用选择球选择要倒圆的相交直线。

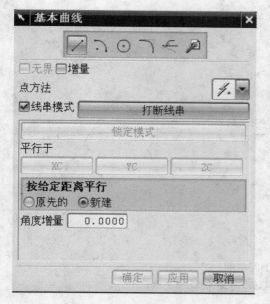

图 3-20　【基本曲线】对话框

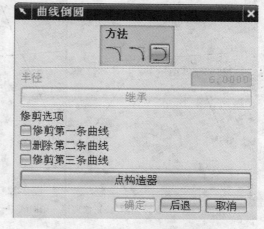

图 3-21　【曲线倒圆】对话框

（2）2 曲线圆角⌐　该选项用于共面但不平行的两条相交直线或曲线间的倒圆。用选择球依次选择要倒圆的直线、曲线。注意选择要倒圆的曲线次序。

（3）3 曲线圆角⌐　该选项用于共面但不平行的 3 条相交直线或曲线间的倒圆。用选择球依次选择要倒圆的直线、曲线。注意选择要倒圆的曲线次序。

2. 半径

【半径】文本框用于输入拟倒圆的圆弧半径值。

3. 继承

该选项是指继承绘图区内已有圆弧半径。当选择"简单圆角"或"2 曲线圆角"方式时，【继承】按钮被激活。单击【继承】按钮，提示栏上显示"选择继承半径的圆弧"，用鼠标选择某个圆弧后，【半径】文本框中会显示该圆弧的半径值，该值也是拟倒圆角的半径。

4. 修剪选项

该选项用于设置相邻边是否被修剪。当选用"2 曲线圆角"倒圆方式时，【修剪选项】选项区内的【修剪第一条曲线】、【修剪第二条曲线】复选框被激活。当选用"3 曲线圆角"，【修剪选项】选项区内的【修剪第一条曲线】、【删除第二条曲线】、【修剪第三条曲线】复选框被激活。根据用户需要，可以勾选相应的复选框。图 3-22a、b、c 分别为原图和当选用"2 曲线圆角"倒圆方式时，只勾选【修剪第一条曲线】复选框，以及勾选【修剪第一条曲线】和【修剪第二条曲线】复选框的倒圆图。

以图 3-22a 为例，图 3-23a、b、c 分别为当选用"3 曲线圆角"倒圆方式时，勾选【修剪第一条曲线】、【删除第二条曲线】和【修剪第三条曲线】复选框、勾选【修剪第一条曲线】和【修剪第三条曲线】复选框、以及只勾选【修剪第一条曲线】复选框的倒圆图。

5. 点构造器

点构造器是指利用该构造器确定 3 个点，并利用这 3 个点构造圆弧。

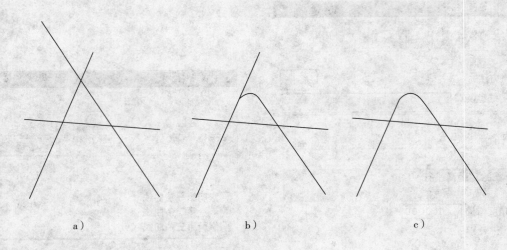

图 3-22　倒圆实例
a）原　图　b）修剪第一条曲线　c）修剪第一条曲线和修剪第二条曲线

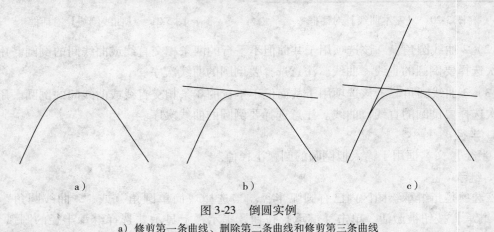

图 3-23　倒圆实例
a）修剪第一条曲线、删除第二条曲线和修剪第三条曲线
b）修剪第一条曲线和修剪第三条曲线　c）修剪第一条曲线

3.2.4　直线和圆弧

直线和圆弧是指快速绘制直线、圆弧和圆。执行【插入】｜【曲线】｜【直线和圆弧】菜单命令，或单击【曲线】工具条上的【直线和圆弧工具条】按钮 ，弹出【直线和圆弧】工具条，如图 3-24 所示。

工具条中分为 4 行，分别用于设置关联性、快速绘制直线、圆弧和圆。

（1）关联　用于设置图形对象之间的关联性。当选择该按钮后，按照约束条件绘制的图形对象间将存在关联性。若删除参照图形对象，会弹出如图 3-25 所示的【提示】对话框。

（2）快速绘制直线　提供了"点-点"、"点-XYZ"、"点-平行"、"点-垂直"、"点-相切"、"相切-相切"和"无界直线"7 种快速绘制直线方法。其中，"点-点"是指通过两个点绘制直线；"点-XYZ"是指绘制通过指定点并与 X 轴或 Y 轴、Z 轴平行的直线；"点-平行"是指绘制通过指定点并与已存在的某个选定的直线相平行的直线（图 3-26）；"点-垂

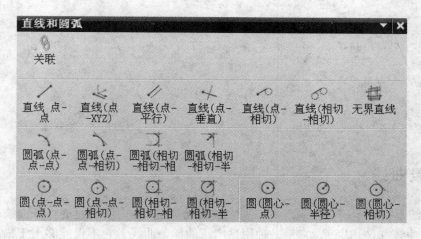

图 3-24 【直线和圆弧】工具条

直"是指绘制通过指定点并与已存在的某个选定的直线相垂直的直线;"点-相切"是指绘制通过指定点并与已存在的某个选定的圆弧/圆相切的直线;"相切-相切"是指绘制与已存在的两个选定的圆弧/圆相切的直线;"无界直线"是指在执行前述的直线命令时可以绘制延伸至图形窗口边界的直线。

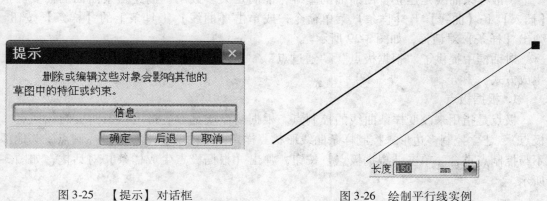

图 3-25 【提示】对话框　　　　　　图 3-26 绘制平行线实例

(3) 快速绘制圆弧　提供了"点-点-点"、"点-点-相切"、"相切-相切-相切"和"相切-相切-半径" 4 种快速绘制圆弧方法。其中,"点-点-点"是指通过 3 个指定点绘制圆弧;"点-点-相切"是指绘制通过两个指定点并与已存在某条曲线相切的圆弧;"相切-相切-相切"是指绘制与已存在的 3 个选定的曲线相切的圆弧(图 3-27);"相切-相切-半径"是指绘制指定圆弧半径并与已存在的两个选定的曲线相切的圆弧。

(4) 快速绘制圆　提供了"点-点-点"、"点-点-相切"、"相切-相切-相切"、"相切-相切-半径"、"圆心-点"、"圆心-半径"和"圆心-相切" 7 种快速绘制圆方法。其中,"点-点-点"是指通过 3 个指定点绘制圆;"点-点-相切"是指绘制通过两个指定点并与已存在某条曲线相切的圆;"相切-相切-相切"是指绘制与已存在的 3 个选定的曲线相切的圆(图 3-28);"相切-相切-半径"是指绘制指定圆半径并与已存在的两个选定的曲线相切的圆;"圆心-点"是指绘制通过指定圆心点和圆上一点的圆;"圆心-半径"是指绘制通过指定圆心点和指定圆的半径的圆;"圆心-相切"是指绘制通过指定圆心点并与已存曲线相切的圆。

图 3-27　绘制圆弧实例

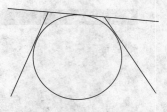

图 3-28　绘制圆实例

3.3　样条曲线

样条曲线是指给定一组控制点而得到一条曲线。在 UG 中所创建的样条曲线均是非均匀有理 B 样条曲线（NURBS），它是一种用途广泛的样条曲线，它不仅能够用于描述自由曲线和曲面，而且还提供了包括能精确表达圆锥曲线曲面在内各种几何体的统一表达式。样条曲线是构造曲面的一种重要曲线，可以是一维的，也可以是二维的。通常在创建一些复杂的曲面时使用该选项。

3.3.1　创建一般样条曲线

一般样条曲线是建立自由曲面的基础，能满足大多数用户创建复杂曲面的需要。执行【插入】｜【曲线】｜【样条】菜单命令，或单击【曲线】工具条上的【样条】按钮～，弹出【样条】对话框，如图 3-29 所示。

对话框中提供了"根据极点"、"通过点"、"拟合"和"垂直于平面" 4 种样条曲线的生成方式。

1. 根据极点

极点是指用来改变样条曲线的控制点。根据极点就是通过指定样条曲线的数据点（即极点），建立控制多边形来控制样条曲线形状。样条曲线的两个端点通过控制点，其他部分不与控制点重合。单击【根据极点】按钮，弹出【根据极点生成样条】对话框，如图 3-30 所示。

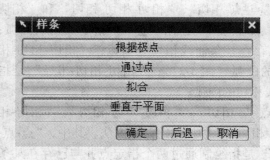

图 3-29　【样条】对话框之一

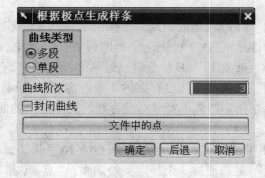

图 3-30　【根据极点生成样条】对话框

（1）曲线类型　该选项区含有【多段】和【单段】两个单选按钮。用于设置样条曲线的类型。其中"多段"是指产生样条曲线时，样条曲线的极点数量必须大于【曲线阶次】对话框中的数值，即如果曲线阶次为 N，则至少设定 N + 1 个极点才可能绘制出样条曲线。

"单段"是指所创建的样条曲线只有一个节段，此时【曲线阶次】和【封闭曲线】两个选项不可用，即单段样条曲线不能封闭。

（2）曲线阶次　该选项区用于设置曲线的阶次，即曲线的数学多项式的最高次幂。当选择【多段】单选按钮后，该选项才可用。

（3）封闭曲线　该复选框用于设置生成的样条曲线是否封闭。勾选该复选框后，将生成一条起点与终点重合的封闭样条曲线。

（4）文件中的点　该按钮用于从已有文件中读取控制点的数据，该选项仅用于创建多段的样条曲线。

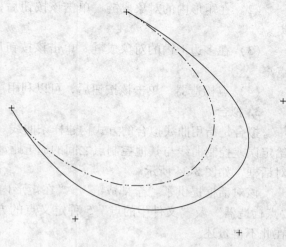

图 3-31　样条曲线实例

图 3-31 所示为当【曲线类型】分别选为"多段"（实线）、"单段"（双点画线），【曲线阶次】等于 3 且通过相同的"极点"的样条曲线。

2. 通过点

通过点是指利用样条曲线通过设定的数据点。该方式可以精确地控制曲线的形状及尺寸。单击【通过点】按钮，弹出【通过点生成样条】对话框，如图 3-32 所示。

（1）指派斜率　该按钮用于设置创建的样条曲线通过定义点时的斜率，从而控制样条曲线的形状。

（2）指派曲率　该按钮用于设置创建的样条曲线通过定义点时的曲率，从而控制样条曲线的形状。

设置相关选项后，单击【确定】按钮，弹出另一个【样条】对话框，如图 3-33 所示。系统提供了"全部成链"、"在矩形内的对象成链"、"在多边形内的对象成链"和"点构造器" 4 种样条曲线的创建方式。

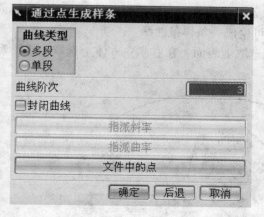

图 3-32　【通过点生成样条】对话框

图 3-33　【样条】对话框之二

（1）全部成链　单击该按钮后，通过选择曲线起点和终点间的点集及指定曲线的斜率或曲率的方式创建样条曲线。

（2）在矩形内的对象成链　单击该按钮后，可以利用矩形框来选择生成样条曲线的点集。

（3）在多边形内的对象成链　单击该按钮后，可以利用矩形框来选择生成样条曲线的点集。

（4）点构造器　单击该按钮后，可以利用【点构造器】来生成样条曲线的点集。

3. 拟合

拟合是指用曲线拟合的方式构建样条曲线。构建的样条曲线只精确地通过两个端点，用给定误差控制曲线与其他控制点之间的逼近距离。单击【拟合】按钮，弹出第三个【样条】对话框，如图 3-34 所示。

该对话框提供了"全部成链"、"在矩形内的对象成链"、"在多边形内的对象成链"、"点构造器"及"文件中的点"5 种定义点的方式。这些方式含义在前面都已经做过介绍，在此不再赘述。

4. 垂直于平面

垂直于平面是指从指定的平面开始，依次与指定的平面垂直，以正交于平面的方式生成样条曲线。单击【垂直于平面】按钮，弹出第四个【样条】对话框，如图 3-35 所示。

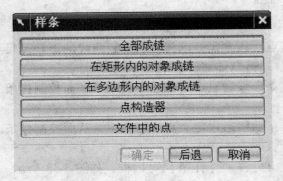

图 3-34　【样条】对话框之三

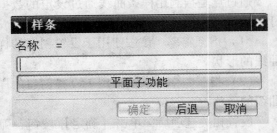

图 3-35　【样条】对话框之四

先选择或通过【平面子功能】按钮定义起始平面，然后选取起始平面上的起点，接着选择或通过平面子功能定义下一平面，再指定样条曲线的方向。按照同样的方式继续选择或定义平面（最多选择或定义 100 个参考面），即可生成一条样条曲线。

【例 3-1】　图 3-36 所示为在左侧立方体上选取上表面、在右侧立方体上选取前表面和右侧面共 3 个平面生成的样条曲线。

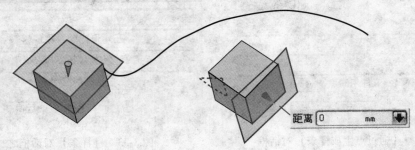

图 3-36　样条曲线实例

3.3.2 艺术样条曲线

　　艺术样条是指通过拖放定义点和极点，并在定义点指定斜率或曲率约束，来创建和编辑的样条曲线。该曲线多用于数字化绘图或动画设计，与"样条"曲线相比，艺术样条曲线一般由很多点生成。执行【插入】|【曲线】|【艺术样条】菜单命令，或单击【曲线】工具条上的【艺术样条】按钮，弹出【艺术样条】对话框，如图 3-37 所示。

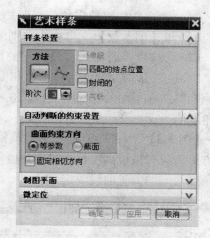

图 3-37 【艺术样条】对话框

　　【例 3-2】　图 3-38 所示为 3 次艺术样条曲线，其中图 3-38a 为【样条设置】选项区【方法】选为"通过点"情况，图 3-38b 为【样条设置】选项区【方法】选为"根据极点"情况。

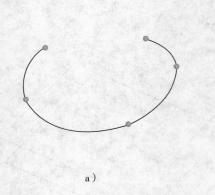
a)

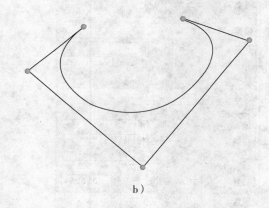
b)

图 3-38　艺术样条实例
a）通过点　b）根据极点

3.4　曲线操作

　　曲线操作是指对已存在的曲线进行几何运算处理，如曲线的偏置、桥接、镜像等。

3.4.1　偏置曲线

　　偏置曲线用于对已存在的曲线（直线、圆弧、二次曲线、样条曲线、实体边等）以一定的偏置距离复制得到新的曲线。执行【插入】|【曲线】|【来自曲线集的曲线】|【偏置曲线】菜单命令，或单击【曲线】工具条上的【偏置曲线】按钮，弹出【偏置曲线】对话框，如图 3-39 所示。

　　【偏置曲线】对话框中各选项含义及设置方法如下。

1. 类型

　　该选项用于设置曲线的偏置方式，系统提供了"距离"、"拔模"、"规律控制"和"3D 轴向"4 种方式。

（1）距离　按照给定的偏移距离来偏置曲线。选择该方式后，在【偏置】选项区内的【距离】和【副本数】文本框中分别输入偏移距离和生成的偏移曲线数量。

（2）拔模[⊖]　将曲线按照给定的拔模角度偏置到与曲线所在平面相距拔模高度的平面上。"高度"是指原曲线所在平面和偏移后所在平面间的距离，拔模"角度"是指偏移方向与原曲线所在平面的法线的夹角。在【高度】和【角度】文本框中分别输入拔模高度和拔模角度值。

【例3-3】　图3-40所示为拔模偏置曲线实例。图中实线长方形为原图形对象，点画线长方形为设有拔模高度但无拔模角度得到的偏置曲线，虚线长方形为设有拔模高度且设有拔模角度得到的偏置曲线。

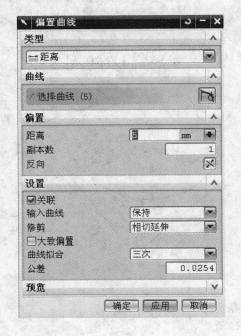

图3-39　【偏置曲线】对话框

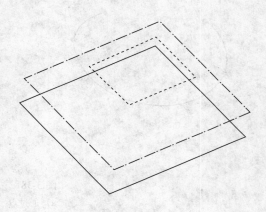

图3-40　拔模偏置曲线实例

（3）规律控制　【规律类型】下拉列表框中有"恒定"、"线性"、"三次"、"沿脊线的线性"、"沿脊线的三次"、"根据方程"和"根据规律曲线"7种方式，选择不同方式，【规律控制】选项区的内容有所不同。在【规律类型】下拉列表框中选择一种规律方式，同时设置【规律控制】选项区内的其他选项，设置偏移距离，从而绘制出按规律控制的偏移曲线。

（4）3D轴向　按照三维空间中的偏置方向和偏置距离来偏置共面或非共面曲线，用户通过生成矢量的方法来控制偏置方向。

2. 曲线

该选项区用于选择要偏置的曲线。

⊖　铸造术语中不推荐使用"拔模"一词，而建议使用"起模"一词。但为与软件界面一致，本书仍使用"拔模"。

3. 偏置

该选项区用于设置偏移曲线的偏置距离和数量，包括【距离】和【副本数】两个文本框、1 个【反向】按钮。

（1）距离 设置与选中曲线之间的偏置距离，输入负值表示在反方向上偏置曲线。

（2）副本数 该文本框内的数值表示同时构造多组距离相同的偏置曲线。

（3）反向 单击该按钮，反转偏置方向。

4. 设置

该选项用于设置偏置曲线的关联性、是否需要修剪等属性，包括【关联】和【大致偏置】两个复选框，【输入曲线】、【修剪】和【曲线拟合】3 个下拉列表框，以及 1 个【公差】文本框。

（1）关联 用于设置偏置后的曲线与原曲线之间的相关性。勾选该复选框后，修改原曲线参数，则偏置曲线参数也随之一同改变。

（2）输入曲线 用于设置偏置操作后原曲线的保持状态，【输入曲线】下拉列表框中包括"保持"、"隐藏"、"删除"和"替换"4 种控制方法。"保持"指原曲线保持原始状态。"隐藏"指隐藏原曲线。"删除"指偏置曲线后将原曲线删除。"替换"指原曲线被偏置曲线所替换。

（3）修剪 用于设置偏置曲线的角部形状，【修剪】下拉列表框中包括"无"、"延伸相切"和"圆角"3 种修剪方式。"无"指偏置后的曲线在角部既不延长相交也不彼此修剪或倒圆角，实例如图 3-41a 所示。"延伸相切"指偏置曲线将延伸相交或彼此修剪，实例如图 3-41b 所示。"圆角"指若偏置曲线在角部彼此不相连接，则以偏置距离为半径值将偏置曲线连接起来，实例如图 3-41c 所示；若偏置曲线在角部彼此相交，则在其交点处修剪多余部分。

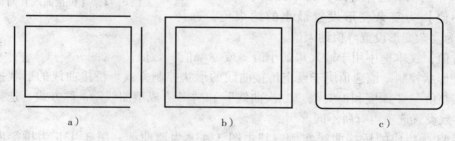

图 3-41 偏置曲线的修剪方式类型
a）无 b）延伸相切 c）圆角

（4）曲线拟合 用于设置偏置曲线的曲线拟合方式，【曲线拟合】下拉列表框中它包括"三次"、"五次"和"高级"3 种方式。

（5）公差 用于设置偏置曲线精度。

3.4.2 桥接曲线

桥接曲线是指在两条曲线之间或几何体之间创建一段光滑的曲线并对其进行约束，可用于两条曲线（包括实体、曲面的边缘线）间的圆角相切线。在桥接过程中，系统实时反馈桥接的信息，如桥接后的曲线形状、曲率梳等，按照用户指定的连续条件、连接部位和方向完成桥接曲线操作。执行【插入】|【来自曲线集的曲线】|【桥接】菜单命令，或单击

【曲线】工具条上的【桥接曲线】按钮，弹出【桥接曲线】对话框，如图 3-42 所示。

【桥接曲线】对话框中各选项的意义及设置如下。

（1）起始对象　用于选择桥接曲线的起点。

（2）终止对象　该选项区含有【选项】下拉列表框和【选择对象】选项区。

1）【选项】下拉列表框中有"对象"和"矢量"两个选项。选择【对象】则需指出终止对象，选择【矢量】则需要选择一个延伸矢量方向。

2）单击【选择对象】选项区，在绘图区内选择终止对象。

（3）桥接曲线属性　该选项用来设置桥接曲线的起点或终点位置、方向，以及连接点之间的桥接曲线属性。可以通过设置桥接曲线的起点和终点位置，以及设置 U 和 V 向百分比等 4 种方式设置属性，来控制桥接曲线形状。

（4）约束面　该选项用来设置与桥接曲线相连或相切的曲面。

（5）半径约束　该选项区含有【类型】下拉列表框和【值】文本框。

1）【类型】下拉列表框中有"无"、"最小值"和"峰值" 3 个选项。选择【无】为不提供半径约束，选择【最小值】为复杂变形设置最小的约束值，选择【峰值】为复杂变形设置峰值约束值。

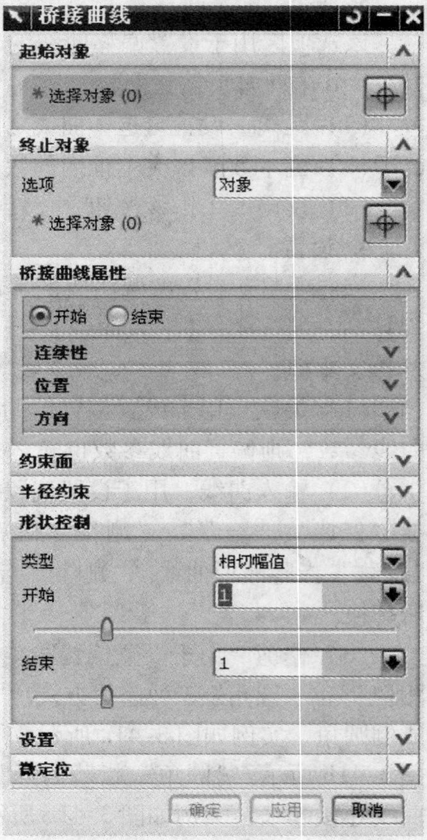

图 3-42　【桥接曲线】对话框

2）【值】文本框中用于输入"最小值"或"峰值"数值。

（6）形状控制　该选项用于设定桥接曲线的形状控制方式。桥接曲线的形状控制方式有"相切幅值"、"深度和歪斜"、"二次曲线"和"参考成型曲线" 4 种方式，选择不同的方式其参数设置选项也有所不同。

图 3-43 为生成的桥接曲线实例，其中图 3-43a 为原曲线，图 3-43b 为桥接曲线。在【开始】和【结束】文本框中输入不同的数值，可以控制桥接曲线形状。

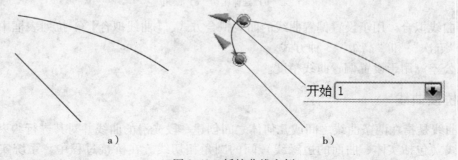

a）　　　　　　　　　　　　　　b）

图 3-43　桥接曲线实例

a）原曲线　b）桥接曲线

3.4.3　镜像曲线

镜像曲线通过镜像平面创建对称曲线（即创建的曲线为对称形式）。镜像平面可以是平面、基准平面或实体表面等。执行【插入】｜【来自曲线集的曲线】｜【镜像】菜单命令，或单击【曲线】工具条上的【镜像曲线】按钮 ，弹出【镜像曲线】对话框，如图 3-44 所示。

【镜像曲线】对话框中主要参数的含义如下。

（1）选择曲线　单击该选项区，在绘图区内选择要镜像的曲线。

（2）镜像平面　【平面】下拉列表框中有"现有平面"和"新平面"两个选项，分别用来指定已有的平面或创建新的平面作为镜像的对称面。

（3）设置　该选项区含有【关联】复选框和【输入曲线】下拉列表框。勾选【关联】复选框后，则镜像曲线与原曲线相关联。当原曲线发生变化时，镜像曲线也会随之变化。【输入曲线】下拉列表框设有"保持"、"隐藏"、"删除"和"替换"4 个选项，选择不同的选项，可以设置原曲线在镜像操作后是保持、隐藏、删除或被替换。

图 3-45 所示为镜像曲线实例，镜像平面为 YC-ZC 面。

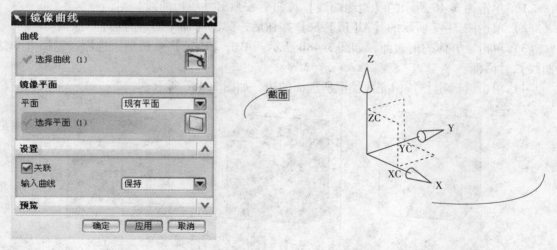

图 3-44　【镜像曲线】对话框　　　　　　　　　图 3-45　镜像曲线实例

3.4.4　抽取曲线

抽取曲线是指通过一个或多个对象的边缘和表面生成曲线（直线、圆弧、二次曲线等）。大多数抽取曲线是非关联的，但也可选择创建关联的等斜度曲线或阴影轮廓曲线。执行【插入】｜【来自曲线集的曲线】｜【抽取】菜单命令，或单击【曲线】工具条上的【抽取曲线】按钮 ，弹出【抽取曲线】对话框，如图 3-46 所示。

在【抽取曲线】对话框中有【边缘曲线】、【等参数曲线】、【轮廓线】、【工作视图中的所有边】、【等斜度曲线】和【阴影轮廓】6 个按钮，用于确定不同的抽取曲线方式。下面分别介绍这 6 种抽取曲线的方法。

（1）边缘曲线　用于指定由表面或实体的边缘抽取曲线。单击【边缘曲线】按钮后，弹出【单边曲线】对话框，如图 3-47 所示。

图 3-46　【抽取曲线】对话框

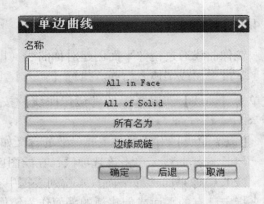
图 3-47　【单边曲线】对话框

【单边曲线】对话框中有一个【名称】文本框和【All in Face】、【All of Solid】、【所有名为】和【边缘成链】4 个按钮，用于选择边缘。单击【确定】按钮，抽取所选边缘。

【例 3-4】　图 3-48 所示为抽取曲线实例。其中，图 3-48a 为立方体（原图）。这里预抽取前表面上的边框，步骤如下：

1）单击图 3-46 所示的【边缘曲线】按钮后，弹出【单边曲线】对话框。

2）单击图 3-47 所示的【All in Face】按钮后，弹出【面中的所有边】对话框。

3）单击立方体的前表面，如图 3-48b 所示。单击【确定】按钮结束选面，返回【单边曲线】对话框。

4）单击【确定】按钮完成抽取所选面的边，如图 3-48c 所示。

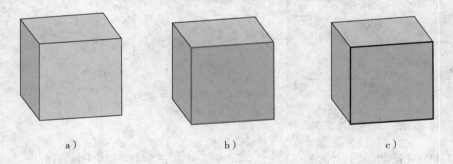

a)　　　　　　　　　　　　　b)　　　　　　　　　　　c)

图 3-48　抽取曲线实例
a）原图　b）单击立方体的前表面　c）抽取所选面的边

（2）等参数曲线　用于在表面上指定方向，并沿着指定的方向抽取曲线。单击【等参数曲线】按钮后，弹出【等参数曲线】对话框，如图 3-49 所示。

【等参数曲线】对话框中有【U 恒定】、【V 恒定】两个单选按钮，【曲线数量】、【最小值】、【最大值】3 个文本框和 1 个【选择新的面】按钮，分别用于设置抽取曲线的方向、数目和百分比，单击【确定】按钮，得到抽取的曲线。

（3）轮廓线　用于抽取球面、圆柱面等无边缘线的

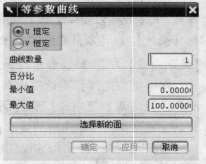
图 3-49　【等参数曲线】对话框

表面上的侧面轮廓线。

（4）工作视图中的所有边 用于抽取视图中所有边缘曲线。不同的视图设置，得到的抽取曲线不一样。

（5）等斜度曲线 用于抽取指定方向上的边缘曲线。单击【等斜度曲线】按钮后，弹出【矢量】对话框，如图 3-50 所示。

【矢量】对话框用于设置曲线的方向，用户指定曲线方向后，单击【确定】按钮，弹出【等斜度角】对话框，如图 3-51 所示。

图 3-50 【矢量】对话框

图 3-51 【等斜度角】对话框

【等斜度角】对话框中有【单个】、【族】两个单选按钮、【角度】、【起始角】、【终止角】、【步进】、【公差】5 个文本框和 1 个【关联】复选框，用于设置所要生成抽取曲线的类型及相关参数等斜线的生成方式。

（6）阴影轮廓 用于从选定对象的可见轮廓线上抽取曲线。

3.4.5 缠绕/展开曲线

缠绕/展开曲线将曲线从平面缠绕至圆锥或圆柱面，或将曲线从圆锥或圆柱面展开至平面。执行【插入】|【来自曲线集的曲线】|【缠绕/展开】菜单命令，或单击【曲线】工具条上的【缠绕/展开曲线】按钮，弹出【缠绕/展开曲线】对话框，如图 3-52 所示。

（1）类型 【类型】下拉列表框中含有"缠绕"和"展开"两种方式。

1）缠绕是将曲线从平面缠绕至圆锥或圆柱面上。

2）展开是将曲线从圆锥或圆柱面展开至平面上。

（2）曲线 该选项区用于选择要缠绕或展开的曲线。

（3）面 该选项区用于选择圆锥或圆柱面。

（4）平面 该选项区用于指定在进行缠绕或展开操

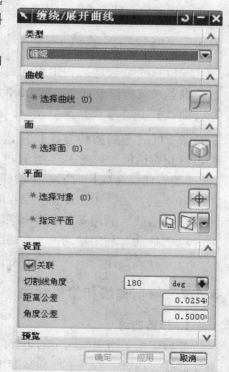

图 3-52 【缠绕/展开曲线】对话框

作时的平面。平面必须与圆锥或圆柱面相切。

【例3-5】　图3-53所示为缠绕曲线实例。图3-53a为原图。在【缠绕/展开曲线】对话框中的【类型】选择"缠绕"，单击【曲线】选项区用于选择要缠绕的直线，再单击【面】选项区选择圆柱面，如图3-53b所示。单击【平面】选项区中的【指定平面】，用鼠标选择图中与圆柱面相切的平面（缠绕平面），单击【应用】按钮，得到如图3-53c所示结果。

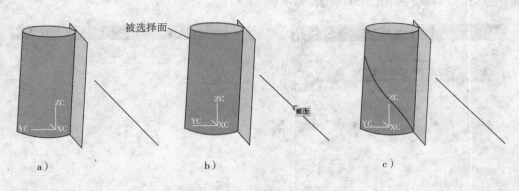

图3-53　缠绕曲线实例

a）原图　b）选择圆柱面　c）缠绕曲线

3.5　编辑曲线

利用编辑曲线命令，可以方便地对现有曲线进行编辑修改，以满足用户的需要。

3.5.1　编辑曲线参数

编辑曲线参数是指利用直线、圆/圆弧和样条的参数化设置来编辑修改曲线的形状和大小。执行【编辑】|【曲线】|【参数】菜单命令，或单击【编辑曲线】工具条上的【编辑曲线参数】按钮，弹出【编辑曲线参数】对话框，如图3-54所示。

【编辑曲线参数】对话框中的部分功能如下。

1）"点方法"用于设置获取点的方式。

2）"参数"利用参数编辑来编辑圆弧和圆。

3）"拖动"利用拖动的方法来编辑圆弧或圆。

4）"补弧"单击该按钮将得到原曲线的补弧。

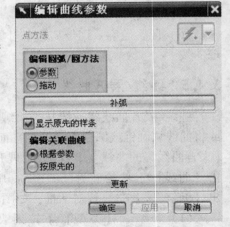

图3-54　【编辑曲线参数】对话框

3.5.2　修剪曲线和修剪拐角

1. 修剪曲线

修剪曲线是指根据选定的边界对象，对已存在的曲线进行修剪或延伸。可以将体、面、点、曲线、边缘、基准平面和基准轴作为边界，修剪或延伸直线、圆弧、二次曲线或样条曲线；也可以将曲线修剪到（或延伸到）曲线、边缘、平面、曲面、点或光标位置。执行

【编辑】|【曲线】|【修剪】菜单命令，或单击
【编辑曲线】工具条上的【修剪曲线】按钮 ，弹
出【修剪曲线】对话框，如图 3-55 所示。

（1）要修剪的曲线 该选项区含有【选择曲
线】按钮和【要修剪的端点】下拉列表框两部分。
【选择曲线】选项区用于选择要修剪的曲线，【要修
剪的端点】下拉列表框用于设定曲线的修剪端，有
"开始"和"结束"两个选项。"开始"是指修剪
曲线的开始端到边界对象的部分，"结束"是指修
剪曲线的终点端到边界对象的部分。

（2）边界对象 1【对象】下拉列表框中有"选
择对象"和"指定平面"两个选项。当选择"选择
对象"时，该选项区变为【选择对象】，从绘图区
内选择边界对象 1；当选择"指定平面"时，该选
项区变为【指定平面】，在绘图区内指定或构建一
个平面作为边界对象 1。

（3）边界对象 2 用于指定修剪曲线的第二个
边界对象，各选项的含义和操作方式同【边界对象
1】选项区。

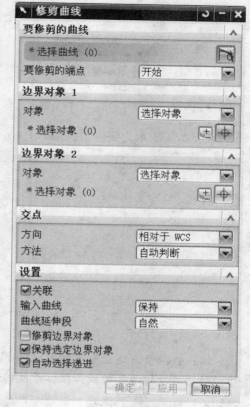

图 3-55 【修剪曲线】对话框

（4）交点 该选项区含有【方向】和【方法】
两个下拉列表框，用于确定边界对象与待修剪曲线
的交点的判断方式。【方向】下拉列表框有"最短
的 3D 距离"、"相对于 WCS"、"沿一矢量方向"和
"沿屏幕垂直方向" 4 种方式。【方法】下拉列表框有"自动判断"和"用户定义"两种方
法。

（5）设置 该选项区含有【关联】、【修剪边界对象】、【保持选定边界对象】和【自动
选择递进】4 个复选框，【输入曲线】和【曲线延伸段】用于设置修剪曲线集修剪边界的状
态。【输入曲线】下拉列表框有"保持"、"隐藏"、"删除"和"替换" 4 个选项，【曲线延
伸段】下拉列表框中有"自然"、"线性"、"圆形"和"无" 4 个选项。

2. 修剪拐角

修剪拐角是指把两条曲线修剪到它们的交点，使得两条不平行的曲线在其交点形成拐
角。被修剪拐角的曲线可以相交，也可以不相交。执行【编辑】|【曲线】|【修剪拐角】
菜单命令，或单击【编辑曲线】工具条上的【修剪拐角】按钮 ，弹出【修剪…】对话
框，如图 3-56 所示。

将鼠标移动到要修剪的两条曲线之间，且选择球中心位于要修剪掉的那部分曲线处，单
击鼠标左键，系统会弹出【修剪拐角】对话框，如图 3-57 所示。单击【是】按钮，完成修
剪拐角操作；单击【否】按钮，取消本次修剪拐角操作。

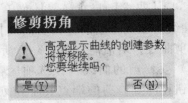

　　图 3-56　【修剪...】对话框　　　　　　　图 3-57　【修剪拐角】对话框

图 3-58a 所示为要修剪拐角的曲线，图 3-58b、c 所示为修剪拐角后的实例图。

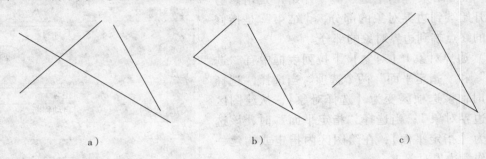

图 3-58　修剪拐角实例

a）要修剪拐角的曲线　b）实例一　c）实例二

　　注：当两条曲线没有实际交点（图 3-58a 所示的右下角部分）时，若进行修剪拐角操作，则拐角处的两条曲线必须位于鼠标选择球半径范围内。

3.5.3　编辑曲线长度

　　编辑曲线长度是指在曲线的端点处向外延伸或缩短，使其总长度发生变化。执行【编辑】|【曲线】|【长度】菜单命令，或单击【编辑曲线】工具条上的【曲线长度】按钮

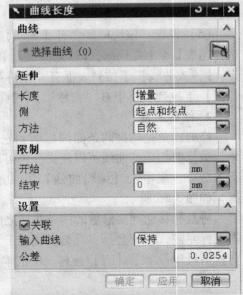

，弹出【曲线长度】对话框，如图 3-59 所示。

　　（1）曲线　该选项区用于选择要编辑的曲线。

　　（2）延伸　该选项区含有【长度】、【侧】和【方法】3 个下拉列表框。

　　1）长度下拉列表框中有"全部"和"增量"两个选项，其中"全部"是考虑现有曲线长度进行编辑曲线长度，而"增量"则是在原有曲线长度的基础上进行编辑曲线长度。

　　2）侧。当【长度】下拉列表框选择为"全部"时，【侧】下拉列表框含有"开始"、"结束"和"对称"3 个选项，其中"开始"对应着从曲线段的起点编辑曲线长度，"结束"对应着从曲线段的终点编辑曲线长度，"对称"对应着从曲线段的两个端点（起点和终点）编辑曲线长度。当【长度】下拉列表框选择为"增量"时，【侧】下拉列表框含有"起点和终点"和"对称"两个选项。

图 3-59　【曲线长度】对话框

3）方法下拉列表框中含有"自然"、"线性"和"圆形"3个选项。其中"自然"是根据编辑曲线情况，改变曲线长度，"线性"是沿着直线方向编辑曲线长度，如图 3-60a 所示；而"圆形"是沿着圆形方向编辑曲线长度，如图 3-60b 所示。

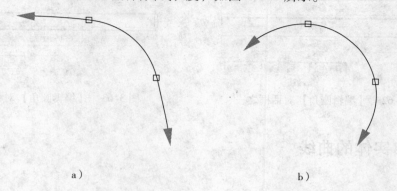

a）　　　　　　　　　　　　　　　b）

图 3-60　编辑曲线长度实例
a）线性　b）圆形

（3）限制　当【长度】下拉列表框选择为"全部"时，【限制】选项区中只有一个文本框，可在其中输入要编辑的曲线长度。当【长度】下拉列表框选择为"增量"时，【限制】选项区中有【开始】和【结束】两个文本框。在【开始】文本框中输入曲线起点端的增量值、在【结束】文本框中输入曲线终点端的增量值。

（4）设置　该选项区用于设置曲线的关联性和公差。

3.5.4　拉长曲线

拉长曲线功能用于拉伸或收缩选定的几何对象，也可以移动几何对象。如果选取的是对象（如直线）的端点，其功能是拉伸或收缩该对象；如果选取的是对象端点以外的位置，其功能是移动该对象。执行【编辑】|【曲线】|【拉长】菜单命令，或单击【编辑曲线】工具条上的【拉长曲线】按钮，弹出【拉长曲线】对话框，如图 3-61 所示。

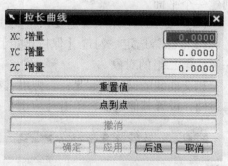

图 3-61　【拉长曲线】对话框

3.5.5　编辑圆角

编辑圆角功能可对已存在的圆角进行修改。执行【编辑】|【曲线】|【圆角】菜单命令，或单击【编辑曲线】工具条上的【圆角】按钮，弹出【编辑圆角】对话框，如图 3-62 所示。

（1）自动修剪　系统自动根据圆角来修剪圆角的两条连接曲线。其操作过程类似于创建圆角。

（2）手工修剪　用户确定是否修剪圆角的两连接曲线。

（3）不修剪　不修剪圆角的两连接曲线。

单击【自动修剪】、【手工修剪】或【不修剪】按钮后，弹出另一个【编辑圆角】对话框，如图 3-63 所示。

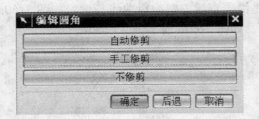

图 3-62　【编辑圆角】对话框之一

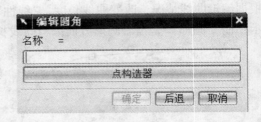

图 3-63　【编辑圆角】对话框之二

3.6　来自实体的曲线

3.6.1　相交曲线

相交曲线是指创建两个对象（实体、实体表面、平面或基准面）集之间的相交曲线，只有两个或两个以上的相交的曲面或实体才可能创建相交曲线。执行【插入】｜【来自体的曲线】｜【求交】菜单命令，或单击【曲线】工具条上的【相交曲线】按钮，弹出【相交曲线】对话框，如图 3-64 所示。

【相交曲线】对话框中各选项的含义如下。

（1）第一组　用于确定要产生交线的第一组对象。可以选择一个曲面，也可以选择或创建一个平面。

（2）第二组　用于确定要产生交线的第二组对象。方法同第一组一致。

（3）保持选定　勾选【保持选定】复选框，当单击【应用】按钮后，自动重复选择第一组或第二组的对象。

相交曲线的操作步骤是：在弹出【相交曲线】对话框后，依次选择相交的第一组面和第二组面，设置其他选项，单击【应用】按钮，求出相交曲线。图 3-65 所示为相交曲线实例。

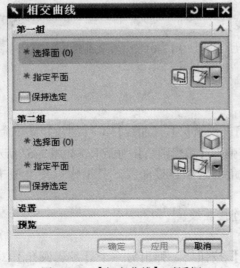

图 3-64　【相交曲线】对话框

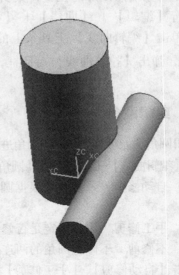

图 3-65　相交曲线实例

3.6.2　剖切曲线

剖切曲线功能可得到指定平面与选定的实体、表面、平面和曲线相交后形成的曲线或点。执行【插入】｜【来自体的曲线】｜【截面】菜单命令，或单击【曲线】工具条上的【剖切曲线】按钮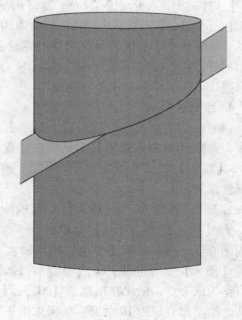，弹出【剖切曲线】对话框，如图 3-66 所示。

（1）类型　该下拉列表框有"选定的平面"、"平行平面"、"径向平面"和"垂直于曲线的平面" 4 种确定剖切面的方式。选择不同的方式，对应的【剖切曲线】对话框会有所不同。

（2）要剖切的对象　该选项区用来选择将被剖切的对象。单击该区域后，用鼠标选择要剖切的图形对象。

（3）剖切平面　该选项区有两个区域。单击【选择平面】区域后，用鼠标左键在绘图区内选择某一个平面作为剖切面；单击【指定平面】区域，可以创建一个剖切平面。

（4）基本平面　该选项区用于选择或构建基本平面。

（5）平面位置　该选项区含有一组剖切面的"开始"位置（基本平面）、"结束"位置和"步进"距离 3 个文本框。可以在这 3 个文本框输入适当的数值。

（6）径向轴　该选项区用于确定一组剖切平面的旋转轴线。

（7）参考平面上的点　该选项区用来确定参考平面上的点。

（8）曲线或边　该选项区用来确定一条曲线或边，一组剖切面应垂直于该曲线或边。

图 3-67 所示为剖切曲线实例。

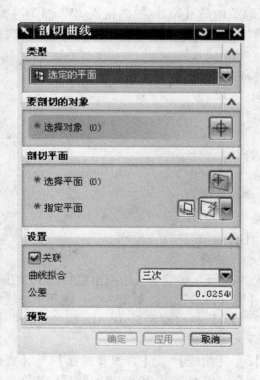

图 3-66　【剖切曲线】对话框

图 3-67　剖切曲线实例

3.7　实例

图 3-68 所示的图样为一个曲线的绘制实例。通过本实例练习，可以加深读者对利用曲线功能绘制并编辑二维图形的理解。

具体操作步骤如下。

1. 建新文件

执行【文件】│【新建】菜单命令，在弹出的【新建】对话框输入"新文件名"为"3zhangshili. prt"，确定合适的"文件夹"，单击【确定】按钮，完成建新文件操作。

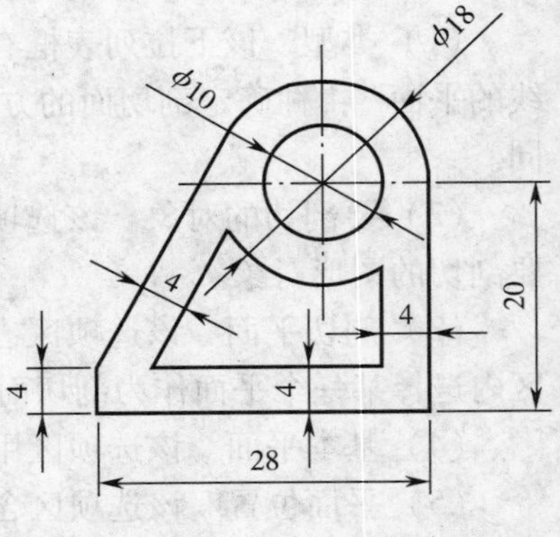

2. 确定工作视图

单击【视图】工具栏上的▇按钮，确定工作视图为俯视图。

图 3-68　绘制曲线实例

3. 绘制中心线

（1）设置对象属性　执行【首选项】│【对象】菜单命令，弹出【对象首选项】对话框。设置【线型】为"中心线"，【线宽】为"细线宽度"，单击【确定】按钮完成设置。

（2）绘制中心线　执行【插入】│【曲线】│【直线和圆弧】│【直线（点-点）】菜单命令，或单击【曲线】工具条上的【直线和圆弧工具条】按钮 ，弹出【直线和圆弧】工具条，单击【直线（点-点）】按钮 ✐。在跟踪条内的【XC】栏内输入 12，【YC】和【ZC】栏内均输入 0，按"Enter"键确认，确定水平中心线的一个端点。接着依次在【XC】、【YC】、【ZC】栏内输入 –12、0、0，按"Enter"键确认，确定水平中心线的另一个端点，绘制出水平中心线。使用同样方法，绘制端点为（0，12，0）和（0，–12，0）的竖直中心线，结果如图 3-69 所示。

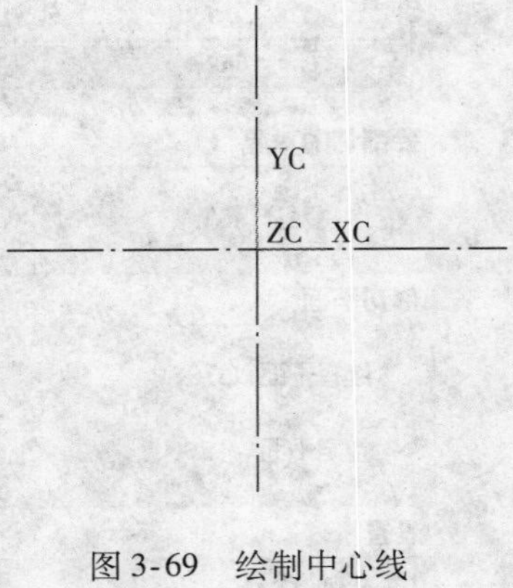

4. 绘制轮廓

（1）设置对象属性　执行【首选项】│【对象】菜单命令，弹出【对象首选项】对话框，设置【线型】为"实体"，【线宽】为"粗线宽度"，单击【确定】按钮完成对象属性设置。

（2）绘制圆　执行【插入】│【曲线】│【直线和圆弧】│【圆（圆心-半径）】菜单命令。选择中心线的交点

图 3-69　绘制中心线

作为圆心点，在跟踪条【半径】栏内输入 9，按"Enter"键确认，绘制出直径为 18 的圆。执行【插入】│【曲线】│【直线和圆弧】│【圆（圆心-点）】菜单命令。选择中心线的交点作为圆心点，依次在跟踪条【XC】、【YC】、【ZC】栏内输入 5、0、0，按"Enter"键确认，绘制出直径为 10 的圆，结果如图 3-70 所示。

（3）绘制长度为 20 的直线　执行【插入】│【曲线】│【直线和圆弧】│【直线（点-点）】菜单命令。选择中心线与 φ18 圆的右侧交点作为直线段的起点，然后依次在跟踪条【XC】、【YC】、【ZC】栏内输入 9、–20、0，按"Enter"键确认，绘制出长度为 20 的

竖直直线，结果如图 3-71 所示。

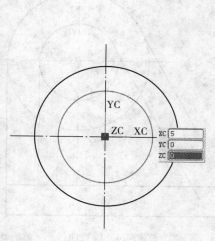

图 3-70　绘制圆

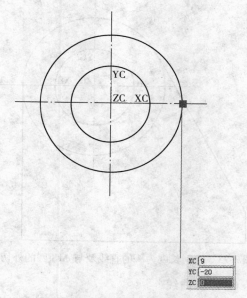

图 3-71　绘制长度为 20 的直线

（4）绘制长度为 28 的直线　选择长度为 20 的直线段的下端点作为直线段的起点，然后依次在跟踪条【XC】、【YC】、【ZC】栏内输入 – 19、– 20、0，按"Enter"键确认，绘制出长度为 28 的水平直线，结果如图 3-72 所示。

（5）绘制长度为 4 的直线及 ϕ18 圆的外切线。选择长度为 28 的直线段的左端点作为直线段的起点，然后依次在跟踪条【XC】、【YC】、【ZC】栏内输入 – 19、– 16、0，按"Enter"键确认，绘制出长度为 4 的竖直直线。执行【插入】|【曲线】|【直线和圆弧】|【直线（点-相切）】菜单命令，选择长度为 4 的直线段的上端点作为直线段的起点，再选择 ϕ18 圆，绘制出 ϕ18 圆的外切线，结果如图 3-73 所示。

5. 偏置曲线

执行【插入】|【来自曲线集的曲线】|【偏置】菜单命令，弹出【偏置曲线】对话框。在【类型】下拉列表框中选择"距离"，在【偏置】选项区内的【距离】文本框内输入偏置距离 4，【副本数】文本框内输入 1。选择长度为 20 的竖直直线为要偏置的曲线，单击【偏置平面上的点】选项区，在长度为 20 的竖直直线的左侧单击鼠标左键，单击【应用】按钮，完成长度为 20 直线的偏置操作。同样，可以实现长度为 28 的水平直线及与 ϕ18 圆外切直线的偏置操作，结果如图 3-74 所示。

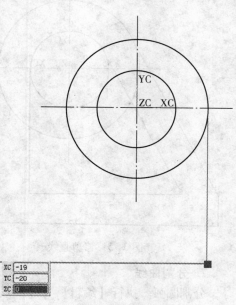

图 3-72　绘制长度为 28 的直线

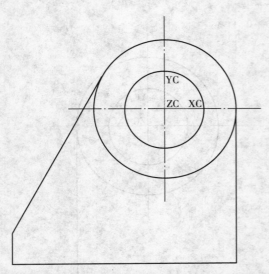

图 3-73　绘制长度为 4 的直线及与 ϕ18 圆的外切线

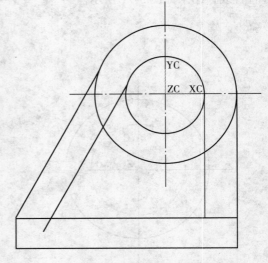

图 3-74　偏置曲线

6. 修剪曲线

（1）修剪直线　执行【编辑】｜【曲线】｜【修剪】菜单命令，弹出【修剪曲线】对话框。分别选择要修剪的直线，再选择偏置操作后的直线作为"边界对象"，修剪结果如图 3-75 所示。

（2）修剪 ϕ18 圆　执行【编辑】｜【曲线】｜【修剪】菜单命令，弹出【修剪曲线】对话框。选择要修剪的 ϕ18 圆，选择与 ϕ18 圆外切的直线和其偏置直线作为"边界对象"，修剪结果如图 3-76 所示。

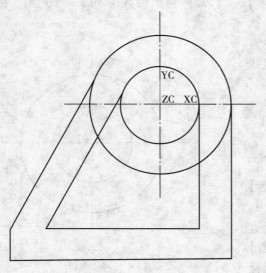

图 3-75　修剪直线

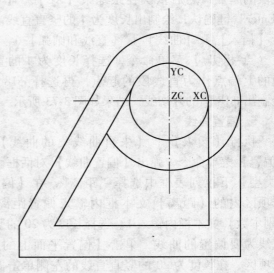

图 3-76　修剪 ϕ18 圆

7. 分割曲线

分割圆弧。执行【编辑】｜【曲线】｜【分割】菜单命令，弹出【分割曲线】对话框。在【类型】下拉列表框中选择"按边界对象"。选择要分割的曲线——ϕ18 圆弧，选择长度为 20 的竖直直线的偏置直线为"边界对象"，单击【应用】按钮，分割结果如图 3-77 所示。

8. 修剪曲线

分别以 φ18 圆弧、长度为 20 的竖直直线为"边界对象",修剪结果如图 3-78 所示,完成实例绘制。

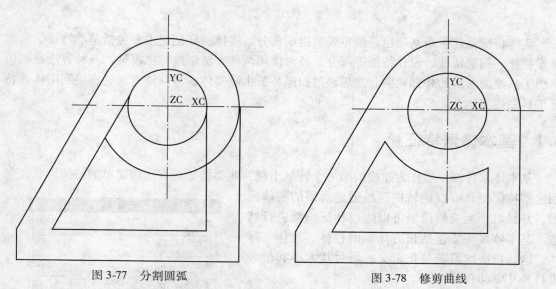

图 3-77 分割圆弧   图 3-78 修剪曲线

3.8 本章小结

本章主要介绍了曲线的生成、操作和编辑方法,这些方法是三维建模的基础。

3.9 思考与练习

3-1. 创建曲线的方式有哪些?请举例说明。

3-2. 练习绘制矩形和正五边形。

3-3. 常用的曲线操作方法有哪些?

3-4. 常用的曲线编辑方法有哪些?

3-5. 绘制图 3-79 所示的图形。

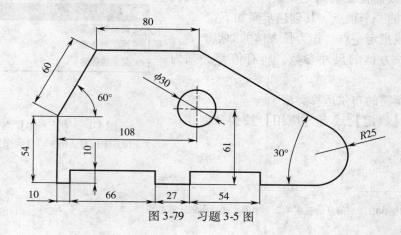

图 3-79 习题 3-5 图

第4章 特征建模

实体特征是建模最基础也是最重要的组成部分，实体特征创建主要包括基准特征、基本体素特征、扫描特征、设计特征等部分。通常使用两种方法创建特征模型：一种方法是利用草图工具绘制曲线的外部轮廓，然后通过扫描特征生成实体；另一种方法是直接利用体素特征工具创建实体。

4.1 基本体素特征

基本体素特征一般作为建模的第一个特征出现，此类特征具有比较简单的特征形状。利用这些特征工具可以比较快速地创建所需的实体模型，并且对于生成的模型可以通过特征编辑进行修改。基本体素特征包括长方体、圆柱体、锥体、球体，这些特征均可参数化定义，可对其大小和位置进行尺寸驱动和编辑。

4.1.1 长方体

该命令主要用来建立棱边与坐标轴平行的长方体。

单击【特征】工具条上的【长方体】按钮，弹出【长方体】对话框，如图4-1a所示。在【类型】下拉列表框中提供了3种创建长方体的方法，如图4-1b所示。

1. 原点和边长

该类型为默认选择类型，通过设定长方体的原点和3条边的长度来创建长方体。长方体的原点可通过点构造器或捕捉工具指定，该点为长方体底面的坐标值最小的一个顶点。其创建步骤如下：

1）创建或指定一点，作为长方体的原点。

2）设置长方体的尺寸参数，所有值都必须为正。

3）指定所需的布尔运算类型[⊖]。

4）单击【确定】或者【应用】按钮，创建长方体特征。

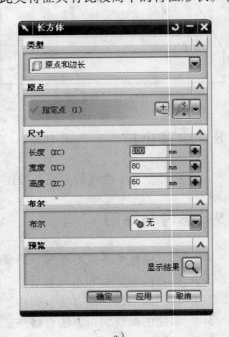

a)

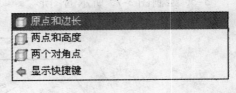

b)

图4-1 【长方体】对话框

a)【长方体】对话框 b)【类型】下拉列表框

⊖ 关于布尔操作的详细信息请参照4.2.1中的4选择布尔运算类型。

2. 两点和高度

通过指定两个点作为长方体底面对角线的顶点，并且设定长方体的高度来创建长方体。

3. 两个对角点

通过在工作区指定长方体的两个对角点，即处于不同长方体面上的两个对角点，即可创建所需的长方体。

在图 4-1 所示对话框中的【布尔】下拉列表框中可选择布尔运算方式，分别为："无"、"求和"、"求差"和"求交"。当选择"无"时，长方体将创建为独立的实体；选择其他选项时，则需要选择目标体与创建的长方体进行相应的布尔运算。如果部件中没有实体，则仅可用"无"选项。

【例 4-1】 用原点和边长方式创建长方体，步骤如下：

1）单击【特征】工具条上的【长方体】按钮，弹出【长方体】对话框，选择"原点和边长"类型。

2）用点构造器指定一个点，在 XC、YC、ZC 文本框中分别输入 100、100、100，单击【确定】按钮。

3）在如图 4-1a 所示对话框中设置长方体长度、宽度、高度分别为 100、80、60，单击【确定】或者【应用】按钮，创建长方体特征。结果如图 4-2 所示。

图 4-2 长方体创建实例

4.1.2 圆柱

该命令主要用来创建圆柱体形式的实体特征。

单击【特征】工具条上的【圆柱】按钮，弹出【圆柱体】对话框，如图 4-3a 所示。在【类型】下拉列表框中提供了两种创建圆柱的方法，如图 4-3b 所示。

1. 轴、直径和高度

该选项为默认选择类型，通过指定圆柱体的矢量方向和底面中心点的位置并设置其直径和高度，即可完成圆柱体的创建。其创建步骤如下：

1）指定圆柱体轴线方向。

2）设置圆柱体尺寸参数。

3）创建或指定一个点作为圆柱底面的圆心。

a)

b)

图 4-3 【圆柱】对话框

a)【圆柱】对话框 b)【类型】下拉列表框

4）指定所需的布尔运算类型。

5）单击【确定】或者【应用】按钮，创建圆柱体特征。

2. 高度和圆弧

该选项需要首先在绘图区创建或指定一条圆弧曲线，然后以该圆弧曲线为所创建圆柱体的参照曲线，设置圆柱体的高度，即可完成圆柱体的创建。创建步骤如下：

1）创建或指定一条圆弧曲线。

2）选择圆柱的矢量方向，可通过单击【反向】按钮改变方向。

3）输入圆柱高度值。

4）指定所需的布尔运算类型。

5）单击【确定】或者【应用】按钮，创建圆柱体特征。

图 4-4　圆柱创建实例

【例 4-2】　　按照轴、直径和高度方式创建圆柱，步骤如下：

1）单击【特征】工具条上的【圆柱】按钮，弹出【圆柱】对话框，选择"轴、直径和高度"类型。

2）单击【指定矢量】选项，指定 Z 轴正方向为圆柱的矢量方向；单击【指定点】选项，用点构造器指定一个点，在 XC、YC、ZC 文本框中分别输入 100、100、100，单击【确定】按钮。

3）设置圆柱体直径、高度分别为 100、60，单击【确定】或【应用】按钮，创建圆柱特征。结果如图 4-4 所示。

4.1.3　圆锥

该命令主要用来创建锥形的实体特征。锥体是以一条直线为中心轴线，一条与其成一定角度的线段为母线，并绕该轴线旋转 360° 形成的实体。在 UG NX 中，使用圆锥命令除了可以创建出圆锥体外，还可用于创建圆台体。

单击【特征】工具条上的【圆锥】按钮，弹出【圆锥】对话框，如图 4-5a 所示。在【类型】下拉列表框中提供了 5 种创建圆锥的方法，如图 4-5b 所示。

1. 直径和高度

该方式通过指定圆锥中心轴、底面的中心点、底部直径、顶部直径、高度数值及生成方向来创建锥体。其创建步骤如下：

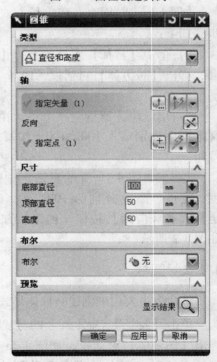

a）

b）

图 4-5　【圆锥】对话框

a）【圆锥】对话框　b）【类型】下拉列表框

1）在【类型】下拉列表框中选择"直径和高度"类型。

2）在【轴】选项区中设定轴向矢量和圆锥底圆中心点。可通过单击【反向】按钮 改变方向。

3）在【尺寸】选项区中设定底部直径、顶部直径和高度。

4）指定所需的布尔运算类型。

5）单击【确定】或【应用】按钮，创建圆锥特征。

2. 直径和半角

通过指定锥体中心轴、底面的中心点、底部直径、顶部直径、半角角度及生成方向来创建锥体。其创建步骤如下。

1）在【类型】下拉列表框中选择"直径和半角"类型。

2）在【轴】选项区中设定轴向矢量和圆锥底圆中心点。可通过单击【反向】按钮在相反方向上创建圆锥。

3）在【尺寸】选项区中设定底部直径、顶部直径和半角角度。半角是在圆锥轴与其侧壁之间形成并从圆锥轴顶点测量的角。角度值的范围为 1° ~89°。

4）指定所需的布尔运算类型。

5）单击【确定】或【应用】按钮，创建圆锥特征。

3. 底部直径，高度和半角

该方式通过指定锥体中心轴、底面的中心点、底部直径、高度数值、半角角度及生成方向来创建圆锥。

4. 顶部直径，高度和半角

该方式通过指定锥体中心轴、底面的中心点、顶部直径、高度数值、半角角度及生成方向来创建圆锥。

5. 两个共轴的圆弧

该方式创建圆锥时，只需在视图中指定两个同轴的圆弧，即可创建出以这两个圆弧曲线为大端和小端的圆台体。

【例 4-3】 通过直径和高度方式创建圆锥，步骤如下：

1）单击【特征】工具条上的【圆锥】按钮，弹出【圆锥】对话框，选择"直径和高度"类型。

2）单击【指定矢量】选项，指定 Z 轴正方向为圆锥的矢量方向；单击【指定点】选项，用点构造器指定一个点，在 XC、YC、ZC 文本框中分别输入 100、100、100，单击【确定】按钮。

3）设置圆锥底部直径、顶部直径和高度分别为 100、50、50，单击【确定】或【应用】按钮，创建圆锥特征。结果如图 4-6 所示。

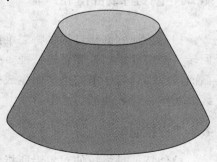

图 4-6 圆锥创建实例

注：底部直径不能为 0，顶部直径可以为 0，当顶部直径为 0 时创建圆锥，否则创建圆台。锥顶半角可以为负，此时，顶部直径大于底部直径。

4.1.4　球

该命令主要用来创建球体形式的实体特征。球体是三维空间中到一个点的距离相同的所有点的集合所形成的实体。

单击【特征】工具条上的【球】按钮，弹出【球】对话框，如图4-7a所示。在【类型】下拉列表框中提供了两种创建球的方法，如图4-7b所示。

1. 中心点和直径

通过指定球心位置和直径，创建球特征。

1）在【类型】下拉列表框中选择"中心点和直径"类型。

2）选择一个对象来自动判断球的中心点，或使用【中心点】选项区的指定点选项创建球心。

3）在【尺寸】选项区中的直径框中，输入球的直径值。

4）指定所需的布尔运算类型。

5）单击【确定】或者【应用】按钮，生成球体。

2. 圆弧

通过指定一条圆弧，将其半径和圆心分别作为所创建球体的半径和球心，创建球特征。

1）在【类型】下拉列表框中选择"圆弧"类型。

2）选择一段圆弧。圆弧可以是曲线或边。

3）指定所需的布尔运算类型。

4）单击【确定】或者【应用】按钮，生成球体。

a）

b）

图 4-7　【球】对话框

a）【球】对话框　b）【类型】下拉列表框

4.2　创建扫描特征

扫描特征的创建过程是将二维曲线按一定的路径运动生成三维实体的过程。例如拉伸、回转、沿引导线扫掠和管道特征。扫描特征中的应用对象主要有截面线串和引导线串两类，截面线串沿引导线串扫描从而生成扫描特征。用于扫描特征的截面线串可以是草图特征、曲线、实体边缘或面的边缘等。

4.2.1　拉伸

拉伸特征是将拉伸对象沿所指定的矢量方向拉伸到某一指定位置所形成的实体或片体，拉伸对象可以是草图、曲线等二维几何元素。

执行【插入】∣【设计特征】∣【拉伸】菜单命令，或单击【特征】工具条上的【拉伸】按钮，弹出【拉伸】对话框，如图4-8所示。

1. 选择截面曲线

如果指定的截面是一个封闭的线串，则将根据用户的选择生成为一个片体或实体。如果指定的截面是一个开放的线串，则只能生成为一个片体。

（1）绘制截面 在如图 4-8 所示的对话框中单击【绘制截面】按钮，打开【创建草图】对话框，选择草图绘制平面，创建一个处于特征内部的截面草图。在退出草图绘制时，所绘草图被自动选作要拉伸的截面。创建特征后，草图将保留在该特征内部，并且不会出现在图形窗口或部件导航器中。

（2）曲线 选择已有曲线来创建拉伸特征。

2. 选择拉伸方向

（1）创建或指定矢量 用于设置拉伸方向。在该选项区中选择所需的拉伸方向或者单击对话框中的【矢量构造器】按钮，弹出【矢量】对话框，创建一个矢量作为拉伸方向。

（2）反向 可通过单击【反向】按钮，使拉伸方向反向。

3. 限制

该选项区用于设置拉伸的起始位置。包括【开始】和【结束】两个下拉列表框和两个【距离】文本框。

（1）开始 用于限制拉伸的起始位置。

（2）结束 用于限制拉伸的终止位置。

（3）距离 用于输入限制拉伸的开始或结束数值。

【开始】和【结束】下拉列表框均提供了如图 4-9 所示对拉伸进行限制的选项。

图 4-8 【拉伸】对话框

（1）值 允许用户指定拉伸开始或结束的值。在截面上方的值为正，在截面下方的值为负。用户可在截面的任一侧将起始和终止限制手柄拖动一个线性距离，或直接在起始和终止距离框中或在跟踪条内输入数值，如图 4-10 所示。

（2）对称值 将开始限制距离转换为与结束限制相同的值。

（3）直至下一个 将拉伸特征沿方向路径延伸到下一个体。

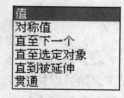

图 4-9 拉伸限制选项

（4）直至选定对象 将拉伸特征延伸到选择的面、基准平面或体。

（5）直到被延伸 当截面延伸超过所选择面上的边时，将拉伸特征（如果是体）修剪到该面。

（6）贯通 沿指定方向的路径，延伸拉伸特征，使其完全贯通所有的可选体。

4. 选择布尔运算类型

用户可根据需要指定"无"、"求和"、"求差"或"求交"布尔运算，如图 4-11 所示，各选项介绍如下：

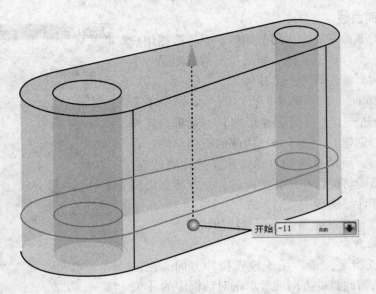

图 4-10　设置拉伸的起止位置

（1）无　创建独立的拉伸实体。

（2）求和　创建的拉伸体和指定的目标体求并集。

（3）求差　从目标体移除拉伸体。

（4）求交　创建一个体，这个体包含由拉伸特征和与之相交的现有体共享的体积。

5. 指定拔模方式

用户可选择拔模方向和角度，如图 4-12 所示，各选项介绍如下：

图 4-11　布尔运算类型

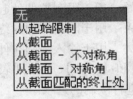

图 4-12　拔模类型

（1）无　不创建任何拔模特征。

（2）从起始限制　创建一个拔模特征，拉伸形状仅在起始处保持不变，从该固定形状处将拔模角应用于侧面，如图 4-13 所示。

（3）从截面　创建一个拔模特征，拉伸形状从起始处到指定截面处保持不变，从该截面处将拔模角应用于侧面，如图 4-14 所示。

（4）从截面-不对称角　该选项仅当从截面的两侧同时拉伸时可用。创建一个拔模特征，拉伸形状在截面处保持不变。在截面处将侧面分割在两侧，可以单独控制截面每一侧的拔模角，如图 4-15 所示。

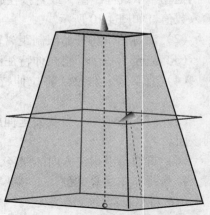

图 4-13　从起始限制拔模示例

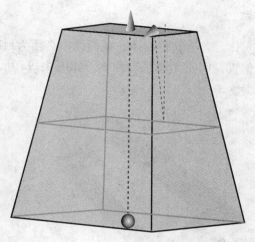

图 4-14 从截面拔模示例

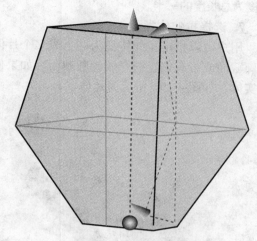

图 4-15 从截面-不对称角拔模示例

（5）从截面-对称角 该选项仅当从截面的两侧同时拉伸时可用。创建一个拔模特征，拉伸形状在截面处保持不变。在截面处分割侧面，并且截面的两侧的拔模角相同，如图 4-16 所示。

（6）从截面匹配的终止处 该选项仅当从截面的两侧同时拉伸时可用。创建一个拔模特征，截面保持不变，并且在截面处分割拉伸特征的侧面。所输入的角度为结束侧的拔模角度，起始处的截面形状与终止处的形状相匹配，起始处的拔模角将自动更改，以保持形状的匹配，如图 4-17 所示。

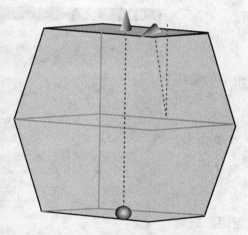

图 4-16 从截面-对称角拔模示例

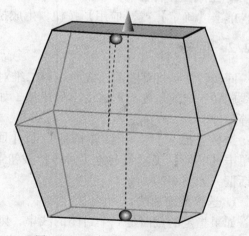

图 4-17 从截面匹配的终止处示例

6. 偏置

该功能允许用户指定最多两个偏置量来添加到拉伸特征，如图 4-18 所示，各选项介绍如下：

（1）单侧 指在截面曲线一侧生成拉伸特征，以结束值和起始值之差为实体的厚度。

（2）两侧 指在截面曲线两侧生成拉伸特征，以结束值和起始值之差为实体的厚度。

（3）对称 指在截面曲线的两侧生成拉伸特征，其中每一侧的拉伸

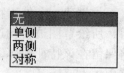

图 4-18 偏置类型

长度为总长度的一半。

7. 选择拉伸体类型

用户可以指定拉伸特征为一个或多个片体或实体。若要获得实体，截面线串必须为封闭轮廓截面或带有偏置的开放轮廓截面。如果使用偏置，则将无法获得片体。如图 4-19a 所示为实体，如图 4-19b 所示为片体。

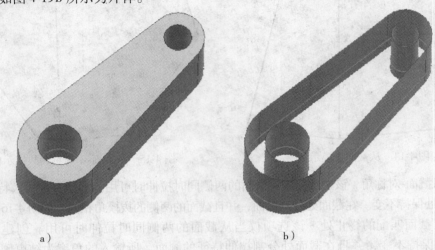

a)　　　　　　　　　　b)

图 4-19　拉伸体类型

a) 实体　b) 片体

8. 生成拉伸特征

单击【确定】或【应用】按钮，生成拉伸特征。

4.2.2　回转

回转特征是将草图截面或曲线等二维对象绕指定的旋转轴线旋转一定的角度而形成的实体模型，如齿轮、法兰盘和轴等零件。

执行【插入】|【设计特征】|【回转】菜单命令，或单击【特征】工具条上的【回转】按钮，弹出【回转】对话框，如图 4-20 所示。

1. 选择截面曲线

如果指定的截面是一个封闭的线串，则将根据用户的选择生成为一个片体或实体。如果指定的截面是一个开放的线串，则只能生成为一个片体。

（1）绘制截面　在如图 4-20 所示的对话框中单击【绘制截面】按钮，打开【创建草图】对话框，选择草图绘制平面，创建一个处于特征内部的截面草图。在退出草图绘制时，所绘草图被自动选作要回转的截面。创建特征后，草图将保留在该特征内部，并且不会出现在图形窗口或部件导航器中。

（2）曲线　选择已有曲线来创建拉伸特征。

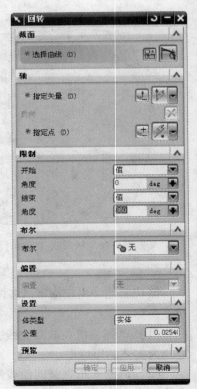

图 4-20　【回转】对话框

2. 指定旋转轴的方向及基准点

（1）创建或指定矢量　用于设置回转方向。在该选项区中选择所需的回转方向或者单击对话框中的【矢量构造器】按钮，弹出【矢量】对话框，创建一个矢量作为回转方向。

（2）反向　可通过单击【反向】按钮，使矢量方向反向。

（3）指定点　选择或创建要进行回转操作的基准点。可通过捕捉直接在视图区中进行选择，或单击【点构造器】按钮，弹出【点】对话框，构造一个点作为进行回转操作的基准点。

3. 限制

该选项区用于设置回转的起始角度。包括【开始】和【结束】两个下拉列表框和两个【角度】文本框。

（1）开始　用于确定起始角度的设置方式。

（2）结束　用于确定终止角度的设置方式。

（3）角度　用于输入限制回转的开始或结束角度值。

开始和结束下拉列表框所包含的选项相同。其中"值"用于指定回转开始或结束的值。"直至选定对象"用于指定作为回转的起始或终止位置的面、实体、片体或相对基准平面。

4. 选择布尔运算类型

根据需要指定"无"、"求和"、"求差"或"求交"布尔运算。

5. 设置偏置方式

（1）无　不向回转截面添加任何偏置。

（2）两侧　向回转截面的两侧添加偏置。

6. 选择回转体类型

指定回转特征是一个还是多个片体，或者是一个实体。要获得实体，此截面必须为封闭轮廓线串或带有偏置的开放轮廓线串。如果使用偏置，则无法获得片体。

7. 生成回转体

单击【确定】或者【应用】按钮，生成回转体。例如以图 4-21a 所示曲线为截面曲线，回转得到图 4-21b 所示结果。

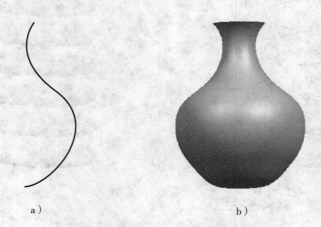

a）　　　　　　　　　　　　　　　b）

图 4-21　回转操作结果

a）截面线串　b）操作结果

4.2.3　沿引导线扫掠

沿引导线扫掠特征是指由截面曲线沿引导线扫描而成的特征，扫描过程中保持截面与扫描引导线切向夹角不变。

执行【插入】｜【扫掠】｜【沿引导线扫掠】菜单命令，或单击【特征】工具条上的【沿引导线扫掠】按钮，弹出【沿引导线扫掠】对话框，如图4-22所示。

1. 选择截面线串

选择用于扫描的截面线串，如图4-23所示，选择截面圆。

2. 选择引导线

选择引导线，如图4-23所示，选择螺旋线。

3. 设置偏置

输入偏置量，或在绘图窗口拖动偏置手柄设置偏置量。如果引导线串不垂直于截面线串，则偏置可能达不到预期的结果。

图4-22　【沿引导线扫掠】对话框

4. 选择布尔运算类型

根据需要指定"无"、"求和"、"求差"或"求交"布尔运算。

5. 选择体类型

指定生成实体或片体。

6. 生成沿导线扫掠特征

单击【确定】或者【应用】按钮，生成沿引导线扫掠特征。结果如图4-24所示。

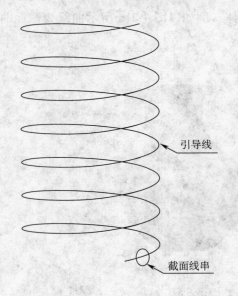

图4-23　沿引导线扫掠

图4-24　沿引导线扫掠特征

4.3　创建设计特征

设计特征又称成形特征，是在现有模型的基础上创建的实体特征，利用该命令工具可以直接创建出更为细致的实体特征，如在实体上创建孔、垫块、腔体和键槽等。设计特征的生成方式都是参数化的，可以通过表达式来设置参数。其创建过程类似于零件粗加工过程。

4.3.1　孔

该命令用于在已存在的实体上创建孔特征。

执行【插入】|【设计特征】|【孔】菜单命令，或单击【特征】工具条上的【孔】按钮 ，弹出【孔】对话框，如图 4-25 所示。

1. 指定孔的类型

在【孔】对话框中，从【类型】下拉列表框选择孔的类型。有 5 种类型，分别为："常规孔"（简单孔、沉头孔、埋头孔和锥形孔）、"钻形孔"、"螺钉间隙孔"（简单孔、沉头孔和埋头孔）、"螺纹孔" 和 "孔系列"（部件或装配中一系列多形状、多目标体、对齐的孔）。

图 4-25　【孔】对话框

2. 指定孔的中心

有两种方法，分别介绍如下：

（1）创建点　在【位置】选项区单击【绘制截面】按钮 以打开【创建草图】对话框，指定草图绘制平面后在草图绘制环境创建中心点，并通过几何约束和尺寸约束来确定点的位置，也可以在一个平面上创建草图，并在草图上创建中心点。用户可通过【点】对话框获得光标位置的准确坐标值。

（2）指定现有点　在【位置】选项区单击【点】按钮 可使用现有的点来指定孔的中心。可以使用 "捕捉点" 工具选择现有的点或特征点。可以选择多个点来创建多个孔。

3. 指定孔的方向

默认的孔方向为沿 –ZC 轴，下拉列表框中有以下选项：

（1）垂直于面　沿着与公差范围内每个指定点最近的面法向的反向定义孔的方向。如果选定的点具有不止一个可能最近的面，则在选定点处法向更靠近 –ZC 轴的面被自动判断为最近的面。

（2）沿矢量　沿指定的矢量定义孔方向。

4. 指定孔的形状和尺寸

选择孔的形状，输入孔的尺寸数值。

5. 指定用于创建孔特征的布尔操作

根据需要指定 "无" 或 "求差" 布尔运算。

6. 生成孔特征

单击【确定】或者【应用】按钮，生成孔特征。

4.3.2　凸台

凸台特征能够在指定基准面或实体面的外侧生成具有圆柱或圆台特征的实体。创建的凸台特征和孔特征类似，不同之处在于凸台的生成方式和孔的生成方式相反，凸台为向实体添加材料，而孔为从实体去除材料。

单击【特征】工具条上的【凸台】按钮 ，弹出【凸台】对话框，如图 4-26 所示。

1. 选择放置平面

系统会将用户选择的凸台基准平面的法向作为凸台的矢量方向，用户也可以使用【反侧】按钮切换矢量的方向。用户可通过输入参数的方法确定凸台的形状，此时系统根据当前参数在图形窗口中实时显示凸台及其尺寸。

图 4-26　【凸台】对话框

2. 设置凸台参数

在图 4-26 所示的对话框中输入凸台特征的直径、高度和锥角数值。

3. 结束凸台特征设置

单击【确定】或者【应用】按钮，弹出【定位】对话框，如图 4-27 所示。

4. 定位凸台特征

使用【定位】对话框精确定位凸台。

5. 生成凸台特征

单击【确定】或者【应用】按钮，完成操作。结果如图 4-28 所示。

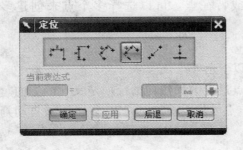

图 4-27　【定位】对话框

图 4-28　凸台操作结果

4.3.3　腔体

　　腔体命令用于在已存在的目标实体上创建型腔，该命令不仅可以从实体中移除圆柱形、矩形或者常规的实体特征。

　　单击【特征】工具条上的【腔体】按钮，弹出【腔体】对话框，如图 4-29 所示。系统可生成的腔体有 3 种类型，分别为：柱面副、矩形和常规。

1. 创建柱面副腔体

　　1）在图 4-29 所示对话框中单击【柱面副】按钮，弹出如图 4-30 所示【圆柱形腔体】对话框。

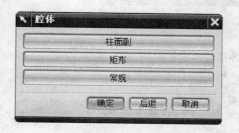

图 4-29　【腔体】对话框

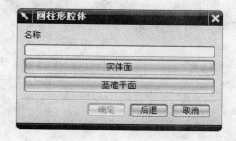

图 4-30　【圆柱形腔体】对话框之一

　　2）选择腔体的放置面后，弹出如图 4-31 所示第二个【圆柱形腔体】对话框。

　　3）在图 4-31 所示对话框中设置腔体参数。单击【确定】按钮，弹出如图 4-32 所示【定位】对话框。

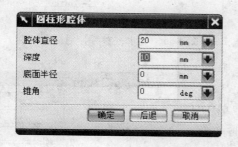

图 4-31　【圆柱形腔体】对话框之二

图 4-32　【定位】对话框

　　4）选择适当的定位方式，定位腔体特征。

　　5）单击【确定】或者【应用】按钮，完成操作。实例操作结果如图 4-33 所示。

2. 创建矩形腔体

　　1）在图 4-29 所示对话框中单击【矩形】按钮，弹出【矩形腔体】对话框，如图 4-34 所示。

　　2）选择腔体的放置面，弹出如图 4-35 所示【水平参考】对话框。

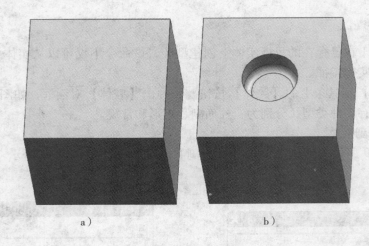

a)　　　　　　　　　　　　b)

图 4-33　柱面副腔体操作结果

a）柱面副腔体操作对象　b）操作结果

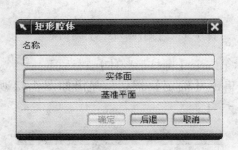

图 4-34　【矩形腔体】对话框之一

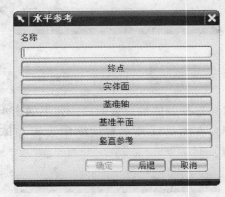

图 4-35　【水平参考】对话框

3）指定水平参考方向，即腔体的长度方位，弹出如图 4-36 所示第二个【矩形腔体】对话框。

4）在图 4-36 所示的对话框中设置腔体参数。单击【确定】按钮，弹出如图 4-32 所示【定位】对话框。

5）选择适当的定位方式，定位腔体特征。

6）单击【确定】或者【应用】按钮，完成操作。

注：拐角半径不得小于底面半径。

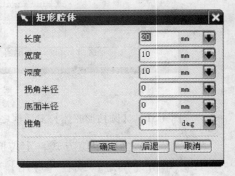

图 4-36　【矩形腔体】对话框之二

4.3.4　键槽

该命令用于在实体上创建键槽特征。单击【特征】工具条上的【键槽】按钮■，弹出【键槽】对话框，如图 4-37 所示。下面以矩形键槽为例介绍创建键槽特征的步骤。

（1）选择键槽的类型　键槽有 5 种类型，分别介绍如下：

1）矩形键槽，其横截面形状为矩形。

2）球形端槽，其横截面形状为半圆形。

3）U 形槽，其横截面形状成 U 形。

4）T 形键槽，其横截面形状为 T 形。

5）燕尾槽，其横截面形状为燕尾形。

选择【矩形】单选按钮，单击【确定】按钮，弹出如图 4-38 所示【矩形键槽】对话框。

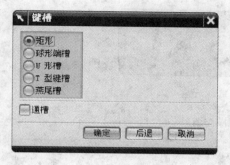

图 4-37　【键槽】对话框

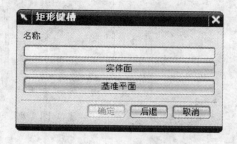

图 4-38　【矩形键槽】对话框之一

（2）选择水平放置面　选择放置键槽的平面，弹出如图 4-39 所示对话框。调整箭头方向，选择特征边，单击【确定】按钮。弹出如图 4-40 所示对话框。

图 4-39　矩形键槽默认边选择对话框

图 4-40　矩形键槽目标实体选择对话框

（3）选择放置键槽的目标实体　选择目标实体后，弹出如图 4-41 所示【水平参考】对话框。

（4）选择水平参考　通过【水平参考】对话框确定键槽特征的长度方向，弹出如图 4-42所示第 2 个【矩形键槽】对话框。

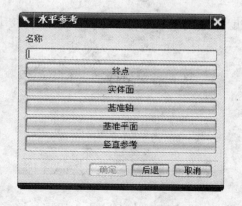

图 4-41　【水平参考】对话框

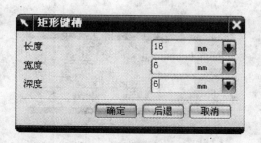

图 4-42　【矩形键槽】对话框之二

（5）输入矩形键槽的参数值　在图 4-42 所示对话框中输入各参数值，单击【确定】按钮，弹出如图 4-32 所示【定位】对话框。

（6）精确定位　选择适当的定位方式，精确定位键槽特征。

（7）完成　单击【确定】或者【应用】按钮，操作结果如图 4-43 所示。

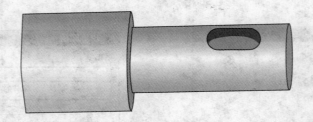

图 4-43　矩形键槽操作结果

4.3.5　槽

槽是机械设计中轴类零件中常见的特征，该命令用于在已存在的回转体上创建槽。

单击【特征】工具条上的【槽】按钮，弹出【槽】对话框，如图 4-44 所示。下面以矩形槽为例，介绍创建槽特征的步骤。

（1）选择槽的类型　单击【矩形】按钮，弹出【矩形槽】对话框，如图 4-45 所示。

图 4-44　【槽】对话框

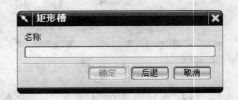

图 4-45　【矩形槽】对话框之一

（2）选择槽的位置　选择圆柱形的或圆锥形的放置面，弹出第二个【矩形槽】对话框，如图 4-46 所示。

（3）确定槽的尺寸　输入【槽直径】和【宽度】数值，单击【确定】按钮，弹出【定位槽】对话框，如图 4-47 所示。

图 4-46　【矩形槽】对话框之二

图 4-47　【定位槽】对话框

（4）定位槽　先在目标实体上选择目标边，再在槽上选择刀具边，弹出【创建表达式】

对话框,如图 4-48 所示。在【创建表达式】对话框中输入选中的两条边之间需要的距离值。

（5）完成　单击【确定】按钮,返回到如图 4-45 所示【矩形槽】对话框,单击【取消】按钮,完成操作。

图 4-48　【创建表达式】对话框

4.3.6　凸起

该命令用于在实体的表面上添加任意形状的凸起。在确定凸起截面形状时,可以选取实体表面上现有的曲线特征,也可以进入草图工作环境创建所需截面形状特征。

单击【特征】工具条上的【凸起】按钮 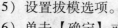,弹出【凸起】对话框,如图 4-49 所示。

1）选择曲线。选择封闭曲线或选择一个由边缘或曲线组成的封闭截面。如果选择一个平面作为截面,则会打开草图生成器,方便用户在该面上创建一个截面草图。

2）选择面。在【要凸起的面】选项区中,单击选择面并选择一个或多个要凸起的相连面。如图 4-50 所示,选择圆柱上方的封闭曲线。

3）在【凸起方向】选项区中,指定新的凸起脱模方向。默认的凸起方向垂直于截面所在的平面。

4）在【端盖】选项区中,指定给侧壁几何体加盖的方式。有截面平面、凸起的面、基准平面、选定的面 4 种方式。指定方式后设置相应参数。例如选择【凸起的面】方式,距离设为 20。

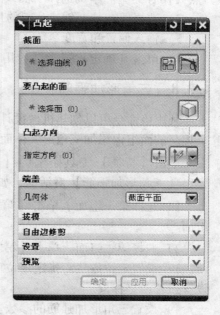

图 4-49　【凸起】对话框

5）设置拔模选项。

6）单击【确定】或者【应用】按钮,完成操作。结果如图 4-51 所示。

图 4-50　创建凸起时的选择对象

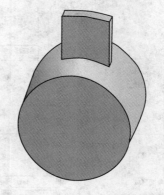

图 4-51　创建凸起的操作结果

4.3.7　偏置凸起

该命令利用基于点或曲线创建具有一定大小的腔体或垫块而形成的曲面来修改片体。偏置凸起特征与凸起特征的区别是前者只能对片体进行操作,并且生成的凸起几何体为片体,后者可对实体和片体进行操作，并且生成的凸起几何体可以为实体或片体。

执行【插入】|【设计特征】|【偏置凸起】菜单命令，或单击【特征】工具条上的【偏置凸起】按钮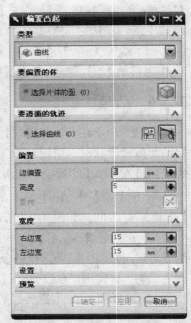，弹出【偏置凸起】对话框，如图4-52所示。

1）在【类型】下拉列表框中选择类型，有"曲线"和"点"两种类型。本例选择"曲线"类型。

2）选择要在其上创建凸起的片体和要遵循的轨迹。

3）输入偏置和宽度参数。

4）单击【确定】或者【应用】按钮，完成操作。

图 4-52　　【偏置凸起】对话框

4.3.8　三角形加强筋

利用该命令可以创建机械设计中的加强筋，是通过在两个相交的面组内添加三角形实体而形成的。

单击【特征】工具条上的【三角形加强筋】按钮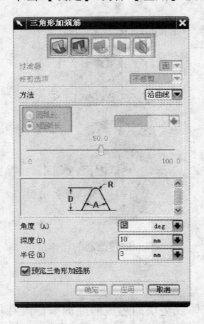，弹出【三角形加强筋】对话框，如图4-53所示。

1）选择第一组面。单击【第一组】按钮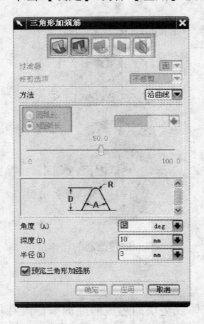，指定第一组面。

2）选择第二组面。单击【第二组】按钮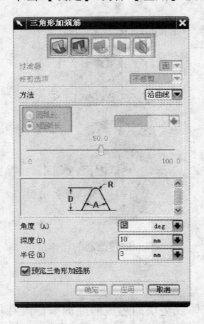，指定第一组面。

3）设置定位方法。指定定位三角形加强筋的方法，即"沿曲线"或"位置"。分别为设置弧长或坐标值。

4）设置三角形加强筋的参数。

5）单击【确定】或者【应用】按钮，完成操作。操作结果如图4-54所示。

图 4-53　　【三角形加强筋】对话框　　　　　　　　图 4-54　　三角形加强筋操作结果

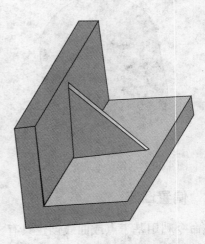

4.4　其他特征

4.4.1　抽取几何体

使用该命令可从一个体中抽取对象来创建另一个体。可以抽取面、面区域或整个体。如果抽取面或区域，则创建片体。如果抽取体，则新体的类型与源体的类型相同。

执行【插入】｜【关联复制】｜【抽取】菜单命令，或单击【特征操作】工具条上的【抽取几何体】按钮，弹出【抽取】对话框，如图 4-55a 所示，有 3 种抽取类型，如图 4-55b所示。

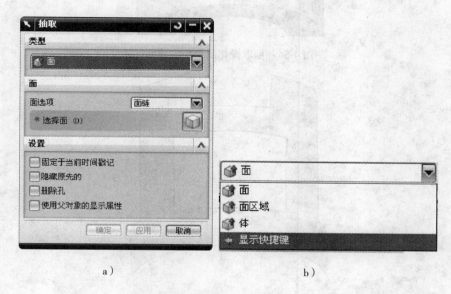

a)　　　　　　　　　　　　　　　b)

图 4-55　【抽取】对话框

a)【抽取】对话框　b)【类型】下拉列表框

（1）指定要抽取的类型　有 3 种类型，分别介绍如下：

1）面。创建要抽取的选定面的片体。

2）面区域。创建片体，该片体是与种子面相关且受边界面限制的面集合。

3）体。创建整个体的抽取关联副本。

（2）选择相应类型的抽取对象　如图 4-56 所示，选择了要抽取的曲面。

（3）完成　单击【确定】或者【应用】按钮，完成操作。操作结果如图 4-57 所示。

4.4.2　引用几何体

该命令用于创建对象副本，对象包括体、面、边、曲线、点、基准平面和基准轴等类型。用户可在镜面、线性、圆形和不规则图样中以及沿相切连续截面创建副本。这是一个引用已有设计特征的工具，并保持引用与其原始体之间的关联性。当图样关联时，编辑父对象后，系统会自动更新子对象的参数。

执行【插入】｜【关联复制】｜【引用几何体】菜单命令，或单击【特征操作】工具

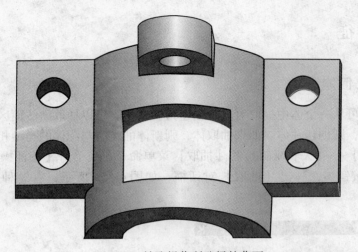

图 4-56　抽取操作所选择的曲面

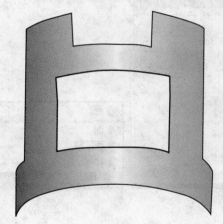

图 4-57　抽取操作结果

条上的【实例几何体】按钮，弹出【实例几何体】对话框，如图 4-58 所示。

（1）在类型下拉列表框中指定类型

1）来源/目标。创建选定几何体的引用，并将其从一个点或 CSYS 位置复制到另一个点或 CSYS 位置。

2）镜像。创建选定几何体的引用，并使其通过平面进行镜像。

3）平移。创建选定几何体的引用，并按指定方向平移。

4）旋转。创建选中几何体的引用，并绕指定轴旋转。可以添加旋转副本之间的偏置距离以达到螺旋状放置。

5）沿路径。创建选定几何体的引用，并沿曲线或边缘路径移动。可以为每个引用添加偏置旋转角度，以达到螺旋状结果。

（2）选择要引用的几何体

（3）根据所选类型设置相应参数

（4）完成　单击【确定】或者【应用】按钮，完成操作

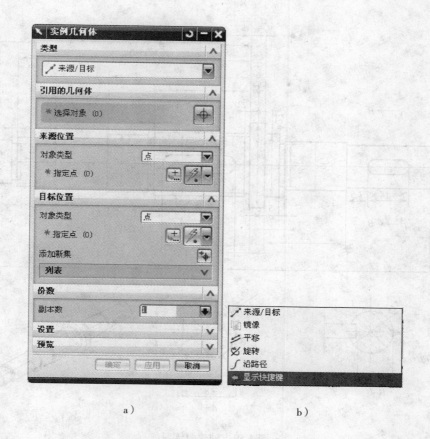

a)　　　　　　　　　　　　　b)

图 4-58　【实例几何体】对话框

a)【实例几何体】对话框　b)【类型】下拉列表框

4.5　实例

创建如图 4-59 所示轴模型。

设计思路：以毛坯棒料加工的过程建模。以直径为 30 的轴段右侧面为基准分为左右两个半段，先制作右半段，然后制作左半段，最后制作两个键槽。

1. 创建轴的右半段

（1）创建圆柱体　单击【特征】工具条上的【圆柱】按钮，弹出【圆柱】对话框，如图 4-3a 所示。在【类型】下拉列表框中选择【轴、直径和高度】，矢量指定 XC 轴正向，底面中心点用点构造器指定在 XC = −62、YC = 0、ZC = 0 处，直径值为 30，高度值为 154。结果如图 4-60 所示。

（2）使用"矩形槽"功能在直径为 30 的圆柱面上创建右侧 $\phi 22$ 阶梯轴　单击【特征】工具条上的【槽】按钮，弹出【槽】对话框，如图 4-44 所示。单击【矩形】按钮，弹出【矩形槽】对话框，如图 4-45 所示。选择直径为 30 的圆柱面为放置面，弹出第二个【矩形槽】对话框，如图 4-46 所示。设置【槽直径】为 22，【宽度】为 92，单击【确定】

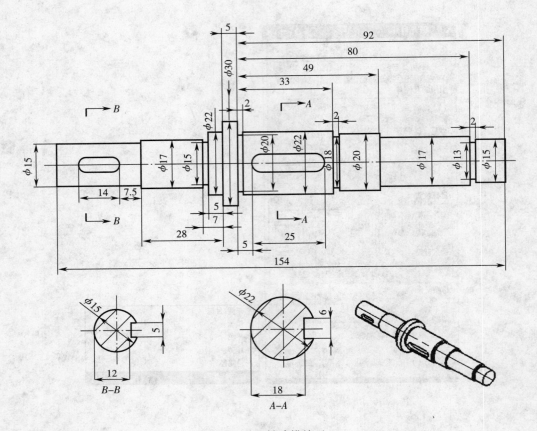

图 4-59　轴建模练习

按钮，弹出【定位槽】对话框，如图 4-47 所示。选择当前直径为 30 的圆柱右端面边缘为目标边，选择槽的右端面边缘为工具边，弹出【创建表达式】对话框，如图 4-48 所示。在【创建表达式】对话框中输入选中的两条边之间需要的距离值为 0，单击【确定】按钮，返回到如图 4-45 所示【矩形槽】对话框。结果如图 4-61 所示。

图 4-60　圆柱体（毛坯）　　　　　　　　图 4-61　创建右侧 ϕ22 阶梯轴

（3）创建右侧 ϕ20 阶梯轴　依照步骤（2）的操作方法，选择直径为 22 的圆柱面为放置面，设置【槽直径】为 20，【宽度】为 59，选择当前直径为 30 的圆柱右端面边缘为目标边，选择槽的左端面边缘为工具边，在【创建表达式】对话框中输入选中的两条边之间需要的距离值为 33，结果如图 4-62 所示。

（4）创建右侧 ϕ17 阶梯轴　依照步骤（2）的操作方法，选择直径为 20 的圆柱面为放置面，设置【槽直径】为 17，【宽度】为 43，选择当前直径为 20 的圆柱右端面边缘为目标边，选择槽的左端面边缘为工具边，在【创建表达式】对话框中输入选中的两条边之间需要的距离值为 0，结果如图 4-63 所示。

图 4-62　创建右侧 φ20 阶梯轴　　　　　　　图 4-63　创建右侧 φ17 阶梯轴

（5）创建右侧 φ15 阶梯轴　依照步骤（2）的操作方法，选择直径为 17 的圆柱面为放置面，设置【槽直径】为 15，【宽度】为 12，选择当前直径为 17 的圆柱右端面边缘为目标边，选择槽的左端面边缘为工具边，在【创建表达式】对话框中输入选中的两条边之间需要的距离值为 0，结果如图 4-64 所示。

（6）在轴右半段当前直径为 22 的圆柱面上创建 φ20 矩形槽　依照步骤（2）的操作方法，选择直径为 22 的圆柱面为放置面，设置【槽直径】为 20，【宽度】为 2，选择当前直径为 30 的圆柱右端面边缘为目标边，选择槽的左端面边缘为工具边，在【创建表达式】对话框中输入选中的两条边之间需要的距离值为 0，结果如图 4-65 所示。

图 4-64　创建右侧 φ15 阶梯轴　　　　　　　图 4-65　创建右侧 φ20 矩形槽

（7）创建右侧 φ18 矩形槽　依照步骤（2）的操作方法，选择直径为 20 的圆柱面为放置面，设置【槽直径】为 18，【宽度】为 2，选择当前直径为 20 的圆柱左端面边缘为目标边，选择槽的左端面边缘为工具边，在【创建表达式】对话框中输入选中的两条边之间需要的距离值为 0，结果如图 4-66 所示。

（8）创建右侧 φ13 矩形槽　依照步骤（2）的操作方法，选择直径为 15 的圆柱面为放置面，设置【槽直径】为 13，【宽度】为 2，选择当前直径为 15 的圆柱左端面边缘为目标边，选择槽的左端面边缘为工具边，在【创建表达式】对话框中输入选中的两条边之间需要的距离值为 0，结果如图 4-67 所示。

图 4-66　创建右侧 φ18 矩形槽　　　　　　　图 4-67　创建右侧 φ13 矩形槽

2. 创建轴的左半段

（1）创建左侧 φ22 阶梯轴　单击【特征】工具条上的【槽】按钮 📦，弹出【槽】对话框，如图 4-44 所示，单击【矩形】按钮，弹出【矩形槽】对话框，如图 4-45 所示。选择直径为 30 的圆柱面为放置面，弹出【矩形槽】对话框，如图 4-46 所示。设置【槽直径】为 22，【宽度】为 57，单击【确定】按钮，弹出【定位槽】对话框，如图 4-47 所示。选择当前直径为 30 的圆柱右端面边缘为目标边，选择槽的右端面边缘为工具边，弹出【创建表达式】对话框，如图 4-48 所示。在【创建表达式】对话框中输入选中的两条边之间需要的距离值为 5，单击【确定】按钮，返回到如图 4-45 所示【矩形槽】对话框。结果如图 4-68 所示。

（2）创建左侧 φ17 阶梯轴　依照步骤（1）的操作方法，选择直径为 22 的圆柱面为放置面，设置【槽直径】为 17，【宽度】为 52，选择当前直径为 30 的圆柱左端面边缘为目标边，选择槽的右端面边缘为工具边，在【创建表达式】对话框中输入选中的两条边之间需要的距离值为 5，结果如图 4-69 所示。

图 4-68　创建左侧 φ22 阶梯轴　　　　　　图 4-69　创建左侧 φ17 阶梯轴

（3）创建左侧 φ15 阶梯轴　依照步骤（1）的操作方法，选择直径为 17 的圆柱面为放置面，设置【槽直径】为 15，【宽度】为 29，选择当前直径为 30 的圆柱左端面边缘为目标边，选择槽的右端面边缘为工具边，在【创建表达式】对话框中输入选中的两条边之间需要的距离值为 28，结果如图 4-70 所示。

（4）创建左侧 φ15 矩形槽　依照步骤（1）的操作方法，选择直径为 17 的圆柱面为放置面，设置【槽直径】为 15，【宽度】为 2，选择当前直径为 22 的圆柱左端面边缘为目标边，选择槽的右端面边缘为工具边，在【创建表达式】对话框中输入选中的两条边之间需要的距离值为 0，结果如图 4-71 所示。

图 4-70　创建左侧 φ15 阶梯轴　　　　　　图 4-71　创建左侧 φ15 矩形槽

3. 创建键槽

（1）创建键槽的放置面　单击【特征操作】工具条上的【基准平面】按钮 ▱，弹出【基准平面】对话框，如图 4-72 所示。在【类型】下拉列表框选择"相切"类型，在轴右半段轴径为 22 的圆柱面上单击，如图 4-73 所示，单击【应用】按钮，完成第一个基准平面的创建。在轴左半段轴径为轴径为 15 的圆柱面上单击，如图 4-74 所示，单击【确定】按钮，完成第二个基准平面的创建。结果如图 4-75 所示。

图 4-72 【基准平面】对话框

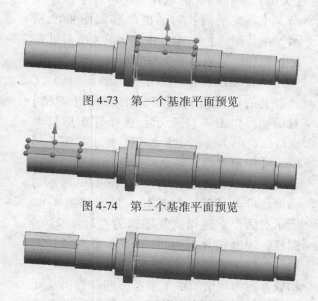

图 4-73 第一个基准平面预览

图 4-74 第二个基准平面预览

图 4-75 作为键槽放置面的两个基准平面

（2）创建用于键槽轴向定位的基准平面 单击【特征操作】工具条上的【基准平面】按钮▢，弹出【基准平面】对话框，如图 4-72 所示。在【类型】下拉列表框选择"YC-ZC平面"类型，【基准平面】对话框内容如图 4-76 所示，基准平面预览如图 4-77 所示。在图4-76 所示的【距离】文本框中输入 17.5，单击【应用】按钮，完成第三个基准平面的创建，然后再在图 4-76 所示的【距离】文本框中输入 –47.5，单击【确定】按钮，完成第四个基准平面的创建。结果如图 4-78 所示。

图 4-76 【基准平面】对话框

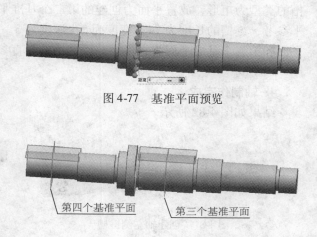

图 4-77 基准平面预览

图 4-78 轴向定位基准平面

（3）创建键槽定位基准平面 将 XC-ZC 平面作为键槽定位基准平面。单击【特征操作】工具条上的【基准平面】按钮▢，弹出【基准平面】对话框，如图 4-72 所示。在

【类型】下拉列表框选择"XC-ZC 平面"类型，【基准平面】对话框内容如图 4-79 所示，在【距离】文本框中输入 0，单击【确定】按钮，完成第五个基准平面的创建。

图 4-79　　【基准平面】对话框

（4）创建轴右侧键槽　单击【特征】工具条上的【键槽】按钮，弹出【键槽】对话框，如图 4-37 所示。选择【矩形】单选按钮，单击【确定】按钮，弹出如图 4-38 所示【矩形键槽】对话框。选择创建的第一个基准平面为放置面，弹出如图 4-39 所示对话框。单击【确定】按钮。弹出如图 4-40 所示对话框。选择放置键槽的直径为 22 的圆柱，弹出如图 4-41 所示【水平参考】对话框，单击直径为 22 的圆柱段，以圆柱的轴线方向为键槽的水平参考方向，弹出【矩形键槽】对话框，如图 4-42 所示，设置键槽的长度为 25，宽度为 6，深度为 3.5，单击【确定】按钮，弹出【定位】对话框，如图 4-32 所示。单击【线到线】按钮，选择第三个基准平面为目标边，选择键槽的竖直参考为工具边进行键槽的轴向定位，再次

图 4-80　　创建轴右侧键槽

单击【线到线】按钮，选择第五个基准平面为目标边，选择键槽的水平参考为工具边进行键槽的定位，结果如图 4-80 所示，系统返回到如图 4-38 所示【矩形键槽】对话框。

（5）创建轴左侧键槽　操作过程和轴右半段键槽的创建过程相似，不再详细叙述。键槽的类型为矩形，放置平面为创建的第二个基准平面，目标实体为圆柱体，以圆柱轴线为水平参考，键槽的长度为 14，宽度为 5，深度为 3。定位方式选择线到线，分别以第四个基准平面和第五个基准平面为目标边，以键槽的竖直参考和水平参考为工具边进行定位。结果如图 4-81 所示。

4. 轴制作完成

结果如图 4-82 所示。

图 4-81　　创建轴左侧键槽

图 4-82　　制作完成的轴

4.6　本章小结

本章主要介绍了基本体素特征、扫描特征和设计特征。基本体素特征都是常见的实体，

也是三维建模的基础；扫描特征将二维曲线按一定的路径运动转化成三维实体；设计特征是以现有模型为基础而创建的实体特征。

4.7　思考与练习

4-1. UG NX 7.0 中基本体素特征有哪些？

4-2. 何为扫描特征？常用的扫描特征有哪些？

4-3. 凸台和凸起特征有何不同？

4-4. 创建如图 4-83 所示模型。

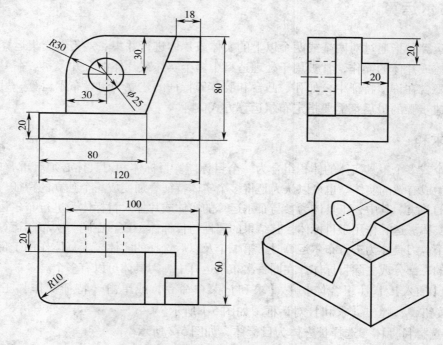

图 4-83　习题 4-4 图

第 5 章 特征操作和编辑特征

特征模型创建后，还需要在此基础上创建一些细节特征，如布尔操作、倒圆角、倒斜角和拔模等。对于结构相同但位置不同的特征，可使用实例特征命令进行关联复制。用户需要修改结构设计时，还可以修改特征的参数，编辑特征的位置等。

5.1 布尔运算

布尔运算是指通过对两个或两个以上的实体或片体进行并集、差集、交集运算，从而得到新的实体或片体的操作，常被用于处理造型中多个实体或片体的合并关系。在 UG NX 中，布尔运算隐含在许多特征中，如孔、凸台和腔体等特征的建立均包含布尔运算。另外，一些特征在创建步骤的最后都需要指定布尔运算方式。

5.1.1 求和

将两个或多个工具实体的体积组合为一个目标体。目标体和刀具体必须有重叠或共享面，这样才会生成有效的实体。也可以认为是将多个实体特征叠加变成一个独立的特征，即求实体与实体间的并集。其中，工具体为参与布尔运算的实体或片体。目标体为进行布尔运算时第一个选择的实体。运算作用于目标体，其结果的属性与目标体一致。在同一次布尔运算中，目标体只有一个。刀具体为进行布尔运算时，第二个及以后选择的实体。工具体作用于目标体，成为目标体的一部分或去除目标体。在同一次布尔运算中，刀具体可以有多个。

执行【插入】|【组合体】|【求和】菜单命令，或单击【特征操作】工具条上的【求和】按钮，弹出【求和】对话框，如图 5-1 所示。

（1）选择目标体 选择长方体为目标体，如图 5-2 所示。

图 5-1 【求和】对话框

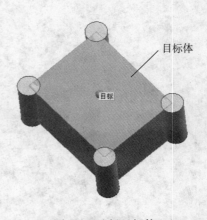

图 5-2 选择目标体

（2）选择一个或多个刀具体　选择 4 个圆柱体为刀具体，如图 5-3 所示。

（3）根据需要设置选项　在图 5-1 中的【设置】选项区内设置保存方式。如要保存未修改的原始目标体副本，勾选【保存目标】复选框；如要保存未修改的原始刀具体副本，勾选【保存工具】复选框。

（4）完成　单击【确定】或者【应用】按钮，完成布尔运算。结果如图 5-4 所示。

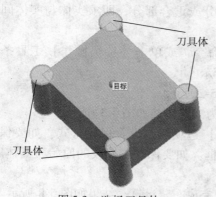

图 5-3　选择刀具体

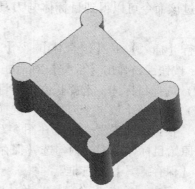

图 5-4　求和布尔操作的结果

5.1.2　求差

从目标实体中去除刀具体，在去除的实体特征中不仅包括指定刀具体，还包括目标体与刀具体相交的部分，即实体与实体间的差集。

执行【插入】｜【组合体】｜【求差】菜单命令，或单击【特征操作】工具条上的【求差】按钮，弹出【求差】对话框，如图 5-5 所示。

（1）选择目标体　选择长方体为目标体，如图 5-2 所示。

（2）选择一个或多个刀具体　选择 4 个圆柱体为刀具体，如图 5-3 所示。

（3）根据需要设置选项　在图 5-5 中的【设置】选项区内设置保存方式。如要保存未修改的原始目标体副本，勾选【保存目标】复选框。如要保存未修改的原始刀具体副本，勾选【保存工具】复选框。

（4）完成　单击【确定】或者【应用】按钮，完成布尔运算。结果如图 5-6 所示。

图 5-5　【求差】对话框

图 5-6　求差布尔操作结果

注：①刀具体与目标体之间没有交集时，系统会弹出提示框，提示"刀具体完全在目标体外"，不能求差。②刀具体与目标体之间的边缘重合时，将产生零厚度边缘。系统会弹出提示框，提示"刀具和目标未形成完整相交"，不能求差。

5.1.3　求交

通过该命令可以得到目标体与刀具体的共有部分或重合部分，即求实体与实体间的交集。

执行【插入】|【组合体】|【求交】菜单命令，或单击【特征操作】工具条上的【求交】按钮，弹出【求交】对话框，如图5-7所示。

（1）选择目标体　选择长方体为目标体，如图5-2所示。

（2）选择一个或多个刀具体　选择4个圆柱体为刀具体，如图5-3所示。

（3）根据需要设置选项　在图5-7中的【设置】选项区内设置保存方式。如要保存未修改的原始目标体副本，则勾选【保存目标】复选框。如要保存未修改的原始刀具体副本，则勾选【保存工具】复选框。

（4）完成　单击【确定】或者【应用】按钮，完成布尔运算。结果如图5-8所示。

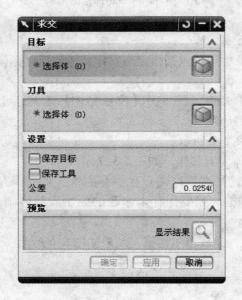

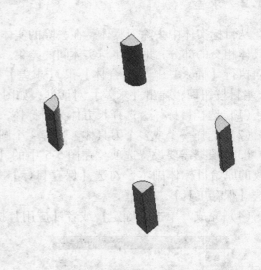

图5-7　【求交】对话框　　　　　　　　　图5-8　求交布尔操作的结果

注：所选的刀具体必须与目标体相交，否则会弹出提示框，提示"刀具体完全在目标体外"，不能求交。

5.2　细节特征

细节特征操作是指对已经存在的实体或特征进行各种操作以满足设计的要求，例如边倒圆、倒斜角、拔模等。

5.2.1　边倒圆

该命令用于在实体上沿边缘去除材料或添加材料，使实体上的尖锐边缘变成圆滑表面。

执行【插入】｜【细节特征】｜【边倒圆】菜单命令，或单击【特征操作】工具条上的【边倒圆】按钮，弹出【边倒圆】对话框，如图 5-9 所示。创建边倒圆的方法介绍如下：

1. 恒定半径圆角

该方式下，倒圆的值为设定值。在【要倒圆的边】选项区里，可指定将要进行倒圆操作的边。我们将这些边的集合称为"边集"。用户可以对每个边集分别指定半径值，也可以手动拖动倒角，改变半径大小。

2. 变半径圆角

该功能用于在一条棱边的不同位置设计不同半径的倒圆。要进行变半径倒圆，首先选择要进行倒圆的边，再在倒圆的边上添加可变半径点，应至少要选取两个可变半径点，如图 5-10 所示。操作结果如图 5-11 所示。

3. 拐角回切

该方式用于在有三边交汇的位置上创建回切面，因此必须首先选择至少三条构成拐角顶点的边，然后才能使用此方式。可以通过向拐角添加缩进点并调节其与拐角顶点的距离，来更改拐角的形状。可以使用拐角回切创建球头圆角等。选择该方式，首先选择三条交汇的实体边，并输入半径值。然后在图 5-9 所示对话框的【拐角回切】选项区内，单击【选择终点】项，选择交汇点，如图 5-12 所示，设置回切参数。回切的结果如图 5-13 所示，不回切的结果如图 5-14 所示。

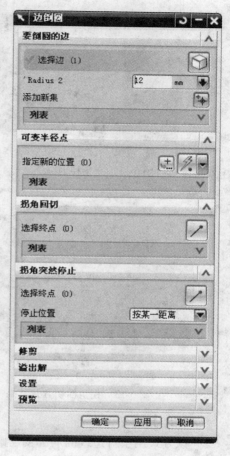

图 5-9　【边倒圆】对话框

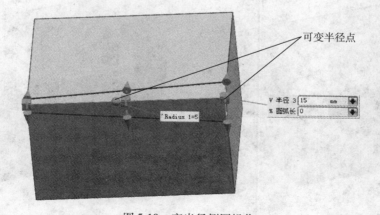

图 5-10　变半径倒圆操作

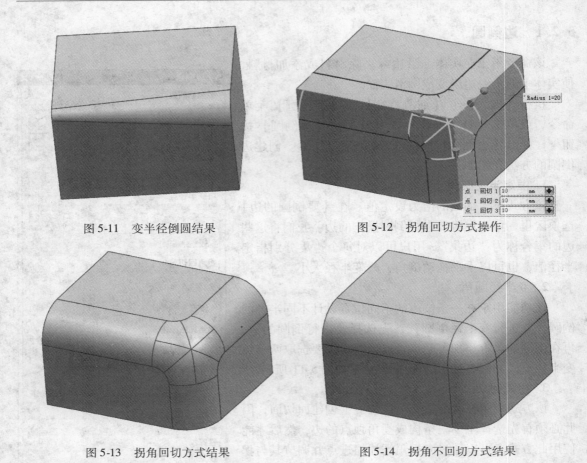

图 5-11　变半径倒圆结果　　　　　图 5-12　拐角回切方式操作

图 5-13　拐角回切方式结果　　　　图 5-14　拐角不回切方式结果

4. 拐角突然停止

该方式用于对边线的局部创建圆角。进行拐角突然停止操作时，首先选择边线，然后在图5-9所示对话框的【拐角突然停止】选项区内，单击【选择终点】项，选择已指定边线的终点，如图 5-15 所示。设置好停止位置参数后，单击【确定】或者【应用】按钮，完成操作。结果如图 5-16 所示。

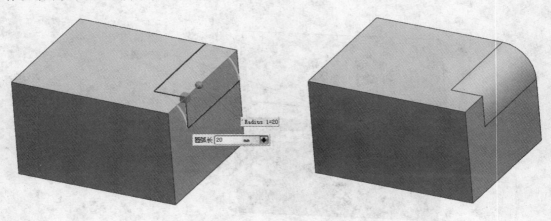

图 5-15　拐角突然停止方式操作　　　　图 5-16　边倒圆拐角突然停止方式操作结果

5.2.2　倒斜角

执行【插入】|【细节特征】|【倒斜角】菜单命令，或单击【特征操作】工具条上的【倒斜角】按钮，弹出【倒斜角】对话框，如图 5-17 所示。

（1）选择边　选择要倒斜角的一条或多条边，此时会显示倒斜角的预览。

（2）设置参数　在【偏置】选项区中，指定横截面类型和距离值。单击横截面下拉列表框中的按钮，展开如图 5-18 所示下拉列表框，选择横截面类型，并设置参数。有 3 种类型，分别介绍如下：

图 5-17　【倒斜角】对话框

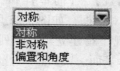

图 5-18　横截面类型下拉列表框

1）"对称"是指沿所选边的两侧使用相同偏置值创建简单倒斜角。

2）"非对称"是指创建边偏置不相等的倒斜角。需要指定两个正值，分别用于每个偏置。

3）"偏置和角度"是指使用偏置和角度来创建倒斜角。需要指定两个正值，分别为偏置值和角度值。

（3）完成　单击【确定】或者【应用】按钮，完成操作。

5.2.3　实例特征

该命令以一定的规律复制已经存在的特征。当创建具有规律分布的相同特征时，可以提高设计效率。

执行【插入】|【关联复制】|【实例特征】菜单命令，或单击【特征操作】工具条上的【实例特征】按钮，弹出【实例】对话框，如图 5-19 所示。实例特征包括【矩形阵列】、【圆形阵列】和【阵列面】3 种功能，分别介绍如下。

1. 矩形阵列

该功能用于将特征复制成按行、列规则排列的相同特征。

（1）开始　单击【矩形阵列】按钮，弹出第二个

图 5-19　【实例】对话框之一

【实例】对话框，如图 5-20 所示。

（2）选定复制对象　从图 5-20 所示【实例】对话框中选择要复制的特征。如需选择多个特征，则应在选择的同时要按下"Ctrl"键。选择完毕后，单击【确定】按钮，弹出如图 5-21 所示的【输入参数】对话框。

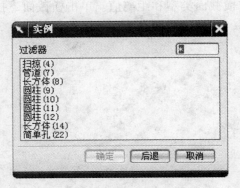

图 5-20　【实例】对话框之二

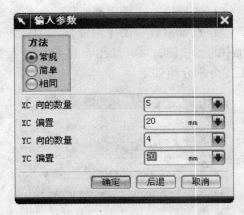

图 5-21　【输入参数】对话框

（3）输入参数　在如图 5-21 所示的【输入参数】对话框中，首先指定进行矩形阵列的方法，有【常规】、【简单】和【相同】3 种，然后设置参数并单击【确定】按钮，弹出【创建实例】对话框，如图 5-22 所示。

1）"常规"指建立矩形阵列时，将检查所有的几何对象，允许越过表面边缘线从一个表面到另一个表面。"常规"为默认选项。

2）"简单"与"常规"方法类似，但将消除额外的数据检验和优化操作，可加速阵列的建立过程。建立的成员必须与原特征在同一表面上。

3）"相同"是建立阵列特征的最快的方法，所做的检查操作最少，只简单地将原特征的所有表面和边缘线复制和移动，建立的阵列中每一个成员特征都是原特征的精确复制。当复制的数量很大，且每个成员特征完全一样时，可使用这种方法。建立的成员特征必须与原特征在同一表面上。

（4）完成　如果阵列预览结果符合要求，如图 5-23 所示，单击【是】或【确定】按钮，完成矩形阵列操作。

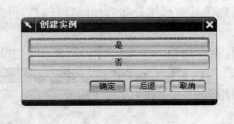

图 5-22　【创建实例】对话框

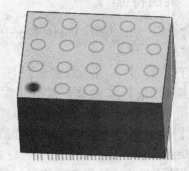

图 5-23　创建实例预览

2. 圆形阵列

该功能用于将特征绕定轴旋转复制得到一组相同的特征。

（1）开始　单击图 5-19 中【圆形阵列】按钮，弹出如图 5-20 所示的【实例】对话框。

（2）选定复制对象　从图 5-20 所示【实例】对话框中选择要复制的特征，如需选择多个特征，在选择的同时要按下"Ctrl"键。选择完毕后，单击【确定】按钮，弹出第三个【实例】对话框，如图 5-24 所示。

（3）输入参数　在图 5-24 所示对话框中，首先指定进行圆形阵列方法，有【常规】、【简单】和【相同】3 种方法，具体解释见矩形阵列。然后设置参数并单击【确定】按钮，弹出第四个【实例】对话框，如图 5-25 所示。

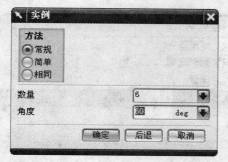

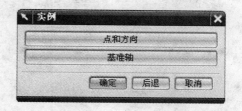

图 5-24　【实例】对话框之三　　　　　　　图 5-25　【实例】对话框之四

（4）指定旋转轴方式　在图 5-25 所示的对话框中，选择指定旋转轴的方式，然后指定旋转轴，弹出如图 5-22 所示的【创建实例】对话框。指定旋转轴的方式有【点和方向】和【基准轴】两种。

1）单击【点和方向】按钮，弹出【矢量】对话框，使用矢量构造器构造一个矢量来确定旋转轴方向，单击【确定】按钮，弹出【点】对话框，使用点构造器构造一个点来确定旋转轴的位置。

2）单击【基准轴】按钮，选择一条基准轴作为圆形阵列的旋转轴。阵列的半径为旋转轴到选定的第一个特征的距离。系统生成的阵列将高亮显示。如果使用基准轴，则阵列的旋转轴将与用来定义基准轴的几何体关联。

（5）完成　如果阵列预览结果符合要求，如图 5-26 所示，单击【是】或【确定】按钮，完成圆形阵列操作。

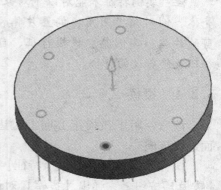

图 5-26　创建实例预览

3. 阵列面

该功能用于对实体的表面进行矩形阵列、圆形阵列或镜像操作。

（1）开始　单击图 5-19 中【阵列面】按钮，弹出如图 5-27 所示的【阵列面】对话框。

（2）选择阵列类型　单击【类型】下拉列表框中的 按钮，展开如图 5-28 所示下拉列表框，有 3 种类型，分别为"矩形阵列"、"圆形阵列"和"镜像"。以"镜像"类型为例介绍阵列面的操作步骤。

图 5-27 【阵列面】对话框

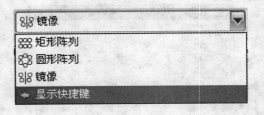

图 5-28 【类型】下拉列表框

（3）选择要阵列的实体表面。

（4）指定镜像平面。

（5）完成 单击【应用】或【确定】按钮，完成阵列面操作。如图 5-29 所示为选择"镜像"类型镜像孔内表面的操作结果。

注：实例特征不能对以下对象进行操作：壳体、倒斜角、圆角、偏置片体、基准、修剪的片体、实例集、拔模特征、自由曲面特征以及修剪过的特征。

5.2.4 拔模

该命令用于在指定方向上对边或实体表面进行拔模。

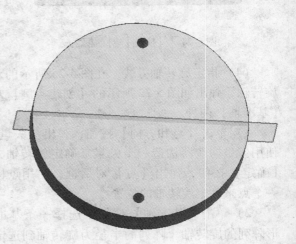

图 5-29 阵列面"镜像"类型操作结果

执行【插入】｜【细节特征】｜【拔模】菜单命令，或单击【特征操作】工具条上的【拔模】按钮，弹出【拔模】对话框，如图 5-30 所示。软件提供有 4 种拔模类型，如图 5-31 所示，分别介绍如下：

1. 从平面

用于从参考平面（即固定面）开始，与拔模方向成拔模角度，对指定的实体表面进行拔模。其中，拔模方向通常为模具开模的方向，拔模角度是指拔模方向与生成的拔模曲面之间的角度。操作步骤如下：

（1）选择拔模方式 在图 5-30 中所示的【类型】下拉列表框中选择"从平面"选项。

（2）选择拔模方向 指定矢量，确定脱模方向，可用【反向】按钮切换矢量方向。

（3）选择作为【固定面】的平面。

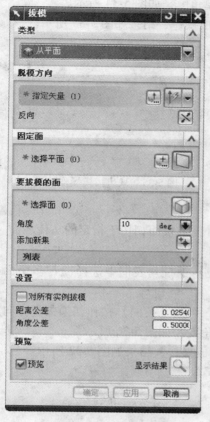

图 5-30 【拔模】对话框

图 5-31 【类型】下拉列表框

（4）选择要进行拔模的表面 选定表面，输入拔模角度，如图 5-32 所示。

（5）完成 单击【应用】或【确定】按钮，完成操作，结果如图 5-33 所示。

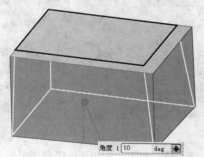

图 5-32 从平面拔模

图 5-33 从平面拔模结果

2. 从边

用于从实体边开始，与拔模方向成拔模角度，对指定的实体表面进行拔模。操作步骤如下：

（1）选择拔模方式 在图 5-30 中所示的【类型】下拉列表框中选择"从边"选项。

（2）选择拔模方向 指定矢量，确定脱模方向，可用【反向】按钮切换矢量方向。

（3）选择作为【固定边缘】的边。

（4）选择要进行拔模的边　选择表面，输入拔模角度，如图 5-34 所示。

（5）完成　单击【应用】或【确定】按钮，完成操作，结果如图 5-35 所示。

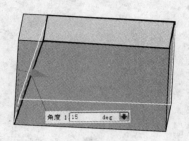
　　　　图 5-34　从边拔模

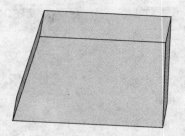
　　　　图 5-35　从边拔模操作结果

3. 与多个面相切

用于沿拔模方向成拔模角度对实体进行拔模，并使拔模面相切于指定的实体表面。操作步骤如下。

（1）选择拔模方式　在图 5-30 中所示的【类型】下拉列表框中选择"与多个面相切"选项。

（2）选择拔模方向　指定矢量，确定脱模方向，可用【反向】按钮切换矢量方向。

（3）选择相切的一组面　选择表面，输入拔模角度，如图 5-36 所示。

（4）完成　单击【应用】或【确定】按钮，完成操作，结果如图 5-37 所示。

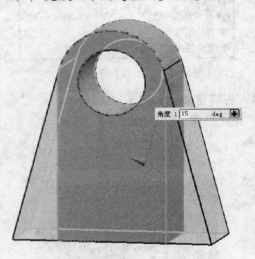
　　图 5-36　与多个面相切拔模

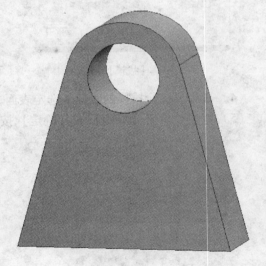
　　图 5-37　与多个面相切拔模操作结果

4. 至分型边

用于从参考面开始，与拔模方向成拔模角度，沿指定的分割边对实体进行拔模。操作步骤如下。

（1）选择拔模方式　在图 5-30 中所示的【类型】下拉列表框中选择"至分型边"选项。

（2）选择拔模方向　指定矢量，确定脱模方向，可用【反向】按钮切换矢量方向。

（3）选择作为【固定面】的平面。

（4）选择分型边　选择平面，输入拔模角度，如图 5-38 所示。

（5）完成　单击【应用】或【确定】按钮，完成操作，结果如图 5-39 所示。

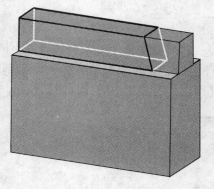

图 5-38　至分型边拔模

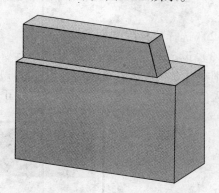

图 5-39　至分型边拔模操作结果

5.2.5　抽壳

该命令可根据指定的壁厚值抽空实体或在其四周创建壳体。

执行【插入】｜【偏置/缩放】｜【抽壳】菜单命令，或单击【特征操作】工具条上的【抽壳】按钮，弹出【抽壳】对话框，如图 5-40 所示。有两种抽壳类型，如图 5-41 所示。

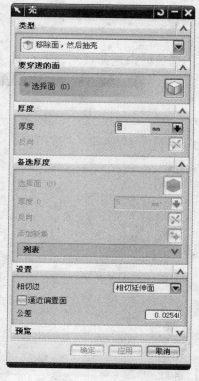

图 5-40　【壳】对话框

图 5-41　【类型】下拉列表框

"移除面，然后抽壳"和"对所有面抽壳"，两者的不同之处在于：前者在对实体抽空后，移除所选择的面，形成一个空腔；后者不移除任何表面，仅将实体变成有一定厚度的壳体。

1. 移除面，然后抽壳

（1）选择抽壳类型　在图 5-41 中所示的【类型】选项区中选择"移除面，然后抽壳"选项。

（2）选择要移除的面。

（3）设定抽壳参数　在【厚度】选项区设置壁厚；若需要在某个或某些面设置不同的厚度，则在【备选厚度】选项区设置新的厚度，并选择相应面。也可以拖动厚度手柄或在跟踪条内输入值，如图 5-42 所示。如果方向不正确，单击【厚度】选项区内的【反向】按钮。

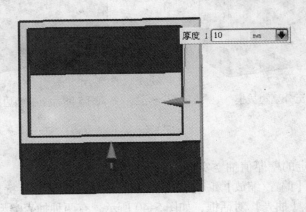

图 5-42　不同厚度抽壳

（4）完成　单击【应用】或【确定】按钮，完成操作。

2. 对所有面抽壳

（1）选择抽壳方式　在图 5-40 中所示的【类型】选项区中选择"对所有面抽壳"选项。

（2）选择要进行抽壳的体。

（3）设定抽壳参数　在【厚度】选项区设置壁厚；若需要在某个或某些面设置不同的厚度，则在【备用厚度】选项区设置新的厚度，并选择相应面。也可以拖动厚度手柄或在跟踪条内输入值。如果方向不正确，单击【厚度】选项区内的【反向】按钮。将厚度方向取反后，可在所选实体四周创建壳体。

（4）完成　单击【应用】或【确定】按钮，完成操作。

5.2.6　螺纹

该命令用于在实体的回转面上创建螺纹。

执行【插入】|【设计特征】|【螺纹】菜单命令，或单击【特征操作】工具条上的【螺纹】按钮，弹出【螺纹】对话框，如图 5-43 所示。可以创建【符号】螺纹和【详细】螺纹。

1.【符号】螺纹

系统生成一个象征性的螺纹，用虚线表示。此方式节省

图 5-43　【螺纹】对话框之一

内存，加快运算速度，因此推荐采用这种创建螺纹的方式。创建步骤如下：

（1）选择螺纹类型　在图 5-43【螺纹】对话框中选择【符号】单选按钮。

（2）选择要创建螺纹的回转面　选定回转面后在所选择的回转面的一端会显示螺纹起始面位置和螺纹创建方向的箭头，如图 5-44 所示。如与实际需要的不相符，可单击图 5-43 中所示的【选择起始】按钮，弹出如图 5-45 所示的第二个【螺纹】对话框。

图 5-44　螺纹起始面和方向箭头

图 5-45　【螺纹】对话框之二（起始面选择）

（3）选择螺纹起始面　选定起始面后，弹出第三个【螺纹】对话框，如图 5-46 所示。

（4）设置螺纹的方向和起始条件　起始条件有两种。"从起始处延伸"会使系统生成的完整螺纹超出起始面；"不延伸"会使系统在起始平面处开始生成螺纹。设置后，单击【确定】按钮。

（5）设置螺纹的旋转方向、参数等数据。

（6）完成　单击【应用】或【确定】按钮，完成操作。结果如图 5-47 所示。

图 5-46　【螺纹】对话框之三
（轴方向及起始条件）

2.【详细】螺纹

详细螺纹方式以真实螺纹形状创建螺纹，创建步骤与符号螺纹基本相同。结果如图 5-48 所示。

图 5-47　符号螺纹结果

图 5-48　详细螺纹结果

5.2.7　缩放体

该命令可以缩小或放大实体和片体。

执行【插入】|【偏置/缩放】|【缩放体】菜单命令，或单击【特征操作】工具条上的【缩放体】按钮，弹出【缩放体】对话框，如图 5-49 所示。有 3 种不同的缩放类型，分别为"均匀"、"轴对称"和"常规"，如图 5-50 所示。

3 种缩放方法的对比如下，图 5-51 所示为缩放前的模型；图 5-52 所示为均匀缩放之后的模型，比例因子为 1.5；图 5-53 所示为轴对称缩放之后的模型，沿轴的比例因子为 1.5，其他方向是 1；图 5-54 所示为常规缩放之后的模型，X、Y 和 Z 比例因子分别为 0.5、1 和 1.5 。下面以"轴对称"缩放为例，介绍缩放操作步骤。

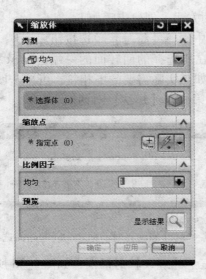

图 5-49 　【缩放体】对话框

图 5-50 　【类型】下拉列表框

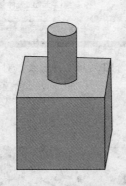

图 5-51 　缩放前模型

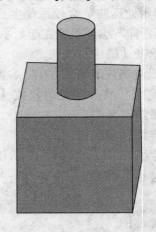

图 5-52 　均匀缩放

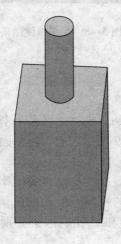

图 5-53 　轴对称缩放

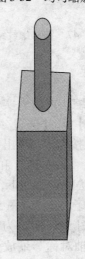

图 5-54 　常规缩放

（1）选择"轴对称"缩放类型。

（2）选择要缩放的体。

（3）选择比例轴　通过指定"矢量"和"轴通过点"来确定比例轴。使用矢量构造器或从可用的矢量列表中选择矢量。使用点构造器或从可用的点列表中指定轴通过点。

（4）指定缩放参数　指定【沿轴向】和【其他方向】的比例因子。

（5）完成　单击【应用】或【确定】按钮，完成操作。

5.3　特征编辑

特征编辑是在完成特征创建后，通过修改特征的相关参数等，以达到改变已生成特征的形状、大小、位置或者生成顺序的目的，包括参数编辑、编辑定位、特征移动、特征的重新排序、替换特征和抑制/取消抑制特征等。

5.3.1　参数编辑

编辑特征参数是指通过重新定义创建特征时设定的参数来更新特征。通过编辑特征参数可以随时对实体特征进行更新，而不用重新创建实体，这样可以大大提高工作效率。

单击【编辑特征】工具栏中的【编辑特征参数】按钮🔲，在打开的【编辑参数】对话框中包含了当前活动模型的所有特征，如图 5-55 所示。选择要编辑的特征，单击【确定】或【应用】按钮，弹出第二个【编辑参数】对话框，如图 5-56 所示。

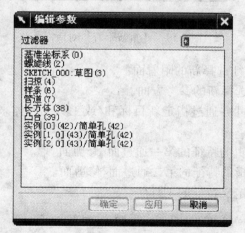

图 5-55　【编辑参数】对话框之一　　　　　　图 5-56　【编辑参数】对话框之二

1. 特征对话框

该按钮用于编辑特征的参数。例如若要编辑凸台特征的参数，可在图 5-55 所示的对话框里选择"凸台（39）"或直接在绘图区单击选择该凸台特征，之后单击【应用】或【确定】按钮，弹出如图 5-56 所示的对话框。选择【特征对话框】按钮，弹第三个【编辑参数】对话框，如图 5-57 所示，修改需要改变的参数值，然后单击【确定】按钮，系统回到如图 5-56 所示对话框，再次单击【确定】按钮，系统回到如图 5-55 所示对话框，再次单击

【确定】按钮，完成操作。

2. 重新附着

该按钮用于重新指定所选特征附着平面。可以把建立在一个平面上的特征重新附着到新的平面上去。已经具有定位尺寸的特征，需要重新指定新平面上的参考方向和参考边。在如图 5-56 所示的对话框中选择【重新附着】按钮，弹出【重新附着】对话框，如图 5-58 所示。操作步骤如下：

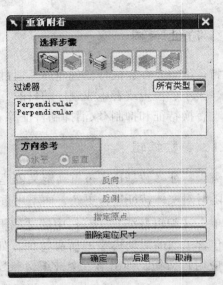

图 5-57　【编辑参数】对话框之三　　　　　图 5-58　【重新附着】对话框

（1）指定目标放置面🔲　用于为所编辑的特征选择新的附着面。

（2）指定参考方向🔲　用于为所编辑的特征选择新的参考方向。

（3）重新定义定位尺寸🔲　用于选择定位尺寸并通过指定新目标和/或工具几何体来重新定义该尺寸。

（4）指定第一通过面🔲　用于重新定义所编辑的特征的第一通过面/修剪面。

（5）指定第二通过面🔲　用于重新定义所编辑的特征的第二通过面/修剪面。

（6）指定工具放置面🔲　用于重新定义用户定义特征的工具面。

5.3.2　编辑位置

编辑位置命令可以通过编辑定位尺寸数值来移动特征，也可以为创建特征时没有指定定位尺寸或定位尺寸不全的特征添加定位尺寸，还可以直接删除定位尺寸。

执行【编辑】|【特征】|【编辑位置】菜单命令，或单击【编辑特征】工具条上的【编辑位置】按钮🔲，弹出【编辑位置】对话框，如图 5-59 所示，在打开的【编辑位置】对话框中列出了所有可供编辑的特征。选择要编辑的特征，然后单击【确定】按钮，弹出第二个【编缉位置】对话框，如图 5-60 所示。

在图 5-60 所示对话框中，有 3 种位置编辑方式，分别介绍如下：

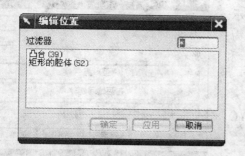

图 5-59　【编辑位置】对话框之一

图 5-60　【编辑位置】对话框之二

1. 添加尺寸

该方式可在所选择的特征和相关实体之间添加定位尺寸，主要用于未定位的特征和定位尺寸不全的特征。单击【添加尺寸】按钮，弹出如图 4-32 所示【定位】对话框，它与特征定位方法相同，这里不再赘述。

2. 编辑尺寸值

该方式主要用来修改现有的尺寸参数。单击【编辑尺寸值】按钮，弹出如图 5-61 所示第三个【编辑位置】对话框。选择需要修改的尺寸，弹出如图 5-62 所示【编辑表达式】对话框。输入新的尺寸值，然后单击【确定】按钮，系统回到如图 5-61 所示对话框。再次单击【确定】按钮，系统回到如图 5-60 所示对话框。再次单击【确定】按钮，系统回到如图 5-59 所示对话框。再次单击【确定】按钮，完成操作。

图 5-61　【编辑位置】对话框之三

图 5-62　【编辑表达式】对话框

3. 删除尺寸

该方式主要用来删除现有的定位尺寸，选择该方式，弹出如图 5-63 所示【移除定位】对话框，在工作区选取需要删除的尺寸值，然后单击【确定】按钮，即可删除选取的尺寸，系统回到如图 5-59 所示对话框。再次单击【确定】按钮，完成操作。

图 5-63　【移除定位】对话框

5.3.3　移动特征

该命令可以把无关联的特征移到需要的位置，但不能用于移动已经用定位尺寸约束的特征。如果要移动已经用定位尺寸约束的特征，则应当使用编辑位置命令。

执行【编辑】|【特征】|【移动】菜单命令，或单击【编辑特征】工具条上的【移动特征】按钮，弹出【移动特征】对话框。在打开的【移动特征】对话框中列出了所有

可供移动的特征。选择要移动的特征并单击【确定】
按钮，打开【移动特征】对话框，如图 5-64 所示。
该对话框中列出以下 4 种位置移动方式，分别为：
"坐标移动"、"至一点"、"在两轴间旋转"和
"CSYS 到 CSYS"。

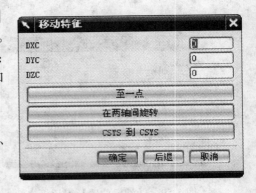

1. 坐标移动方式

该方式是基于当前工作坐标，在 DXC、DYC、
DZC 文本框中输入增量值来移动所选择的特征。

2. 至一点

选择该方式会弹出【点】对话框。之后利用
【点】对话框先后指定参考点和目标点，将所选择实
体特征由参考点移动到目标点。

图 5-64　【移动特征】对话框

3. 在两轴间旋转

该方式是将特征从一个参照轴旋转到目标轴。选择该方式，会弹出【点】对话框，使
用点构造器工具捕捉旋转枢轴点（旋转轴的定位点），弹出【矢量】对话框，先后使用矢量
构成器指定参考轴方向和目标轴方向即可。

4. CSYS 到 CSYS

该方式将特征从参考坐标系中的位置重定位到目标坐标系中。选择该方式，会弹出
【CSYS】对话框，指定参考坐标系和目标坐标系即可。

5.4　实例

修改如图 5-65 所示的轴。

图 5-65　待修改的轴

修改内容如下：

1）把轴直径为 22 的圆柱段的直径值改为 20。

2）在修改后的直径为 20 的圆柱段上添加【详细】螺纹。

3）给各个轴颈端面边缘加倒角。

具体操作步骤如下：

（1）选择要编辑的特征　单击【编辑特征】工具条上的【编辑特征参数】按钮 ，弹
出如图 5-66 所示【编辑参数】对话框，在图形区内选择位于轴右半段直径为 22 的圆柱段。
单击【确定】按钮，弹出第二个【编辑参数】对话框，如图 5-67 所示。

图 5-66　【编辑参数】对话框之一

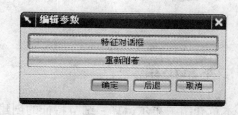

图 5-67　【编辑参数】对话框之二

（2）修改特征参数　单击图 5-66 所示对话框中的【特征对话框】按钮，弹出第三个【编辑参数】对话框，如图 5-68 所示，把直径改为20。

（3）完成特征编辑　单击图 5-67 中【确定】按钮，系统返回到如图 5-67 所示的对话框，再次单击【确定】按钮，返回到如图 5-66 所示的对话框，再次单击【确定】按钮，完成直径修改操作。

（4）添加螺纹特征　单击【特征操作】工具条上的【螺纹】按钮，弹出如图 5-69 所示【螺纹】对话框。选择【详细】单选按钮，旋转方向为【右手】，选择直径为 20 的圆柱面为螺纹放置面。单击【确定】按钮，完成螺纹操作，如图 5-70 所示。

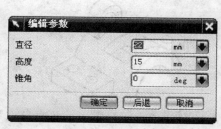

图 5-68　【编辑参数】对话框之三

图 5-69　【螺纹】对话框

（5）添加倒斜角特征　单击【特征操作】工具条上的【倒斜角】按钮，弹出如图 5-17 所示对话框，选择需要倒角的边，【距离】设置为 1，单击【确定】按钮，完成倒斜角操作，如图 5-71 所示。

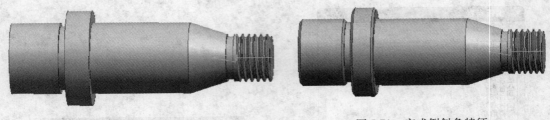

图 5-70　完成螺纹特征　　　　　　　图 5-71　完成倒斜角特征

5.5　本章小结

　　本章介绍了布尔运算、细节特征的创建和特征编辑。在特征创建的基础上，进一步介绍了特征的细节操作功能，以创建出更复杂的实体，以满足设计要求。

5.6　思考与练习

　　5-1. 布尔运算有哪几种？其作用是什么？

　　5-2. 说明符号螺纹和详细螺纹的区别。

　　5-3. 实例特征的操作有哪几种方式？

　　5-4. 创建如图 5-72 所示模型。

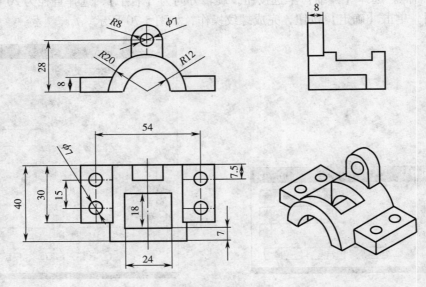

图 5-72　习题 5-4 图

第 6 章 创建自由曲面

自由曲面又称片体，是 UG NX 7.0 三维造型功能中重要的组成部分。曲面造型功能的强大与否通常作为评价 CAD/CAM 软件建模能力优劣的标准。在实际的工业生产中，仅靠实体特征建模的方法就能够完成的产品是非常少的，很多产品的建模都依赖于曲面设计，如飞机外壳、汽车外壳、潜艇外壳等，都是由复杂的曲面构成的。

6.1 由点构造曲面

由点构造曲面是指利用创建或导入的若干组比较规则的点数据创建曲面的过程。创建的曲面严格通过所选择的点。

6.1.1 通过点

该命令通过创建或从文件中读取的矩形阵列点创建曲面，可以很好地控制曲面的形状。但是如果选择的点中带有异常点，则创建的曲面可能会出现扭曲等现象，因此空间点质量好坏是构建面的关键。

单击【曲面】工具条上的【通过点】按钮 ◈，弹出【通过点】对话框，如图 6-1 所示。

（1）选择【补片类型】 补片类型是指生成的自由曲面是由单个片体组成还是多个片体组成。有两种类型。

1）单个。创建仅由一个补片组成的曲面。

2）多个。创建由单补片矩形阵列组成的曲面。

补片类型的比较如图 6-2 所示。一般情况下尽量选用"多个"选项，因为多个片体能更好地与所有指定的点阵吻合，而"单个"类型在创建较复杂曲面时容易失真。

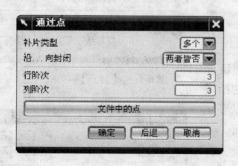

图 6-1 【通过点】对话框

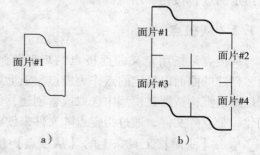

图 6-2 补片类型的比较
a）单个面片体 b）多个面片体

（2）选择封闭类型 如果选择的是"多个"补片类型，要选择一种【沿...向封闭】的方法来封闭片体。有 4 种类型，介绍如下：

1）两者皆否。片体以指定的点开始和结束。

2）行。点/极点的第一列变成最后一列。

3）列。点/极点的第一行变成最后一行。

4）两者皆是。在两个方向（行和列）上封闭片体。

（3）输入阶次值　如果选择的是"多个"补片类型，要输入行及列的阶次值。需要注意的是，行数至少要比阶次大1。例如行阶次为4，行数就必须大于或等于5。如果选择的是"单个"补片类型，则不需指定阶次。单击【确定】按钮，弹出如图6-3所示【过点】对话框。

（4）选择过点指定方法　在【过点】对话框中的4种方法中进行选择，如【全部成链】，弹出【指定点】对话框，如图6-4所示。

图6-3　【过点】对话框之一

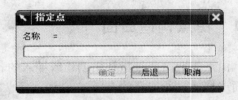

图6-4　【指定点】对话框

（5）依次选择每条链的起点和终点　如图6-5所示。

图6-5　要通过的点

（6）完成　当指定的行数大于曲面行阶次时，弹出第二个【过点】对话框，如图6-6所示，单击【所有指定的点】按钮，结束操作。

6.1.2　从极点

从极点是指用定义曲面极点的矩形阵列点创建曲面，创建的曲面以指定的点作为极点。矩形点阵的指定可以通过点构造器在模型中选取或者创建，也可以事先创建一个点阵文件，通过指定点阵文件来创建曲面。

单击【曲面】工具条上的【从极点】按钮，弹出【从极点】对话框，如图6-7所示，操作步骤与【通过点】类似，这里不再赘述。

当指定创建点或极点时，应该用有近似相同顺序的行选择它们。否则，可能会得到不正确的结果。如图6-8所示，显示了不同的对象选择顺序和所得到的面。

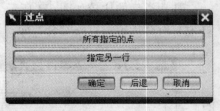

图6-6　【过点】对话框之二

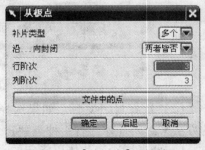

图6-7　【从极点】对话框

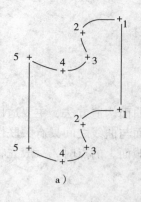 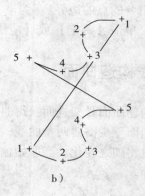

a）　　　　　　　　　　　　　　　b）

图 6-8　选择极点的顺序对曲面的影响
a）正确的　b）不正确的

6.1.3　从点云

从点云构造曲面工具可以将一群无序的点云拟合成一张曲面。当点云来自扫描仪或三坐标测量点时，数据非常庞大，输入的点数很多，而且这些点可能没有严格按照行或列进行组织，是以一种无规律的散乱点的形式存在着。此时，利用从点云的构造方式得到的片体比使用通过点方法及相同的点创建的片体要"光顺"得多，但不如通过点方法构造的片体更接近于原始曲面。

单击【曲面】工具条上的【从点云】按钮，弹出【从点云】对话框，如图 6-9 所示。建立曲面的步骤如下：

（1）选择点或指定一个定义点的文件　如图 6-10 所示。

（2）指定曲面的 U 向阶次及 V 向阶次。

（3）指定 U 向及 V 向的补片数。

（4）指定局部 U-V 坐标系　由于点云没有行、列组织，因此，需要指定一个坐标系。如果不指定，系统有默认的四边形和 U、V 轴，如图 6-10 所示。

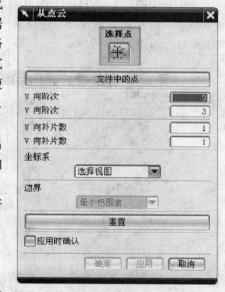

图 6-9　【从点云】对话框

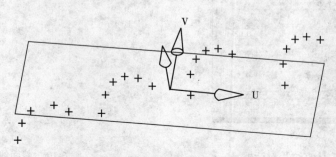

图 6-10　指定点

（5）指定想要的点的边界。

（6）完成　单击【确定】或【应用】按钮，结束操作。

6.2　由曲线构造曲面

利用曲线构建曲面骨架进而获得曲面是最常用的曲面构造方法，主要适用于大面积的曲面构造。此类曲面至少需要两条曲线，并且生成的曲面与曲线之间具有关联性，即对曲线进行编辑后曲面也将随之变化。当原始输入数据是若干截面上的点时，一般先将其生成样条曲线，再构造曲面。

6.2.1　直纹曲面

直纹面是严格通过两条截面线串而生成的直纹片体或实体，它主要表现为在两个截面之间创建线性过渡的曲面。其中，第一根截面线可以是直线、光滑的曲线，也可以是点。而每条截面线可以是单段曲线，也可以是多段曲线。

单击【曲面】工具条上的【直纹】按钮，弹出【直纹】对话框，如图 6-11 所示。

（1）选择截面线串 1　选择第一条曲线作为截面线串 1，在这条曲线上，会出现一个方向箭头，如图 6-12 所示。

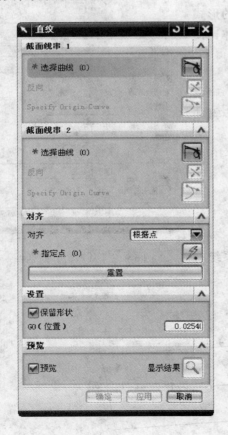

图 6-11　【直纹】对话框　　　　　　　　图 6-12　截面线串 1

（2）选择截面线串 2　单击鼠标中键完成截面线串 1 的选择或单击截面线串 2 选择按钮，选择第二条曲线作为截面线串 2。此时该曲线上，也会出现一个方向箭头，如图 6-13 所示。

（3）选择对齐方式　根据输入曲线的类型，选择需要的对齐方式。有"参数"和"根据点"两种对齐方式。

1）"参数"用于将截面线串要通过的点以相等的参数间隔隔开。此时创建的曲面在等分的间隔点处对齐。若整个截面线上包含直线，则用等弧长的方式间隔点。若包含曲线，则用等角度的方式间隔点。

2）"根据点"用于不同形状的截面线的对齐，特别是当截面线有尖角时，应该采用点对齐方式。例如，当出现三角形截面和长方形截面时，由于边数不同，需采用点对齐方式，否则可能导致后续操作错误。

（4）完成　单击【确定】或【应用】按钮，结束操作。

注：第二条曲线的箭头方向应与第一条线的箭头方向一致，否则会导致曲面扭曲，如图6-14 所示。

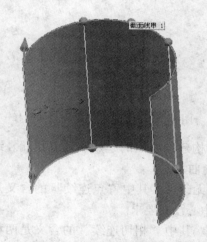
图 6-13　截面线串 2

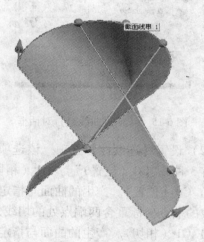
图 6-14　曲面扭曲

6.2.2　通过曲线组

通过曲线组工具是通过一系列轮廓曲线（大致在同一方向）建立曲面或实体。轮廓曲线又叫截面线串。截面线串可以是曲线、实体边界或实体表面等几何体。其生成特征与截面线串相关联，当截面线串被编辑修改后，特征会自动更新。通过曲线组创建曲面与直纹面的创建方法相似，区别在于直纹面只使用两条截面线串，并且两条线串之间总是相连的，而通过曲线组最多可允许使用 150 条截面线串。

执行【插入】｜【网格曲面】｜【通过曲线组】菜单命令，或单击【曲面】工具条上的【通过曲线组】按钮，弹出【通过曲线组】对话框，如图 6-15 所示。

（1）选择曲线　依次选择每一条曲线，每选完一个曲线串，单击鼠标中键，该曲线一端出现箭头，应当注意各曲线箭头方向一致，完成所有曲线选择，如图 6-16 所示。可根据需要更改曲线方向。

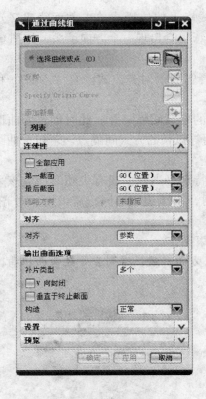

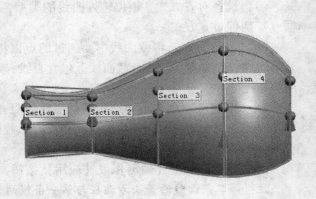

图 6-15　【通过曲线组】对话框　　　　　　图 6-16　通过曲线组截面曲线选择

（2）设置【连续性】选项　该选项用于约束所构建的曲面的起始端和终止端。约束方式各有 3 种："G0（位置）"、"G1（相切）"、"G2（曲率）"。

1）G0（位置）。产生的曲面与指定面点连续，无约束。其中"点连续"的含义是两相连曲线的端点坐标重合两端点处的切线矢量、曲率中心没有要求。

2）G1（相切）。产生的曲面与指定面相切连续。其中"相切连续"的含义是两相连曲线端点的坐标、切线矢量必须重合，曲率中心没有要求。

3）G2（曲率）。产生的曲面与指定面曲率连续。其中"曲率连续"的含义是两相连曲线端点的坐标，切线矢量及曲率中心，必须重合。

（3）设置对齐方式　通过曲线组构造曲面的对齐方式有如下 7 种可供选择：

1）参数。沿定义曲线将要通过的点以相等的参数隔开。

2）圆弧长。沿定义曲线将要通过的点以相等的弧长隔开。

3）根据点。将不同外形的截面线串上的指定点对齐。

4）距离。在指定矢量方向上将点沿每条曲线以相等的距离隔开。

5）角度。在指定轴线周围将点沿每条曲线以相等的角度隔开。

6）脊线。将点放在选定曲线与垂直于输入曲线的平面的相交处。

7）根据分段。与参数对齐方法相似，只是沿每条曲线段等距隔开等参数曲线，而不是按相同的圆弧长参数间隔隔开。

（4）设置输出曲面选项。

（5）完成　单击【确定】或【应用】按钮，结束操作。

6.2.3 通过曲线网格

该命令是指用主曲线和交叉曲线创建曲面的一种方法。其中主曲线是一组同方向的截面线串，而交叉曲线是另一组大致垂直于主曲线的截面线。通常把第一组曲线线串称为主曲线，把第二组曲线线串称为交叉曲线。由于是两个方向的曲线，构造的曲面不能保证完全过两个方向的曲线，因此用户可以强调以哪个方向为主，曲面将通过主方向的曲线，而另一个方向的曲线则不一定落在曲面上，可能存在一定的误差。

执行【插入】｜【网格曲面】｜【通过曲线网格】菜单命令，或单击【曲面】工具条上的【通过曲线网格】按钮，弹出【通过曲线网格】对话框，如图 6-17 所示。创建曲面的步骤如下：

（1）选择主曲线 选择一条主曲线后，单击鼠标中键，该曲线一端出现箭头；依次选择其他的主曲线，注意每条主曲线的箭头方向应一致。

（2）选择交叉曲线 在【交叉曲线】选项区中单击图标，选择另一方向的曲线为交叉曲线，每选择完一条交叉曲线后，单击鼠标中键，然后选择其他交叉曲线。

（3）设置【连续性】选项。

（4）设置输出曲面选项。

1）通过【着重】下拉列表框指定生成的体通过主线串或交叉线串，或者这两个线串的平均线串。此选项只在主线串对和交叉线串对不相交时才适用。有 3 种类型："两者皆是"是指主线串和交叉线串有同样结果，"主线串"是指主线串更有影响。"交叉线串"是指交叉线串更有影响。

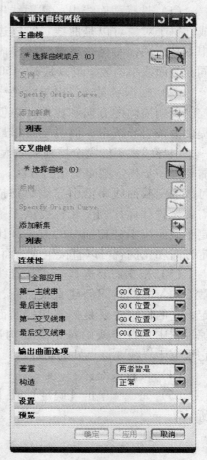

图 6-17 【通过曲线网格】对话框

2）设置【构造】选项。下拉列表中有 3 种类型："正常"是指使用标准步骤建立曲线网格曲面。和其他的构造选项相比，使用此选项将以更多数目的补片来创建体或曲面。"样条点"是指通过为输入曲线使用点和这些点处的斜率值来创建曲面。"简单"是指建立尽可能简单的曲线网格曲面，从而减少曲率的突然更改。简单曲面还使曲面中的补片数和边界杂质最小化。

（5）完成 单击【确定】或【应用】按钮，结束操作。

6.2.4 扫掠曲面

扫掠曲面是将曲线轮廓以规定的方式沿空间特定的轨迹移动而形成的曲面轮廓。其中，移动曲线轮廓称为截面线串；空间特定的轨迹称为引导线串。引导线串可以由单段或多段曲线组成，引导线控制了扫描特征沿着扫描方向的方位和尺寸大小的变化。引导线串可以是曲线，也可以是实体的边或面。在利用扫掠创建曲面时，组成每条引导线串的所有曲线之间必须相切过渡，引导线串的数量最多为 3 条。

执行【插入】|【扫掠】|【扫掠】菜单命令，或单击【曲面】工具条上的【扫掠】按钮，弹出【扫掠】对话框，如图6-18所示。

（1）选择截面线串　截面线串由单个或多个对象组成。每个对象可以是曲线、实体边缘或实体面，截面线串不必光顺，而且每组截面线串内的对象的数量可以不同。截面线串的数量可以是1～150之间的任意数值。

（2）根据需要选择引导线　引导线串在扫描过程中控制着扫描体的方向和比例。在创建扫描体时必须至少提供1条引导线串，但引导线串最多只能有3条。提供一条引导线串不能完全控制截面大小和方向变化的趋势，需要进一步指定截面变化的方法；提供两条引导线串时，可以确定截面线串沿引导线串扫描的方向趋势，但是还需要设置截面比例变化；提供三条引导线串时，完全确定了截面线串被扫描时的方位和比例变化，无需另外指定方向和比例就可以直接生成曲面。

（3）根据需要选择脊线　脊线多用于在两条参数非常不均匀的曲线间创建直纹曲面，此时直纹方向很难确定，它的作用主要是控制扫掠曲面的方位、形状。在扫掠过程中，在脊线的每个点处构造的平面为截面平面，它垂直于脊线在该点处的切线。

（4）设置截面选项。

（5）完成　单击【确定】或【应用】按钮，结束操作。实例操作对象和结果如图6-19所示。

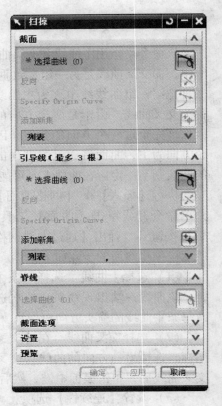

图6-18　【扫掠】对话框

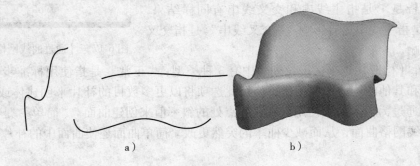

a）　　　　　　　　　　　　　　b）

图6-19　扫掠操作实例

a）扫掠操作对象　b）扫掠操作结果

6.3　由曲面构造曲面

由曲面构造曲面是指在已有片体或曲面的基础上构造新曲面。该命令是将已有的面作为基面，通过各种曲面操作，构造出一个新的曲面。此类型曲面大部分都是参数化的，通过参数化关联，新构造的曲面会随着基面改变而改变。该命令对于构造特别复杂的曲面非常有用，因为复杂曲面仅仅利用基于曲线的构造方法比较困难，而必须借助于曲面片体的构造方法才能够获得。由曲而构造曲面主要包括延伸曲面、偏置曲面、艺术曲面以及桥接曲面等类型。

6.3.1　延伸

在曲面设计中经常需要将曲面向某个方向延伸，主要用于扩大曲面片体。延伸的曲面是独立曲面，如果与原有曲面一起使用，必须通过缝合特征合并成一个曲面。

单击【曲面】工具条上的【延伸】按钮 ，弹出【延伸】对话框，如图 6-20 所示。

1. 相切

相切表示延伸曲面与基面在边界上具有相同的切平面，单击【相切】按钮，弹出如图 6-21 所示的【相切延伸】对话框。延伸长度可以采用【固定长度】或【百分比】长度两种方法。

图 6-20　【延伸】对话框之一

图 6-21　【相切延伸】对话框之一

（1）固定长度　单击【固定长度】按钮，弹出如图 6-22 所示的【固定的延伸】对话框。选择要延伸的曲面，然后选择从哪条边延伸，弹出如图 6-23 所示的第二个【相切延伸】对话框。输入延伸的长度值，单击【确定】按钮。弹出第二个如图 6-24 所示的第二个【固定的延伸】对话框，单击【取消】按钮，完成操作。结果如图 6-25 所示。

图 6-22　【固定的延伸】对话框之一

图 6-23　【相切延伸】对话框之二

图 6-24　【固定的延伸】对话框之二

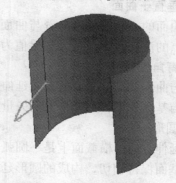

图 6-25　固定长度延伸结果

（2）百分比　单击【百分比】按钮，弹出如图6-26所示的第二个【延伸】对话框，有【边延伸】和【拐角延伸】两种方式，以【边延伸】方式为例介绍如下。

图6-26　【延伸】对话框之二

单击【边延伸】按钮，弹出如图6-27所示的【边延伸】对话框，选择要延伸的曲面，弹出第二个如图6-28所示【边延伸】对话框，选择延伸的边，弹出如图6-29所示的第三个【相切延伸】对话框，输入延伸的百分比，单击【确定】按钮。回到如图6-28所示的【边延伸】对话框，单击【取消】按钮，完成操作。结果如图6-30所示。

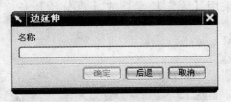

图6-27　【边延伸】对话框之一

图6-28　【边延伸】对话框之二

图6-29　【相切延伸】对话框之三

图6-30　百分比延伸结果

2. 垂直于曲面

在曲面的一条曲线上沿着与曲面垂直的方向延伸，延伸长度为延伸方向（曲面上的曲线第一点的法向）测量值，如果值为负，则向相反方向延伸。

3. 有角度的

沿与曲面成一个角度的方向延伸，得到延伸曲面，系统临时显示两个方向矢量，一个方向矢量与基面相切，另一个方向矢量则垂直于基面。

4. 圆形

在延伸方向的横截面上是一圆弧，圆弧半径与所选择的曲面边界的曲率半径相等，并且曲面与基面保持相切，构成的圆形延伸。

6.3.2　偏置

曲面偏置用于在曲面上建立等距面，系统通过法向投影方式建立偏置面，输入的距离称为偏置距离，偏置所选择的曲面称为基面。使用偏置曲面工具时，可以定义多个面集，每个面集均可定义不同的偏置值。

执行【插入】|【偏置/缩放】|【偏置曲面】菜单命令，或单击【曲面】工具条上的【偏置曲面】按钮 ，弹出【偏置曲面】对话框，如图 6-31 所示。偏置操作的步骤如下：

（1）指定偏置值　在【偏置曲面】对话框中，通过在【偏置 1】文本框中键入一个值来指定偏置值。正值沿矢量方向偏置基面，负值沿相反方向偏置。

（2）选择基面　偏置曲面预览显示垂直于选定曲面的方向矢量，拖动箭头能实时拖动偏置面。

（3）选择其他基面　如果希望指定其他面集，则单击【添加新集】按钮（或单击鼠标中键）确认当前选择，并选择下一个面集的面。单击【添加新集】按钮确认所添加的每个附加面集，如图 6-32 所示。

图 6-31　【偏置曲面】对话框

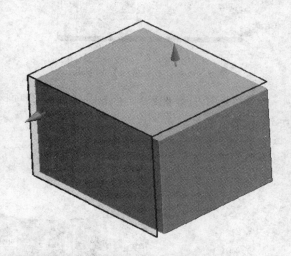

图 6-32　选择要偏置的面

（4）完成　单击【确定】或【应用】按钮，结束操作。

6.3.3　艺术曲面

该命令将根据截面线串网格、或者截面线串网格和最多三条引导线串创建扫掠或放样曲面。艺术曲面可以在不重新构建的情况下修改，方法是添加、移除、重新排序或交换截面和引导线串。

执行【插入】|【网格曲面】|【艺术曲面】菜单命令，或单击【自由曲面形状】工具条上的【艺术曲面】按钮 ，弹出【艺术曲面】对话框，如图 6-33 所示。创建艺术曲面的步骤如下：

（1）选择截面曲线，如图 6-34 所示。

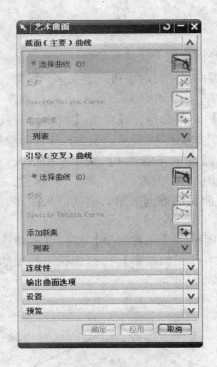

图 6-33　【艺术曲面】对话框

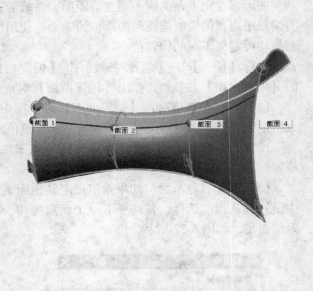

图 6-34　艺术曲面截面曲线的选择

（2）选择引导曲线　单击引导曲线选项区【选择曲线】按钮，选择引导曲线，如图 6-35 所示。

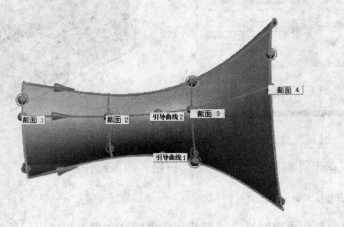

图 6-35　艺术曲面引导曲线的选择

（3）完成　单击【确定】或【应用】按钮，结束操作。

6.3.4　桥接曲面

桥接曲面是在两个主曲面之间构造一个新的过渡曲面，过渡曲面与两个主曲面之间的连续条件可以采用相切连续或曲率连续两种方法。为了进一步精确控制桥接曲面的形状，可选择另外两组曲面或两组曲线作为曲面的侧面边界条件。桥接曲面使用方便，曲面连接过渡光滑，边界条件灵活自由，形状易于编辑和控制，是曲面间过渡的常用方法。

单击【曲面】工具条上的【桥接曲面】按钮，弹出【桥接曲面】对话框，如图6-36所示。桥接操作步骤如下：

（1）选择【连续类型】 有两种连续类型：【相切】和【曲率】，分别介绍如下：

1）相切。沿原来表面的切线方向和另一个表面连接。

2）曲率。沿原来表面圆弧曲率半径与另一个表面连接，同时保证相切的特性。

图6-36 【桥接】对话框

（2）选择主曲面 选择要桥接的两个主曲面，注意两个主曲面的箭头方向应一致，如图6-37所示。

（3）完成 单击【确定】或【应用】按钮，结束操作。操作结果如图6-38所示。

图6-37 桥接曲面主曲面   图6-38 桥接曲面操作结果

6.3.5 修剪的片体

修剪片体功能是通过投影边界轮廓线修剪片体。系统根据指定的投影方向，将一边界投影到目标片体上，剪切出相应的轮廓形状。修剪得到的片体与修剪时使用的边界对象之间是存在关联性的。

执行【插入】|【修剪】|【修剪的片体】菜单命令，或单击【曲面】工具条上的【修剪的片体】按钮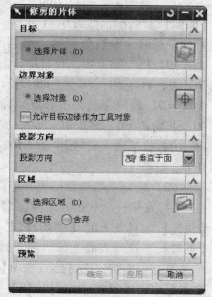，弹出【修剪的片体】对话框，如图6-39所示。修剪片体的操作步骤如下：

（1）选择要修剪的目标片体 用于选择目标片体的光标位置同时也指定了一个用于指定区域的区域点。

（2）选择边界对象 该对象可以是面、边、曲线和基准平面。有3种投影方向，分别为"垂直于面"、"垂直于曲线平面"和"沿矢量"，分别介绍如下：

1）"垂直于面"用于定义投影方向或将沿着面法向压印的曲线或边。如果定义投影方向的对象发生更改，

图6-39 【修剪的片体】对话框

则得到的修剪的曲面体会随之更新。否则，投影方向是固定的。

2）"垂直于曲线平面"用于将投影方向定义为垂直于曲线平面。

3）"沿矢量"用于将投影方向定义为沿矢量。如果选择 XC 轴、YC 轴或 ZC 轴作为投影方向，则更改工作坐标系时，应该重新选择投影方向。

（3）选择投影方向　确定边界的投影方向，用来决定修剪部分在投影方向上反映在曲面上的大小，主要有面的法向、基准轴、ZC 轴、XC 轴、YC 轴以及矢量构成等几种方式。

（4）指定要【保持】或【舍弃】的区域。

（5）完成　单击【确定】或【应用】按钮，结束操作。

6.4　实例

绘制如图 6-40 所示的实例。具体操作步骤如下：

1. 建新文件

执行【文件】|【新建】菜单命令，弹出【新建】对话框，选择"模型"模板，绘图"单位"为毫米，输入"新文件名"为"6zhangshili. prt"，确定合适的"文件夹"，单击【确定】按钮，完成建新文件操作。

2. 绘制轮廓

（1）绘制五个椭圆　椭圆①：单击【曲线】工具条上的【椭圆】按钮 ⬭，弹出【点】对话框。指定椭圆的中心，输入坐标值，XC = 0，YC = 50，ZC = 0，弹出【椭圆】对话框，如图 6-41 所示。设置椭圆参数，长半轴 = 50，短半轴 = 50，起始角 = 0，终止角 = 360，旋转角度 = 0，单击【确定】按钮，返回到

图 6-40　水壶

【椭圆】对话框，如图 6-41 所示。单击【后退】按钮，返回到【点】对话框，依次创建另外四个椭圆，参数分别为：椭圆②椭圆中心点坐标：XC = 0，YC = 50，ZC = − 40。长半轴 = 40，短半轴 = 40，起始角 = 0，终止角 = 360，旋转角度 = 0。椭圆③椭圆中心点坐标：XC = 0，YC = 50，ZC = − 80。长半轴 = 50，短半轴 = 50，起始角 = 0，终止角 = 360，旋转角度 = 0。椭圆④椭圆中心点坐标：XC = 0，YC = 50，ZC = − 120。长半轴 = 40，短半轴 = 40，起始角 = 0，终止角 = 360，旋转角度 = 0。椭圆⑤椭圆中心点坐标：XC = 0，YC = 110，ZC = 0。长半轴 = 6，短半轴 = 10，起始角 = 0，终止角 = 360，旋转角度 = 0。结果如图 6-42 所示。

（2）绘制壶嘴连接圆弧并进行修剪

1）在第一个和第五个椭圆之间作圆弧，端点分别与两个椭圆相切，半径为 20。单击【曲线】工具条上的【圆弧/圆】按钮 ⌒，弹出【圆弧/圆】对话框，如图 6-43 所示。在【类型】下拉列表框选择"三点画圆弧"类型，在【起点选项】下拉列表框选择"相切"。单击第五个椭圆，在【终点选项】下拉列表框选择"相切"。单击第一个椭圆，在【半径】文本框中输入 20，单击【应用】按钮。以同样的方法绘制另一侧圆弧，结果如图 6-44 所示。

图 6-41 【椭圆】对话框

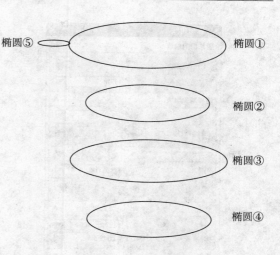

图 6-42 五个椭圆

图 6-43 【圆弧/圆】对话框

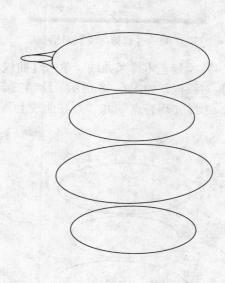

图 6-44 壶嘴连接圆弧

2）修剪壶嘴连接圆弧。单击【曲线编辑】工具条上的【修剪】按钮，弹出【修剪曲线】对话框，如图 6-45 所示。以连接圆弧为边界，分别修剪第一个和第五个椭圆，结果如图 6-46 所示。

（3）为样条曲线创建点 单击【曲线】工具条上的【点】按钮 ，弹出【点】对话框，在沿 Y 轴正方向的各个截面曲线的象限点位置创建点。并在 XC = 0，YC = − 35，ZC = − 24 位置处创建一个点，结果如图 6-47 所示。

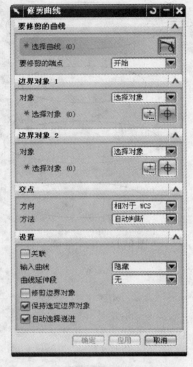

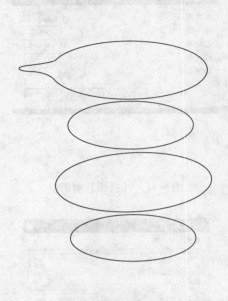

图 6-45　【修剪曲线】对话框　　　　　　图 6-46　修剪壶嘴连接圆弧操作结果

（4）绘制艺术样条曲线　单击【曲线】工具条上的【艺术样条】按钮，弹出【艺术样条】对话框，如图 6-48 所示。绘制三条艺术样条曲线，选择"YC-ZC"制图平面，捕捉点时，选择"现有点"和"点在曲线上"捕捉方式。结果如图 6-49 所示。

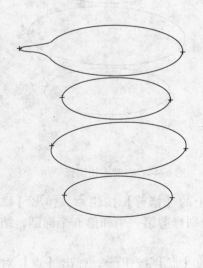

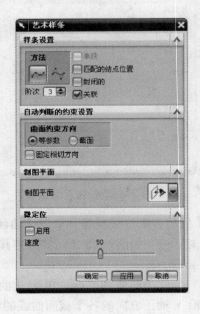

图 6-47　创建的点　　　　　　　　　　　图 6-48　【艺术样条】对话框

3. 制作壶体曲面

（1）以通过曲线网格方式制作水壶的半部分曲面　单击【曲面】工具条上的【通过曲线网格】按钮，弹出【通过曲线网格】对话框，如图 6-17 所示。以截面线串为主线串，以两侧的艺术样条为交叉线串，注意线串集的方向要一致。单击【确定】按钮，结果如图 6-50 所示。

图 6-49　创建的艺术样条曲线

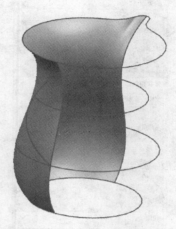

图 6-50　创建壶体的半部分曲面

（2）补全另半部分曲面　以 YC-ZC 平面为镜像平面，用镜像特征命令，制作壶体的另一半曲面。单击【特征操作】工具条上的【镜像特征】按钮，弹出【镜像特征】对话框，如图 6-51 所示。选择创建的水壶半部分曲面，以"YC-ZC 平面"镜像特征，单击【确定】按钮，结果如图 6-52 所示。

图 6-51　【镜像特征】对话框

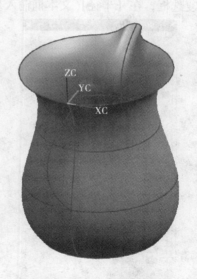

图 6-52　镜像后的水壶曲面

（3）制作水壶底面　用 N 边曲面命令，制作水壶底部曲面。单击【曲面】工具条上的【N 边曲面】按钮，弹出【N 边曲面】对话框，如图 6-53 所示，选择底部椭圆曲线，勾选【修剪到边界】复选框，单击【确定】按钮，结果如图 6-54 所示。

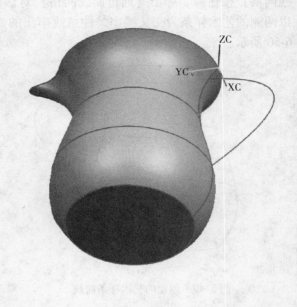

图 6-53　【N 边曲面】对话框　　　　　　图 6-54　水壶底部曲面

（4）底面棱边倒圆　用面倒圆命令在水壶底部曲面和水壶体曲面之间倒圆，半径为 5。单击【特征操作】工具条上的【面倒圆】按钮，弹出【面倒圆】对话框，如图 6-55 所示。以水壶体曲面为面链 1，以水壶底部曲面为面链 2，勾选【修剪输入面至倒圆面】和【缝合所有曲面】复选框，在【半径】文本框输入 5，单击【确定】按钮，结果如图 6-56 所示。

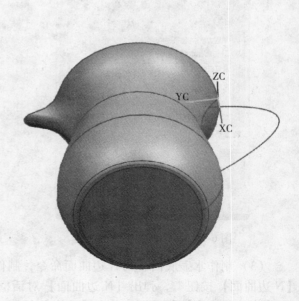

图 6-55　【面倒圆】对话框　　　　　　图 6-56　倒圆后水壶底部曲面

4. 制作水壶手柄

（1）延伸手柄部位艺术样条曲线长度 单击【曲线编辑】工具条上的【曲线长度】按钮 **丿**，弹出【曲线长度】对话框，如图 6-57 所示。选择手柄部位艺术样条曲线，在延伸选项区中的【侧】下拉列表框中选择"对称"类型，在【限制】选项区中的【开始】文本框中输入 10，单击【确定】按钮，结果如图 6-58 所示。

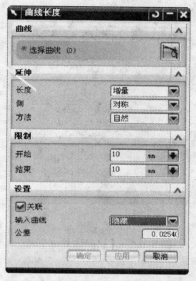

图 6-57 【曲线长度】对话框

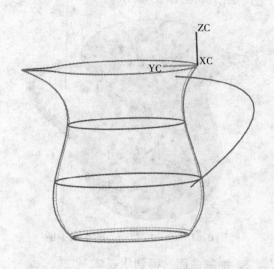

图 6-58 延伸手柄部位艺术样条曲线

（2）绘制手柄部分截面草图 单击【特征】工具条上的【草图】按钮 ，弹出【创建草图】对话框，如图 6-59 所示。在【类型】下拉列表框中选择"在轨迹上"类型，选择手柄艺术样条曲线，在【% 弧长】文本框中输入 0，单击【确定】按钮，进入草图环境，绘制直径为 6 的圆，圆心在 XC = 0，YC = 0 处。完成草图，结果如图 6-60 所示。

图 6-59 【创建草图】对话框

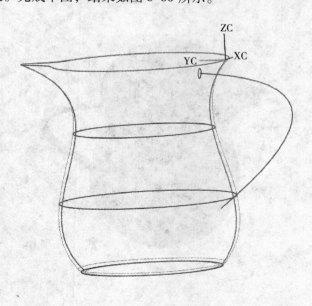

图 6-60 水壶手柄截面曲线

（3）生成水壶手柄　单击【特征】工具条上的【沿引导线扫掠】按钮，弹出【沿引导线扫掠】对话框，如图 4-22 所示。以手柄截面曲线草图为截面曲线，以手柄部分艺术样条为引导曲线，生成水壶手柄。结果如图 6-61 所示。

（4）修剪生成的水壶手柄　单击【特征操作】工具条上的【修剪体】按钮，弹出【修剪体】对话框，如图 6-62 所示，选择手柄为目标体，以水壶体曲面为刀具面修剪水壶手柄。结果如图 6-63 所示。

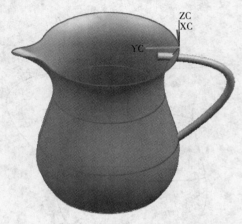

图 6-61　沿导线扫描后的水壶手柄

图 6-62　【修剪体】对话框

5. 加厚曲面，得到水壶体

单击【特征操作】工具条上的【加厚】按钮，弹出【加厚】对话框，如图 6-64 所示。选择水壶曲面，在【偏置 1】文本框输入 −2，在【偏置 2】文本框输入 2，单击【确定】按钮，得到水壶体，如图 6-40 所示。

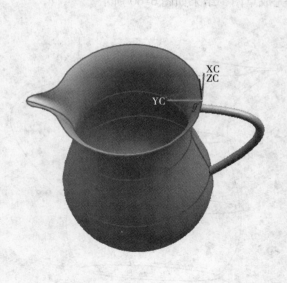

图 6-63　手柄修剪结果

图 6-64　【加厚】对话框

6.5　本章小结

　　本章介绍了曲面的创建方法。主要介绍了通过点创建曲面、通过曲线创建曲面和通过曲面创建曲面三种曲面构建方法。曲面是实体建模的补充，通过本章的学习，为复杂建模操作提供了更多的方法。

6.6　思考与练习

6-1. 常用的创建基本曲面的方法有哪些？

6-2. 通过网格创建的曲面与直纹面有何区别？

6-3. 由曲面构建曲面有哪些方法？

6-4. 创建如图 6-65 所示曲面，参数由读者自定。

图 6-65　习题 6-4 图

第 7 章 编 辑 曲 面

对于创建好的曲面，往往还需要通过一些编辑操作才能满足设计要求。曲面编辑操作作为一种高效的曲面修改方式，在整个建模过程中起到着非常重要的作用。用户可以利用编辑功能重新定义曲面特征的参数，也可以通过变形和再生工具对曲面直接进行编辑操作。

7.1 曲面的变形操作

7.1.1 变换片体

变换片体用于动态比例缩放、旋转或移动一个单独的曲面，并实时反映出曲面的变化。

单击【自由曲面形状】工具条上的【变换片体】按钮，弹出【变换曲面】对话框，如图 7-1 所示。操作步骤如下：

（1）指定编辑方式和对象　指定编辑方式，选择要进行变换的曲面。弹出【点】对话框。

（2）指定变换中心　在弹出的【点】对话框中选择一种点构造类型，指定变换中心。单击【确定】按钮，弹出如图 7-2 所示的对话框。

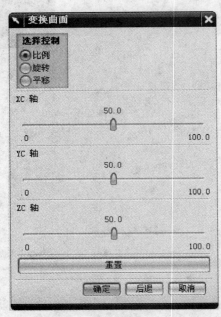

图 7-1　【变换曲面】对话框之一　　　　　　图 7-2　【变换曲面】对话框之二

（3）指定变换方式 在【选择控制】选项区内指定变换方式。有"比例"、"放置"和"平移"3 种变换方式。

1）"比例"指曲面相对于一个选择轴按比例或按尺寸缩放。

2）"旋转"指绕一个选定的轴旋转曲面。

3）"平移"指沿一个选定的轴移动曲面。

（4）确定参数 拖动滑块，调整对应于各坐标轴的参数。

（5）完成 单击【确定】按钮，完成操作。

7.1.2 扩大曲面

为改变曲面尺寸，对未裁剪的片体或表面进行扩大或缩小操作，生成的特征与原曲面相关。

单击【编辑曲面】工具条上的【扩大】按钮，弹出【扩大】对话框，如图 7-3 所示。操作步骤如下：

（1）选择要放大的曲面。

（2）选择扩大模式 在【设置】选项区选择扩大的模式。有"线性"和"自然"两种模式，分别介绍如下。

1）"线性"指按线性扩大曲面。

2）"自然"指沿自然样条扩大曲面。

（3）调整参数 用光标分别拖动【调整大小参数】选项区内的 4 个滑块，观察曲面变化，或者在相应的文本框中输入数据，得到有精确尺寸的曲面。

图 7-3 【扩大】对话框

（4）完成 单击【确定】或【应用】按钮，完成操作。

7.1.3 片体变形

使用该命令可以十分直观地改变曲面的形状，对曲面从不同方位进行拉伸、折弯、歪斜、扭转、推移等操作。

单击【自由曲面形状】工具条上的【片体变形】按钮，弹出【使曲面变形】对话框，如图 7-4 所示。操作步骤如下：

图 7-4 【使曲面变形】对话框之一

（1）指定编辑方式　系统提供"编辑原片体"和"编辑副本"两种编辑方式。选择要变形的曲面，弹出第二个【使曲面变形】对话框，如图7-5所示。

（2）指定【中心点控制】的方式。

（3）执行变形操作　拖动滑块，使曲面形状变化。

（4）完成　单击【确定】按钮，完成操作。

7.1.4　X成形

该命令通过编辑样条和曲面的控制点来改变曲面的形状，包括平移、旋转、缩放、垂直于曲面移动，以及极点平面化等变换类型。主要用于复杂曲面的局部变形操作。

单击【自由曲面形状】工具条上的【X成形】按钮，弹出【X成形】对话框，如图7-6所示。操作步骤如下：

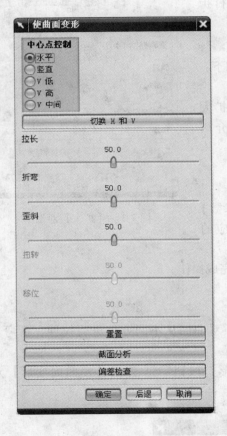 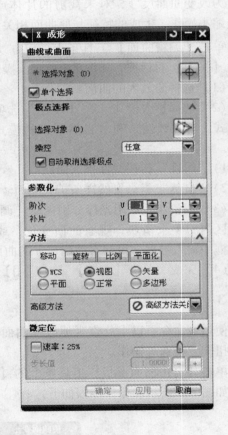

图7-5　【使曲面变形】对话框之二　　　　　图7-6　【X成形】对话框

（1）选择对象　可被编辑的对象可以是三次多项式或常规B曲面，或者曲线。被选择的对象的点手柄、极点手柄和多义线显示在目标实体上。

（2）选择极点　选择要变换的点手柄、极点手柄或多义线。可以选择极点和多义线的任意组合。

（3）设定微定位级别　如果要轻微移动极点或点，则勾选【微定位】选项区中的【速率】复选框，并将速度设为适当的级别。

（4）设置高级方法　如果希望设置高级选项，则可使用以下选项：按比例、衰减、按比例移动、保持连续性、锁定区域或插入结点。

（5）设置【方法】　用户可在"移动"、"旋转"、"比例"、"平面化"中进行选择，可变窗口区域内的选项将会根据所选择方法的不同而发生更改。

（6）完成　当变换达到需要的结果时，单击【确定】按钮。如图 7-7 所示为沿 Z 向拖动两条多义线前/后的视图比较。

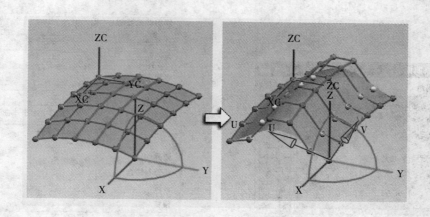

图 7-7　X 成形操作结果

7.2　曲面的再生操作

7.2.1　四点曲面

四点曲面是指通过 4 个不在同一直线上的点来创建曲面，创建的曲面过这 4 个点。创建四点平面时必须遵循下列条件：在同一条直线上不能存在三个选定点；不能存在两个相同的或在空间中处于完全相同位置的选定点；必须指定四点才能创建曲面。

单击【自由曲面形状】工具条上的【四点曲面】按钮 ，弹出【四点曲面】对话框，如图 7-8 所示。操作步骤如下：

（1）在图形窗口中选择四个曲面拐角点。

（2）按需要更改点的位置。

（3）完成　单击【确定】或【应用】按钮，完成操作。

7.2.2　样式拐角

该命令可在三个圆角与一个或多个基本面的投影相交处创建高质量曲面。也可在实体上创建样式拐角。

单击【自由曲面形状】工具条上的【样式拐角】按钮 ，弹出【样式拐角】对话框，如图 7-9 所示。操作步骤如下：

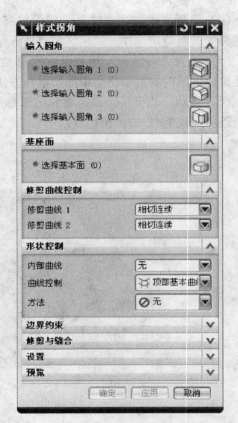

图 7-8 【四点曲面】对话框　　　　　　图 7-9 【样式拐角】对话框

（1）选择圆角和基本面　在图形窗口中，选择三个相交圆角和基本面。

（2）选择修剪曲线控制选项　在【修剪曲线控制】选项区中，为【修剪曲线 1】和【修剪曲线 2】指定控制选项。

（3）选择形状控制选项　在【形状控制】选项区中，指定是否要为附加的控制创建内部曲线，并设置任何其他形状控制选项。

（4）设定边界约束　在【边界约束】选项区中，为【修剪曲线 1】、【修剪曲线 2】、【顶部基本曲线】、【底部桥接曲线】指定约束。

（5）选择适当的修剪与缝合的方法　此示例将【修剪与缝合】设为"修剪和附着圆角"。

（6）创建一组修剪曲线和一个光顺过渡曲面　多种手柄有助于进一步优化拐角，然后将它应用于部件。可用手柄的类型会根据所作的选择而变化。

（7）完成　单击【确定】或【应用】按钮，完成操作。

7.3　曲面参数化编辑

7.3.1　移动定义点

该命令能够编辑以点为数据构造的曲面，通过移动点或用重新定义点代替原有点的方式，达到改变曲面形状的目的。新点可以在屏幕上直接给出，也可以来自于数据文件。

单击【编辑曲面】工具条上的【移动定义点】按钮 ，弹出【移动定义点】对话框，如图7-10所示。操作步骤如下：

（1）指定编辑方式　有"编辑原片体"和"编辑副本"两种编辑方式可供选择。

1）"编辑原片体"方式下用户可直接编辑原来的曲面。

图7-10　【移动定义点】对话框

2）"编辑副本"方式下原来的曲面保持不变，用户编辑一个副本曲面，即编辑一个复制的曲面。在需要保留原始曲面时，一般采用这种方式对曲面进行编辑。

选择要编辑的曲面，单击【确定】按钮，弹出【移动点】对话框，如图7-11所示。

（2）确定选择点的方式　在【移动点】对话框中定义进行移动的点的方式。各方式介绍如下：

1）"单个点"的方式是选择一个点，并指定一个新位置。

2）"整行（V恒定）"的方式是选择某行上的一个点，则整行点被选中，给定一个位移量，整行的点同时按此值移动。

3）"整列（U恒定）"的方式是选择某列上的一个点，则整列点被选中，给定一个位移量，整列的点同时按此值移动。

4）"矩行阵列"的方式是用光标指定两个对角点，由对角点围成的矩形区域内包含的所有点都按照给定的位移量移动。

以"单个点"为例介绍移动点的方法。选择【单个点】，单击【确定】按钮，弹出【移动定义点】对话框，如图7-12所示。

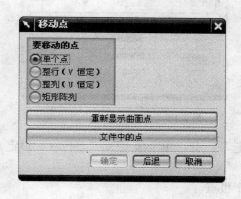

图7-11　【移动点】对话框

图7-12　【移动定义点】对话框

（3）设定移动参数　在弹出的【移动定义点】对话框中指定移动定义点的方式。然后根据选择输入参数。

1）"增量"方式下，用户需要相对原来的点，给定3个分量的偏移量，即得到点的新位置。

2）"沿法向的距离"方式下，用户需要指定沿曲面上该点的法向矢量移动距离。

3）文本框【DXC】、【DYC】、【DZC】在"增量"方式下是活动的，以便指定要在XC、YC 和 ZC 方向上的移动距离。

4）文本框【距离】在"沿法向的距离"方式下是活动的，以便指定点沿面的法向上移动的距离。可以输入正或负的距离值。

5）【移至移点】操作可从当前点位置移动到指定的点。

6）【定义拖动矢量】操作可允许定义用于"拖动"选项的矢量。此按钮对点不可用。

7）【拖动】操作可定义一个拖动矢量，用光标拖动原来的点到新位置，只用于移动极点。

8）【重新选择点】操作可返回到【移动点】对话框。

（4）完成　单击【确定】或【应用】按钮，完成操作。

7.3.2　移动极点

使用该命令可以移动片体的极点。这在曲面外观形状的交互设计中非常实用。当要修改曲面形状以改善其外观或使其符合一些标准时，例如需要修改曲面与其他几何元素的最小距离或偏差时，就要使用移动极点的方法。

单击【编辑曲面】工具条上的【移动极点】按钮，弹出【移动极点】对话框，如图7-13 所示。操作步骤如下：

（1）指定编辑方式　有"编辑原片体"和"编辑副本"两种编辑方式可供选择。选择要编辑的曲面，单击【确定】按钮，弹出【移动极点】对话框，如图7-14 所示。

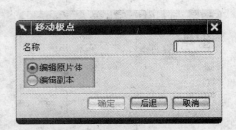

图 7-13　【移动极点】对话框

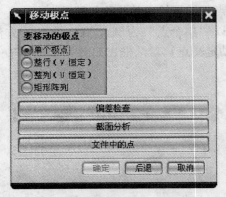

图 7-14　【移动极点】对话框

（2）选择极点类型　为要移动的极点类型选择选项，有"单个极点"、"整行（V 恒定）"、"整列（U 恒定）"和"矩形阵列"选项。

1）"单个极点"选项允许用户移动指定的单个极点。

2）"整行（V 恒定）"选项允许用户移动同一行（常数 V）内所有极点。选择要移动的行内的一个极点即可移动该行。

3）"整列（U 恒定）"选项允许用户移动同一列（常数 U）内所有极点。选择要移动的列内的一个极点即可移动该列。

4）"矩形阵列"选项允许用户移动矩形区域内包含的极点。选择要移动的矩形的两个对角即可定义该区域。如果曲面是周期的，系统提示选择第三点，必须在矩形阵列内某处指定第三点。矩形阵列只支持【沿定义矢量】和【沿法向】拖动选项。

（3）选择极点　在选择要移动的极点类型后，就可以准备选择极点。移动光标至图形窗口并单击需要的极点。①"单个极点"选项下，只有一个极点被选中；②"整行"或"整列"选项下，所击中的极点行或列被选中；③"矩形阵列"选项下，定义的阵列内所有的极点都被选中。

（4）选择移动极点的方法　在弹出的如图 7-15 所示【移动极点】对话框中选择要用来移动极点的方法。有【沿定义矢量】、【沿法向】和【在切平面上】3 种方法。

1）"沿定义矢量"该选项允许用户通过沿当前定义矢量拖动选中的极点将其移动。默认为 Z 矢量。可以使用【定义拖动矢量】选项定义新矢量并沿该矢量拖动。

2）"沿法向"该选项允许用户将选中的极点沿着各自的法向矢量拖动至曲面。

3）"在切平面上"该选项允许用户在与被投影的极点处的曲面相切的平面上拖动极点。该选项仅对"单个极点"选项有效。

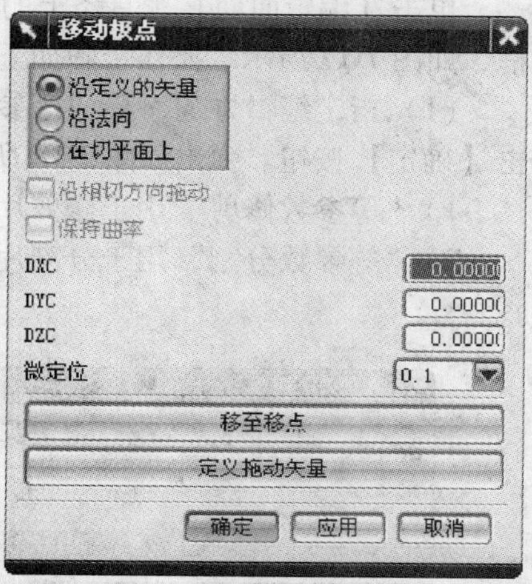

图 7-15　【移动极点】对话框

4）"沿切线方向拖动"表示当拖动一行或一列极点时，保留相应边处的切向。选择【沿切线方向拖动】选项后，其他所有的拖动选项都不可用。

5）"保持曲率"表示当拖动一行或一列极点时，保留相应边处的曲率。

（5）拖动极点　移动光标至图形窗口，按下鼠标左键并拖动鼠标。当得到了所要求的外形时，即可释放鼠标按钮，单击【确定】按钮结束。

（6）返回并重新选择　系统返回到如图 7-14 所示【移动极点】对话框。可以选择要移动的另一个极点集。也可以选择刚才移动的极点并再次编辑。

（7）完成　单击【确定】或【应用】按钮，完成操作。操作结果如图 7-16 所示。

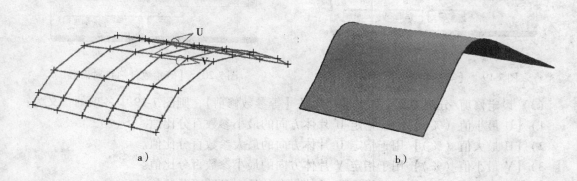

a）　　　　　　　　　　　　　　　　　　　b）

图 7-16　移动极点实例

a）移动极点操作对象　b）移动极点操作结果

7.3.3　等参数修剪/分割

该命令可以根据 U 或 V 等参数方向的百分比参数来修剪或分割曲面。当指定的参数在 0.0% 和 100.0% 之间时，可以修剪或分割一个片体，当指定的参数小于 0.0% 或大于 100.0% 时，可以延伸片体。

单击【编辑曲面】工具条上的【等参数修剪/分割】按钮，弹出【修剪/分割】对话框，如图 7-17 所示。操作步骤如下：

（1）指定编辑方式　有"等参数修剪"和"等参数分割"两种编辑方式可供选择。单击【确定】按钮。弹出如图 7-18 所示对话框。

1）"等参数修剪"用于修剪片体。

2）"等参数分割"用于分割片体。

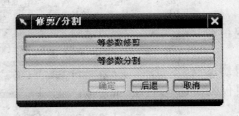

图 7-17　【修剪/分割】对话框

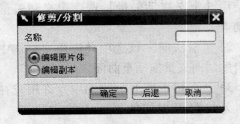

图 7-18　【修剪/分割】对话框

（2）选择编辑对象　在图 7-18 中指定【编辑原片体】或【编辑副本】。选择要编辑的曲面，单击【确定】按钮。根据步骤（1）所选选项的不同，弹出如图 7-19 所示【等参数修剪】对话框或如图 7-20 所示【等参数分割】对话框。

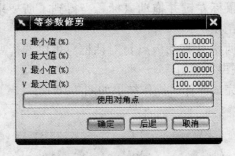

图 7-19　【等参数修剪】对话框

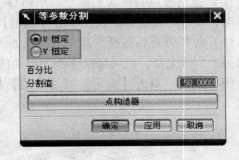

图 7-20　【等参数分割】对话框

（3）设定修剪/分割参数　如果选择的是【等参数修剪】，则图 7-19 中各项的含义为：

1）【U 最小值（%）】用于指定 U 片体方向的最小参数百分比值。

2）【U 最大值（%）】用于指定 U 片体方向的最大参数百分比值。

3）【V 最小值（%）】用于指定 V 片体方向的最小参数百分比值。

4）【V 最大值（%）】用于指定 V 片体方向的最大参数百分比值。

5）【使用对角点】是指用两个视点或点构造器定义参数，这两点指出将决定新面范围的 UV 矩形的拐角。

如果选择的是【等参数分割】，则图 7-20 中各项的含义为：

1）"U 恒定"表示在 U 向等参数分割。

2）"V 恒定"表示在 V 向等参数分割。

3）【百分比分割值】用于输入在 U 向或 V 向百分比分割值。

4）【点构造器】允许用户利用点构造器定义参数。

（4）完成　单击【确定】按钮，完成操作。图 7-21a 所示的图形为编辑前的曲面，图 7-21b 所示的图形为 U 向最大值 50%、V 向最大值 50% 时等参数修剪操作结果。图 7-22a 所示的图形为编辑前的曲面，图 7-22b 所示的图形为在"U 恒定"方式下，百分比分割值为 50 时进行"等参数分割"操作后的结果。

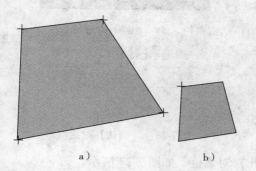

图 7-21　等参数修剪实例
a) 等参数修剪操作对象　b) 等参数修剪操作结果

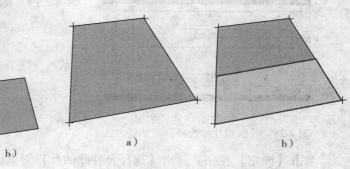

图 7-22　等参数分割实例
a) 等参数分割操作对象　b) 等参数分割操作结果

7.3.4　边界

该命令用于修剪或替换原有曲面的边界，从而生成一个新的曲面。用户可以根据需要决定边界的去留，在一定程度上相当于修剪功能。

单击【编辑曲面】工具条上的【边界】按钮，弹出【编辑片体边界】对话框，如图 7-23 所示，以图 7-24 所示图形为例，操作步骤如下：

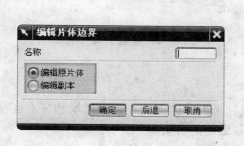

图 7-23　【编辑片体边界】对话框之一

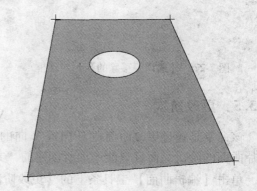

图 7-24　边界操作对象

（1）指定编辑方式　有"编辑原片体"和"编辑副本"两种编辑方式可供选择。选择要编辑的曲面，单击【确定】按钮，弹出第二个【编辑片体边界】对话框，如图 7-25 所示。

（2）选择编辑内容　在图 7-25 中选择选项，各选项介绍如下。

1）【移除孔】操作可从曲面上删除孔。

2）【移除修剪】操作可从曲面上删除裁剪的边，恢复原来未裁剪的曲面。

3）【替换边】操作只限于单张曲面，用户指定要替换的边和边界对象，这个边投影到边界对象上得到的交线将替换原有的边界。此时要确定保留边界的哪一侧，保留的部分为裁剪后的片体。

选择一个选项，例如【移除孔】，单击【确定】按钮，弹出如图7-26所示【确认】对话框。

图7-25　【编辑片体边界】对话框之二

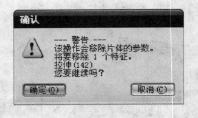

图7-26　【确认】对话框

单击【确定】按钮，弹出【选择要移除的孔】对话框，如图7-27所示。

（3）完成　选择要移除的孔，单击【确定】按钮。弹出如图7-23所示对话框，单击【取消】按钮结束操作。结果如图7-28所示。

图7-27　【选择要移除的孔】对话框

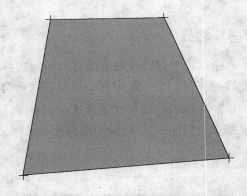

图7-28　移除孔操作结果

7.3.5　更改阶次

该命令是通过更改曲面在U向或V向的阶次，来更改曲面大小。只能增加带有底层多补片曲面的阶次。而且只能增加所创建的"封闭"曲面的阶次。

单击【编辑曲面】工具条上的【更改阶次】按钮$\times^{z^a}$，弹出【更改阶次】对话框，如图7-29所示。操作步骤如下：

（1）指定编辑方式　有"编辑原片体"和"编辑副本"两种编辑方式可供选择。选择要编辑的曲面，单击【确定】按钮，弹出第二个【更改阶次】对话框，如图7-30所示。

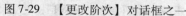

图 7-29　【更改阶次】对话框之一　　　　图 7-30　【更改阶次】对话框之二

（2）设定参数　在图 7-30 中输入曲面新的阶次。

（3）完成　单击【确定】按钮，完成操作。

7.3.6　更改刚度

该命令通过改变曲面的次数来改变曲面的形状。更改曲面次数时，若极点保持不变，曲面形状则随之改变。增加次数，提高了刚度，曲面远离控制多边形；减小次数，降低了刚度，曲面与控制多边形更接近。

单击【编辑曲面】工具条上的【更改刚度】按钮，弹出【更改刚度】对话框，如图 7-31 所示。操作步骤如下：

（1）指定编辑方式　有"编辑原片体"和"编辑副本"两种编辑方式可供选择。选择要编辑的曲面，单击【确定】按钮，弹出第二个【更改刚度】对话框，如图 7-32 所示。

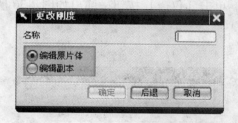

图 7-31　【更改刚度】对话框之一　　　　图 7-32　【更改刚度】对话框之二

（2）设定参数　在图 7-32 中输入曲面新的阶次。

（3）完成　单击【确定】按钮，完成操作。

7.3.7　更改边

在曲面缝合操作中，要求缝合面之间的边重合。如果边不重合，可以先修改曲面的边，使该边与另一个曲面的边匹配，然后进行缝合操作。这种修改仅适用于 B 样条曲面。

单击【编辑曲面】工具条上的【更改边】按钮，弹出【更改边】对话框，如图 7-33 所示。操作步骤如下：

（1）指定编辑方式　有"编辑原片体"和"编辑副本"两种编辑方式可供选择。选择要编辑的曲面，弹出第二个【更改边】对话框，如图 7-34 所示。

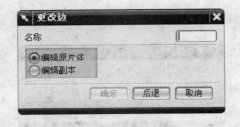

图 7-33 【更改边】对话框之一

图 7-34 【更改边】对话框之二

（2）选择编辑对象 选择要编辑的边。弹出第三个【更改边】对话框，如图 7-35 所示。有【仅边】、【边和法向】、【边和交叉切线】、【边和曲率】和【检查偏差—不】5 种更改边的方式。

1）【仅边】操作仅将曲面的边与一定的几何对象进行匹配而不需考虑切向矢量、曲率等连续条件。

2）【边和法向】操作用于将选中的边和/或法向与不同的对象相匹配。

3）【边和交叉切线】操作用于将选中的边和/或它的交叉切线与不同的对象相匹配。

4）【边和曲率】操作提供的两曲面间的匹配程度高于【边缘和交叉切线】选项。如果要求曲面间的曲率连续，就使用该选项。

5）【检查偏差—不】操作用于设置是否进行偏差检查。选择该选项将在不进行偏差检查和进行偏差检查之间转换。

（3）选择编辑方式 指定【更改边】的方式。单击【仅边】按钮，弹出如图 7-36 所示第四个【更改边】对话框。

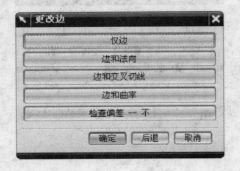

图 7-35 【更改边】对话框之三

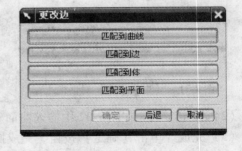

图 7-36 【更改边】对话框之四

（4）选择匹配方式 在图 7-36 所示对话框中选择匹配方式，各方式介绍如下：

1）【匹配到曲线】操作可使要修改的边与一条指定的曲线匹配。

2）【匹配到边】操作可使要修改的边与一个曲面的边匹配。

3）【匹配到体】操作可使要修改的曲面的边与一个指定的曲面的边相匹配。

4）【匹配到平面】操作可使要修改的边与平面匹配，使得边位于平面上。

选择一种匹配方式，本例选择【匹配到曲线】。弹出如图 7-34 所示的对话框。

（5）选择要匹配的曲线，然后选择要更改的边。

（6）完成 单击【确定】按钮，完成操作。结果如图 7-37 所示。

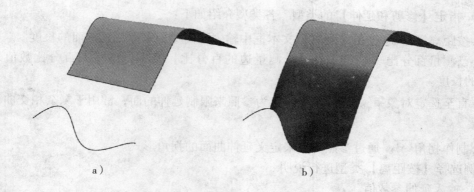

a） b）

图 7-37 更改边实例

a）更改边操作对象 b）更改边操作结果

7.3.8 修剪和延伸

该命令用来按距离或与另一组面的交点修剪或延伸一组面。【修剪和延伸】不仅可以对曲面进行相切延伸，还可以进行连续延伸。

单击【曲面】工具条上的【修剪和延伸】按钮，弹出【修剪和延伸】对话框，如图7-38a 所示，有"按距离"、"已测量百分比"、"直至选定对象"和"制作拐角" 4 种修剪和延伸类型，如图 7-38b 所示。操作步骤如下：

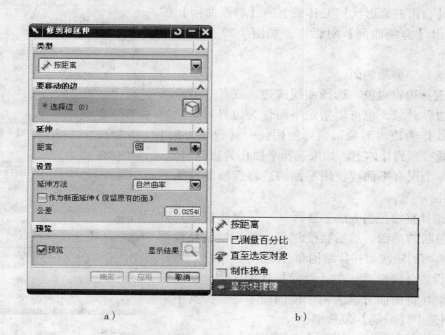

a） b）

图 7-38 修剪和延伸相关操作界面

a）【修剪和延伸】对话框 b）【类型】下拉列表框

（1）指定【修剪和延伸】的类型　各类型介绍如下：

1）按距离 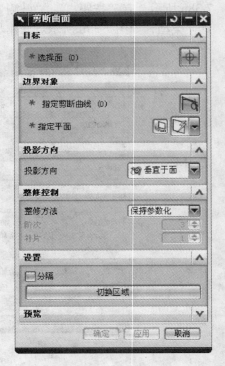。通过在【距离】文本框中输入距离参数来限制延伸面的长度。

2）已测量百分比 ———。通过在【已测量边的百分比】文本框中输入百分比数值来限制延伸面的长度。

3）直至选定对象 ———。通过选取对象为参照来限制延伸的面，常用于复杂相交曲面之间的延伸。

4）制作拐角 ———。通过参照对象来定义延伸曲面的拐角形式。

本例选择【按距离】类型进行说明。

（2）输入延伸参数值。

（3）指定延伸方法　延伸方法用于控制延伸后曲面与原曲面之间的连续性。有"自然曲率"、"自然相切"和"镜像的"3种方法供选择。

1）"自然曲率"使控制曲面延伸后与原曲面线性连续。

2）"自然相切"使控制曲面延伸后与原曲面相切连续。

3）"镜像的"使控制曲面延伸后与原曲面的曲率呈镜像分布。

（4）完成　单击【确定】按钮，完成操作。

7.3.9　剪断曲面

该命令可按指定的边界几何体分割曲面，或者剪断曲面上不需要的部分。

单击【自由曲面形状】工具条上的【剪断曲面】按钮 ———，弹出【剪断曲面】对话框，如图 7-39 所示。操作步骤如下：

（1）选择要剪断的面。

（2）选择边界对象　选择曲线或边，或者一串曲线或边作为边界对象，也可以指定平面作为边界对象。如果选择曲线作为边界对象，则可使用任一【投影方向】选项将曲线投影到片体上。如果选择平面作为边界对象，则可指定一个现有平面或使用平面构造器选项创建新平面。

（3）选择整修控制方法　选择某一【整修控制】方法整修新剪断的曲面，然后接受结果。整修控制允许更改所剪断曲面的阶次、补片结构和公差。

（4）设置分隔选项　在【设置】选项区中，如果希望剪断操作（将曲面分割为两个曲面而不是剪掉其中一部分），则选中【分隔】复选框。

（5）切换剪断区域　使用【切换区域】按钮可切换曲面上的剪断区域。

（6）完成　单击【确定】按钮，完成操作。

图 7-39　【剪断曲面】对话框

7.3.10　整修面

该命令可通过更改阶次、补片数或公差来修改现有曲面，还可以使面拟合到目标几何体。当几何体是从其他 CAD 软件转换的数据或几何体在美观上不可接受时，可用【整修面】命令进行整修。

单击【自由曲面形状】工具条上的【整修面】按钮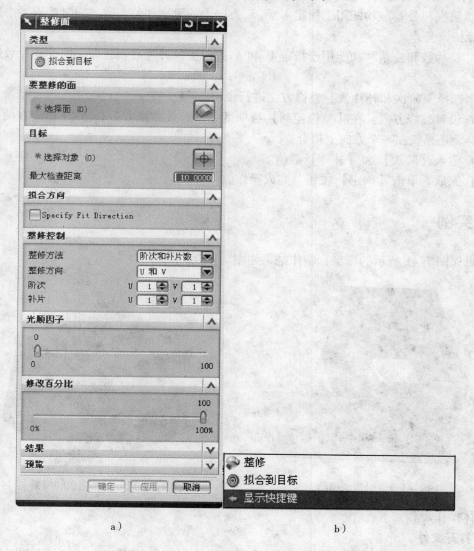，弹出【整修面】对话框，如图 7-40a 所示，有两种类型，如图 7-40b 所示。操作步骤如下：

图 7-40　整修面相关操作界面

a）【整修面】对话框　b）【类型】下拉列表框

（1）选择整修类型　在类型下拉列表框指定整修面的类型，各类型介绍如下：

1）整修 。通过更改阶次、补片数或公差修改曲面。

2）拟合到目标 。通过使曲面匹配目标形状修改该曲面。

本例选择"整修"类型进行说明。

（2）选择整修方法　在【整修控制】选项区中设置【整修方法】。有 4 种方法，分别介绍如下：

1）"保持参数化"功能可使阶次和补片数保持不变且按需要更改公差以保持指定的边缘约束。

2）"阶次和补片数"功能用于指定 U 和 V 方向上的阶次和补片数，以使曲面尽可能紧密地拟合目标。没有目标时，整修面将使曲面尽可能接近其原来的形状，同时保持现有公差。

3）"阶次和公差"功能用于指定 U 和 V 方向上的阶次和公差数，同时按需要添加许多补片以保持该公差。

4）"补片数和公差"功能用于指定 U 和 V 方向上的补片数和公差。修改补片数以保持该公差。

本例选择"阶次和补片数"整修方法进行说明。

（3）设置整修方向　在【整修控制】选项区中设置【整修方向】，用于指定在两个方向上都拟合，还是仅在一个方向上拟合。

（4）输入【阶次】和【补片】数值。

（5）完成　单击【确定】按钮，完成操作。

7.4　实例

编辑如图 7-41 所示的模型，制作结果如图 7-42 所示。

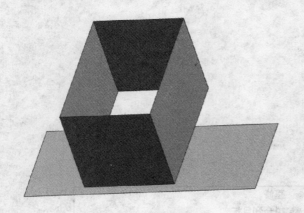

图 7-41　编辑前的模型　　　　　　　　　　　图 7-42　制作完成的模型

具体操作步骤如下：

1. 打开文件

执行【文件】|【打开】菜单命令，弹出【打开】对话框，找到网络下载文件"7zhang \ 7zhangshili. prt"，单击【确定】按钮，完成打开文件操作。

注：由于 UG 系统不能识别有汉字的路径，故此读者可将网站上下载的文件复制到本机硬盘（如 E 盘，此时路径变为"E：\ 7zhang \ 7zhangshili. prt"，下同）上。

2. 扩大底部曲面

单击【编辑曲面】工具条上的【扩大】按钮 ◈ ，弹出如图 7-3 所示【扩大】对话框。

指定【模式】方式为"自然",选择底部曲面,拖动如图7-43所示底部曲面上边缘的方块,扩大曲面,使得底部曲面边缘范围大于长方形曲面底部边缘的范围,如图7-43所示。单击【确定】按钮,完成底部曲面的扩大操作。结果如图7-44所示。

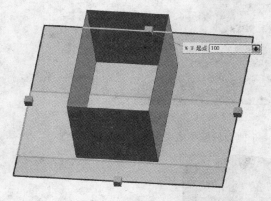

图7-43 扩大底部曲面

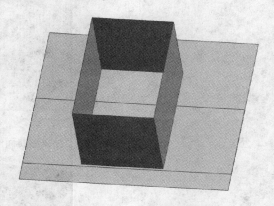

图7-44 扩大底部曲面结果

3. 延伸长方形曲面底部边缘

单击【曲面】工具条上的【延伸】按钮，弹出如图7-45所示的【延伸】对话框。单击【相切】按钮,弹出如图7-46所示的【相切延伸】对话框。单击【固定长度】按钮,弹出如图7-47所示的【固定的延伸】对话框。选择长方形曲面的其中一个面,然后选择其下边缘,设置延伸长度为50,如图7-48所示。单击【确定】按钮,结果如图7-49所示。依次延伸其他3个长方形曲面,结果如图7-50所示。

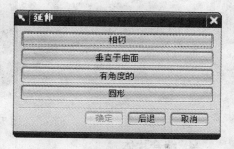

图7-45 【延伸】对话框

图7-46 【相切延伸】对话框

图7-47 【固定的延伸】对话框

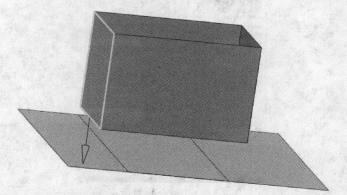

图7-48 选择长方形曲面的一个侧面进行延伸

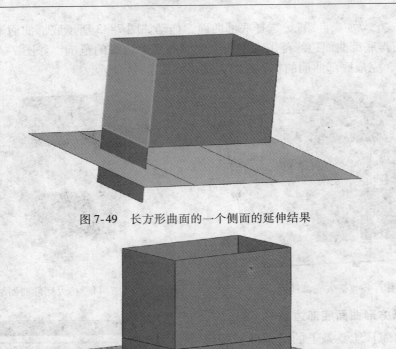

图 7-49　长方形曲面的一个侧面的延伸结果

图 7-50　长方形曲面延伸结果

4. 缝合片体

单击【特征操作】工具条上的【缝合】按钮 ，弹出如图 7-51 所示的【缝合】对话框。选择【类型】为"片体"，以延伸前的长方形片体为目标片体，以延伸的 4 个长方形片体为刀具片体，如图 7-52 所示。单击【确定】按钮，结果如图 7-53 所示。

图 7-51　【缝合】对话框

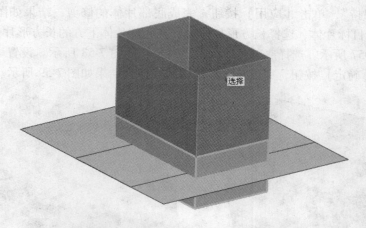

图 7-52　缝合片体

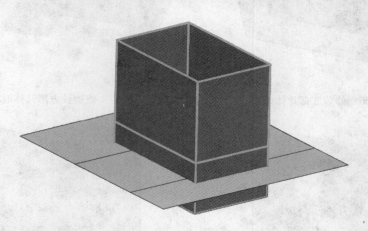

图 7-53　缝合片体结果

5. 修剪片体

单击【曲面】工具条上的【修剪的片体】按钮，弹出【修剪的片体】对话框，如图 6-39 所示。选择底部曲面为目标片体，选择底部片体时，在长方形片体内部的底部片体上单击鼠标左键选择，如图 7-54 所示。选择长方形片体为边界对象，如图 7-55 所示。设置【选

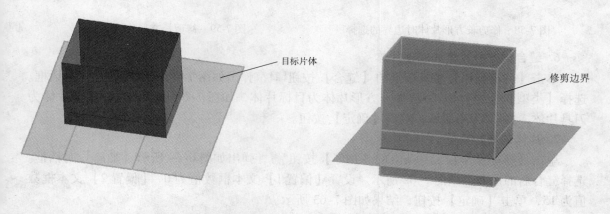

图 7-54　修剪底部片体时目标片体的选择　　　　　图 7-55　修剪底部片体时边界的选择

择区域】为"保持"，单击【应用】按钮，完成底部片体的修剪，结果如图 7-56 所示。选择长方形片体为目标片体，选择长方形片体时，在底部片体下方的长方形片体上单击鼠标左键选择，如图 7-57 所示。选择底部片体为边界对象，如图 7-58 所示。设置【选择区域】为"舍弃"，单击【确定】按钮，完成长方形片体的修剪，结果如图 7-59 所示。

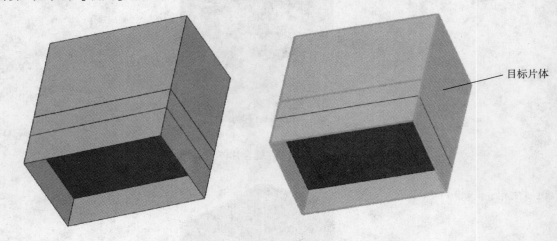

图 7-56　修剪底部片体结果　　　　　　图 7-57　修剪长方形片体时目标的选择

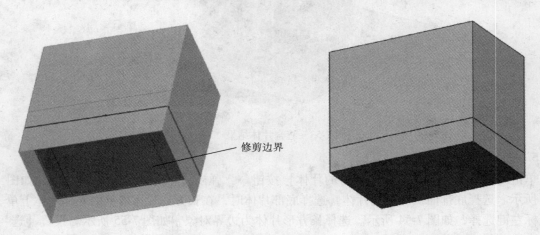

图 7-58　修剪长方形片体时边界的选择　　　图 7-59　修剪长方形片体结果

6. 缝合长方形片体和底部片体

单击【特征操作】工具条上的【缝合】按钮▥，弹出如图 7-51 所示【缝合】对话框。选择【类型】为"片体"，选择长方形片体为目标片体，如图 7-60 所示。选择底部片体为刀具片体，如图 7-61 所示，单击【确定】按钮。

7. 片体加厚

单击【特征操作】工具条上的【加厚】按钮▧，弹出如图 6-64 所示【加厚】对话框。选择缝合后的曲面，如图 7-62 所示。设置【偏置 1】文本框数值为 0，【偏置 2】文本框数值为 15，单击【确定】按钮，结果如图 7-63 所示。

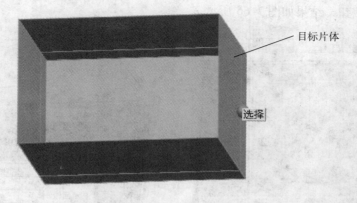

图 7-60　缝合目标片体的选择

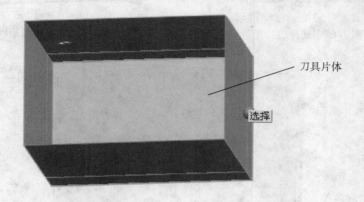

图 7-61　缝合刀具片体的选择

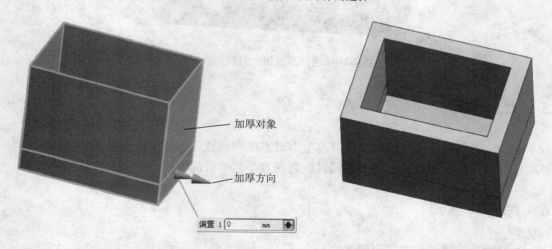

图 7-62　加厚对象的选择　　　　　　　　　　图 7-63　加厚结果

8. 边倒圆

单击【特征操作】工具条上的【边倒圆】按钮<img>，弹出【边倒圆】对话框，如图 5-9 所示。选择加厚后实体的部分棱边，如图 7-64 所示。在【边倒圆】对话框【拐角回切】选项区，单击【选择终点】，依次选择实体底部四个角点，如图 7-65 所示。设置回切参数为

2.5，单击确定按钮，结果如图 7-66 所示。

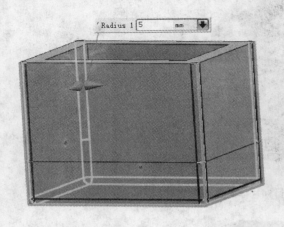

图 7-64　选择边

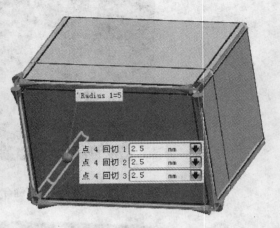

图 7-65　选择拐角回切点

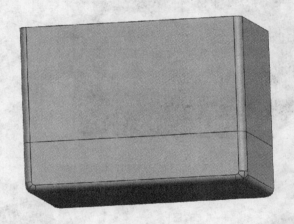

图 7-66　边倒圆度拐角回切结果

7.5　本章小结

　　本章介绍了曲面的变形编辑方法、再生编辑方法和参数化编辑方法。曲面编辑操作作为一种高效的曲面修改方式，在整个建模过程起到着非常重要的作用。

7.6　思考与练习

　　7-1. 曲面的变形编辑方法有哪些？

　　7-2. 移动定义点和移动极点的编辑方法有何区别？

　　7-3. 更改阶次和更改刚度的编辑方法有何区别？

第8章 装配设计

装配是机械产品设计和制造过程中的重要工艺流程。装配图是设计和生产中的重要技术文件之一。作为 UG NX 7.0 中集成的一个重要的应用模块——装配模块，可以模拟真实的装配操作，并可创建装配工程图。

该模块可以快速将零件模拟组合成产品，可以保证装配模型和零件之间设计的关联性，可以对装配模型进行间隙分析、质量管理等操作，可以对装配模型创建爆炸图并引入到装配图中，可以在装配图中自动生成明细表，还可以对轴测图进行局部剖切等。

8.1 UG NX 装配模块概述

UG 的装配模块采用虚拟装配，可模拟真实产品的装配过程。

8.1.1 装配界面

启动 UG NX 7.0 后，进入装配模块界面的方法有两种：执行【文件】│【新建】菜单命令，或单击【标准】工具条上的【新建】按钮 ，弹出【新建】对话框，在对话框中的【模板】选项卡中选择【装配】，然后输入文件名和文件路径，单击【确定】按钮进入装配模块。

如果已有装配文件，则可以双击该文件，直接进入装配界面。也可在当前建模环境中调出【装配】工具条，同样可以进入装配环境进行关联设计，装配操作界面如图 8-1 所示。

图 8-1　装配操作界面

8.1.2　UG NX 装配的基本概念

在装配模块中，主菜单【装配】或【装配】工具条上包含了所有装配命令和相关操作功能。在装配模块中，经常会遇到一些术语和概念，如"装配"、"子装配"等，具体介绍如下：

1. 装配

装配是把单个零部件通过约束组装成具有一定功能的产品的过程。在 UG NX 中一个装配就是一个包含组件的部件文件。

2. 子装配

子装配是指在高一级装配中被当做组件调用的装配部件。子装配是一个相对概念，任何一个装配部件都可在更高级装配中被当做子装配。

3. 装配部件

装配部件是由零件和子装配构成的部件。在 UG 中任何一个"＊.prt"格式的文件都可以作为装配部件。

注：当存储一个装配时，各部件的实际几何数据不是存储在装配部件文件中，而是存储在相应的部件文件（即零件文件）中。

4. 组件

组件是装配部件文件指向下属部件的几何体及特征，具有特定的位置和方向。每个组件都有一个指向组件主模型几何体的指针，记录部件的颜色、名称、图层和配对条件等信息。

组件可以是单个零件，也可以是子装配部件。

5. 组件部件

含有组件实际几何体的文件称为组件部件。

6. 组件成员

组件成员是组件部件中的几何对象，并在装配中显示，也称为组件几何体。

7. 显示部件

显示部件是指在当前图形窗口里显示的部件。

8. 工作部件

工作部件是指用户正在创建或编辑的部件，可以是显示部件，也可以是显示的装配部件里的任何组件部件。当显示单个部件时，工作部件就是显示部件。

9. 装载的部件

装载的部件是指当前打开并在内存里的任何部件。用户可以同时装载多个部件，这些部件可以是显示装载（如用装配导航器中的【打开】选项打开），也可以是隐藏装载（如正在由其他的加载装配部件使用）。

10. 上下文设计

上下文设计是指在装配环境中对装配部件的创建、设计和编辑，对零件的设计和编辑可以参照其他零部件进行，也称为现场编辑。

11. 配对条件

配对条件是用来确定零部件之间相互位置关系和方位的，配对是通过约束来实现的，而配对条件可以由一个组件相对于另一个或多个组件位置关系构成。

12. 部件属性和组件属性

在【装配导航器】中选择部件或组件名称，单击右键选择【属性】选项，打开属性对话框，即可在各选项卡中查看或修改属性信息。例如右击图 8-2a 图所示【装配导航器】中的部件名称 assem-pkq，在弹出的快捷菜单中选择【属性】选项，弹出【显示的部件属性】对话框，如图 8-2b 所示。

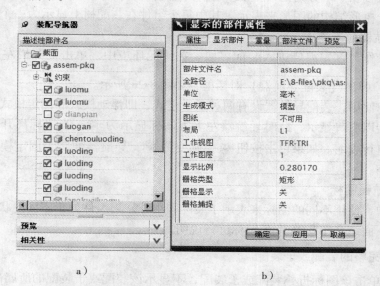

a）　　　　　　　　　　　　　　　b）

图 8-2　部件属性
a）【装配导航器】中右击部件　b）【显示的部件属性】对话框

在图 8-3a 所示【装配导航器】中右击组件名称 luomu，在弹出的快捷菜单中选择【属性】选项，将打开【组件属性】对话框，如图 8-3b 所示。

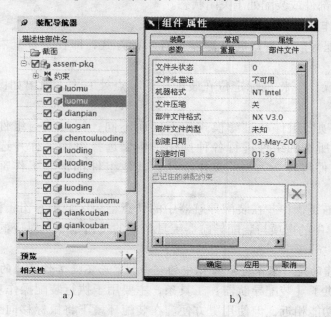

a）　　　　　　　　　　　　　　　b）

图 8-3　组件属性
a）【装配导航器】中右击组件　b）【组件属性】对话框

8.1.3　装配导航器

装配导航器可在一个分离窗口中显示各部件的装配结构，提供便捷的组件操控方法。装配结构用类似于树形结构的图形来表示，其中每个组件在装配树上显示为一个节点。

1. 装配导航器显示模式

进行装配操作，首先需要进入装配界面。在装配环境中，单击资源栏左侧的【装配导航器】按钮，弹出【装配导航器】对话框，如图 8-2a 所示。

为方便用户使用，装配导航器设有两种显示模式，即浮动模式和固定模式。在浮动模式下，装配导航器以窗口显示，此时导航器左上方图标显示为 🔲，当鼠标离开导航器所属区域时，导航器自行收缩。如果单击按钮 🔲，则变为 🔲，导航器便转为固定模式，固定在绘图区域不再收缩。

2. 装配导航器图标

在装配树中，使用不同的图标来表示子装配和组件。当组件处于不同的状态时，对应的按钮也不同。下面结合图 8-2a 中各图标进行说明。

（1）🔲　完整的装配或子装配。

（2）🔲　单击该图标折叠装配或子装配，不显示该装配或子装配的所属部件。

（3）🔲　单击该图标展开装配或子装配，显示该装配或子装配的所属部件。

（4）🔲　完全加载的部件。

（5）🔲　部件或装配处于显示状态。

（6）🔲　当前部件或装配处于关闭状态。

3. 窗口右键操作

UG NX 7.0 装配导航器窗口的右键操作有两种方式，即在组件上右击和在空白区域右击。

（1）组件右键操作　将鼠标定位在装配树的节点处右击，弹出如图 8-4 所示的快捷菜单。

该菜单中的选项随组件和过滤模式的不同而不同，同时还与组件的状态有关，通过这些选项可以对所选的组件进行各种操作。例如选择组件名称并选择【设为工作部件】选项，则该组件将转换为当前工作部件，其他组件都是非工作部件，以灰色方式显示。

（2）空白区域右键操作　在装配导航器中的任意空白区域中右击，弹出快捷菜单，如图 8-5 所示。该菜单中的选项与装配导航器工具条上的按钮是一一对应的。选择指定选项，可执行相应的操作。

注：空白区域指的是【装配导航器】中的空白处，而不是工作区域的空白区域。

UG NX 7.0 提供了【装配导航器】工具条，主要用于执行装配操作功能，与【装配导航器】的快捷菜单功能相近，但使用更方便。在装配环境下将鼠标移向工具条上的任意空白区域单击右键，弹出快捷菜单，勾选菜单中的【装配导航器】后，则出现【装配导航器】工具条，如图 8-6 所示。工具条上各图标按钮的含义如下：

1）包含被抑制的组件 🔲。显示被抑制的组件。

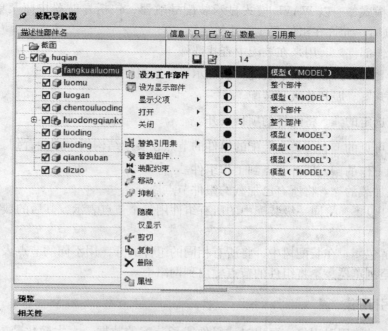

图 8-4　组件右键快捷菜单

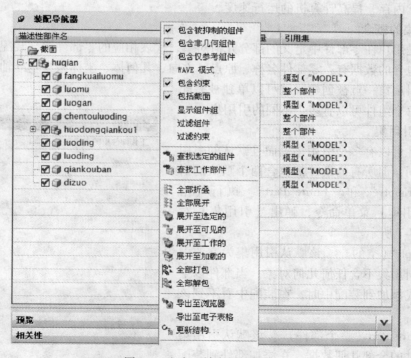

图 8-5　空白区域右键快捷菜单

图 8-6　装配导航器工具条

2）WAVE 模式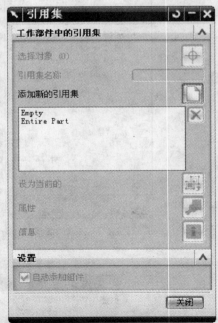。以 WAVE 模式显示装配导航器，包括导航器快捷菜单上的附加选项。选择该选项时，允许在组件间建立几何链接。

3）查找工作部件。用来在装配中查找部件。

4）全部折叠。折叠各级子装配，仅显示第一级组件。

5）全部展开。展开各级子装配。

6）展开至选定的。将选择的项目展开。

7）展开至可见的。使每个装配的组件的节点在装配结构树中都能看到。

8）展开至工作的。展开节点到工作组件。

9）展开至加载的。将所有已加载的组件节点展开。

10）全部打包。将同一级装配中的所有组件用一个节点表示，其后的数字表示组件个数。

11）全部解包。在装配树中，将所有相同的组件展开，用不同的节点表示。

12）导出至浏览器。将组件的节点输出到网络上。

8.1.4　装配引用集

在装配中通过使用引用集，可以过滤组件或子装配的数据，大大简化装配的图形显示，并且可以节省内存，提高计算机的运行速度。

1. 引用集的概念

引用集是用户在零部件中定义的部分几何对象，代表相应的零部件参与装配。

引用集包含的数据有：零部件名称、原点、方向、几何体、坐标系、基准轴、基准平面和属性等。引用集一旦被创建，就可以单独被装配到部件中，每个组件可以有多个不同的引用集。

2. 默认引用集

尽管组件可以有多个引用集，而且默认的引用集也不尽相同，但所有的组件都包含两个默认的引用集，即"Empty"和"Entire Part"。执行【格式】|【引用集】菜单命令，弹出【引用集】对话框，如图 8-7 所示。

（1）Empty（空的）　该默认引用集为空的引用集。空的引用集不含任何几何对象，当部件以空的引用集形式添加到装配中时，在装配中看不到该部件。

（2）Entire Part（整个部件）　该默认引用集表示引用部件的全部几何数据。在添加部件到装配中时，如果不选择其他引用集，系统默认使用该引用集。

注：如果部件几何对象不需要在装配模型中显示，可使用空的引用集，以提高显示速度。

图 8-7　【引用集】对话框

3. 创建引用集

部件的引用集既可以在部件中建立，也可以在装配中建立。只有当部件作为工作部件时，才能在装配中建立某部件的引用集。此时会在【引用集】对话框中增加一个引用集名称。

单击【添加新的引用集】按钮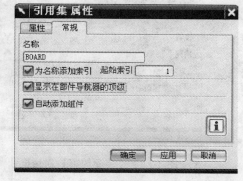，在【引用集】文本框中输入引用集的名称并按"Enter"键确认，然后单击【选择对象】按钮，如图 8-8a 所示。在图 8-8b 中选择几何对象（图中高亮部分），即可建立一个用所选对象表达该部件的引用集。

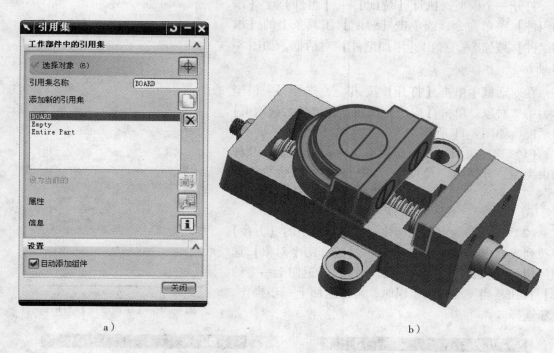

图 8-8　创建引用集

a）输入新引用集名称　b）选择对象

4. 删除引用集

用于删除组件或子装配中已建立的引用集。在【引用集】对话框中选中需要删除的引用集后，单击按钮，即可将该引用集删除。

5. 设为当前引用集

用于将高亮显示的引用集设置为当前的引用集，也称为替换引用集。可在【引用集】对话框的列表框中选择引用集的名称，然后单击【设为当前】按钮，则该引用集设置为当前引用集。

6. 编辑属性

用于对引用集的属性进行编辑操作。选中某一引用集并单击按钮，打开【引用集属性】对话框，如图 8-9 所示。在对话框中输入属性的名称和属性值，单击【应用】按钮，即可执行属性编辑操作。

图 8-9　【引用集属性】对话框

8.2 装配约束

装配约束是通过定义两个组件之间的约束条件来确定组件在装配中的位置。根据装配体的自由度个数将装配约束分为完全约束和欠约束。下面介绍如何进行装配约束。

打开一个模型，执行【装配】|【组件】|【添加组件】菜单命令，或单击【装配】工具条上的【添加组件】按钮，弹出【添加组件】对话框，如图 8-10 所示。

在对话框中单击【打开】按钮，选择另一模型作为第二对象。单击【应用】按钮，弹出【装配约束】对话框，如图 8-11 所示。

（1）选择类型　【类型】下拉列表框中包括 10 种约束类型，分别为"角度"、"中心"、"胶合"、"拟合"、"接触对齐"、"同心"、"距离"、"固定"、"平行"和"垂直"，如图 8-12 所示。

（2）选择要约束的几何体　该选项区中的【方位】下拉列表框含有具体的约束形式，【选择两个对象】选项区用于选取要约束的两个几何对象，【返回上一个约束】按钮是当发现约束错误时，可以返回上一步操作，重新选择。

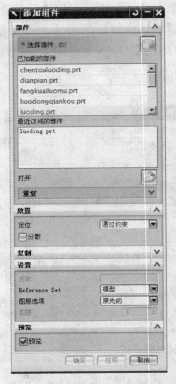

图 8-10　【添加组件】对话框

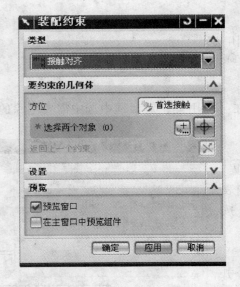

图 8-11　【装配约束】对话框

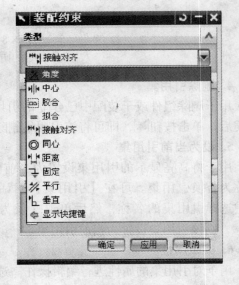

图 8-12　装配约束的 10 种类型

8.2.1　接触对齐

在 UG NX 7.0 中，将对齐约束和接触约束合二为一，称为"接触对齐"约束。该约束类型包含 4 种具体的约束方式。

在【装配约束】对话框的【类型】下拉列表框中选择"接触对齐"，在【方位】下拉列表框中选择接触或对齐的形式，如图 8-13 所示，4 种约束方式的操作及含义如下：

（1）首选接触　首选接触是系统默认的方式，根据选定的两个对象的几何特征，系统自动选择接触或对齐的形式。

（2）接触　接触是指在装配组件和基准组件上分别选择一个表面，使其自动接触且法向矢量方向相反，实例如图 8-14 所示。选择细圆柱的底面和粗圆柱的顶面为接触面，使其处于同一平面，并且法向矢量反向。

　　　图 8-13　"接触对齐"的 4 种方式　　　　　　　　图 8-14　"接触"约束

（3）对齐　"对齐"与"接触"约束相似，只是"对齐"约束是使两个面共面，且法向矢量方向相同，实例如图 8-15 所示。

（4）自动判断中心/轴　"自动判断中心/轴"用于约束两个对象的中心，使其中心对齐。实例如图 8-16 所示。

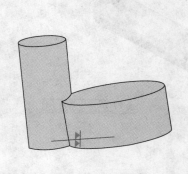

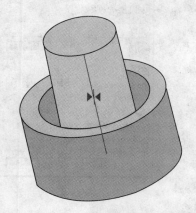

　　　图 8-15　"对齐"约束　　　　　　　　　　图 8-16　"自动判断中心/轴"约束

注：建立两个部件之间的装配约束时，先以其中一个部件作为基准件，而后把另一部件作为装配件；先选择装配件的几何对象，后选择基准件的几何对象。

8.2.2 角度

"角度"约束可以在两个具有方向矢量的对象间产生，角度是两个方向矢量的夹角，以逆时针方向为正。

在【装配约束】对话框的【类型】下拉列表框中选择"角度"类型，在【子类型】下拉列表框中选择不同的"角度"对齐方式，如图 8-17 所示。

（1）3D 角　如图 8-18a 所示，在【子类型】下拉列表框中选择"3D 角"。然后在装配组件和基准组件中各选择一个对象，并设置两个对象之间的角度，实例如图 8-18b 所示。

（2）方向角度　在【子类型】下拉列表框中选择"方向角度"。选择一个方向矢量，并在两个部件上各选择一个几何对象，在【角度】区域的"角度"文本框中输入两者之间的夹角，如图 8-19 所示。

这种约束方式首先需要在两条边（分别位于两个长方体）之间创建对齐约束作为预约束，然后以该约束为基础，在包含这两条边的面之间创建定位角约束。如果不使用该预约束，则不能创建方向角度约束。

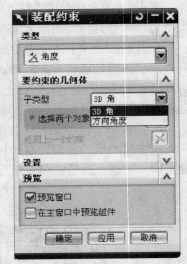

图 8-17　【装配约束】对话框
——"角度"约束

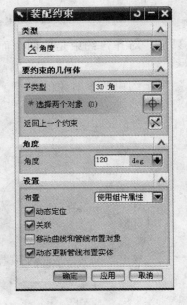

a）

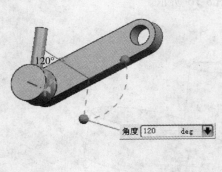

b）

图 8-18　"3D 角"约束

a）【装配约束】对话框——选择"3D 角"　b）选择约束对象

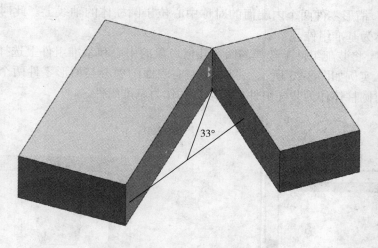

图 8-19 "方向角度"约束

8.2.3 中心

对于具有回转体特征的组件，通过设置中心约束可以使装配组件的几何对象与基准组件的几何对象的中心重合，达到限制组件在整个装配中的相对位置。

在【装配约束】对话框的【类型】下拉列表框中选择"中心"类型，如图 8-20 所示。

在【要约束的几何体】区域的【子类型】下拉列表框中选择不同的"中心"对齐的方式，3 种中心对齐方式的操作及含义如下。

（1）1 对 2 将装配组件上的一个几何对象的中心与基准组件上的两个几何对象的中心对齐。实例如图 8-21 所示，圆柱体位于槽形零件两个内端面的中心。此时圆柱体是装配组件，槽形零件为基准组件。

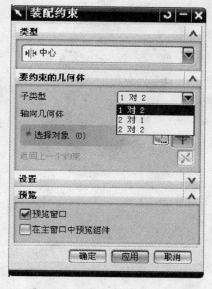

图 8-20 【装配约束】对话框——"中心"约束

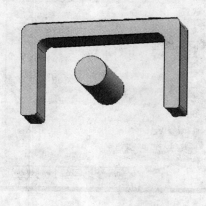

图 8-21 "1 对 2"中心约束

（2）2 对 1 在装配组件上选择两个对象中心和基准组件中的一个对象中心对齐。实例如图 8-22 所示，槽形零件两个内端面的对称中心位于圆柱体的轴线上。此时槽形零件为装配组件，圆柱体为基准组件。

（3）2 对 2　将装配组件上选择的两个几何对象的中心和基准组件上选择的两个几何对象的中心对齐。实例如图 8-23 所示，圆柱体左右表面的中心与槽形零件两个内端面之间的中心对齐。此时圆柱体作为装配组件，槽形零件作为基准组件。

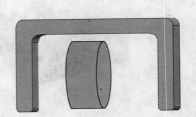

图 8-22　　"2 对 1"中心约束　　　　　　　图 8-23　　"2 对 2"中心约束

8.2.4　同心

同心约束是使两个具有回转特征的对象的轴线重合在一起。即在装配组件和基准组件中各选择一个几何对象，并使它们的几何中心重合。

在【装配约束】对话框的【类型】下拉列表框中选择"同心"类型，如图 8-24 所示。在两个部件上各选择一个圆，系统自动将两个圆的圆心重合，实例如图 8-25 所示。

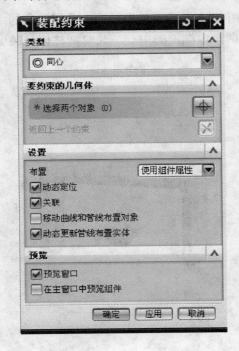
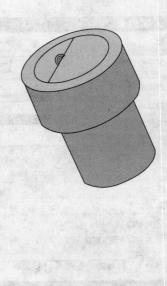

图 8-24　【装配约束】对话框——"同心"约束　　　　　图 8-25　　"同心"约束

8.2.5　距离

距离约束是约束两个组件上所选定的对象之间的最小距离。

在【装配约束】对话框的【类型】下拉列表框中选择"距离"，如图 8-26 所示。分别选取小圆柱体的下表面和大圆柱体的上表面，在跟踪条内输入距离值，则系统会按照给定的距离约束两个部件的相对位置，实例如图 8-27 所示。

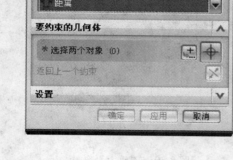

图 8-26　【装配约束】对话框——"距离"约束

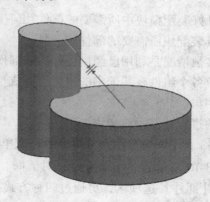

图 8-27　"距离"约束

注：输入的距离数值可以是正数，也可以是负数。

8.2.6　平行

"平行"约束是使装配组件和基准组件上被选定的几何对象的方向矢量平行。

在【装配约束】对话框的【类型】区域下拉列表框中选择"平行"类型，在两个部件上各选择一个几何对象，则系统会自动使这两个几何对象的方向矢量相互平行。实例如图 8-28 所示，两个圆柱体的上表面平行。

图 8-28　"平行"约束

8.2.7　垂直

垂直约束是使装配组件和基准组件上被选定的几何对象的方向矢量垂直，是角度约束的一种特殊形式，可单独设置，也可以按照角度约束设置。

在【装配约束】对话框的【类型】下拉列表框中，选择"垂直"类型，如图 8-29 所示。例如选取两个圆柱体的轴线，使两个几何对象的方向矢量相互垂直，实例如图 8-30 所示。

 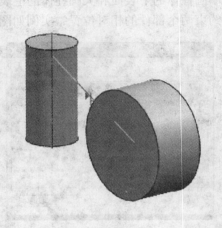

图 8-29　【装配约束】对话框——"垂直"约束　　　　　图 8-30　"垂直"约束

　　注：如果选择的几何对象是部件上的回转面，则以其中心线作为约束的方向矢量。

8.3　装配建模方法

在 UG NX 7.0 中文版的装配模块中，建模方法主要有：自底向上的装配设计、自顶向下的装配设计及两者混用的设计建模。

8.3.1　自底向上的装配设计

自底向上装配是指先设计好装配模块中所需要的部件几何模型，再将这些几何模型依次通过装配约束进行定位，将其装配成所需要的部件或产品。

在实际的装配过程中，多数情况是利用已经创建好的零部件直接调入装配环境中，执行多个约束设置，从而准确定位各个组件在装配中的位置，完成整个装配。为方便管理复杂装配体组件，可创建并编辑引用集。

这种装配就是添加组件的过程。其操作步骤如下：

执行【装配】｜【组件】｜【添加组件】菜单命令，或单击【装配】工具条上的【添加组件】按钮，弹出如图 8-10 所示的【添加组件】对话框。

（1）指定现有部件　在【部件】选项区，可通过四种方式指定现有组件。

1）单击【选择部件】按钮，直接在绘图区选取组件进行装配。

2）选择【已加载的部件】列表框中的组件进行装配。

3）选择【最近访问的部件】列表框中的组件进行装配。

4）单击【打开】按钮，在打开的【部件名】对话框中指定路径选择部件。

（2）放置　该选项区用于指定组件在装配中的定位方式。其设置方法是：单击【定位】

下拉列表框右侧的按钮，弹出"绝对原点"、"选择原点"、"通过约束"和"移动"4 种定位操作可供选择。

1）"绝对原点"是指执行定位的组件与装配环境坐标系位置保持一致，也就是按照绝对原点定位的方式确定组件在装配中的位置。通常将执行装配的第一个组件设置为此方式，目的是将该基础组件"固定"在装配环境中。

2）"选择原点"是指系统通过指定原点来定位组件在装配中的位置。此方式多用于第一个组件的添加，可选择该选项并单击【确定】按钮，在打开的点对话框中输入指定点的位置即可定位该组件。

3）"通过约束"是指系统将按照约束条件确定组件在装配中的位置。约束的种类及操作在前面一节中已经做过详细的介绍。

4）"移动"是指将将组件添加到装配中后相对于指定的基点移动，并将其定位。选择该选项将打开【点】对话框，输入指定移动的基点，单击【确定】按钮确认，在打开的【移动组件】对话框中进行移动定位操作。详细操作见 8.4.3 移动组件。

（3）复制　该选项在需要多重添加时进行设置。

（4）设置　在【设置】选项区中包含了【Reference Set】（引用集）的设置和图层的选择。其中【Reference Set】下拉列表框中包含了"模型"、"轻量化"、"整个部件"和"空"4 个选项。而在【图层选项】中，可以设置为"原先的"、"工作的"和"按指定的"3 个选项。

注：①在新建的装配文件中添加组件时，第一个组件必须以"绝对原点"进行装配定位，因为它没有其他零部件可以作为参照基础组件。后续组件可以选择其他约束方式来定位。②如果通过约束方式来定位，需要注意约束条件不能循环创建，即组件 1→组件 2→组件 1 进行约束。

8.3.2　自顶向下的装配设计

自顶向下的装配设计是指按照上下文设计的方法进行装配，即在装配过程中通过参照其他部件对当前工作部件进行设计。这种设计方法可以有效地提高设计效率，同时保证了部件之间的关联性，便于参数化设计。UG NX 7.0 支持多种自顶向下的装配方式，其中最常用的方法有两种。

1. 第一种自顶向下装配方法

这种方法是先建立装配关系，但不建立任何几何模型，然后把其中的组件作为工作部件，并在其中创建几何模型，即在上下文中进行设计，边设计边装配。其具体操作步骤如下：

（1）新建装配文件　创建一个新的装配文件，如 zhuangpei. prt。

（2）新建组件　执行【装配】|【组件】|【新建组件】菜单命令，或单击【装配】工具条上的【新建组件】按钮，弹出【新组件文件】对话框，如图 8-31 所示。

指定模型模板，输入文件名以及文件保存路径后，单击【确定】按钮，弹出如图 8-32 所示的【新建组件】对话框。

（3）选择几何对象　如果单击【选择对象】按钮，可选取绘图区的图形对象作为新建组件。但是自顶向下的装配设计只创建一个空的组件文件，所以不需要选择几何对象。

（4）设置组件选项　【设置】选项区包含 3 个下拉列表框、1 个文本框和 1 个复选框。

1）【组件名】文本框用于指定组件名称，默认为组件的存盘文件名。如果新建多个组件，可以修改组件名便于区分。

图 8-31　【新组件文件】对话框

图 8-32　【新建组件】对话框

2）【引用集】下拉列表框中可指定当前引用集的类型，如果此前已经创建了多个引用集，则该列表框包含"模型"、"仅整个部件"和"其他"3 个选项。如果选择"其他"选项，可指定引用集的名称。

3）【图层选项】下拉列表框用于设置新建组件在装配部件中的安放图层。"工作"选项表示新组件放置于装配组件的工作层；"原先的"选项表示新组件保持原来的层位置；"按指定的"选项表示将新组件放置于装配组件的指定层。

4）【组件原点】下拉列表框用于指定组件原点采用的坐标系。"WCS"选项表示设置零件原点为工作坐标；"绝对"选项表示设置零件原点为绝对坐标。

5）【删除原对象】复选框被勾选后，则在装配中删除所选的几何模型对象。

（5）完成组件建立　单击【确定】按钮，完成新组件的建立。采用（2）~（5）步骤，在装配文件 zhuangpei. prt 中分别创建两个新的组件 f1 和 f2。

（6）设置工作部件　在装配导航器中右击打开快捷菜单，将组件 f1 设置为工作部件，进行编辑。

（7）进行上下文设计　再将 f2 设为工作部件，进行上下文设计。

（8）定位部件　最后，单击【装配】工具条上的【装配约束】按钮，进行定位。

2. 第二种自顶向下装配方法

这种装配方法是指在装配模块中先创建几何模型，再建立组件。即建立装配关系后，把创建的组件加入到装配模型中去。与第一种装配方法不同之处在于：该装配方法打开一个不包含任何部件和组件的新文件，并且使用链接器将对象链接到当前装配环境中。

8.4　编辑组件

在组件装配中为满足装配要求，常常需要删除、替换或移动现有组件，此时可以利用操作环境中提供的工具快速完成编辑组件操作任务。

8.4.1　删除组件

在绘图区中选取要删除的对象，单击右键，选择【删除选项】，即可将指定组件删除。对于已经约束过的组件，执行该操作时，将打开如图 8-33a 所示的【移除组件】对话框。单击【是】按钮，可将约束删除，实例如图 8-33b 所示。

图 8-33　删除组件
a)【移除组件】对话框　b) 删除对象

8.4.2　替换组件

在装配过程中，可选取指定的组件，并将其替换为新的组件。

在装配导航器中选取要替换的组件，单击右键选择【替换组件】选项，将弹出【替换组件】对话框，如图 8-34a 所示。单击【要替换的组件】选项区的【选择部件】按钮，可在绘图区中选取替换组件；也可以在【已加载】和【已卸载】列表框中选择组件名称；或是单击【浏览】按钮，指定路径选择组件名称。然后展开【设置】选项区，该区域中两个复选框的含义如下：

（1）维持关系　在图 8-34a 中，勾选【维持关系】复选框，可在替换组件时保持装配关系。在图 8-34b 中指定要替换的组件 16. prt。在图 8-34a 的【浏览】中选择 16-1. prt 作为替换部件，单击【应用】按钮，则原来的 16. prt 组件被 16-1. prt 替换，如图 8-35 所示。

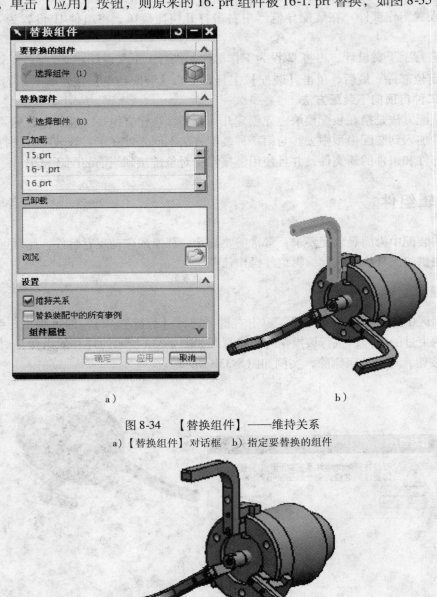

a)　　　　　　　　　　　　　　　　　　　b)

图 8-34　【替换组件】——维持关系

a)【替换组件】对话框　b) 指定要替换的组件

图 8-35　替换结果

（2）替换装配中的所有事例 勾选【替换装配中的所有事例】复选框，则当前装配体中所有重复使用的组件都被替换。

8.4.3 移动组件

执行【装配】｜【组件】｜【移动组件】菜单命令，或单击【装配】工具条上的【移动组件】按钮，也可选取待移动的组件，右键单击选择【移动】选项，弹出如图 8-36 所示的【移动组件】对话框。对话框中各选项设置如下：

（1）类型 在【类型】下拉列表框中含有移动组件的 9 种设置方式，如图 8-37 所示，含义如下：

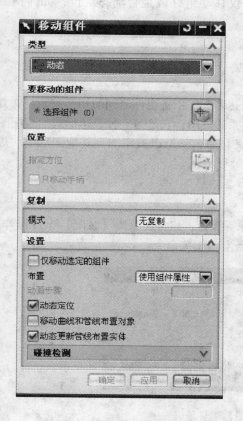

图 8-36 【移动组件】对话框

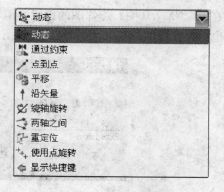

图 8-37 【类型】下拉列表

1）"动态"方式移动组件的过程是：选取待移动的对象，单击按钮，在打开的【点】对话框中指定点移动组件；或单击位置按钮，激活坐标系，通过移动或旋转坐标系来动态移动组件。

2）选择"通过约束"方式移动组件时，对话框中将增加【约束】选项区，按照创建约束方式的方法移动组件。

3）"点到点"方式用于将所选的组件从一个点移动到另一个点。选取起始点和终止点，将指定组件移动到终止点位置。

4）"平移"方式用于平移所选组件。单击该按钮，选择要移动的组件，在【平移】

选项区，输入 X、Y、Z 坐标轴方向移动的距离，输入值可正可负。

5）"沿矢量↑"方式是通过定义矢量方向和距离参数实现移动组件的目的。选择该方式后，选取待移动的组件，选取矢量方向，输入移动距离即可实现。

6）"绕轴旋转✗"方式用于将所选组件绕轴线旋转。

7）"重定位↔"采用移动坐标的方式重新定位所选组件。

8）"两轴之间↺"用于在选择的两轴间旋转所选的组件。

9）"使用点旋转✦"方式用于在选择的两点之间旋转所选的组件。

（2）复制　在【复制】的【模式】下拉列表框中用户可以从"复制"、"无复制"和"手动复制"3 种选项中选择。

（3）设置　该选项区用于设置移动组件是否仅移动组件或是否动态定位，如何检测碰撞动作等。

8.5　爆炸视图

完成组件装配后，经常还需要创建爆炸图来表达装配体中各组件之间的相互关系。爆炸图是将装配部件拉离装配体原位置以表达组件装配关系的视图，它是另一种表达形式的装配图。

与其他用户定义的视图一样，爆炸图一旦定义和命名就可以被添加到其他图形中。爆炸图与显示部件关联，并存储在显示部件中。

8.5.1　创建爆炸视图

在 UG NX 7.0 中，爆炸图的创建、编辑、删除等操作，包含在菜单【装配】｜【爆炸图】中，也可以使用如图 8-38 所示的【爆炸图】工具条上的相关命令。

图 8-38　【爆炸图】工具条

1. 创建爆炸视图

通常创建爆炸视图的操作方法如下：

（1）激活命令　执行【装配】｜【爆炸图】｜【新建爆炸】菜单命令，或单击【爆炸图】工具条上的【创建爆炸图】按钮，弹出如图 8-39 所示的【创建爆炸图】对话框。

（2）命令爆炸图　在【创建爆炸图】对话框的【名称】文本框中输入爆炸图的名称。系统默认名称为 "Explosion 1"、"Explosion 2" 等，同

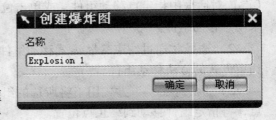

图 8-39　【创建爆炸图】对话框

一装配体中可以创建多个爆炸图。

（3）完成　单击对话框中的【确定】按钮即可完成爆炸图的创建。但是从 UG 界面上看不出装配图形有所变化，需通过执行后续命令才能看到爆炸图。

2. 自动爆炸组件

通过新建一个爆炸视图即可执行组件的爆炸操作，UG NX 提供自动爆炸的组件爆炸方式，该方式是基于组件之间保持关联条件，沿表面的正交方向自动爆炸组件。具体操作方法如下：

（1）选择组件　执行【装配】|【爆炸图】|【自动爆炸组件】菜单命令，或单击【爆炸图】工具条上的【自动爆炸组件】按钮，弹出【类选择】对话框，如图 8-40 所示。选择要爆炸的组件，如图 8-41 所示。

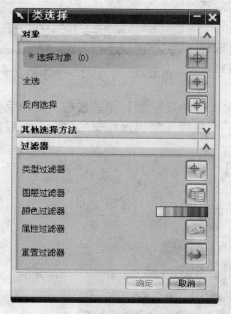

图 8-40　【类选择】对话框

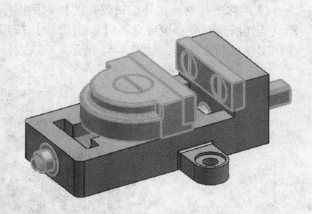

图 8-41　选择要爆炸的组件

（2）设定爆炸距离　单击【类选择】对话框中的【确定】按钮，弹出如图 8-42 所示的【爆炸距离】对话框。在对话框中输入距离，单击【确定】按钮，完成组件爆炸图的创建。如果勾选【添加间隙】复选框，则系统会自动生成间隙，指定的距离为组件相对于关联组件移动的相对距离，如图 8-43 所示。

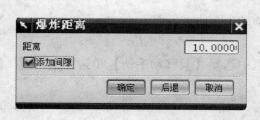

图 8-42　【爆炸距离】对话框

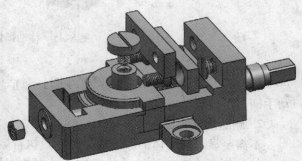

图 8-43　勾选【添加间隙】复选框爆炸效果

8.5.2 编辑爆炸视图

在 UG NX 7.0 装配环境中，为满足各方面的编辑操作，还可以对爆炸视图进行位置编辑、复制、删除和切换等操作。

1. 编辑爆炸视图

执行自动爆炸操作后，各个零部件的分布并不规律，需要对爆炸的组件位置进行调整。其操作方法如下：

（1）激活命令 执行【装配】│【爆炸图】│【编辑爆炸图】菜单命令，或单击【爆炸图】工具条上的【编辑爆炸图】按钮，弹出【编辑爆炸图】对话框，如图 8-44 所示。

（2）选择对象 在【编辑爆炸图】对话框中选择【选择对象】单选按钮，用鼠标在窗口中选择要编辑的爆炸组件。

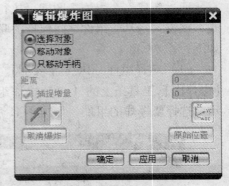

图 8-44 【编辑爆炸图】对话框

（3）移动对象 在【编辑爆炸图】对话框中选择【移动对象】单选按钮，拖动手柄移动或旋转所选对象；也可单击【取消爆炸】按钮，则组件恢复到爆炸前的位置，而后拖动手柄实现移动或旋转，如图 8-45 所示。

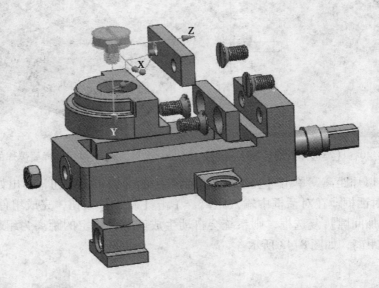

图 8-45 移动爆炸视图中组件

（4）只移动手柄 在【编辑爆炸图】对话框中选择【只移动手柄】单选按钮，则仅移动手柄，组件不动。

2. 删除爆炸视图

不需要显示装配体的爆炸效果时，可执行删除爆炸图操作。其操作方法如下：

（1）激活命令 执行【装配】│【爆炸图】│【删除爆炸图】菜单命令，或单击【爆炸图】工具条上的【删除爆炸图】按钮 ，弹出如图 8-46 所示的【爆炸图】对话框。

（2）完成　在对话框中选择要删除的爆炸图名称，单击【确定】按钮确认完成操作。

注：如果要删除的爆炸图处于显示状态，则不能直接删除，系统会弹出提示信息。

3. 取消爆炸组件

【取消爆炸组件】命令用于将爆炸的组件恢复装配位置。其操作方法如下：

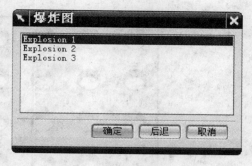

图 8-46　【爆炸图】对话框

（1）激活命令　执行【装配】|【爆炸图】|【取消爆炸组件】菜单命令，或单击【爆炸图】工具条上的【取消爆炸组件】按钮 ，弹出【类选择】对话框。

（2）完成　在窗口中选择要取消的爆炸组件，单击【确定】按钮完成操作。

4. 切换爆炸视图

在 UG NX 7.0 装配过程中，可在多个爆炸视图之间进行切换。其操作方法如下：

单击图 8-38 所示【爆炸图】工具条上的下拉列表按钮 ，可根据需要选择要显示的爆炸图，进行切换。

5. 隐藏和显示组件

（1）隐藏　隐藏操作是将当前图形窗口中所选的组件进行隐藏。【爆炸图】工具条上的【隐藏视图中的组件】按钮 ，可以实现组件的隐藏。

（2）显示　显示是隐藏的逆操作。【爆炸图】工具条上的【显示视图中的组件】按钮 ，可将已经隐藏的组件重新显示出来。

8.6　组件阵列和镜像

为提高装配的准确性和设计效率，在 UG NX 的装配过程中，对于具有规律分布、对称分布的相同组件，可采用【组件阵列】或【组件镜像】工具一次性获得多个特征，并且阵列或镜像的组件将按照原组件的约束关系进行定位。

8.6.1　创建组件阵列方式

在装配过程中，经常会遇到包含线性或圆周阵列的螺栓、销钉或螺钉定位组件。为实现快速而准确的装配，可使用【组件阵列】工具创建和编辑装配中组件的相关阵列。

1. 从实例特征

从实例特征是指根据原组件的装配约束，以其零部件的实例特征作为参照来实现装配组件的阵列。UG NX 7.0 能判断实例特征的阵列类型，从而自动创建阵列。具体操作如下：

（1）激活命令　执行【装配】|【组件】|【创建阵列】菜单命令，或在【装配】工具条上单击【创建组件阵列】按钮 ，弹出如图 8-40 所示的【类选择】对话框。

（2）创建组件阵列　选择要阵列的对象，如图 8-47 所示，单击【确定】按钮，打开【创建组件阵列】对话框，如图 8-48 所示。在【阵列定义】选项区有【从实例特征】、【线性】和【圆形】3 个单选按钮，分别选用这 3 个按钮，可创建 3 种阵列。

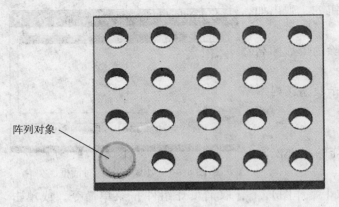

阵列对象

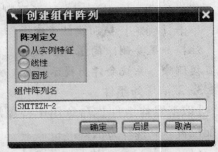

图 8-47　选择阵列对象　　　　　　　　　图 8-48　【创建组件阵列】对话框

（3）完成　选择【从实例特征】单选按钮，单击对话框中的【确定】按钮完成操作，结果如图 8-49 所示。

2. 创建线性阵列

线性阵列用于创建一个二维组件阵列，即指定参照设置行数和列数创建阵列组件特征，也可创建正交或非正交组件阵列。其具体操作如下：

（1）在装配组件中按照约束装配好组件。

（2）激活命令　执行【装配】｜【组件】｜【创建阵列】菜单命令，或在【装配】工具条上单击【创建组件阵列】按钮，弹出【类选择】对话框。

（3）选取阵列对象　选取需要阵列的对象，单击【确定】按钮，即可打开如图 8-48 所示【创建组件阵列】对话框。

（4）选择阵列种类并命名　从【阵列定义】选项区选择【线性】单选按钮，并输入阵列名。

（5）选择线性阵列方式　单击对话框中的【确定】按钮，弹出如图 8-50 所示的【创建线性阵列】对话框。

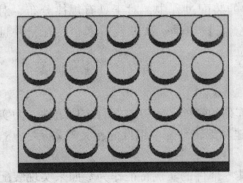

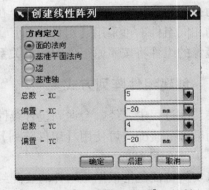

图 8-49　【从实例特征】创建阵列结果　　　图 8-50　【创建线性阵列】对话框

对话框中包含 4 种线性阵列方式，含义及操作如下：

1）面的法向。选择【面的法向】单选按钮，在窗口中的基础组件上选择一个或两个表面，如图 8-51 所示。即以所选表面的法向（所选表面为平面）或回转轴方向（所选表面为回转面）作为阵列的 X 和 Y 参考方向，然后设置阵列个数和相邻组件之间的坐标增量，如图 8-50 所示。单击【确定】按钮完成操作，创建阵列结果同图 8-49 所示。

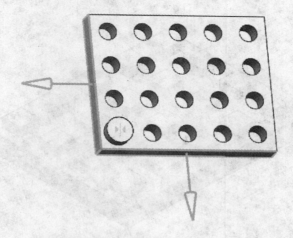

图 8-51　选取法向面

注：如果只选择一个表面，则生成一维线性阵列；当选择两个不同方向的表面时，则生成二维线性阵列。

2）基准平面法向。选一个或两个基准平面，以基准平面的法向为阵列的方向。如 8-52 所示，首先在基础件上插入基准平面 XC-ZC 和 YC-ZC，然后设置阵列个数和相邻组件之间的坐标增量，如图 8-53 所示。单击【确定】按钮完成操作，创建阵列结果如图 8-54 所示。

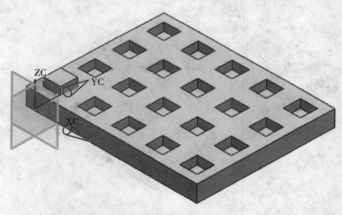

图 8-52　创建并选取基准平面

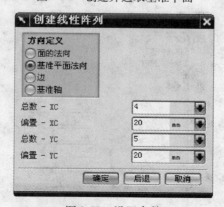

图 8-53　设置参数

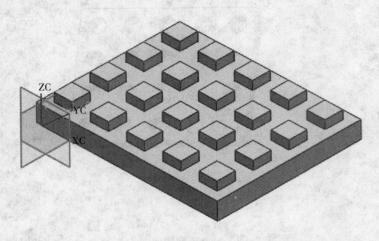

图 8-54 选取基准平面法向创建阵列结果

3）边。选择实体的边缘线作为阵列的方向，如图 8-55 所示。然后设置阵列个数和相邻组件之间的坐标增量，如图 8-56 所示，单击【确定】按钮完成操作，创建阵列结果如图 8-57 所示。

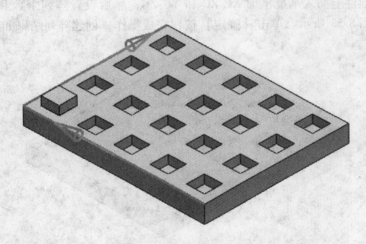

图 8-55 选取边缘线

图 8-56 设置参数

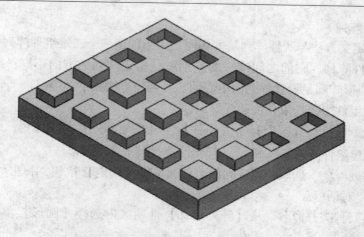

图 8-57　选取边缘线创建阵列结果

4）基准轴。选择基准轴作为阵列的方向。选取已创建的 X、Y 两基准轴，如图 8-58 所示。然后设置阵列个数和相邻组件之间的坐标增量，如图 8-59 所示。单击【确定】按钮完成操作，创建阵列结果如图 8-54 所示。

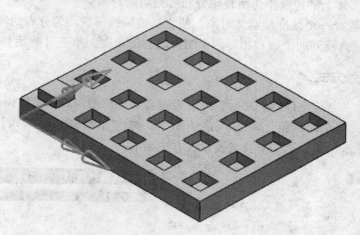

图 8-58　选取基准轴

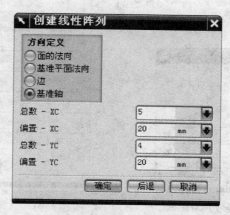

图 8-59　设置参数

3. 创建圆形阵列

圆形阵列的定义方法与线性阵列基本相同，用于创建一个二维组件阵列，也可以创建正交或非正交的组件阵列。它们之间唯一的差别就是指定阵列的方向不同：线性阵列是设置X、Y方向，而圆形阵列是设置阵列的中心轴。其创建方法如下：

（1）在装配组件中按约束条件装配好组件。

（2）激活命令　执行【装配】｜【组件】｜【创建阵列】菜单命令，或在【装配】工具条上单击【创建组件阵列】按钮，弹出【类选择】对话框。

（3）选取阵列对象　选取需要阵列的组件，单击【确定】按钮，弹出如图8-48所示的【创建组件阵列】对话框。

（4）选择阵列种类并命名　从【阵列定义】选项区内选择【圆形】单选按钮，并输入阵列名。

（5）选择圆形阵列方式　单击【确定】按钮，弹出【创建圆形阵列】对话框，如图8-60所示，其中有3种圆形阵列轴定义的方式。

1）圆柱面。选择一个圆柱面，以其轴线作为回转轴分布阵列后的对象。

2）边。选择实体上的边缘作为回转轴分布阵列后的对象。

3）基准轴。选择一个基准轴定义对象，使之绕该轴线形成均匀分布的阵列对象。

（6）完成　输入阵列的个数和相邻两个组件之间的角度，单击【确定】按钮完成操作。

8.6.2　编辑阵列方式

在装配环境中，创建组件阵列之后，可以根据需要进行编辑和删除等操作。

执行【装配】｜【编辑组件阵列】菜单命令，弹出【编辑组件阵列】对话框，如图8-61所示。该对话框中7个选项的含义及设置方法如下：

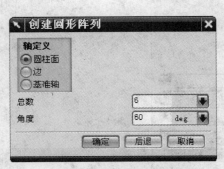

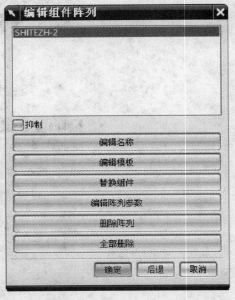

图 8-60　【创建圆形阵列】对话框　　　　图 8-61　【编辑组件阵列】对话框

（1）抑制　抑制任何对选定组件阵列所做的更改。禁用该复选框后，阵列将可被更改。

（2）编辑名称　重命名组件阵列。选择该选项，弹出【输入名称】对话框，输入新名称即可。

（3）编辑模板　重新指定组件模板。单击该按钮，弹出【选择组件】对话框，指定新的组件模板进行重新编辑。

（4）替换组件　指定一个组件替换为新的组件。单击该按钮，弹出【替换组件元素】对话框，从列表框选择要替换的组件，弹出【替换组件】对话框，指定新的组件。

（5）编辑阵列参数　更改组件阵列的创建参数。单击该按钮，弹出【编辑】对话框，修改参数即可得到不同的阵列。

（6）删除阵列　删除选定组件阵列和阵列的组件，但无法删除原始模板组件。选择该选项后将无法再进行编辑组件阵列操作。

（7）全部删除　删除所有的阵列和组件。单击该按钮，弹出【删除阵列和组件】提示对话框，单击【是】按钮，则将所有阵列对象全部删除。

8.7　实例

机用虎钳是一种机床附件，又称平口钳，一般安装在铣床、钻床、牛头刨床或磨床等机床的工作台上。其装配模型如图 8-62 所示。其装配过程如下：

图 8-62　平口钳装配模型

（1）创建名称为 assem-pkq. prt 新装配文件　执行【文件】｜【新建】菜单命令，弹出【新建文件】对话框，在对话框中选择【模型】，在【模板】中选择"装配"，输入文件名为 assem-pkq. prt，单击【确定】按钮完成创建。

（2）添加基准组件——钳身　单击【装配】工具条上的【添加组件】按钮，弹出如图 8-63a 所示【添加组件】对话框，打开文件 qianshen. prt，弹出如图 8-63b 所示的【组件预览】窗口。以"绝对原点"方式放置，单击【确定】按钮，完成钳身的添加与定位。

（3）添加组件——活动钳口

1）单击【装配】工具条上的【添加组件】按钮，在弹出的【添加组件】对话框中打开文件 huodongqiankou. prt，以【通过约束】方式放置。单击【确定】按钮，弹出的【装配约束】对话框，【类型】选择为"接触对齐"，【方位】选择为"接触"。然后选取如图 8-64a、b 所示两个组件的对应表面为参照面。

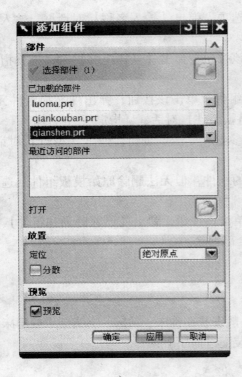

a）

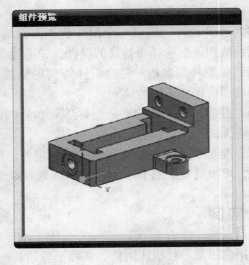

b）

图 8-63　定位组件 qianshen. prt

a）【添加组件】对话框　b）【组件预览】窗口

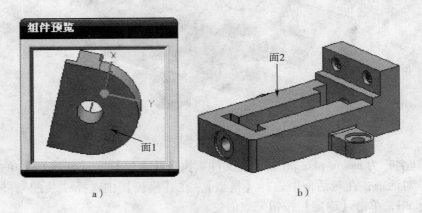

a）　　　　　　　　　　　　　　　　b）

图 8-64　设置活动钳口的接触约束

a）活动钳口底面 1　b）基础件表面 2

2）在【要约束的几何体】选项区内，【方位】选择为"对齐"，选取如图 8-65a、b 所示两个组件的对应表面。

3）在【类型】选项区内，选择"距离"约束，输入距离为 –50。选取如图 8-66a、b 所示两个组件的对应特征，然后单击【确定】，完成如图 8-67 所示活动钳口的添加与定位。

（4）添加组件——钳口板

1）单击【装配】工具条上的【添加组件】按钮，在弹出的【添加组件】对话框中打

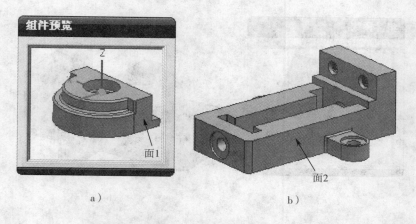

图 8-65　设置活动钳口的对齐约束

a) 活动钳口侧面 1　b) 基础件侧面 2

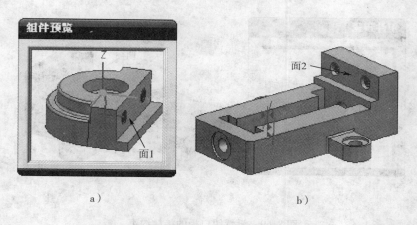

图 8-66　设置活动钳口的【距离】约束

a) 活动钳口面 1　b) 基础件面 2

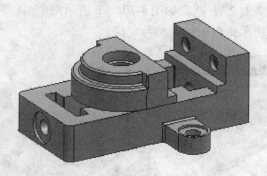

图 8-67　定位活动钳口

开文件 qiankouban. prt，以"通过约束"方式放置。单击【确定】按钮，在【装配约束】对话框中【类型】选择为"接触对齐"，【方位】选择为"接触"，选取如图 8-68a、b 所示两个组件的对应表面为参照面。

　　2）重复利用【接触】约束，选取如图 8-69 所示两个组件的对应表面。

　　3）在【装配约束】对话框中【类型】选择为"中心"，在【要约束的几何体】选项

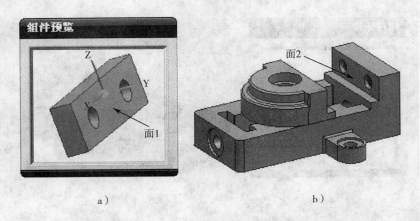

图 8-68　设置钳口板的接触约束
a）钳口板的表面 1　b）基础件的表面 2

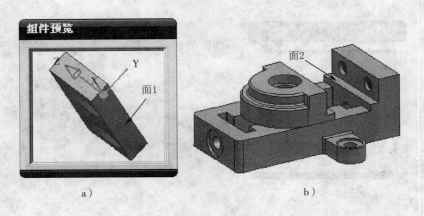

图 8-69　设置钳口板的接触约束
a）钳口板的面 1　b）基础件的面 2

区，【子类型】选择为"2 对 2"，选取如图 8-70a、b 所示两个组件对应的孔特征。然后单击【确定】，完成如图 8-71 所示钳口板的添加与定位。

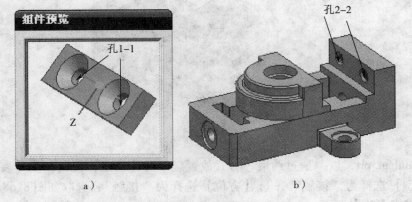

图 8-70　设置中心约束
a）钳口板孔 1-1　b）基础件孔 2-2

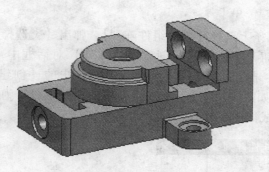

图 8-71　定位固定钳口板

（5）添加组件——螺钉

1）单击【装配】工具条上的【添加组件】按钮，在弹出的【添加组件】对话框中打开文件 luoding. prt，以"通过约束"方式放置。单击【确定】按钮，在弹出的【装配约束】对话框中，【类型】选择"接触对齐"，【方位】选择为"接触"，选取如图 8-72a、b 所示两个组件的对应表面为参照面。

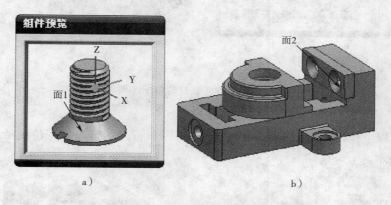

图 8-72　设置螺钉的接触约束
a）螺钉面 1　b）钳口板面 2

2）如图 8-73a 所示，在【要约束的几何体】选项区内，【方位】选择为"自动判断中心╱轴"，然后选取如图 8-73a、b 所示两个组件的对应特征，然后单击【确定】，完成螺钉的

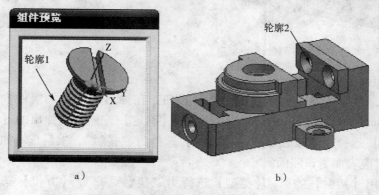

图 8-73　设置螺钉的自动判断中心约束
a）螺钉轮廓 1　b）钳口板轮廓 2

添加与定位。

3）在【装配】工具条上选择【创建组件阵列】，弹出【类选择】对话框，选择对象为螺钉。单击【确定】按钮，在弹出的【创建组件阵列】对话框中，【阵列定义】为"线性"，然后单击【确定】按钮。如图8-74a所示，在弹出的【创建线性阵列】对话框中，【方向定义】为"边"。如图8-74b所示选择钳口板的上边缘线作为阵列的矢量方向，最后单击【确定】按钮，完成如图8-75所示螺钉的线性装配阵列效果。

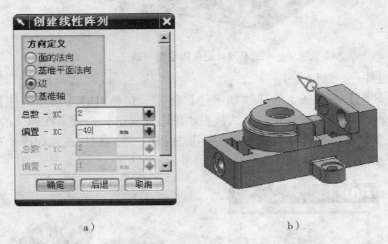

a)　　　　　　　　　　　　　　b)

图8-74　创建螺钉的装配阵列

a)【创建线性阵列】——边　b) 选择阵列的矢量方向

（6）重复以上操作　仿照步骤（4）、（5）将钳口板及螺钉添加定位到活动钳口上，效果如图8-76所示。

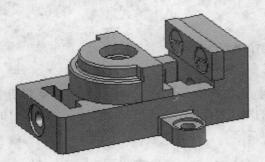

图8-75　螺钉的装配阵列效果

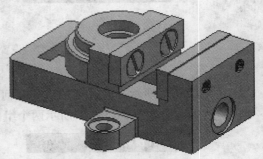

图8-76　定位活动钳口板

（7）添加组件方块螺母

1）单击【装配】工具条上【添加组件】按钮，在弹出的【添加组件】对话框中打开文件fangkuailuomu. prt，选择"通过约束"，单击【确定】按钮。在弹出的【装配约束】对话框中，【类型】选择为"接触对齐"，【方位】选择为"接触"，然后选取如图8-77a、b所示两个组件的对应表面为参照面。

2）重复利用【接触】约束，【类型】选择为"接触对齐"，【方位】选择为"接触"，选取如图8-78a、b所示两个组件的对应表面为参照面。

3）在【装配约束】对话框中，【类型】选择为"同心"，选取如图8-79a、b所示两个

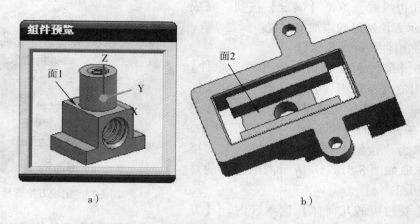

图 8-77　设置方块螺母的接触约束

a）方块螺母面 1　b）活动钳口底面 2

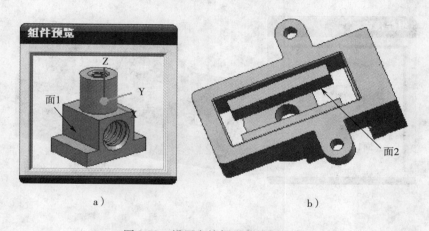

图 8-78　设置方块螺母的接触约束

a）方块螺母侧面 1　b）基础件面 2

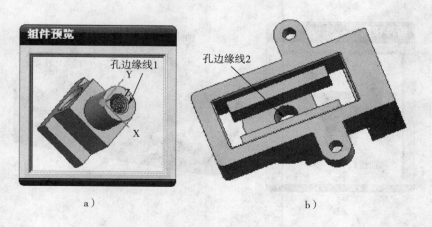

图 8-79　设置同心约束

a）方块螺母的孔边缘线 1　b）活动钳口的孔边缘线 2

组件对应的孔边缘线。单击【确定】按钮，完成如图 8-80 所示方块螺母的添加与定位。

（8）添加组件——沉头螺钉

1）单击【装配】工具条上的【添加组件】按钮，在弹出的【添加组件】对话框中打开文件chentouluoding. prt，选择"通过约束"。单击【确定】按钮，在弹出的【装配约束】对话框中，【类型】选择为"接触对齐"，【方位】为"接触"，然后选取如图 8-81a、b 所示两个组件的对应表面为参照面。

2）在【要约束的几何体】选项区内，【方

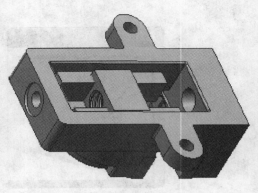

图 8-80　定位方块螺母

位】选择为"自动判断中心/轴"，然后选取如图 8-82a、b 所示两个组件的对应特征——轴线，然后单击【确定】，完成沉头螺钉的添加与定位。

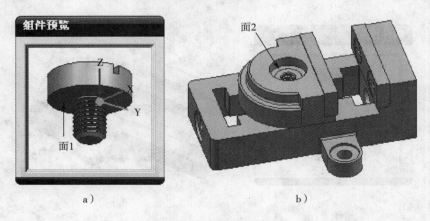

图 8-81　设置沉头螺钉的接触约束
a）沉头螺钉的表面 1　b）活动钳口的表面 2

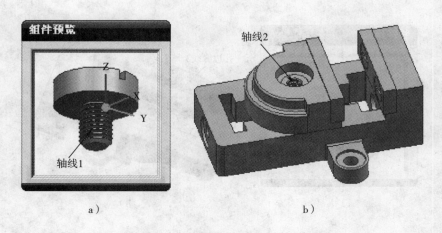

图 8-82　设置沉头螺钉的自动判断中心/轴约束
a）沉头螺钉的轴线 1　b）方块螺母的孔轴线 2

（9）添加组件——螺杆

1）单击【装配】工具条上的【添加组件】按钮，在弹出的【添加组件】对话框中打开文件 luogan. prt，以"通过约束"方式放置。单击【确定】按钮，在弹出的【装配约束】对话框中，【类型】选择为"接触对齐"，【方位】选择为"接触"，然后选取如图 8-83a、b 所示两个组件的对应表面为参照面。

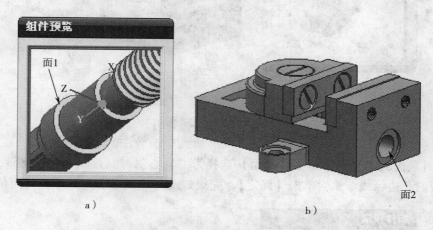

图 8-83　设置螺杆的接触约束

a）螺杆的表面 1　b）基础件的表面 2

2）接着在【要约束的几何体】选项区内，【方位】选择为"自动判断中心/轴"，然后选取如图 8-84a、b 所示两个组件的对应特征——轴线，然后单击【确定】，完成螺杆的添加与定位。

图 8-84　设置螺杆的自动判断中心/轴约束

a）螺杆的孔轴线 1　b）基础件的孔轴线 2

（10）添加组件——垫片

1）单击【装配】工具条上的【添加组件】按钮，在弹出的【添加组件】对话框中打开文件 dianpian. prt，以"通过约束"方式放置。单击【确定】按钮，在弹出的【装配约束】对话框中选择"接触对齐"，【方位】选择为"接触"，然后选取如图 8-85a、b 所示两个组件的对应表面为参照面。

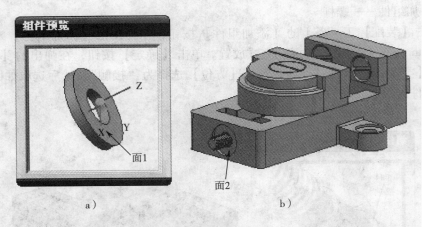

图 8-85　设置垫片的接触约束

a）垫片的表面 1　b）基础件的表面 2

2）在【装配约束】对话框中【类型】选择为"同心"，然后选取如图 8-86a、b 所示两个组件对应的孔边缘线。然后单击【确定】，完成如图 8-87 所示垫片的添加与定位。

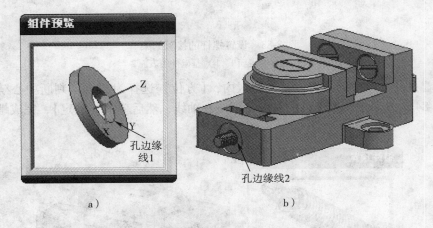

图 8-86　设置垫片的同心约束

a）垫片的孔边缘线 1　b）基础件的孔边缘线 2

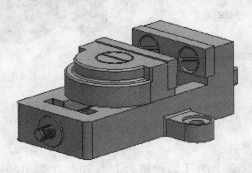

图 8-87　定位垫片

（11）添加组件——螺母

1）单击【装配】工具条上的【添加组件】按钮，在弹出的【添加组件】对话框中打开文件 luomu. prt，以"通过约束"方式放置。单击【确定】按钮，在打开的【装配约束】对话框中选择"接触对齐"，【方位】选择为"接触"，然后选取如图 8-88a、b 所示两个组件的对应表面为参照面。

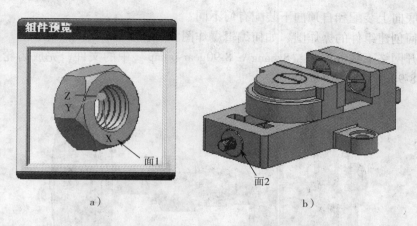

图 8-88 设置螺母的接触约束

a）螺母的底面 1 b）垫片的表面 2

2）接着在【要约束的几何体】选项区内，【方位】选择为"自动判断中心/轴"，然后选取如图 8-89a、b 所示两个组件的对应特征，然后单击【确定】，完成螺母的添加与定位。

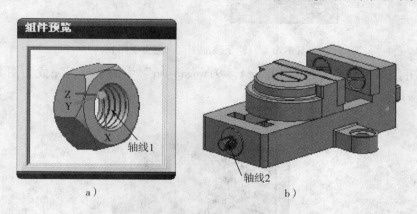

图 8-89 设置螺母的自动判断中心/轴约束

a）螺母的孔轴线 1 b）螺杆的轴线 2

（12）保存文件 单击【标准】工具条的【保存】按钮 ，完成平口钳的装配，效果如图 8-62 所示。

8.8 本章小结

本章主要介绍使用 UG NX 7.0 进行装配的基本方法，共分七部分。从装配概述、约束条件、自底向上和自顶向下装配等几个方面进行介绍，在最后一节采用典型实例，对装配的方法和过程进行了详细讲解，使用户能真正掌握 UG NX 7.0 的装配功能。

8.9　思考与练习

8-1. 自底向上装配和自顶向下装配有何不同？

8-2. 如何创建组件的爆炸图、如何编辑爆炸图？

8-3. 打开网络下载资源包"8zhang \ 8-90gear-pump"中的文件，完成齿轮泵的装配图创建，如图 8-90 所示，并生成爆炸图。

图 8-90　齿轮泵装配图（习题 8-3 图）

8-4. 打开网络下载资源包"8zhang \ 8-91wogan-jsq"中的文件，完成如图 8-91 所示蜗杆减速器的装配。

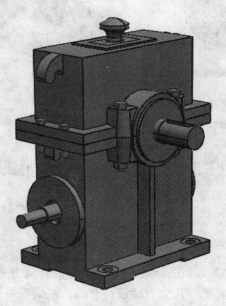

图 8-91　蜗杆减速器装配图（习题 8-4 图）

第 9 章　工　程　图

UG NX 7.0 提供了功能非常强大的制图模块，可以将建模中生成的三维模型投影生成二维图形，并与三维模型完全关联。制图模块不仅可以通过投影获得零部件的基本视图，而且还可以自动生成投影视图、剖视图、局部放大图等，并可以对视图进行编辑、标注等操作。

9.1　工程图基础

工程图管理及环境设置是必须要掌握的基本知识，包括图框的选用或定制、工程图的图幅、比例、单位和投影视角等内容。熟练掌握这些基本知识就能为工程图的设计奠定坚实的基础。

9.1.1　工程图环境

在 UN NX 中，工程图环境是创建工程图的基础。用工程图环境中提供的工程图操作及设置工具，可以通过创建好的三维实体模型快速地创建出平面图、剖视图等二维工程图。可采用下面的方法进入工程图环境。

1）在【标准】工具条上，选择【开始】|【制图】选项。

2）在【应用】工具条上单击【制图】按钮。进入如图 9-1 所示的工程图设计界面。

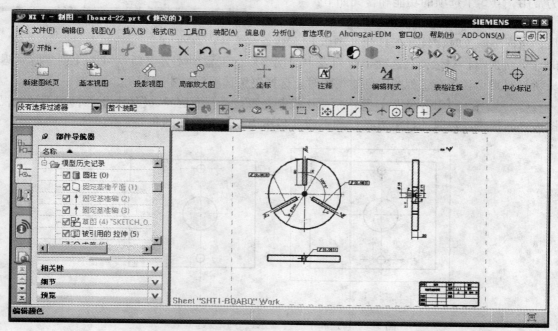

图 9-1　工程图设计界面

9.1.2　工程图参数预设置

在绘制工程图之前，通常要根据制图需要及用户习惯对制图界面及相关参数进行设置。

执行【首选项】│【制图】菜单命令，弹出如图 9-2 所示的【制图首选项】对话框。

该对话框包含【常规】、【预览】、【视图】和【注释】4 个选项卡，其设置说明如下：

1.【常规】选项卡

该选项卡用于设置制图对象和成员视图的版次、图纸工作流、图纸设置等，常采用默认设置。

2.【预览】选项卡

该选项卡用于设置视图的显示方式、光标跟踪方式等。

3.【视图】选项卡

该选项卡用于设置视图的更新方式、视图是否带边框以及边框的颜色、显示已抽取的面、加载组件选项、视觉效果等。

4.【注释】选项卡

该选项卡用于设置视图中保留的注释颜色、线型、线宽等。

在工程图的参数设置中，【视图】选项卡最为常用，其 5 个选项的功能和含义如下：

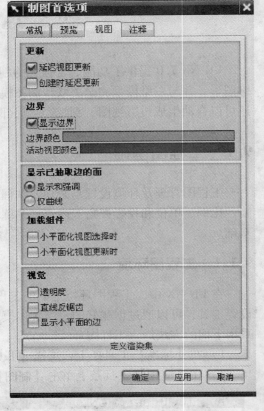

图 9-2　【制图首选项】对话框

（1）更新　勾选【延迟视图更新】复选框后，当模型修改时，只有在打开【图纸】工具条的【更新视图】对话框，选择下拉列表中的视图后，工程图才会更新。勾选【创建时延迟更新】复选框，当在工程图中创建视图时，选择更新选项后，才会更新。

（2）边界　【显示边界】复选框用于控制是否显示视图边界，【边界颜色】用于设置视图边界的颜色。勾选【显示边界】和不选【显示边界】效果如图 9-3 所示。

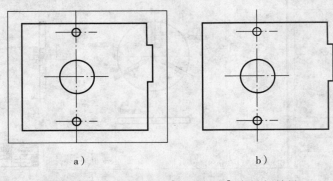

a）　　　　　　　　　　　　　b）

图 9-3　勾选和不选【显示边界】复选框效果

a）显示边界　b）不显示边界

（3）显示已抽取边的面　用于控制是否可以在工程图中选择视图表面，选择【显示和强调】，可以选取实体表面；选择【仅曲线】单选按钮，则选取曲线。

（4）加载组件　用于自动加载组件的详细几何信息。【小平面化视图选择时】是指当标注尺寸或生成详细视图时，系统自动载入详细几何信息；【小平面化视图更新时】是指当执行更新操作时载入几何信息。

（5）视觉　该选项组中包含 3 个复选框，其中【透明度】复选框用于控制图形的透明度显示；【直线反锯齿】复选框可以改善图中曲线的光滑程度，如图 9-4 所示即是勾选和不选【直线反锯齿】复选框的效果比较。【显示小平面的边】复选框用于显示着色面所渲染的三角形小平面的边或轮廓。

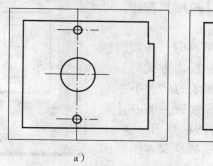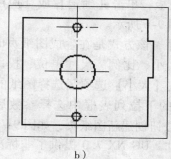

a）　　　　　　　　　　　　　b）

图 9-4　勾选和不选【直线反锯齿】对话框效果比较
a）直线反锯齿　b）不选直线反锯齿

更多、更详细的制图参数可以通过图 9-5 所示【制图首选项】工具条上的命令进行设置。

【制图首选项】工具条包含 4 个命令按钮图标，功能如下：

（1）视图首选项 📷　用于设置视图显示/隐藏对象显示方式、螺纹显示方式、展开图和局部图的显示方式等。

图 9-5　【制图首选项】工具条

（2）注释首选项 𝐀　用于设置剖面符号的类型、尺寸线和尺寸箭头类型与大小、尺寸数字的格式、注释文字样式等。

（3）剖切线首选项 📷　用于设置剖视图剖切符号的类型与参数。

（4）视图标签首选项 🖥　用于设置视图标签的样式。

9.2　工程图管理

所有创建的工程图都是由工程图管理功能所完成的。工程图管理功能具体包括新建工程图、打开工程图、删除工程图和编辑工程图。

9.2.1　建立工程图

进入工程图环境的第一步操作就是建立工程图，即新建图纸页。

在首次进入工程图环境时，系统会自动弹出【片体】对话框，新建一张图纸页。如果模型已经建立过图纸页，需要再建立新的图纸页，可在【图纸】工具条上单击【新建图纸页】按钮 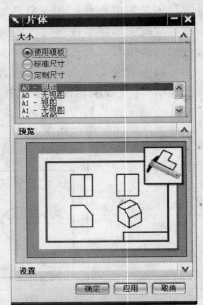，弹出【片体】对话框，对话框中各选项的设置及含义如下：

1. 大小

软件提供三种方式来定义图纸大小，分别是使用模板、标准尺寸、定制尺寸。

（1）使用模板　UG NX 7.0 软件提供了多种图纸模板，在这些模板中已经预设了幅面大小、边框、标题栏等参数和选项，用户也可以根据需要创建自己的模板。选择该方式后，可在【片体】对话框的【大小】选项区的模板列表中选择其中一种模板，单击【确定】或【应用】按钮，可建立图纸页，如图9-6所示。

（2）标准尺寸　该方式是在生成图纸页时，按照国标规定确定图纸的大小、比例、尺寸单位、投影方式等。选择该方式后，可在【大小】选项区选择图纸的"大小"和"比例"，在相应的下拉列表框中选择参数后，单击【确定】或【应用】按钮创建新图纸页，如图9-7所示。

（3）定制尺寸　UG NX 7.0 提供了非标准尺寸图纸的创建功能，用户可根据需要定制图纸幅面的大小，如图9-8所示。选择该方式后，可在【高度】和【长度】文本框中自定义尺寸，单击【确定】按钮或【应用】按钮创建新图纸页。

图 9-6　使用模板创建工程图

图 9-7　使用标准尺寸创建工程图

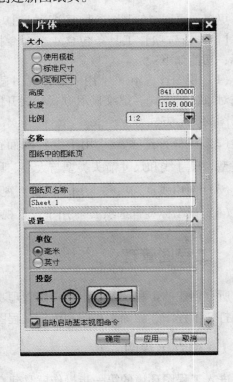

图 9-8　使用定制尺寸创建工程图

2. 名称

当图纸大小选用【标准尺寸】或【定制尺寸】方式时，【片体】对话框的【名称】选项区将会显示系统中已建立的和正要新建的图纸页的名称。系统默认的命名方式是按照图纸页建立的先后次序，依次命名为"Sheet 1"、"Sheet 2"、"Sheet 3"、…，用户可以根据需要或习惯，重新命名图纸页。

3. 设置

当图纸大小选用【标准尺寸】或【定制尺寸】方式时，可在【片体】对话框的【设置】选项区中设置图纸页的尺寸单位和投影方式。

（1）单位　UG NX 7.0 提供了两种图纸尺寸单位，分别是毫米和英寸。

（2）投影　UG NX 7.0 提供了两种投影视图的方式：第一象限投影和第三象限投影。第一象限投影符合我国制图国家标准的规定，第三象限投影采用英美等国家的标准。

（3）自动启动基本视图命令　选中该复选框，在新建图纸页后，系统会自动启动基本视图命令，弹出【基本视图】对话框，用以添加基本视图。

9.2.2　打开和删除工程图

1. 打开工程图

软件提供两种方法打开一张已建立的工程图。

（1）通过【打开图纸页】对话框　单击【图纸】工具条上的【打开图纸页】按钮，弹出如图 9-9 所示【打开图纸页】对话框。从现有的非活动图纸页列表中选择要打开的图纸页名称，单击【确定】按钮或【应用】按钮，可打开图纸页。

（2）通过【部件导航器】　展开【部件导航器】，选择要打开的图纸页，单击鼠标右键，在弹出的快捷菜单中单击【打开】选项，打开非活动的图纸页，如图 9-10 所示。

2. 删除工程图

要想删除工程图，可用以下 5 种方法：

（1）利用【部件导航器】中的右键快捷菜单在展开的【部件导航器】中，选中要删除的图纸页，单击鼠标右键，在弹出的快捷菜单中单击【删除】选项，删除图纸页。

图9-9　【打开图纸页】对话框

（2）利用工具条上的按钮　在展开的【部件导航器】中，选中要删除的图纸页，选择【标准】工具条中的【删除】按钮，删除图纸页。

（3）利用键盘　在展开的【部件导航器】中，选中要删除的图纸页，直接使用键盘上的 Delete 键，删除图纸页。

（4）利用菜单命令　执行【编辑】|【删除】菜单命令，弹出【类选择】对话框，然后选取要删除的图纸对象，可以完成删除。

（5）利用绘图区的右键快捷菜单　在绘图区中选择图纸页，单击鼠标右键，在弹出的快捷菜单中单击【删除】选项，删除当前活动的图纸页。

注：一旦从工程图中删除了视图对象，所有与此相关的视图对象和视图更改都将随删除

图 9-10　打开图纸页

对象一起删除。若删除的是剖视图的父视图，则该删除操作不能被执行。

9.2.3　编辑图纸页

在创建工程图过程中，若发现原来设置的工程图参数不符合要求，可在图纸导航器中选择要进行编辑的图纸，单击鼠标右键，然后在打开的快捷菜单中选择【编辑图纸页】选项，或在【制图编辑】工具条上单击【编辑图纸页】按钮，在弹出的【片体】对话框中，可以利用上述介绍的方法对图纸的名称、尺寸的大小、比例以及单位等进行编辑和修改。

9.3　视图管理

在 UG NX 7.0 中，利用三维实体模型生成的各种视图是创建工程图模块最核心最重要的功能。UG NX 7.0 的工程图模块提供了建立基本视图、添加基本视图、视图的剖视等各种视图的管理功能，不仅可以方便而快捷地管理工程图中所包含的各类视图，并且可以编辑各个视图的缩放比例、角度和状态等参数。

9.3.1　基本视图

基本视图是指零件模型的各种视图，包括零件模型的主视图、后视图、俯视图、仰视图、左视图、右视图、轴侧图等。

要建立基本视图，可执行【插入】|【视图】|【基本视图】菜单命令，或在【图纸】工具条上单击【基本视图】按钮，弹出如图 9-11 所示的【基本视图】对话框。

该对话框由【部件】、【视图原点】、【模型视图】、【比例】和【设置】5 个选项区组成，其主要选项的功能和含义如下：

1. 部件

该选项区用于显示已加载和最近访问过的部件，可以选择需要绘制工程图的部件，也可以单击【打开】按钮 ，插入其他部件文件进行投影建立视图，如图 9-12 所示。

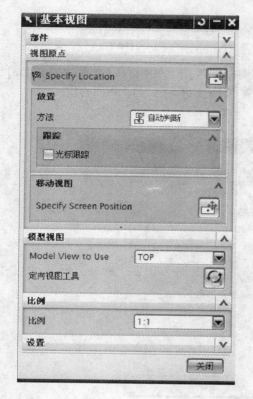

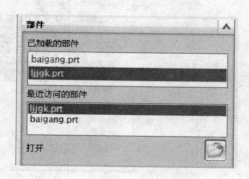

图 9-11　【基本视图】对话框　　　　　　　图 9-12　【部件】选项区

2. 视图原点

该选项区用于指定视图放置的位置。在【放置】选项区的【方法】下拉列表框中有"自动判断"、"水平"、"竖直"、"垂直于直线"和"叠加"5 种放置方式。

（1）自动判断 通过移动鼠标在图面上指定或捕捉点的位置，放置视图。

（2）水平 选择图面上现有的视图，以该视图为基准，在其左侧或右侧适当的位置放置新的视图。

（3）竖直 选择图面上现有的视图，以该视图为基准，在其上方或下方适当的位置放置新的视图。

（4）垂直于直线 选择图面上现有的视图，并指定一个矢量方向，以选定视图为基准，在指定的矢量方向上投影，在垂直于投影方向的直线上选择适当的位置放置新视图。

（5）叠加 选择图面上要锁定与其对齐的现有视图，并指定一点，以选定视图为基准，在指定的点处放置新的视图。

3. 模型视图

该选项区用于选择三维实体投影到图纸页上的方向，在【Model View to Use】下拉列表中有 8 种投影方向，如图 9-13 所示，用户也可以使用【定向视图工具】自定义投影方向。

4. 比例

该选项区用于设定新建视图的绘制比例。

5. 设置

（1）视图样式　该选项用于设置新建视图绘制的样式。单击【设置】选项区内的【视图样式】按钮，弹出如图 9-14 所示的【视图样式】对话框，可通过该对话框对基本视图中的隐藏线段、可见线段、追踪线段、螺纹、透视等样式进行详细设置。

图 9-13　【Model View to Use】下拉列表

图 9-14　【视图样式】对话框

（2）隐藏的组件　用于绘制视图时将部分实体作为隐藏的对象，按不可见形体绘制投影。单击【选择对象】按钮，用鼠标在绘图窗口中选择需隐藏的组件，将这些组件按隐藏对象处理。

利用【基本视图】对话框，可以在当前图纸中建立基本视图，并设置视图样式、基本视图比例等相关参数。在【Model View to Use】下拉列表框中选择基本视图，然后在绘图区域选择适当的位置放置基本视图，即可完成基本视图的建立。

【**例 9-1**】　以图 9-15 所示的电机为例，介绍基本视图的创建方法。

（1）选择零件　打开网络下载资源包中的"9zhang \ 9-15. prt"，执行【开始】|【制图】菜单命令，进入制图模块，弹出【片体】对话框。

（2）设置工程图参数　在如图 9-6 所示的【片体】对话框中，设置【大小】为"A3 - 297×420"，【比例】为"1:2"，【投影】为第一象限，单击【确定】按钮，弹出如图 9-11 所示的【基本视图】对话框。

（3）确定视图方向　在【基本视图】对话框中【视图原点】选项区的【放置】|【方法】下拉列表中选择"自动判断"；在【模型视图】选项区的【Model View to Use】下拉列

表框中选择主视图为"FRONT"。预览效果如图 9-16 所示。

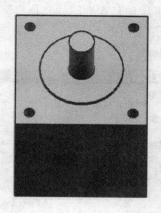

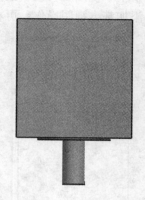

图 9-15　电机　　　　　　　　　　　　　图 9-16　主视图预览效果

为使电机轴朝上，单击【定向视图工具】按钮，打开如图 9-17a 所示的【定向视图工具】对话框。在【X 向】选项区的【指定矢量】下拉列表框中选择【－XC】，其他选项默认，结果如图 9-17b 所示。

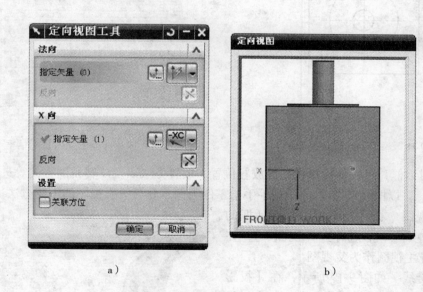

a）　　　　　　　　　　　　　　　　　b）

图 9-17　定向主视图

a）【定向视图工具】对话框　b）指定矢量预览效果

（4）确定视图位置完成视图　在绘图区域中拖动鼠标至适当的位置单击，生成三维实体的主视图。然后以主视图为基准，拖动鼠标至其下方适当的位置单击，生成三维实体的俯视图，如图 9-18 所示。

9.3.2　投影视图

由于单一的基本视图难以表达清楚复杂实体模型的形状，所以还需要添加其他投影视图，才能将实体模型的形状和结构特征表达清楚。

　　建立一个基本视图后，继续拖动鼠标至相应位置，可添加基本视图的其他投影视图。如果已经退出添加基本视图操作，可在【图纸】工具条上单击【投影视图】按钮，弹出如图9-19所示的【投影视图】对话框。

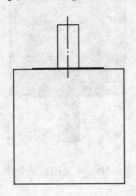

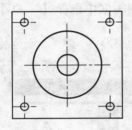

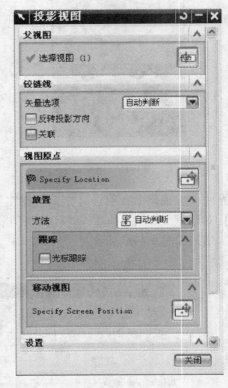

图9-18　添加主视图和俯视图　　　　　　　　图9-19　【投影视图】对话框

　　利用该对话框，可以对投影视图的放置位置、放置方法以及反转视图方向等进行设置。

　　【例9-2】　以图9-20所示的机械手手指零件为例，介绍投影视图的创建方法。

　　（1）父视图　在【投影视图】对话框的【父视图】选项区中单击【选择视图1】，在图形窗口选择主视图作为父视图。

　　（2）铰链线　如图9-19所示，在【投影视图】对话框的【铰链线】选项区中【矢量选项】下拉列表框中选择"已定义"。单击【指定矢量】选项右侧的【矢量构造器】按钮，弹出如图9-21所示的【矢量】对话框。在【类型】下拉列表框中选择"两点"方式，在【通过点】选项区分别指定出发点和终止点，以确定投影方向，创建的铰链线位置如图9-22所示。

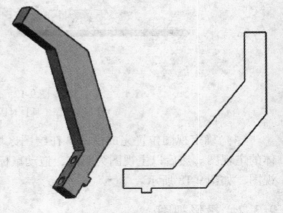

图9-20　手指零件

图 9-21　【矢量】对话框

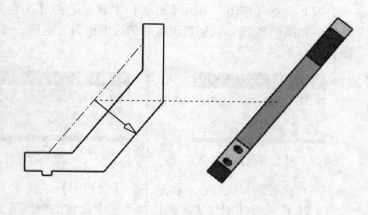

图 9-22　铰链线位置

（3）视图原点　在【投影视图】对话框【视图原点】选项区的【方法】下拉列表框中选择"自动判断"。拖动鼠标至适当的位置放开，生成投影视图——向视图，如图 9-23 所示。

9.3.3　全剖视图

为清晰地表达零件复杂的内部结构，可以利用 UG NX 中提供的剖切视图工具创建工程图的剖

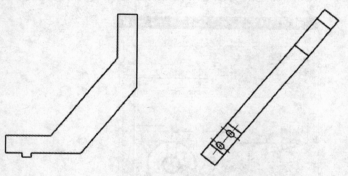

图 9-23　手指投影视图

视图，以便更清晰、更准确地表达零件内部的结构特征。其中全剖视图和半剖视图又称为简单剖视图。

全剖视图是以一个假想平面为剖切面，对视图进行整体的剖切。当零件的内形比较复杂、外形比较简单或外形已在其他视图上表达清楚时，可以利用全剖视图工具对零件进行剖切。

【例 9-3】　以图 9-24 所示的四通接头为例，介绍全剖视图的创建方法。

（1）生成基本视图　进入制图模块后，生成实体的基本视图——俯视图，如图 9-25 所示。

图 9-24　四通接头

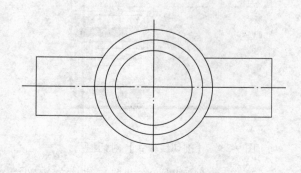

图 9-25　四通接头俯视图

（2）选择父视图　单击【图纸】工具条上的【剖视图】按钮，弹出【剖视图】工具条，如图 9-26 所示。捕捉现有的俯视图作为父视图，弹出如图 9-27 所示的第二个【剖视图】工具条。

图 9-26　【剖视图】工具条之一　　　　　　　　图 9-27　【剖视图】工具条之二

（3）设置剖切线参数　在第二个【剖视图】工具条上单击【剖切线样式】按钮，在如图 9-28 所示的【剖切线样式】对话框中设置剖切线箭头的大小、样式、颜色、线型、线宽以及剖切符号名称等参数。

（4）确定剖切位置　按照提示定义【剖切位置】，捕捉主视图圆心，如图 9-29 所示。

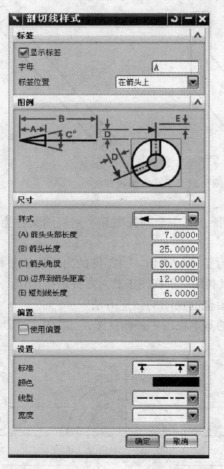

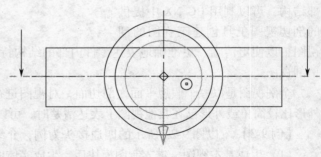

图 9-28　【剖切线样式】对话框　　　　　　　　　图 9-29　定义剖切位置

（5）生成剖视图　拖动鼠标指定剖视图中心点放置的位置，生成全剖视图，如图 9-30 所示。

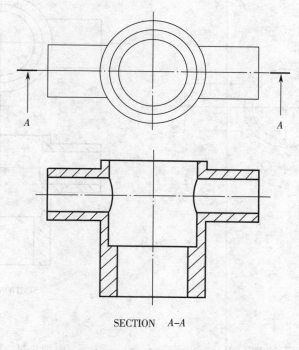

SECTION　A–A

图 9-30　全剖视图

9.3.4　半剖视图

半剖视图是指当零件具有对称平面时,向垂直于对称平面的投影面上投影所得到的图形。常采用半剖视图来表达内外部形状都比较复杂的对称机件。

【例 9-4】　　以图 9-24 所示的四通接头为例,介绍半剖视图的创建方法。

(1) 生成基本视图　进入制图模块后,生成实体的基本视图——俯视图,如图 9-25 所示。

(2) 选择父视图　单击【图纸】工具条上的【半剖视图】按钮 ,弹出【半剖视图】工具条,如图 9-31 所示。系统提示选择父视图,捕捉俯视图作为父视图,弹出第二个【半剖视图】工具条,如图 9-32 所示。

图 9-31　【半剖视图】工具条之一　　　　　图 9-32　【半剖视图】工具条之二

(3) 确定剖切位置　按照提示定义"剖切位置",捕捉圆心,然后指定"折弯位置",可捕捉象限点。如图 9-33 所示。

(4) 生成半剖视图　拖动鼠标指定剖视图中心点放置的位置,生成半剖视的主视图,如图 9-34 所示。

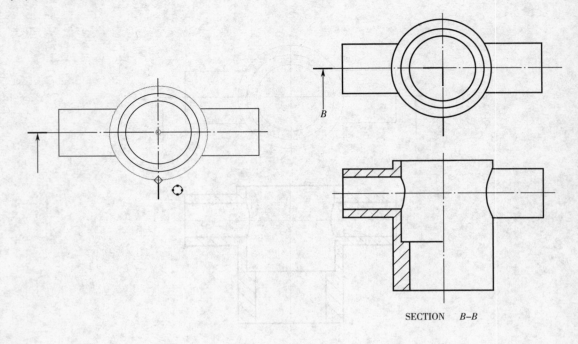

图 9-33　定义剖切位置　　　　　　　　图 9-34　半剖视图

9.3.5　旋转剖视图

旋转剖视图是指用两个成一定角度的剖切面（两平面的交线垂直于某一基本投影面）剖开零件，以表达具有回转特征零件的内部结构特征的视图。创建旋转剖视图的步骤如下：

（1）激活命令　在【图纸】工具条上单击【旋转剖视图】按钮，弹出【旋转剖视图】对话框。

（2）选择父视图　选取要剖切的视图，将弹出新的【旋转剖视图】对话框。

（3）在视图中选择旋转点。

（4）确定剖切位置　在旋转点的一侧指定剖切的位置和剖切线的位置，再用矢量功能指定铰链线，然后在旋转点的另一侧设置剖切位置。

（5）完成旋转剖视图　拖动鼠标将剖视图放置在适当的位置即可。

【例 9-5】　以图 9-35 所示的三通零件为例，介绍旋转剖视图的创建过程。

在制图模块中建立如图 9-36 所示的俯视图。

（1）激活命令并选择父视图　单击【图纸】工具条上的【旋转剖视图】按钮，弹出如图 9-37 所示【旋转剖视图】对话框。选择俯视图作为父视图，弹出第二个【旋转剖视图】对话框，如图 9-38 所示。

图 9-35　三通零件

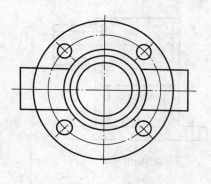

图 9-36　三通零件俯视图

图 9-37　【旋转剖视图】工具条之一

图 9-38　【旋转剖视图】工具条之二

（2）确定剖切位置　定义【剖切旋转点】，选择主孔的中心作为剖切旋转点，如图 9-39 所示。

（3）定义剖切线的位置　捕捉小孔中心作为剖切线经过的第一个位置，捕捉水平轴线上一点作为剖切线经过的第二个位置，如图 9-40 所示。

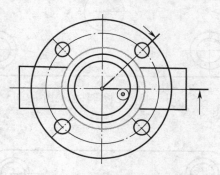

图 9-39　定义剖切旋转点

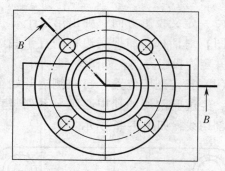

图 9-40　定义剖切线位置

（4）设置剖切参数　单击【旋转剖视图】对话框中的【剖切线样式】按钮，进行相关参数的设置。

（5）完成旋转剖视图　拖动鼠标至合适位置，指定剖视图中心点位置，生成如图 9-41 所示的旋转剖视主视图。

9.3.6　折叠剖视图

折叠剖视图是指用一组转折的剖切平面将实体剖开并向指定的投影方向投影。

【例 9-6】　以图 9-42 所示的孔板零件为例，介绍折叠剖视图的创建过程。

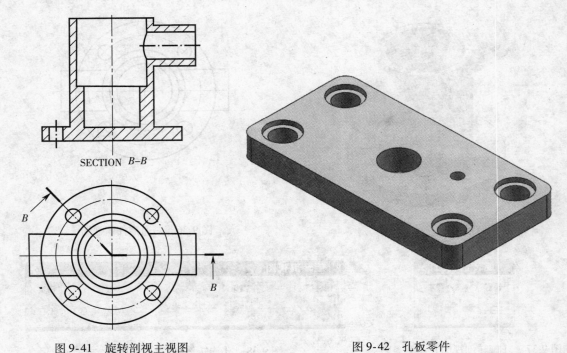

SECTION *B–B*

图 9-41　旋转剖视主视图　　　　　　　　图 9-42　孔板零件

（1）创建视图　在制图模块中建立如图 9-43 所示的俯视图。

（2）选择父视图　单击【图纸】工具条上的【折叠剖视图】按钮 ⬚，弹出第一个【折叠剖视图】对话框，选择俯视图作为父视图。

（3）定义投影方向　弹出第二个【折叠剖视图】对话框，捕捉底边将垂直于底边的方向并定为投影方向，如图 9-44 所示。

（4）指定剖切位置　自左侧边开始至右侧边，经过要剖切的孔中心画一系列竖直和水平剖切线，如图 9-45 所示。

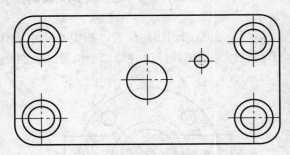

图 9-43　孔板零件俯视图

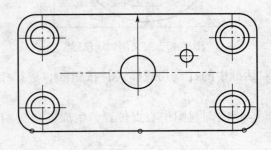

图 9-44　定义投影方向

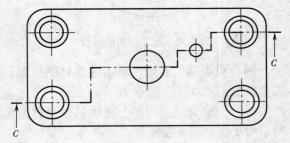

图 9-45　指定剖切位置

（5）生成折叠剖视图　拖动鼠标指定剖视图中心点放置位置，生成折叠剖视的主视图，如图 9-46 所示。

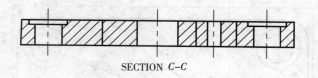

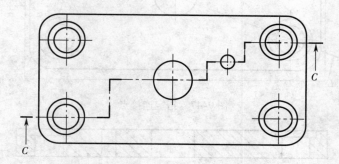

图 9-46　折叠剖视主视图

　　注：折叠剖视与旋转剖视的区别在于：旋转剖视分别将两个剖切面向各自正交的方向投影，然后将其画在同一平面上；折叠剖视则是将所有剖切面向同一指定的方向投影。

9.3.7　展开剖视图

　　使用具有不同角度的多个剖切面（所有平面的交线垂直于某一基准平面）对视图进行剖切操作，所得的视图即为展开剖视图。该剖切方法适用于多孔的板类零件，或内部结构复杂的且不对称类零件的剖切操作。在 UG NX 中包含两种展开剖视图工具。

　　1. 展开的点到点剖视图

　　【展开的点到点剖视图】使用任何父视图中连接一系列指定点的剖切线来创建一个展开的剖视图。

　　在【图纸】工具条上单击【展开的点到点剖视图】按钮 🌝，弹出第一个【展开的点到点剖视图】对话框。选取要展开的视图，则弹出第二个【展开的点到点剖视图】对话框。接着指定铰链线的位置，并在视图中选择通过的多个关联点。最后在对话框中单击【放置视图】按钮，并在绘图区适当的位置放置视图即可。

　　【例 9-7】　以图 9-42 所示的孔板零件为例，介绍【展开的点到点剖视图】的创建方法。

　　（1）选择父视图　单击【图纸】工具条上的【展开的点到点剖视图】按钮 🌝，弹出对话框，选择俯视图作为父视图。

　　（2）确定投影方向　弹出新的【展开的点到点剖视图】对话框，捕捉底边以此定义投影方向。

　　（3）定义连接点　自左侧开始至右侧，依次选取要剖切的孔中心，如图 9-47 所示。

　　（4）生成展开剖视图　拖动鼠标指定剖视图中心点放置的位置，生成展开剖视图的主视图，如图 9-48 所示。

　　2. 展开的点和角度剖视图

　　【展开的点和角度剖视图】是通过指定剖切线分段的位置和角度来创建剖视图的。这里剖切线是在父视图中创建的。在【图纸】工具条中单击【展开的点和角度剖视图】按钮

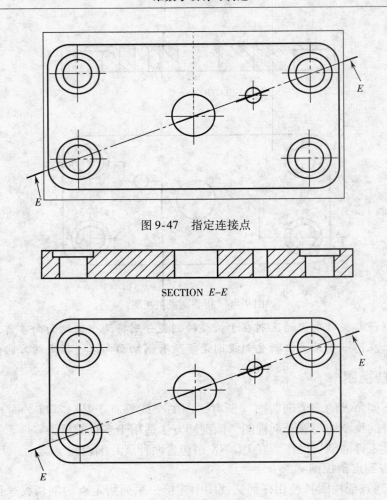

图 9-47　指定连接点

SECTION　*E–E*

图 9-48　展开剖视的主视图

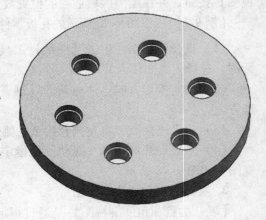，打开【展开剖视图——线段和角度】对话框。要使用该方式创建展开剖视图，首先选取父视图选项，然后单击【定义铰链线】按钮，并指定铰链线及关联点，最后在适当位置放置视图即可。

9.3.8　局部剖视图

局部剖视图是用剖切平面局部地剖开机件所得的视图。局部剖视图是一种灵活的表达方法，用剖视图部分表达机件的内部结构，不剖的部分表达机件的外部形状。

为保证图形的整体性和清晰性，局部剖切的次数不宜过多。局部剖视图常用于表达轴、连杆、手柄等实心零件上有小孔、槽、凹坑等局部结构。

【例 9-8】　以图 9-49 所示的法兰盘为例，介绍局部剖视图的创建过程。

（1）创建视图　进入制图模块，创建法兰盘

图 9-49　法兰盘

零件的主视图和俯视图。

（2）创建边界曲线　选取如图 9-50a 所示的俯视图。单击右键弹出快捷菜单，如图 9-50b 所示，从中选取【扩展成员视图】选项。

在扩大后的视图中，单击【曲线】工具条上的【样条曲线】 $\sim$ ，创建需要剖切的小孔的边界曲线，即剖切的范围，如图 9-51 所示。曲线创建完毕后，选择俯视图单击右键，在弹出的快捷菜单中，取消选中【扩展成员视图】选项，结果如图 9-52 所示。

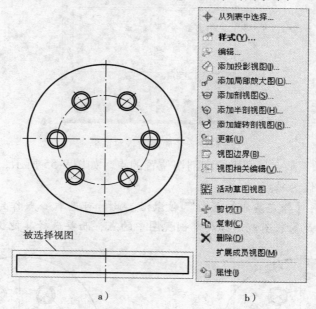

a)

被选择视图

b)

图 9-50　扩展成员视图

a）选择视图　b）快捷菜单

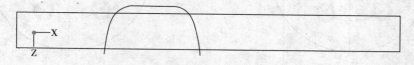

图 9-51　创建边界曲线

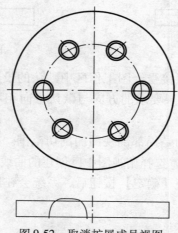

图 9-52　取消扩展成员视图

（3）选择视图  在【图纸】工具条上单击【局部剖视图】按钮，弹出如图 9-53 所示的【局部剖】对话框，选择已建立局部剖视边界的俯视图作为视图，如图 9-54 所示。

图 9-53 【局部剖】对话框

（4）指定基点 基点是用于指定剖切位置的点。如图 9-55 所示，选取主视图中需要局部剖切的孔的中心作为基点。

注：选取视图后，【指定基点】按钮被激活。此时可选取一点作为基点，来指定局部剖视的剖切位置。但是基点不能选择局部剖视图中的点，而要选择其他视图中的点。

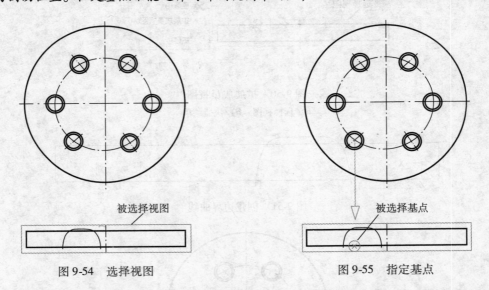

图 9-54 选择视图　　　　　　图 9-55 指定基点

（5）指出拉伸矢量 可以接受绘图工作区中默认的投影方向，也可用矢量功能选项指定其他方向作为投影方向，如果要求的方向与默认方向相反，则可选择【矢量方向】选项使之反向。

（6）选择曲线 曲线指的是局部剖视图的剖切范围。在指定了剖切基点和拉伸矢量后，【选择曲线】按钮被激活，选择俯视图中已创建的曲线，如图 9-56 所示。

（7）生成局部剖视图 单击【确定】按钮后，系统会在选择的视图中生成如图 9-57 所示的局部剖视图。

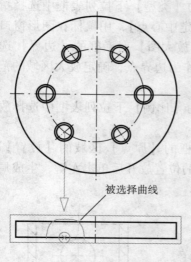

图 9-56　选择曲线

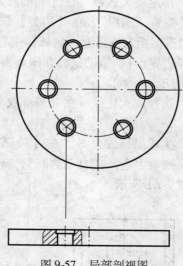

图 9-57　局部剖视图

9.3.9　局部放大图

当机件上具有某些细小的结构，如退刀槽、越程槽等，在视图中表达不够清楚或者不便标注尺寸时，需要采用局部放大视图来表达。

【例 9-9】　以图 9-58 所示的小孔零件为例，介绍局部放大图的创建过程。

（1）创建视图　在制图模块中建立全剖的主视图，如图 9-58 所示。

（2）激活命令　单击【图纸】工具条上的【局部放大图】按钮，弹出如图 9-59 所示【局部放大图】对话框。

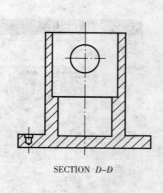

SECTION D–D

图 9-58　小孔零件全剖主视图

图 9-59　【局部放大图】对话框

（3）指定放大区域　在【局部放大图】对话框的【类型】下拉列表框中选择指定放大范围的类型为"圆形"；在【边界】选项区单击【指定中心点】，用鼠标在图形窗口中捕捉或用点构造器指定圆形放大区域的中心点；在【局部放大图】对话框的【边界】选项区单击【指定边界点】，拖动鼠标在图形窗口中捕捉一点作为边界点，确定放大区域的范围，如图 9-60 所示。

（4）选择放大比例　在【局部放大图】对话框的【比例】下拉列表框中选择放大比例"2:1"。

（5）生成局部放大图　在【局部放大图】对话框的【原点】区域的【放置】｜【方法】下拉列表中选择"自动判断"，拖动鼠标至适当的位置放开后单击左键，生成局部放大图，如图 9-61 所示。

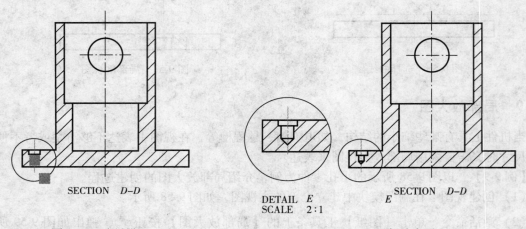

图 9-60　边界设置　　　　　　　　　图 9-61　局部放大图

9.4　编辑工程图

在工程图设计中，经常需要利用 UG NX 提供的工程图编辑功能来调整视图的位置、边界或改变视图的参数等。工程图编辑功能包括移动和复制视图、更新和显示、对齐视图、编辑视图样式、编辑剖切线、视图相关编辑以及定义视图边界等。

9.4.1　移动和复制视图

【移动/复制视图】命令用于移动或复制已建立的视图，并按指定的方式和位置放置。移动视图是将原视图直接移动到指定的位置。复制视图是在原视图的基础上新建一个副本，并将该副本移动到指定的位置。

要移动和复制视图，可在【图纸】工具条上单击【移动/复制视图】按钮，弹出【移动/复制视图】对话框，如图 9-62 所示。

图 9-62　【移动/复制视图】对话框

对话框中的视图列表框用于显示和选择当前绘图区中的视图；【复制视图】复选框用于选择移动或复制视图；【视图名】文本框用于编辑视图的名称；【距离】文本框用于设置移动或复制视图的距离；【取消选择视图】按钮用于取消已经选择的视图。

对话框中还包含【至一点】、【水平】、【竖直】、【垂直于直线】和【至另一图纸】5 种移动/复制视图方式按钮。

下面以竖直为例介绍其操作方法。

（1）选择要复制的视图　在【移动/复制视图】对话框的视图列表中选择要复制的视图，或直接在绘图窗口中选择，如图 9-63 所示。

（2）选择【移动/复制视图】的方式　单击【竖直】按钮。

（3）选择移动/复制　勾选【复制视图】，否则为【移动视图】方式。

（4）输入视图名　在【视图名】文本框中输入视图名称，也可以使用默认名称。

（5）指定距离　可勾选【距离】，在右侧的文本框中，输入距离值。也可在绘图窗口中拖动鼠标至适当位置，放开后单击左键确定，即可完成复制，效果如图 9-64 所示。

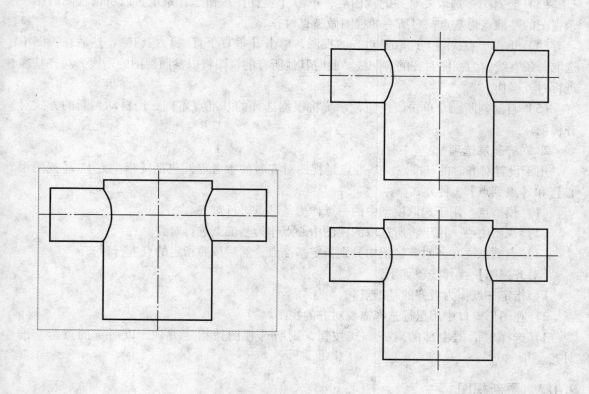

图 9-63　选择视图　　　　　　　　　图 9-64　【竖直】方式复制视图效果

9.4.2　对齐视图

【对齐视图】命令用于调整视图位置，并按设定方式对齐。

单击【图纸】工具条上的【对齐视图】按钮，弹出【对齐视图】对话框，如图 9-65 所示。

该对话框中包含了视图的对齐方式和对齐基准选项，各选项的功能及含义如下。

1. 对齐方式

该选项组包括【叠加】、【水平】、【竖直】、【垂直于直线】和【自动判断】5 种视图的对齐方式，各种方式的含义及功能如下：

（1）叠加 选取要对齐的视图，单击【叠加】按钮，系统将以所选视图中的第一视图的基准点为基点，对所有视图做重合对齐。

（2）水平 选取要对齐的视图后，单击【水平】按钮，系统将以所选视图的第一视图的基准点为基点，对所有的视图做水平对齐。

图 9-65   【对齐视图】对话框

（3）竖直 选取要对齐的视图后，单击【竖直】按钮，系统将以所选视图的第一个视图的基准点为基点，对所有的视图做竖直对齐。

（4）垂直于直线 选取要对齐的视图，单击【垂直于直线】按钮，然后在视图中选取一条直线作为视图对齐的参照线。此时其他所有的视图将以参照视图的垂线为对齐基准进行对齐操作。

（5）自动判断 单击该按钮，系统将根据选择的基准点不同，用自动判断的方式对齐视图。

2. 对齐基准选项

用于设置对齐时的基准点。基准点是视图对齐时的参考点，包括【模型点】、【视图中心】和【点到点】3 种方式。

（1）模型点 用于选取模型中的一点作为基准点进行对齐。

（2）视图中心 用于将所选取的视图中心点作为基准点进行对齐。

（3）点到点 在各对齐视图中分别指定基准点，然后按照指定的点进行对齐。

【对齐视图】操作步骤如下：

1）指定一点作为对齐的基准点。

2）在图形窗口中用鼠标选择需要对齐的视图。

3）选择对话框中部的对齐方式按钮，则所选视图按指定方式，以所选的点为基准对齐。

9.4.3 更新视图

当模型修改后，可通过手动更新视图。单击【图纸】工具条上的【更新视图】按钮，弹出【更新视图】对话框，如图 9-66 所示。

【更新视图】命令的操作方法如下：

单击对话框中【视图】选项区【选择视图】按钮，在图形窗口中用鼠标选择需要更新的视图，或在对话框的【视图列表】中选择需要更新的视图，单击【确定】按钮或【应用】按钮，完成视图更新。也可以在对话框中单击【选择所有过时视图】按钮或【选择所有过时自动更新视图】按钮，更新所有模型修改后未更新过的视图。

9.4.4　视图相关编辑

视图相关编辑是对视图中图形对象的显示进行编辑和修改，同时不影响其他视图中同一对象的显示。与上述介绍的有关视图操作相类似，不同之处是：有关视图操作是对工程图的宏观操作，而视图相关编辑是对工程图做更为详细的编辑。

单击【制图编辑】工具条中【视图相关编辑】按钮，打开如图 9-67 所示的对话框。

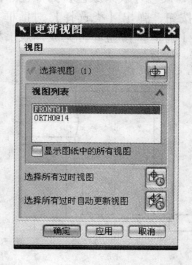

图 9-66　【更新视图】对话框

图 9-67　【视图相关编辑】对话框

该对话框中主要选项和按钮的功能及含义如下：

1. 添加编辑

该选项组用于选择要进行视图编辑操作的类型，包括 5 种视图编辑操作的方式。

（1）擦除对象　用于擦除视图中选择的对象。选择视图对象后按钮才被激活。单击图 9-67【视图相关编辑】对话框中的【擦除对象】按钮，弹出【类选择】对话框，可在视图中选取需要擦除的对象，如图 9-68a 所示；最后单击【确定】按钮即可完成，如图 9-68b 所示。

注：1）利用该操作进行擦除视图对象时，无法擦除有尺寸标注和与尺寸标注相关的视图对象。

2）擦除对象操作与删除操作不同，擦除操作只是将所选对象隐藏起来。

（2）编辑完全对象　用于编辑所选整个对象的显示方式，包括颜色、线型和线宽。

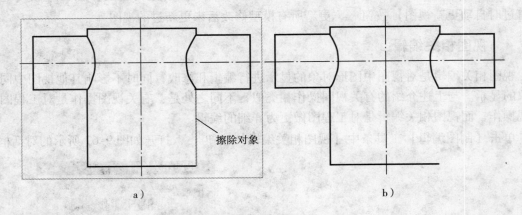

图 9-68 "擦除对象"
a) 选择擦除对象 b) 擦除结果

单击该按钮,【线框编辑】选项区中的 3 个选项被激活,设置【线条颜色】为黑色、【线型】为虚线和【线宽】为"原先的",然后单击【应用】按钮,弹出【类选择】对话框,可在视图中选取需要编辑的对象,如图 9-69a 所示;单击【确定】按钮即可完成,效果如图 9-69b 所示。

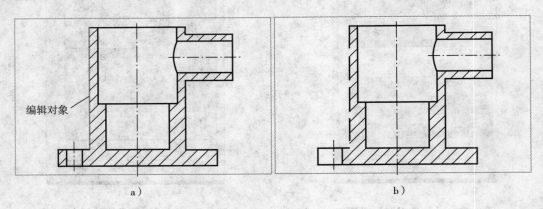

图 9-69 编辑完全对象
a) 选择编辑对象 b) 编辑结果

(3) 编辑着色对象▨ 用于编辑视图中某一部分的显示方式。单击该按钮,在视图中选取需要编辑的对象,然后在【着色编辑】选项组中设置颜色、局部着色和透明度,设置完成后单击【应用】按钮即可完成。

(4) 编辑对象段▨ 用于编辑视图中所选对象某个片断的显示方式。单击该按钮,在【线框编辑】选项区中设置对象的【线条颜色】为黑色、【线型】为虚线和【线宽】为"正常",单击【应用】按钮,弹出如图 9-70a 所示的【编辑对象段】对话框。根据提示选取编辑的对象,如图 9-70b 所示。然后单击【确定】按钮即可完成,结果如图 9-70c 所示。

(5) 编辑剖视图的背景▨ 用于编辑剖视图的背景。单击该按钮,选取要编辑的剖视图,在弹出的【类选择】对话框中单击【确定】按钮,即可完成剖视图背景的编辑。

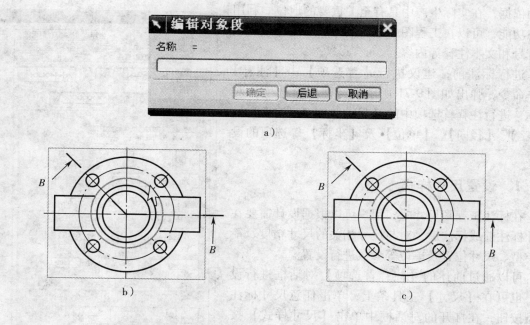

图 9-70　编辑对象段

a)【编辑对象段】对话框　b) 选取编辑对象　c) 编辑对象段效果

2. 删除编辑

删除编辑用于删除前面所进行的某些编辑操作,【删除编辑】包含如下 3 种操作方式:

(1) 删除选择的擦除　用于删除前面所进行的擦除操作,使删除的对象重新显示。单击该按钮后,弹出【类选择】对话框,已擦除的对象将在视图中加亮显示。然后选取需要删除的擦除,则所选对象将以原来的颜色、线型和线宽在视图中重新显示。

(2) 删除选择的编辑　用于删除所选视图进行的某些编辑操作,使编辑的对象恢复原来的显示状态。单击该按钮后,弹出【类选择】对话框,已编辑的对象将在视图中加亮显示,然后选取需要编辑的对象,则所选对象将以原来的颜色、线型和线宽在视图中重新显示。

(3) 删除所有编辑　用于删除所选视图以前进行的所有编辑。所有编辑过的对象全部返回到原来的显示状态。

3. 转换相关性

该选项组用于设置对象在视图与模型之间进行转换。

(1) 模型转换到视图　用于将模型中存在的单独对象转换到视图中。单击该按钮,在弹出的【类选择】对话框选取需要转换的对象,所选对象则会转换到视图中。

(2) 视图转换到模型　用于将视图中存在的单独对象转换到模型中。单击该按钮,在弹出的【类选择】对话框中选取需要转换的对象,所选对象则会转换到模型中。

9.5　标注工程图

工程图的标注是反映零件的尺寸、形位公差和表面粗糙度等信息的重要手段,是生产加工的依据，在实际生产中具有至关重要的地位。利用标注功能，可以在工程图中添加尺寸、形位公差、制图符号和文本注释等内容。

进行标注前，建议执行【首选项】|【注释】菜单命令，弹出如图 9-71 所示的【注释首选项】对话框，进行注释首选项中的【尺寸】、【直线/箭头】、【文字】、【径向】、【单位】及【坐标】等选项的设置。

9.5.1　设置尺寸样式

在标注工程图尺寸时，用户可以根据设计需要在尺寸标注前或标注后，对与尺寸相关的尺寸精度、箭头类型、尺寸位置及单位等参数进行设置。

可以通过前述的【注释首选项】对话框进行设置，也可在【尺寸】工具条上，单击任意尺寸标注类型按钮，在打开的对话框中单击【尺寸样式】按钮，在打开【尺寸样式】对话框中进行各选项卡的相关设置。

1. 尺寸

利用该选项卡中的各选项，可以对标注尺寸的文本样式、精度和公差、倒斜角处尺寸的标注样式，以及狭窄尺寸处的标注样式进行设置。

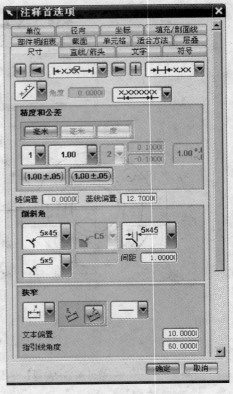

图 9-71　【注释首选项】对话框

2. 直线/箭头

在选项卡上部的三个下拉菜单中，可以设置尺寸箭头的各种样式和箭头引出文字的标注样式。在中部的标注样式设置区，可以设置箭头的大小、延伸线的长度及尺寸数字和尺寸线之间的距离等参数；在颜色、线型和线宽设置区，可设置尺寸引出线和尺寸线的颜色、线型和线宽等参数。

3. 文字

该选项卡中的【对齐位置】下拉列表可以设置文本的对齐位置；【文本对齐】列表框可以设置文本的对齐方式；【文字类型】选项组有 4 个按钮，分别用于进行字符的类型设置；最下面的文字样式设置区可以设置文字的类型、颜色以及文字的线宽等参数。

4. 单位

在该选项卡中可以设置小数点的类型、公差位置、线型尺寸的格式及单位、角度格式、双尺寸格式和单位等参数。

5. 径向

用于设置径向尺寸的前缀符号放置的位置、标识符号的类型、符号与尺寸数字之间的距离、文本标注样式及折弯线角度等参数。

6. 坐标

用于设置坐标的起始位置和终止位置、边距的偏置间距、边距数目及文本方位等参数。

9.5.2　尺寸标注

尺寸标注用于标识实体模型的尺寸大小。在 UG NX 中，由于工程图模块和建模模块是完全关联的，因此在工程图中标注尺寸就是直接引用所对应实体模型的真实尺寸，并且这些尺寸在工程图环境下无法进行任意修改。只有修改了三维实体模型中的尺寸，工程图中的相应尺寸才会自动更新。

执行【插入】│【尺寸】子菜单中的相应命令，或在【尺寸】工具条上单击相应的按钮，都可以对工程图进行尺寸标注。【尺寸】工具条如图 9-72 所示。

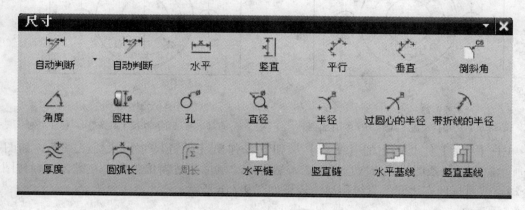

图 9-72　【尺寸】工具条

工具条中包含的各尺寸类型的功能及含义如下。

1. 自动判断

由系统自动推断出选用哪种尺寸标注类型进行尺寸标注。标注结果可能是以下方法中的任意一种，可能与用户要求的标注方式并不相符。

2. 水平

该功能用于标注工程图中所选对象间的水平距离。操作步骤如下：

单击【尺寸】工具条上的【水平】按钮，弹出【水平尺寸】快捷工具条，如图 9-73a 所示。该工具条与【自动判断】的尺寸工具条基本相同。

选择一条图线或依次选择两点并拖动鼠标，标注图线两个端点或所选两点之间的水平距离。如图 9-73b 所示，分别捕捉两圆孔的中心，拖动至合适位置单击左键，标注水平尺寸。

3. 竖直

该功能用于标注所选对象间的竖直距离。操作步骤如下：

单击【尺寸】工具条上的【竖直】按钮，弹出【竖直尺寸】快捷工具条，如图 9-74a 所示。选择一条图线或依次选择两点，然后拖动鼠标至适当位置放开左键，可标注图线两个端点或所选两点之间的竖直距离，效果如图 9-74b 所示。

4. 平行

该功能用于标注所选对象间的平行距离。操作步骤如下：

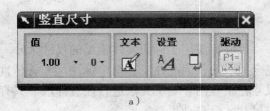

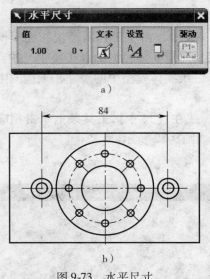

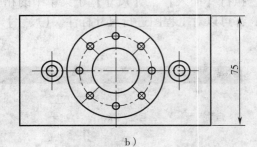

图 9-73　水平尺寸

a)【水平尺寸】快捷工具条　b)标注实例

图 9-74　竖直尺寸

a)【竖直尺寸】快捷工具条　b)标注实例

　　单击【尺寸】工具条上的【平行】按钮，弹出【平行尺寸】快捷工具条，如图 9-75a 所示。选择一条图线或依次选择两点，然后拖动鼠标至适当位置单击左键，可标注图线两个端点或所选两点之间的直线距离，效果如图 9-75b 所示。

5. 垂直

　　该功能用于标注所选点到直线（或中心线）的垂直尺寸。操作步骤如下：

　　单击【尺寸】工具条上的【垂直】按钮，弹出【垂直尺寸】快捷工具条，如图 9-76a 所示。选择一点和一条直线，然后拖动鼠标至适当位置单击左键，可标注所选点与直线之间的垂直距离，效果如图 9-76b 所示。

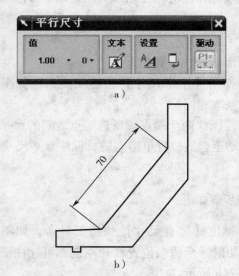

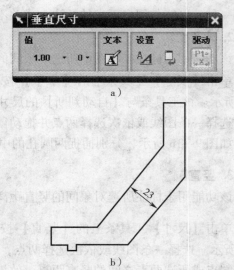

图 9-75　平行尺寸

a)【平行尺寸】快捷工具条　b)标注实例

图 9-76　垂直尺寸

a)【垂直尺寸】快捷工具条　b)标注实例

6. 倒斜角

该功能用于标注 45°倒角的尺寸。

7. 角度

该功能用于标注工程图中所选两直线之间的角度。操作步骤如下：

单击【尺寸】工具条上的【角度】按钮，弹出【角度尺寸】快捷工具条，如图 9-77a 所示。依次选择两条直线，然后拖动鼠标至适当位置单击左键，可标注所选直线之间的夹角，如图 9-77b 所示。

8. 圆柱

当圆柱投影轮廓为直线时，使用该功能可标注圆柱形的直径。标注时需要在尺寸数字前加直径符号 ϕ，操作步骤如下：

单击【尺寸】工具条上的【圆柱】按钮，弹出【圆柱尺寸】快捷工具条，如图 9-78a 所示。选择两个对象或两点，然后拖动鼠标至适当位置单击左键，即可标注圆柱的直径，如图 9-78b 所示。

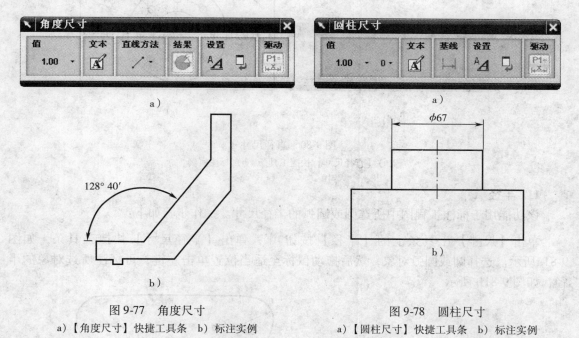

图 9-77　角度尺寸
a)【角度尺寸】快捷工具条　b) 标注实例

图 9-78　圆柱尺寸
a)【圆柱尺寸】快捷工具条　b) 标注实例

9. 孔

该功能可用一段引导线标注对象的孔尺寸。操作步骤如下：

单击【尺寸】工具条上的【孔】按钮，弹出【孔尺寸】快捷工具条，如图 9-79a 所示。选择圆或圆弧，然后拖动鼠标至适当位置单击左键，可标注所选对象的孔直径，如图 9-79b 所示。

10. 直径

该功能用于标注工程图中所选圆或圆弧的直径尺寸。操作步骤如下：

单击【尺寸】工具条上的【直径】按钮，弹出【直径尺寸】快捷工具条，如图 9-

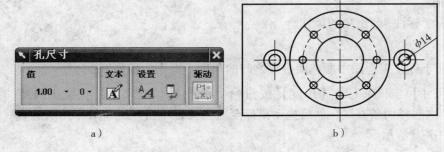

图 9-79　孔尺寸
a)【孔尺寸】快捷工具条　b) 标注实例

80a 所示。选择圆或圆弧对象，然后拖动鼠标至适当位置单击左键，可标注所选对象的直径，如图 9-80b 所示。

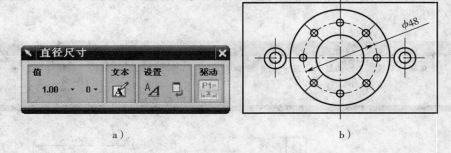

图 9-80　直径尺寸
a)【直径尺寸】快捷工具条　b) 标注实例

11. 半径

该功能用于标注工程图中所选圆或圆弧的半径尺寸。操作步骤如下：

单击【尺寸】工具条上的【半径】按钮，弹出【半径尺寸】快捷工具条，如图 9-81a 所示。选择圆或圆弧对象，然后拖动鼠标至适当位置单击左键，可标注所选对象的半径，如图 9-81b 所示。

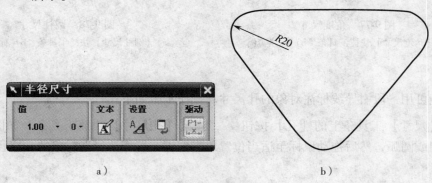

图 9-81　半径尺寸
a)【半径尺寸】快捷工具条　b) 标注实例

12. 过圆心的半径 ✈

该功能用于标注圆弧或圆的半径尺寸，从圆心到圆弧自动添加一条延长线。

13. 带折线的半径 ↗

该功能用于建立大半径圆弧的尺寸标注。

14. 厚度 ✕

该功能用于标注两要素之间的厚度。

15. 圆弧长 ⌒

该功能用于创建一个圆弧长尺寸来测量圆弧周长。

16. 周长 ▦

该功能用于创建周长约束以控制选定直线和圆弧的集体长度。

17. 水平链 ▥

该功能用于将图形中的尺寸依次标注成水平链状形式，其中每个尺寸与其相邻尺寸共享端点。

18. 竖直链 ▦

该功能用于将图形中的多个尺寸标注成竖直链状形式，其中每个尺寸与其相邻尺寸共享端点。

19. 水平基准线 ▦

该功能用于将图形中的多个尺寸标注为水平坐标形式，其中每个尺寸共享一条公共基线。

20. 竖直基准线 ▦

该功能用于将图形中的多个尺寸标注为竖直坐标形式，其中每个尺寸共享一条公共基线。

9.5.3　文本标注和编辑

一张完整的工程图样，不仅包括零件的各种视图和基本尺寸，还包括对技术要求的说明、用于表达特殊结构尺寸的文本、定位部分的制图符号和形位公差等。

1. 标注文本

标注文本主要是对图样上的相关内容做进一步说明，如零件的加工技术要求、标题栏中的有关文本注释以及技术要求等。

执行【插入】｜【注释】菜单命令，或单击【注释】工具条上的【注释】按钮 Ａ̲，弹出如图 9-82 所示的【注释】对话框。对话框中各选项区的功能如下：

（1）原点选项区　用于设置文本放置的对齐方式、锚点位置，指定文本注释的图形对象及注释放置的位置。

（2）指引线选项区　用于设置文本注释的指引线类型及样式。

（3）文本输入选项区　可在文本输入框中输入文本、编辑文本及设置文本格式，也可以从其他文本文件（＊．txt 格式）中导入文本，还可以将文本输入框中现有的文本导出并保存为文本文件（＊．txt 格式）；此外还可以插入各种制图符号等，如图 9-83 所示。

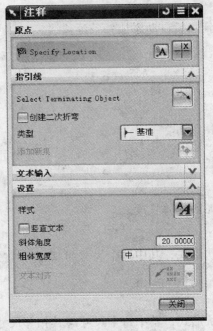

图 9-82　【注释】对话框

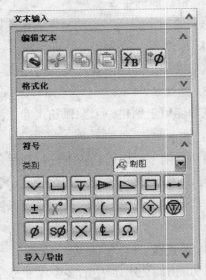

图 9-83　【文本输入】选项区

（4）设置选项区　在该选项区中，可以设置文本的样式、文本放置方式、斜体角度及粗体宽度。单击【样式】按钮，在打开的【样式】对话框中，可对文本的样式进行相应的设置，如图 9-84 所示。

2. 编辑文本

编辑文本是对已经存在的文本进行修改和编辑，使文本符合注释的要求。上述所介绍的【注释】对话框中的【文本输入】选项区只能对文本做简单的编辑。当需要做详细的编辑时，需要在【制图编辑】工具条上单击【编辑文本】按钮，弹出如图 9-85 所示的【文本】对话框。

图 9-84　【样式】对话框

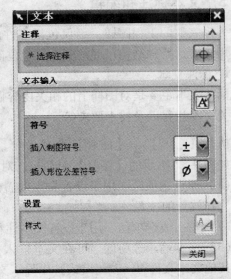

图 9-85　【文本】对话框

单击该对话框中【文本输入】选项区的【编辑文本】按钮 A，弹出如图 9-86 所示的【文本编辑器】对话框。

【文本编辑器】对话框由 3 部分组成。

（1）文本编辑选项组　选项组中各工具用于文本类型的选择、文本高度的编辑等操作，如图 9-87 所示。

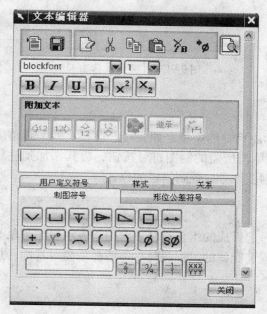

图 9-86　【文本编辑器】对话框

图 9-87　【文本编辑器】选项组

（2）编辑文本框　如图 9-88 所示，该文本框是一个标准的多行文本输入区，使用标准的系统位图字体，用于输入文本和系统规定的控制字符。

（3）文本符号选项卡　如图 9-89 所示文本符号选项卡包含【制图符号】、【形位公差符号】、【用户定义符号】、【样式】和【关系】5 种类型，用于编辑文本符号。

图 9-88　【编辑文本框】选项组

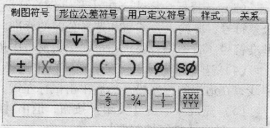

图 9-89　【文本符号】选项卡

【制图符号】和【形位公差符号】选项卡将在后续章节中介绍，在此仅介绍【样式】和【关系】选项卡的功能。

1）样式选择卡。通过该选项卡中的【竖直文本】复选框，可以编辑文本的放置方向，如竖直或水平放置，此外还可以编辑文本的倾斜度和选择文本字体的粗细，如图 9-90 所示。

2）关系选项卡。该选项卡包括【表达式】、【对象属性】和【部件属性】3 个选项，选择这些选项，可以把表达式和属性插入到编辑窗口，如图 9-91 所示。

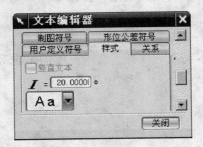

图 9-90　　【样式】选项卡

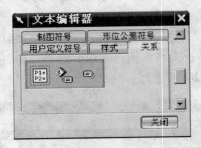

图 9-91　　【关系】选项卡

9.5.4　标注制图符号

【制图符号】主要用于以符号的形式表达标注尺寸的类型，如直径、球径、斜率和角度等。在如图 9-86 所示的【制图符号】选项卡中单击所需的制图符号按钮，将其添加到注释编辑区，然后从四种定位方法中选择一种，将制图符号放置到指定的位置。

9.5.5　标注形位公差[⊖]

形位公差是将几何尺寸和公差符号组合在一起形成的组合符号，它用于表示标注对象与参考基准之间的位置和形状关系。在创建零件或装配体的工程图时，一般都需要对基准、加工表面进行有关基准或形位公差的标注。

标注形位公差时，可采用以下两种方法。

1. 利用【注释】

（1）激活命令　在【注释】对话框的【文本输入】选项区从【符号】的【类别】下拉列表中选择"形位公差"，如图 9-92 所示。

（2）选择标准　在【标准】下拉列表中选择一种标准，如"ISO 1101 1983"等。

注：如果需要采用国标，可执行【文件】｜【实用工具】｜【用户默认设置】｜【制图】｜【标准】｜【制图标准】菜单命令。

（3）选择标注样式　在【形位公差符号】选项卡中选择公差框格样式，然后选择形位公差符号，并输入公差值和选择公差的标准。如果标注的是位置公差，还应插入框分割线和基准符号。若不符合要求，可在编辑窗口中进行修改。

（4）选择标注对象　在绘图窗口中选择要标注的对象，并按住鼠标左键拖动，拉出指引线，在适当的位置松开然后单击鼠标左键，以确定形位公差标注框格的位置。

（5）完成　单击【关闭】按钮，退出【注释】对话框。

2. 利用【特征控制框】

（1）激活命令　执行【插入】｜【特征控制框】菜单命令，或单击【注释】工具条上的【特征控制框】按钮，弹出如图 9-93 所示的【特征控制框】对话框。

⊖　按 GB/T 1182—2008 "形位公差"应改为"几何公差"。考虑到 UG NX 7.0 软件本身采用"形位公差"，本书中不作改动。

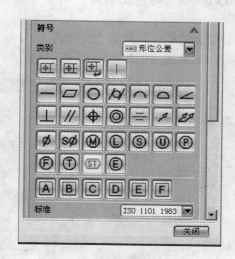

图 9-92　形位公差符号

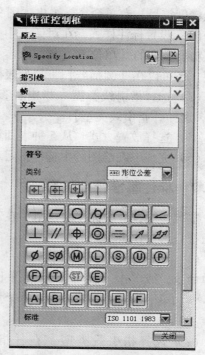

图 9-93　【特征控制框】对话框

（2）选择标准　在【标准】下拉列表中选择一种标准，如 ISO 1101 1983 等。

（3）选择标注样式　在【帧】选项区的【特性】下拉列表框中选择形位公差的类型；在【框样式】下拉列表框中选择框格的样式；在对话框中输入公差值，设置其他选项。

（4）选择标注对象　在图形窗口中选择要标注的对象，并按住鼠标左键拖动拉出指引线，在适当的位置松开然后单击鼠标左键，以确定形位公差标注框格的位置。

（5）完成　单击【关闭】按钮，退出【注释】对话框。

9.5.6　标注表面粗糙度

在首次标注表面粗糙度符号时，应先查看菜单【插入】|【符号】的子菜单中是否存在【表面粗糙度符号】选项。若没有，则需在 UG 的 UGII 目录中找到环境变量设置文件 ugii_env.dat，用记事本将其打开，将环境变量 UGII_SURFACE_FINISH 的默认设置为"ON"状态。保存环境变量后，关闭 UG 系统然后再重新打开，才能进行表面粗糙度的标注操作。

表面粗糙度的标注步骤如下：

（1）激活命令　执行【插入】|【符号】|【表

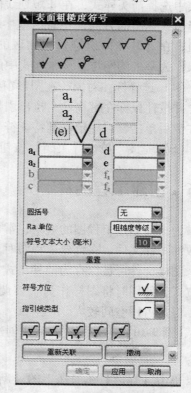

图 9-94　【表面粗糙度符号】对话框

面粗糙度符号】菜单命令，弹出如图 9-94 所示的【表面粗糙度符号】对话框。

（2）设置标注样式　在对话框中上部分选择表面粗糙度符号类型，然后依次设置该表面粗糙度类型的【单位】、【符号文本大小】，然后在数值文本框中输入粗糙度的数值。如果需要，还可以在【圆括号】下拉列表框中选择括号类型。

（3）选择指引线类型　指定各参数后，在该对话框的下部指定表面粗糙度【符号方位】，选择【指引线类型】。

（4）选择放置方式　从 5 种表面粗糙度符号的放置方式中，选择适当的方式。

（5）完成　在绘图区中选择指定对象，根据提示即可完成表面粗糙度符号的标注。

9.5.7　标注基准特征符号

基准特征符号的标注命令用于在工程图中插入基准特征符号。操作步骤如下：

（1）激活命令　执行【插入】｜【基准特征符号】菜单命令，或单击【注释】工具条上的【基准特征符号】按钮，弹出如图 9-95 所示【基准特征符号】对话框。

（2）选择指引线类型　在【指引线】选项区的【类型】下拉列表框中选择指引线的类型。

（3）设置标注样式　在【样式】的【箭头】下拉列表中选择箭头样式；在【短划线侧】的下拉列表框中选择引线标出的方向；在对话框中输入【短划线长度】的值；在【基准标识符】选项区的【字母】输入框中输入作为基准的字母；设置样式中的各选项。

（4）选择标注对象　在图形窗口中选择要标注的对象，并按住鼠标左键拖动，拉出引导线至适当位置，松开左键后单击，以确定基准特征符号的位置。

（5）完成　单击【关闭】按钮，退出对话框。

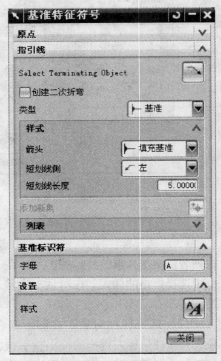

图 9-95　【基准特征符号】对话框

9.6　创建工程图样

为提高创建工程图的效率，常常先建立独立的，含有标注图框、标题栏，并设置好相关参数的图样文件。在创建工程图时，再将所需的图样文件方便快捷地插入。

图样文件可被保存为两种格式，分别为模式格式和普通的 prt 文件格式。模式格式是传统方式，使用时将图样作为整体调入，占用空间小；而普通的 prt 文件格式的图样调用方便，但是占用空间较大。

【例 9-10】　采用模式格式创建 A3 图纸的图样。

1. 创建新文件

单击【标准】工具条上的【新建】按钮。在弹出的【新建】对话框中设置【单位】为【毫米】，文件名取为 BTL-A3. prt。

2. 设置【片体】对话框中的参数

进入【制图】模块，系统弹出【片体】对话框。在【大小】选项区选择【标准尺寸】，在【大小】右侧的下拉列表框中选择图幅尺寸为【A3-297×420】，在【比例】下拉列表框中选择【1:1】，【图纸页名称】可默认，【单位】选择【毫米】，【投影】选择【第一象限角投影】，单击【确定】按钮完成设置。

3. 绘制图框和标题栏

常用两种方法在绘图窗口内绘制图框和标题栏。

（1）利用【曲线】工具　按照国标要求，利用【曲线】工具条上的选项，例如【直线】、【矩形】等绘制图框和标题栏。

（2）利用【表格】工具　利用【表格】工具条上的选项，例如【表格注释】、【编辑表格】等绘制图框和标题栏。

4. 标注文字

文字可以采用两种方法标注。

（1）利用【注释】　可直接在【注释】的【文本输入】选项区的输入框中输入文字，并进行相关参数设置。也可建立文件【属性】，执行【文件】│【属性】菜单命令，在弹出的【显示的部件属性】对话框中，创建属性的【标题】和【值】，如图 9-96 所示。

然后在【注释】对话框【符号】选项区的【类别】下拉列表中选择"关系"，单击【插入部件属性】按钮，此时系统弹出【注释】对话框，如图 9-97 所示。在文本输入框中可添加标注文字。

图 9-96　【显示的部件属性】对话框

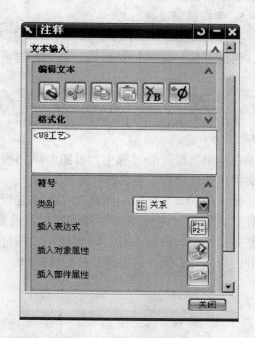

图 9-97　在【注释】对话框中输入标注文字

（2）利用【表格注释】工具　如果采用【表格注释】工具绘制图框和标题栏，可以直接双击单元格，然后输入文字。创建的边框和标题栏如图 9-98 所示。

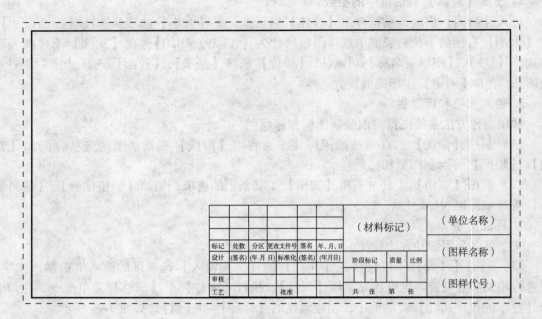

图 9-98　边框和标题栏

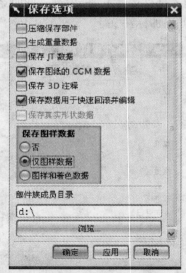

图 9-99　【保存选项】对话框

注： 为避免图样文件在调用时被修改，应当采用普通的 prt 格式保存图样文件，并在保存时将图样文件的属性设置成只读。

5. 保存选项设置

执行【文件】|【选项】|【保存选项】菜单命令，弹出【保存选项】对话框，设置各选项，如图 9-99 所示。

6. 保存文件

单击【标准】工具条的【保存】按钮，将图样文档保存。

在绘制工程图的过程中，可随时调用模版格式的图样文件，并且调用时不会修改图样文件。

普通的 part 文件格式图样文件创建过程与创建一般部件文件相似，先绘制图框和标题栏，设置各种参数，调整好工具条，保存文件。需要使用该图样绘图时，先打开图样文件，另存后进行零件的建模和绘图操作。

9.7　实例

本节将以阶梯轴为例，介绍零件工程图绘制的一般操作过程。

1. 打开文件

单击【标准】工具条上的【打开】按钮，打开网络下载资源包中的"9zhang \ 9-

100. prt"，如图 9-100 所示。

图 9-100   阶梯轴结构图

2. 设置【片体】对话框中各参数

单击【标准】工具条【开始】，在下拉列表框中选择【制图】进入制图模块，弹出【片体】对话框。

1）在【大小】选项区选择【标准尺寸】，在【大小】下拉列表框中选择图幅为"A3-297×420"，在【比例】下拉列表框中选择"1:1"。

2）在【名称】选项区中【图纸页名称】可默认。

3）在【设置】选项区中【单位】选择"毫米"，【投影】选择为"第一象限角投影"。

4）单击【确定】按钮，完成设置。

3. 设置首选项

（1）设置视图标签首选项

1）执行【首选项】│【视图标签】菜单命令，弹出【视图标签首选项】对话框，在【截面】标签选中【视图标签】复选框。

2）在【位置】下拉列表框中选择"上面"。

3）单击【视图字母】按钮，设置【前缀】文本框格为"空"。

4）在【字母格式】下拉列表框中选择为"A-A"。

5）在【字母大小比例因子】文本框格中输入"2"。

6）取消选中【视图比例】复选框。

7）在【字母】文本框格中输入"A"，设置结果如图 9-101 所示。

8）【其他】和【局部放大图】标签采用默认设置。单击【确定】按钮退出设置。

（2）设置栅格和工作平面 执行【首选项】│【栅格和工作平面】菜单命令，弹出【栅格和工作平面】对话框，在【栅格设置】选项区中取消选择所有的复选框，单击【确定】按钮。

（3）设置视图首选项

1）执行【首选项】│【视图】菜单命令，弹出【视图首选项】对话框。

2）在【隐藏线】标签中选中【隐藏线】复选框。

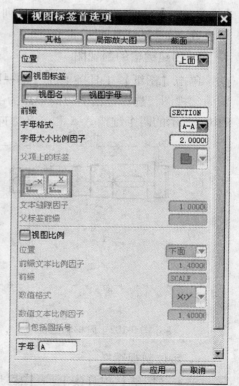

图 9-101   【视图标签首选项】对话框

3）设置不可见轮廓线为虚线，线宽为细线。

4）在【可见线】标签中设置可见轮廓线为实线，线宽为粗线。

5）在【光顺边】标签中取消选中【光顺边】复选框。

6）在【截面线】标签中选中【剖面线】复选框。

7）取消选中【前景】和【背景】复选框，单击【确定】按钮。

（4）设置剖切线首选项

1）执行【首选项】｜【剖切线】菜单命令，弹出【剖切线首选项】对话框。

2）在【标签】选项区中，取消选中【显示标签】复选框。

3）在【设置】选项区【标准】下拉列表框中选择剖切线的类型为"GB 标准"，颜色设置为黑色；在剖切线【宽度】下拉列表框中选择粗线。

4）单击【确定】按钮。

（5）设置制图首选项　执行【首选项】｜【制图】菜单命令，弹出【制图首选项】对话框。在【视图】标签的【边界】选项区中，取消选中【显示边界】复选框，单击【确定】按钮。

4. 创建基本视图

1）单击【图纸】工具条上的【基本视图】按钮，弹出【基本视图】对话框。在对话框【模型视图】选项区的【Model View to Use】下拉列表框中选择"FRONT"。

2）单击【定向视图工具】，弹出【定向视图工具】对话框。单击【法向】选项区中【指定矢量】右侧按钮，在下拉列表框中选择矢量方向"XC"；单击【X 向】选项区中【指定矢量】右侧按钮，在下拉列表框中选择矢量方向"ZC"，实现阶梯轴主视图的水平放置，如图 9-102 所示。

5. 创建键槽的剖视图

单击【图纸】工具条上的【剖视图】按钮，弹出【剖视图】快捷工具条，选择主视图为父视图，选择键槽侧边的中点为剖切点位置，向右拖动鼠标在适当位置单击，生成如图 9-103 所示的两个键槽 A-A 和 B-B 方向的剖面图。

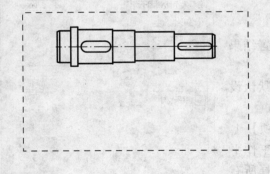

图 9-102　阶梯轴主视图

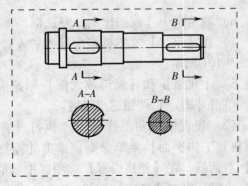

图 9-103　添加阶梯轴剖视图

6. 定位剖视图

单击【图纸】工具条上的【移动/复制视图】按钮，弹出【移动/复制视图】对话框。选择方式为【竖直】，选择剖面图，然后拖动至适当位置单击，即可定位。

7. 创建中心标记

执行【插入】|【中心线】|【中心标记】菜单命令，弹出【中心标记】对话框。捕捉剖面图圆心，单击【确定】生成中心标记。

8. 设置注释首选项

执行【首选项】|【注释】菜单命令，弹出【注释首选项】对话框。

（1）设置尺寸标注样式 选择【尺寸】标签，各选项及参数设置如图 9-104 所示。

（2）设置直线/箭头样式 选择【直线/箭头】标签，各选项及参数设置如图 9-105 所示。单击【应用于所有线和箭头类型】按钮后，单击【确定】。

（3）设置文字样式 选择【文字】标签，单击【常规】，各选项及参数设置如图 9-106 所示。单击【应用于所有文字类型】按钮后，单击【确定】。

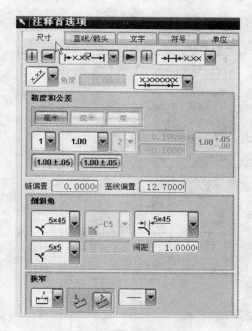

图 9-104 【尺寸】设置

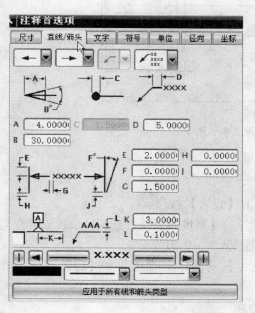

图 9-105 【直线/箭头】设置

图 9-106 【文字】设置

（4）设置单位样式 选择【单位】标签，各选项及参数设置如图 9-107 所示。

（5）设置直径/半径标注样式 选择【径向】标签，设置如图 9-108 所示。

9. 标注水平尺寸

（1）标注主视图上的水平尺寸 单击【尺寸】，工具条上的【水平】按钮，标注主视图上水平尺寸，如图 9-109 所示。

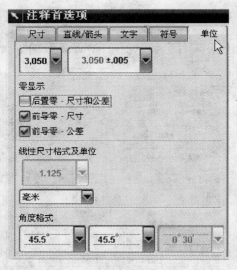

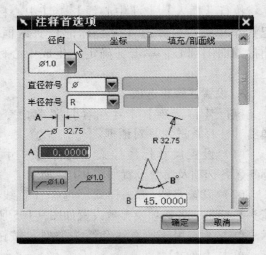

图 9-107　【单位】设置　　　　　　　图 9-108　【径向】设置

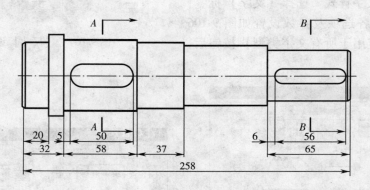

图 9-109　标注主视图水平尺寸

（2）标注剖面视图上的水平尺寸

1）单击【尺寸】工具条上的【水平】按钮 ⊞。

2）在弹出的【水平尺寸】快捷工具条上单击【设置】按钮 ᴬ𝐀。

3）在弹出的【尺寸样式】对话框【尺寸】标签的【精度和公差】选项区设置成"双向公差"，公差值取两位小数，上偏差输入"0"，下偏差输入"−0.20"。

4）在【单位】对话框中分别勾选【前导零-尺寸】、【前导零-公差】和【后置零-尺寸和公差】复选框。

5）在【文字】对话框中单击【公差】按钮，设置【公差】的【字符大小】为"2.5"，单击【确定】按钮完成设置。

6）在剖面视图上标注带公差的水平尺寸，如图 9-110 所示。

10. 标注剖面视图上的竖直尺寸

1）单击【尺寸】工具条上的【竖直】按钮 ⁅，

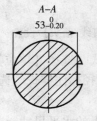
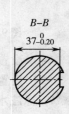

图 9-110　标注剖视图水平尺寸

在弹出的【竖直尺寸】快捷工具条上单击【设置】按钮 $^A\!\!\!A$ 。

2）弹出【尺寸样式】对话框，在【尺寸】标签的【精度和公差】选项区设置成"双向公差"，公差值取三位小数，上偏差输入"0"，下偏差输入"−0.043"。

3）在【单位】对话框中选中复选框【前导零-尺寸】、【前导零-公差】，取消选中【后置零-尺寸和公差】复选框。

4）在【文字】对话框中单击【公差】按钮，设置公差字符大小为"2.5"，单击【确定】按钮完成设置。

5）分别在两个剖面视图上标注键槽的宽度尺寸，如图 9-111 所示。

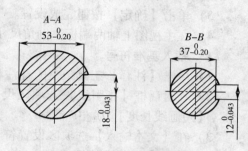

图 9-111　标注剖视图竖直尺寸

11. 标注主视图上各段圆柱直径

（1）标注不带公差的各段圆柱直径　单击【尺寸】工具条上的【圆柱】按钮 ，标注不带公差的圆柱直径 $\phi50$、$\phi68$。

（2）标注带公差的各段圆柱直径

1）单击【尺寸】工具条上的【圆柱】按钮 ，在弹出的【圆柱尺寸】快捷工具条上单击【设置】按钮。

2）将弹出的【尺寸样式】对话框【尺寸】标签的【精度和公差】选项区设置成"双向公差"，公差值取三位小数，上偏差输入"0.021"，下偏差输入"0.002"。

3）在【单位】对话框中选中复选框【前导零-尺寸】、【前导零-公差】，不选【后置零-尺寸和公差】复选框。

4）在【文字】标签中单击【公差】按钮，设置公差字符大小为"2.5"，单击【确定】按钮完成设置。

5）在主视图上标注带公差的两段 $\phi55$ 的圆柱直径。

6）按上述方法标注 $\phi42$ 和 $\phi60$，只是注意勾选【前导零-尺寸】、【前导零-公差】和【后置零-尺寸和公差】复选框。

标注效果如图 9-112 所示。

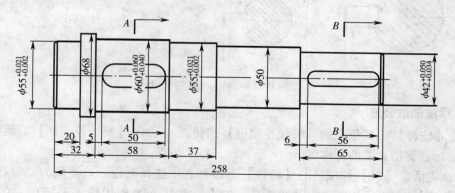

图 9-112　标注主视图圆柱直径

12. 标注倒角尺寸

1）单击【尺寸】工具条上的【倒斜角】按钮 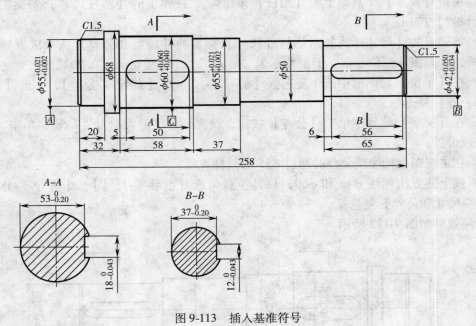，在弹出的【倒斜角尺寸】快捷工具条上单击【设置】按钮。

2）弹出的【尺寸样式】对话框，在【尺寸】标签的【精度和公差】选项区设置成"无公差"，间距文本框中输入倒角偏置量"2"。

3）单击【确定】按钮完成设置。

4）在主视图上轴两端标注倒角尺寸。

13. 插入基准符号

1）单击【注释】工具条上的【注释】按钮，弹出【注释】对话框。

2）在对话框【指引线】选项区设置【类型】为"基准"，【箭头样式】为"填充基准"，【短画线长度】为"0"。

3）在【文本输入】选项区设置符号【类别】为"形位公差"，【标准】类别为"ISO 1101 1983"，选择基准符号"A"。

4）用鼠标左键在主视图左端 $\phi55$ 尺寸线端点单击，然后拖动至合适的位置定位，创建基准代号 A；依次选择基准符号 B 和 C，其他设置同上，分别创建基准符号 B、C，如图9-113 所示。

图 9-113　插入基准符号

14. 标注形位公差

单击【注释】工具条上的【特征控制框】按钮 ，弹出【特征控制框】对话框。

（1）标注键槽宽度的对称度

1）在对话框【帧】选项区的【特性】下拉列表中选择形位公差类型为"对称度"，在【框样式】下拉列表框中选择为"单框"，在【公差】文本框中输入公差值"0.02"；在【主基准参考】下拉列表框中选择基准为"C"。

2）在【指引线】选项区设置【类型】为"普通"，【箭头样式】为"填充的箭头"，

【短画线长度】为"5"。

3）用鼠标左键在剖面图键槽宽度尺寸线端部单击，按住左键拖动至合适的位置松开，然后单击左键定位。

4）另一键槽的对称度标注方法同上，只是在【主基准参考】下拉列表框中选择基准为"B"。

标注效果如图 9-114 所示。

（2）标注圆跳动度

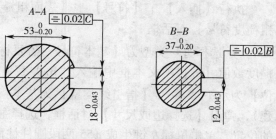

图 9-114　标注键槽对称度

1）在对话框【帧】选项区的【特性】下拉列表中选择形位公差类型为"圆跳动"，在【公差】文本框中输入公差值"0.012"，在【主基准参考】下拉列表框中选择基准为"A"，其他设置同上。用鼠标左键在主视图 φ42 圆柱轮廓线上单击并拖动至合适的位置松开左键，然后单击左键定位框格，添加 φ42 圆柱的圆跳动公差。

2）在对话框【帧】选项区的【特性】下拉列表框中选择形位公差类型为"圆跳动"，在【公差】文本框中输入公差值"0.015"，单击【复合基准参考】按钮，弹出【复合基准参考】对话框；在【基准参考】下拉列表框中选择基准为"A"，单击【添加新集】按钮，在【基准参考】下拉列表框中选择基准为"B"，单击【确定】按钮，返回【特征控制框】对话框，其他设置同上。用鼠标左键在主视图 φ60 圆柱轮廓线上单击并拖动至合适的位置松开左键，然后单击左键定位框格，添加 φ60 圆柱的圆跳动公差。

3）单击【注释】工具条【注释】按钮，弹出【注释】对话框。在【文本输入】选项区中【符号】的【类别】下拉列表框中选择"形位公差"，单击【插入单特征控制框】按钮，然后单击圆跳动按钮，文本输入框中输入公差值"0.015"；单击插入框分割线按钮，接着输入基准符号 A。单击开始下一个框按钮，单击插入圆柱度公差按钮，输入公差值"0.005"，用鼠标左键在主视图 φ55 圆柱轮廓线上单击并拖动至合适的位置松开左键，然后单击左键定位框格，添加两段 φ55 圆柱的公差。

标注完圆跳动度公差后的效果如图 9-115 所示。

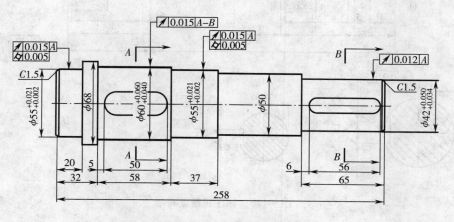

图 9-115　标注圆跳动公差

15. 标注表面粗糙度

执行【插入】│【符号】│【表面粗糙度符号】菜单命令，弹出如图 9-94 所示【表面粗糙度符号】对话框。

1) 选择符号类型为【基本符号—需要材料移除】✓，【Ra 单位】选择"微米"，在粗糙度数值【a₁】项文本框中输入"Ra0.8"，设置【符号文本大小】为"5mm"，【符号方位】为水平"✓"，【指引线类型】为基本指引线"✓"，单击符号位置按钮（在边上创建），弹出【选择边或尺寸】对话框，选择主视图上 φ55 圆柱的母线，指定粗糙度符号放置的位置，单击鼠标左键生成 φ55 两段圆柱柱面的粗糙度符号。

2) 返回【表面粗糙度符号】对话框，在粗糙度数值【a₁】项文本框中输入"Ra1.6"，其他设置同上，标注 φ60、φ50 及 φ42 轴段的圆柱面粗糙度符号。

3) 返回【表面粗糙度符号】对话框，在粗糙度数值【a₁】项文本框中输入"Ra3.2"，单击符号位置按钮（用指引线创建），其他设置同上。指定剖面图上键宽尺寸线中点附近一点作为指引线起点，指定另一点作为指引线终点，再指定一点作为符号放置位置，生成键槽侧面粗糙度符号。

4) 返回【表面粗糙度符号】对话框，在粗糙度数值【a₁】项文本框中输入"Ra6.3"，单击符号位置按钮（在延伸线上创建），其他设置同上，标注键槽底面粗糙度符号。

5) 返回【表面粗糙度符号】对话框，在粗糙度数值【a₁】项文本框中输入"Ra12.5"，在【e】项文本框中输入"（√）"，设置符号文本大小为"6mm"，单击符号位置按钮（在点上创建），选择图纸右上方适当位置，单击鼠标左键，放置其余未注表面的粗糙度符号。

粗糙度标注结果如图 9-116 所示。

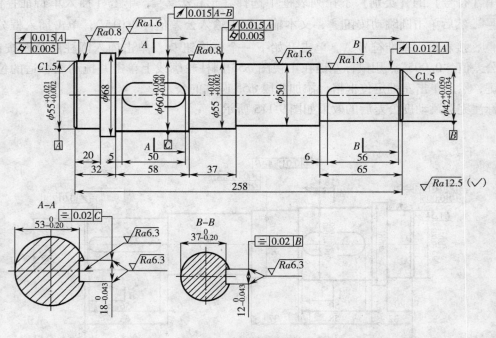

图 9-116　标注粗糙度符号

16. 调用图样

1）单击【注释】工具条上的【图样】按钮，弹出如图 9-117 所示【图样】对话框。单击【调用图样】按钮，弹出如图 9-118 所示【调用图样】对话框。在对话框中设置参数后单击【确定】按钮，弹出【调用图样】文件对话框。选择图样文件 BTL-A3. prt，单击【确定】按钮，弹出【点构造器】，指定图样插入点为坐标原点，单击【确定】按钮导入图样。

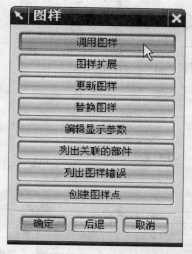

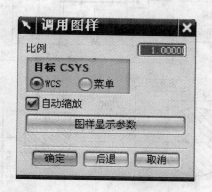

图 9-117　　【图样】对话框　　　　　　　　图 9-118　　【调用图样】对话框

2）也可执行【文件】｜【导入】菜单命令，在弹出的子菜单中选择【部件】，弹出【导入部件】对话框。可默认选项，单击【确定】按钮，打开新的【导入部件】对话框。从存放图样的路径下找到图样文件，单击【OK】按钮导入图样。

注：如果【注释】工具条上没有【图样】按钮 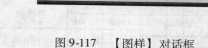，在【格式】菜单中也没有【图样】子菜单，则可以打开【注释】工具条，然后在任意一个选项按钮上单击鼠标右键，从弹出的快捷菜单中选择【定制】。在弹出【定制】对话框中单击【命令】标签，在【类别】选项区选择【格式】，在【命令】选项区中将【图样】拖出到【注释】工具条上释放，则【注释】工具条上会出现【图样】工具按钮 图样(P)...；用同样方法将【图样】命令拖曳到【格式】主菜单上释放，则【格式】主菜单中出现【图样】子菜单。

17. 注释

单击【注释】工具条上的【注释】按钮 A，弹出【注释】对话框。在【文本输入】选项区的文本输入框中输入技术要求，拖动鼠标至合适的位置单击左键定位；在图纸的标题栏中添加相关信息，完成零件图的全部设计内容，效果如图 9-119 所示。

18. 保存部件文件

单击【标准】工具条的【保存】按钮 ▣，保存部件文件。

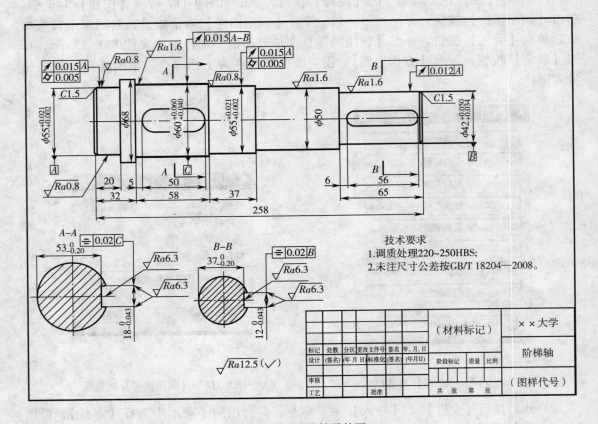

图 9-119　阶梯轴零件图

9.8　本章小结

　　本章主要介绍 UG NX 7.0 的工程图功能，分为七部分，分别介绍了工程图参数预设置、工程图管理、视图管理、编辑工程图、标注工程图、创建工程图样，并在最后一节采用典型实例——阶梯轴，对工程图的创建方法和过程进行了详细讲解。

9.9　思考与练习

　　9-1. 用 UG NX 7.0 创建工程图的一般步骤是什么？

　　9-2. 同样都是平面图，工程图与草图有何区别？

　　9-3. 如何利用属性工具来编辑标题栏中的文字？

　　9-4. 参照图 9-120 绘制出零件的工程图，文件位于网络下载资源包中的"9zhang \ 9-120. prt"。

　　9-5. 参照图 9-121 绘制出零件的工程图，文件位于网络下载资源包中的"9zhang \ 9-121. prt"。

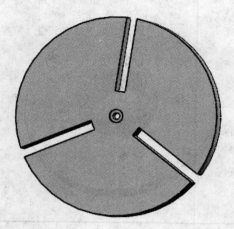

a)

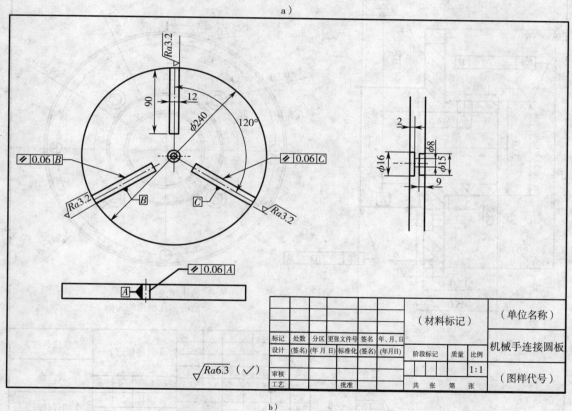

b)

图 9-120　机械手连接圆板模型及零件图（习题 9-4 图）

a) 零件模型　b) 零件图

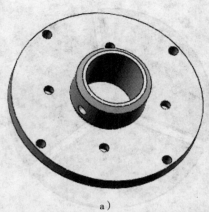

a)

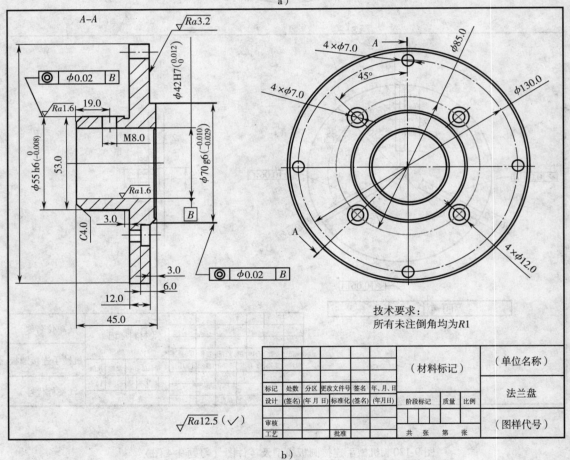

b)

图 9-121　法兰盘模型及零件图（习题 9-5 图）

a）零件模型　b）零件图

第 10 章　UG NX 7.0 数控加工

集机械制造、计算机、现代控制和信息处理等技术于一体的数控加工技术，在现代产品生产，特别是在模具生产中具有举足轻重的地位。数控加工技术的推广给机械制造行业带来一场深刻的变革，而数控编程又是其中的关键，所以为保证加工出符合要求的零件及充分发挥机床和刀具的性能，必须编制出合理而高效的数控加工程序。

10.1　UG NX 7.0 加工模块

UG NX CAM 加工模块提供了非常强大、广泛而且易于操作的功能，用于解决数控刀轨的生成、加工仿真和可视化验证等一系列问题。

10.1.1　UG NX 加工编程基础

UG NX 采用主模型结构，各个模块引用共同的部件模型，所以对主模型做出修改后，相关模块将会自动更新数据，从而获得准确、有效的 NC 程序。UG NX CAM 最大的特点是所生成的刀具轨迹合理、切削负载均匀、适合高速加工，而且编程效率高。

1. UG NX CAM 加工类型

UG 的加工模块提供了平面铣和表面铣、型腔铣、等高轮廓铣、固定轴曲面轮廓铣、点位加工等多种加工类型。它们的特点、适用范围、参数设置及具体操作将在后续内容中讲解。

2. 数控编程加工通用参数设置

加工参数设置包括切削深度控制、刀具进给速度控制、主轴旋转方向和转速控制、加工余量控制、进退刀控制、冷却控制等诸多内容，是影响加工精度、表面质量和加工损耗的重要因素。

（1）安全高度　完整的刀轨不仅包含对工件实现切削的那部分切削刀轨，还包含在切削刀轨前后的非切削运动的刀轨。其中定义安全高度为定义为非切削运动刀轨的重要环节。

当加工完一层或一片区域后，需要将刀具提高到安全高度，并移动到待加工层或区域，即横越运动。但在实际加工时，为了提高加工效率，通常指定横越运动发生在先前平面高度，系统自动计算避免过切。先前平面是平面铣削和型腔铣削操作中的进退刀参数，指的是上一切削层的高度。

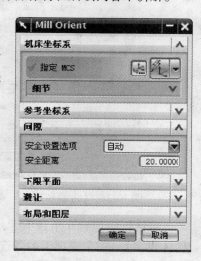

图 10-1　【Mill Orient】对话框

定义安全高度可以在加工坐标系中定义，一般情况下，可以为每个要加工工件定义一个加工坐标系，双击工件所属的加工坐标系，弹出【Mill Orient】对话框，如图 10-1 所示，在【间隙】项目组中可以定义安全高度。

（2）主轴转速和进给率

1）主轴转速即数控机床主轴沿顺时针或逆时针方向的转动速度，单位为 r/min。单击各类操作对话框中的【进给和速度】按钮，弹出如图 10-2 所示的【进给和速度】对话框。在【自动设置】的【表面速度】文本框中输入刀具的表面速度，由系统进行计算得到主轴转速。也可以在【主轴速度】文本框中直接输入，一般只设置主轴速度和进给率两项参数。

注：其他选项可以默认为 0，但不表示相应的进给率为 0，而是使用默认方式。

2）进给率用于设置机床工作台的进给速度，单位一般设置为 mm/min，也可根据需要设置为 mm/r 或 in/min、in/r。通常根据零件的加工精度、表面粗糙度、刀具和工件材料来选择。加工表面粗糙度要求低时，在保证刀具承受能力的前提下，可选择较高的转速和进给速度。

（3）非切削移动　用于指定切削加工以外的移动轨迹，需要对进刀与退刀、切削区域起始位置、避让、刀具补偿、碰撞检查和区域间连接方式等选项进行设置。在各类对话框中单击【非切削移动】图标，弹出如图 10-3 所示【非切削移动】对话框。

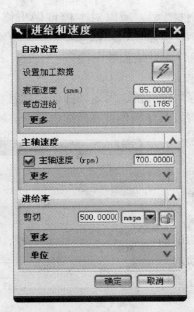

图 10-2　【进给和速度】对话框

图 10-3　【非切削移动】对话框——【进刀】选项卡

对话框中包含 6 个选项卡：【进刀】、【退刀】、【开始/钻点】、【传递/快速】、【避让】和【更多】，每个选项卡的各选项含义介绍如下。

1）【进刀】选项卡用于定义刀具在切入零件时的各个参数。完成该选项卡的设置后，系统可自动地根据所指定的切削条件、零件的几何体形状和各种参数来确定刀具的进刀运动。进刀包括以下 4 个选项。

a. 封闭区域。【进刀类型】通常使用"螺旋线"、"沿形状斜进刀"和"插削"，如图 10-4 所示。

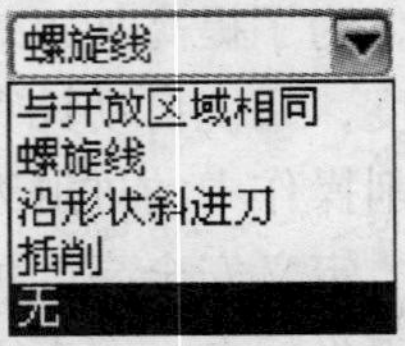

图 10-4　【封闭区域】进刀类型

（a）螺旋线指进刀轨迹是螺旋线。在"跟随周边"、"跟随部件"切削方法中应当使用"螺旋线"进刀方式。"螺旋线"的刀具路径如图 10-5 所示。

"螺旋线"进刀的参数如图 10-3 所示，各选项含义及设置如下。

a）直径用于指定螺旋直径值。可通过两种方法对直径进行设置，即直接输入距离（mm）或刀具直径百分比（%刀具）。

当使用没有中心刃的铣刀（如普通立铣刀）加工的时候，使用螺旋线进刀方式比较合理。螺旋线的【直径】参数如图 10-6 所示。

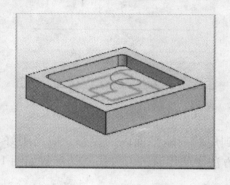

图 10-5　"螺旋线"的刀具路径

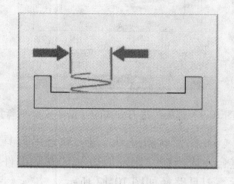

图 10-6　螺旋线的【直径】

注：用户在指定了某种斜进式进刀方式后，系统实际生成的刀轨可能是另外一种，或者几种同时存在，系统会自动选择合理的结果。比如【螺旋线】进刀方式只能在【跟随周边】和【跟随部件】切削模式下使用，而用户选择的却是其他切削方法，或者【螺旋线】引起过切，系统便放弃【螺旋线】方式。

b）倾斜角度用于指定进刀轨迹的倾斜角度。如图 10-7 所示斜角在垂直于零件表面的平面内测量，输入的数值范围是 0°～90°。

c）高度指在工件表面法线方向测量的刀具与工件表面间的安全距离，是刀具朝工件的水平面或斜面移动接近工件时，由逼近速度转为进刀速度的位置，如图 10-8 所示。

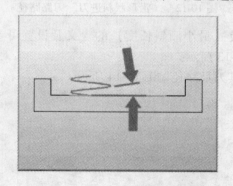

图 10-7　螺旋线的【倾斜角度】

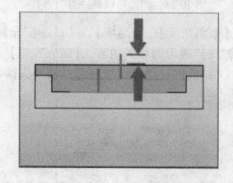

图 10-8　螺旋线进刀方式的【高度】

d）最小安全距离指沿水平方向上刀具与工件侧面间的安全距离，是刀具沿水平方向移动接近工件侧面时，由逼近速度转为进刀速度的位置。如图 10-9 所示。

注：考虑到刀具半径，"最小安全距离"必须大于等于零。

e）最小倾斜长度用来指定刀具从斜坡的顶部到底部的最小刀轨距离。最小倾斜长度可以通过直接输入距离（mm）或刀具直径百分比（％刀具）两种方式进行确定。如图 10-10 所示。

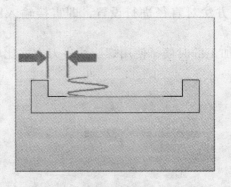

图 10-9　螺旋线进刀方式的【最小安全距离】

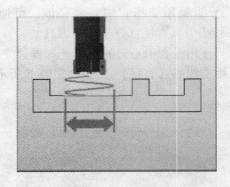

图 10-10　螺旋线的最小倾斜长度

（b）沿形状斜进刀。进刀轨迹沿刀具轴投射到层的刀轨平面内的投影，应当刚好与刀轨重合。应当在"跟随周边"、"跟随部件"切削方法中使用该进刀方式。其参数如图 10-11 所示，刀具路径如图 10-12 所示。

图 10-11　"沿形状斜进刀"参数

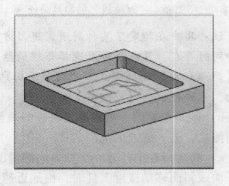

图 10-12　"沿形状斜进刀"刀路路径

【倾斜角度】、【高度】、【最小安全距离】及【最小倾斜长度】的含义及设置可参照【螺旋线】进刀的相关内容。【最大宽度】如图 10-13 所示。

（c）插削。进刀路线沿刀具轴向直接下刀，其刀具路径如图 10-14 所示。

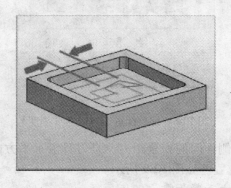

图 10-13　沿形状斜进刀轨迹的【最大宽度】

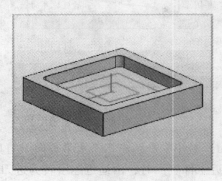

图 10-14　"插削"刀具路径

注：除非采用带有中心切削刃的键槽铣刀加工封闭区域，否则尽量不要采用"插削"的垂直进刀方式。另外，在非切削状态下一般可使用"插削"进刀方式。

b. 开放区域。【开放区域】用于实现沿水平进/退刀，其运动轨迹是垂直于刀具轴的平面内的直线或圆弧。【进刀类型】如图 10-15 所示，常用"线性"和"圆弧"两种方式。

（a）线性。"线性"参数如图 10-16 所示。实现水平直线方式进刀，如图 10-17 所示。其中各参数及选项的含义如图 10-18 ~ 图 10-23 所示。

图 10-15　开放区域
进刀类型

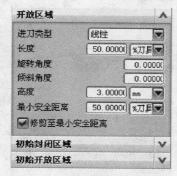

图 10-16　"线性"参数设置

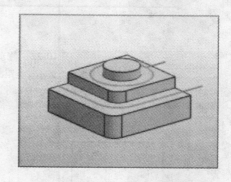

图 10-17　"线性"刀路路径

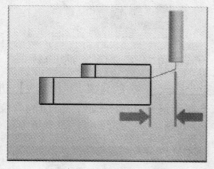

图 10-18　【长度】的含义

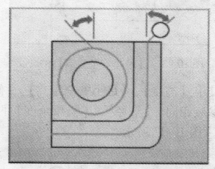

图 10-19　【旋转角度】的含义

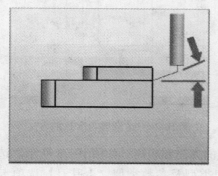

图 10-20　【倾斜角度】的含义

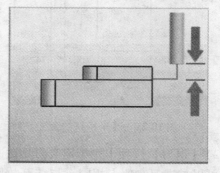

图 10-21　【高度】的含义

（b）圆弧。实现以圆弧方式进刀。"圆弧"进刀参数如图 10-24 所示。

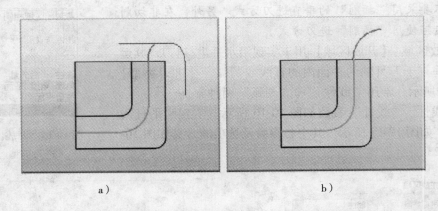

a)　　　　　　　　　　　　　　　b)

图 10-22　修剪至最小安全距离示例

a) 勾选【修剪至最小安全距离】　b) 不选【修剪至最小安全距离】

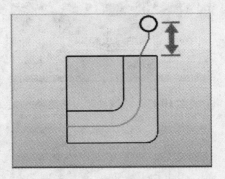

图 10-23　【最小安全距离】的含义

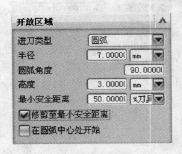

图 10-24　"圆弧"进刀参数

　　其中【高度】、【最小安全距离】、【修剪至最小安全距离】参数含义与【线性】进刀的相应参数相同。【半径】、【圆弧角度】两个参数和【在圆弧中心处开始】选项的含义如图 10-25 ~ 图 10-27 所示。

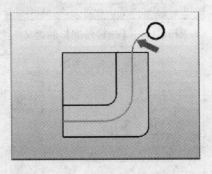

图 10-25　【半径】的含义

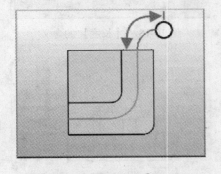

图 10-26　【圆弧角度】的含义

　　2)【退刀】选项卡用于定义刀具在退出零件时的方向和距离，如图 10-28 所示。选项的设置可以与进刀选项卡相同，与【开放区域】进刀类型及参数类似。【退刀】选项卡包括【退刀】和【最终】两个选项区，退刀类型如图 10-29 所示。

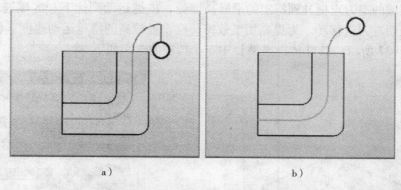

图 10-27　在圆弧中心处开始示例

a）勾选【在圆弧中心处开始】　　b）不选【在圆弧中心处开始】

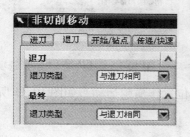

图 10-28　【退刀】选项卡

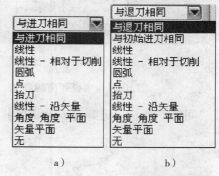

图 10-29　【退刀】类型

a）【退刀】选项　b）【最终】选项

3）【开始/钻点】选项卡用于指定预钻进刀点，以便刀具沿刀轴下降到该点，然后进行切削；或者指定切削区域的开始点，以便确定进刀与横向进给的近似位置。【开始/钻点】选项卡如图 10-30 所示，包含【重叠距离】、【区域起点】及【预钻孔点】3 个选项区。

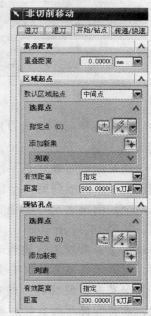

a. 重叠距离。由于初始切削时的切削条件与正常切削时有差别，在进刀位置可能产生较大让刀量，因而产生刀痕，设置重叠距离的目的是为了消除刀痕。【重叠距离】如图 10-31 所示。

b. 区域起点用于定义刀具进刀位置与横向进给方向，可采用自定义或默认方式来确定。自定义切削区域起点时，可以不必精确定义进刀位置，只要给出进刀的大概位置即可。若自定义多个区域起点，则每一个切削区域选择最近的点，作为其自定义区域起点。

c. 预钻孔点。铣削实心毛坯前，需要在每个切削区的适当位置预钻孔，保证刀具在预钻孔位置进刀。

4）【传递/快速】选项卡用于实现刀具的横越运动。实现方式有两种：一是刀具的横越路线绕过岛屿和侧面；二是

图 10-30　【开始/钻点】选项卡

刀具从前一区域的退刀点提升到指定的平面高度处，横越运动到达下一区域进刀点的上方，然后从平面处朝进刀点移动。为提高加工效率，应设置较高的横越运动速度。【传递/快速】选项卡如图10-32所示，其【传递类型】中5个选项的含义如下。

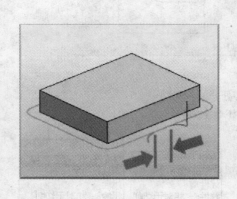

图 10-31　重叠距离的含义

图 10-32　【传递/快速】选项卡

a. "间隙"指将刀退到【安全设置】指定的高度位置作横越运动，如图10-33所示。

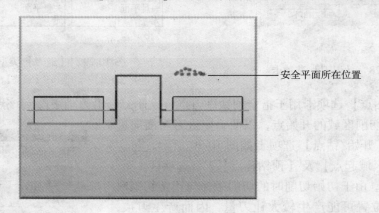

图 10-33　"间隙"的含义

b. "前一平面"指当刀具完成一个切削层的切削之后，提升到上一个切削层的高度作横越运动。

无论采用型腔铣还是平面铣，如果要实现从同一个切削层的一个区域到另一个区域的横越运动，则必须在距前一个切削层之上一个垂直安全高度的平面上作横越运动，如图10-34所示。

注：①如果刀具作横越运动时，有可能与零件发生干涉，则必须将刀具提到安全平面或毛坯顶面作横越运动。②如果采用型腔铣，当刀具完成一个切削层的切削之后，应将其提升到当前层之上一个垂直安全高度作横

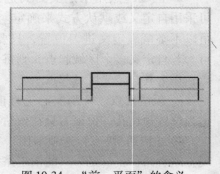

图 10-34　"前一平面"的含义

越运动，以提高效率。

　　c."直接"。该选项下不提刀，刀具从当前位置直接移动到下一区的进刀点（如果没有定义进刀点，就是切削起始点）。此方式不考虑与零件几何体的干涉，因此可能撞刀，必须小心使用。如图 10-35 所示。

　　d."最小安全值 Z"指将刀具提升至最小安全值。该安全值保证在工件上有最小安全距离，如图 10-36 所示。

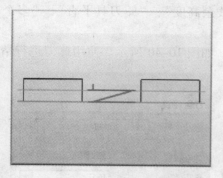

图 10-35　"直接"的含义

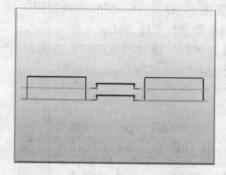

图 10-36　"最小安全值 Z"的含义

　　e."毛坯平面"。对平面铣，毛坯平面是位于工件所有边界中最上面的一个边界处的平面；对型腔铣，毛坯平面是工件的最上面的切削层位置的平面。刀具提升到毛坯平面横越比提升到安全平面的提升高度要小，有利于提高效率，如图 10-37 所示。

　　5）【避让】选项卡用于控制刀具做非切削运动。通过该选项卡可设定一些点或平面，以防刀具在作非切削运动时与工件产生干涉。零件的几何形状决定了切削时的刀具路径；而【避让】设定的点或平面控制了非切削运动的刀具路径。【避让】选项卡如图 10-38 所示。

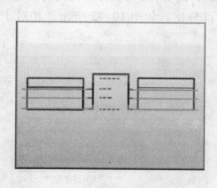

图 10-37　"毛坯平面"的含义

图 10-38　【避让】选项

　　注：每个操作不一定都必须定义所有的【避让】，可根据需要灵活使用。

　　由【出发点】、【起点】、【返回点】、【回零点】和【安全平面】共同决定了非切削运动。通常只需定义【出发点】和【回零点】即可防止干涉。

　　a. 出发点用于指定刀具在开始运动前的初始位置。

　　b. 起点为刀具运动的第一个目标点。

　　c. 返回点为刀具离开零件时的运动目标点。

　　d. 回零点为刀具的最后停止位置。

　　（4）步距　切削步距也称为行间距，是两个切削路径之间的间隔距离。它是关系到刀具切削负载、加工效率和加工质量的重要参数。切削步距越大，走刀数量就越少，加工时间越短，同时切削负载增大。对于球头刀和圆鼻刀，切削步距增大会导致加工后残余材料高度值增加，对表面粗糙度的影响显著增加。所以粗加工采用较大的步距，一般取为刀具有效直径的70%～90%。精加工采用较小的步距。

　　如图10-39所示，切削步距常用"恒定"、"残余高度"、"%刀具平直"、"多个"和"变量平均值"5种方式。

　　1）恒定。通过指定的距离值确定切削步距值，如图10-40所示。使用球刀进行精加工时常使用"恒定"控制切削步距。

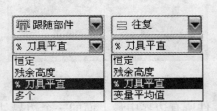

　　　　　图10-39　【切削步距】类型　　　　　　　　图10-40　"恒定"步距——【距离】设置

　　2）残余高度。通过指定加工残余材料的波峰高度值，来计算出切削步距值。残余波峰高度和切削步距的关系如图10-41所示。由于边界形状不同，所计每次算出的切削步距也不同。为降低切削负荷，最大步距不得超过刀具直径的2/3。

　　注：事实上系统只保证在刀轴垂直于被加工表面的情况下，残余波峰高度不超过指定值。因此在同一个操作中，加工非陡峭面粗糙度比较均匀，而陡峭表面粗糙度则比较大。

　　3）%刀具平直。将切削步距设定为刀具直径的百分比，如图10-42所示。相对于【恒定】残余量少，是比较常用的步距设置方法。

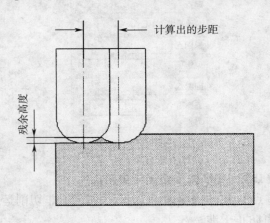

　　　　图10-41　"残余高度"与步距值　　　　　　　图10-42　"%刀具平直"步距设置

　　注：设定百分比后，不一定能等分切削区域，此时系统会自动计算一个合适的百分比所对应的距离，以等分切削区域。

4）多个。通过设置刀路数量及其对应的步距来设定多个步距值。对于"跟随周边"、"跟随工件"、"轮廓"及"标准"切削方法，要求指定多个切削步距值，以及每个切削步距值的走刀数量，如图 10-43 所示。

注：如果总走刀数量不合适，系统调节最后一个步距值的走刀数量。

5）变量平均值。对于"往复"、"单向"和"单向轮廓"切削方法，要求指定最大和最小两个切削步距值，如图 10-44 所示。系统根据切削区域的总宽度在这两个值之间取一个使刀轨数量最少的数值作为实际的切削步距值。

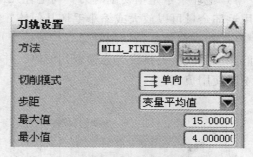

图 10-43　"多个"步距值设定　　　　　　　图 10-44　"变量平均值"步距值

（5）顺铣与逆铣　"顺铣"是指铣刀旋转切入零件的切削速度方向与工件进给方向相同。"逆铣"是指铣刀旋转切入零件的切削速度方向与工件进给方向相反。如图 10-45a、b所示。

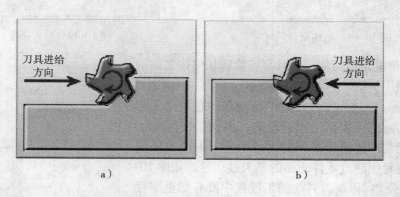

图 10-45　顺铣与逆铣
a）顺铣　b）逆铣

（6）余量　零件加工一般需要经过粗加工、半精加工和精加工等工序，所以创建每一个操作时都要为下一个工序保留加工余量。

1）部件余量是指保留在工件的侧面的加工余量，如图 10-46 所示。

2）最终底部面余量是指工件在垂直方向的余量，只应用于工件上的水平表面，如图10-47 所示。

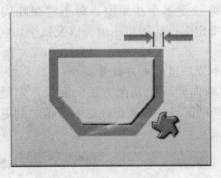

图 10-46　部件余量

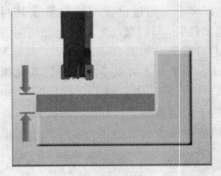

图 10-47　最终底部面余量

3）毛坯余量是指切削时刀具与毛坯几何体之间的距离。毛坯余量可以使用负值，所以使用毛坯余量可以放大或缩小毛坯几何体，如图 10-48 所示。

4）检查余量是指切削时刀具与被检查几何体之间的距离，如图 10-49 所示。将一些重要的加工面或者夹具设置为检查几何体，并设置检查余量，可以起到安全保护作用。检查余量不能使用负值。

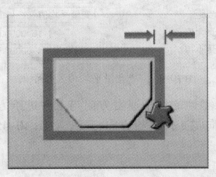

图 10-48　毛坯余量

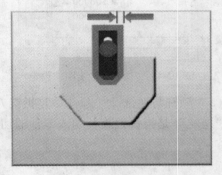

图 10-49　检查余量

5）修剪余量是指切削时刀具与被修剪几何体之间的距离，不能使用负值，如图 10-50 所示。

（7）公差　公差为零件尺寸的变动量，它定义了刀具可以偏离实际工件表面的允许距离，也就是实际加工出的工件表面与理想模型之间的允许误差。内公差限制刀具在加工过程中越过零件表面的最大过切量，如图 10-51a 所示。外公差⊖限制刀具在加工过程中没有切至零件表面的最大间隙量，如图 10-51b 所示。

注：内、外公差其中之一可以设置为 0，但不能同时为 0。

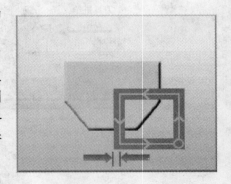

图 10-50　修剪余量

（8）切削顺序　在对含有多个凸台或凹槽的工件做等高切削时会形成多个不连续的加

⊖　按 GB/T 1800.1—2009 "外公差" 应改为 "上极限偏差"，"内公差" 应改为 "下极限偏差"。考虑到 UG NX 7.0 软件本身采用 "外公差"、"内公差"，本书不作改动。

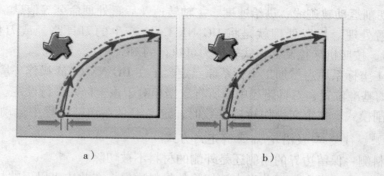

图 10-51　公差
a) 内公差　b) 外公差

工区域。由于加工顺序的差异，这些不连续的加工区域也会不同。加工顺序有两种选择。

1) 深度优先。加工凸台或者凹槽时，先将一个切削区域所有层的材料切削完成后，再进入另一区域进行切削，直至加工完所有选中区域，如图 10-52a 所示。一般加工优先选用深度优先，以减少退刀次数。

2) 层优先。将同一高度内的所有区域的内、外形切削完成后，再加工下一层，刀具会在不同加工区域之间来回加工，如图 10-52b 所示。

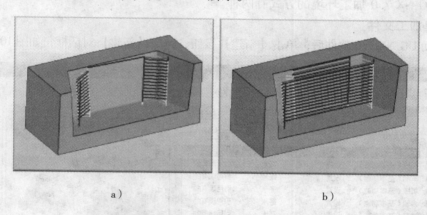

图 10-52　切削顺序
a) 深度优先　b) 层优先

注："层优先"宜于保证相同尺寸的一致性，所以精加工时，如果对尺寸一致性要求较高，可采用"层优先"；粗加工时，一般使用"深度优先"。

10.1.2　UG NX CAM 基本概念及术语

在进行数控加工编程操作之前，需要掌握相关的基本概念和专业术语，才能快速准确地获得加工编程效果。

(1) 模板文件　模板文件是指包含刀具、加工方法及操等加工相关数据，并能被其他零件所复制的一个零件文件。使用模板文件可减少重复性工作，提高编程的效率。

(2) 操作　包含所有用于产生刀具路径的信息，例如几何体、刀具、加工余量、进给量、切削深度及进退刀方式等。创建一个操作相当于产生一个工步。

(3) 刀具路径　刀具路径是由操作生成的，包括切削刀具在空间上（即材料上）的切削运动和非切削运动轨迹线、进给速度、主轴转速及后置处理命令等信息。

（4）后置处理　后置处理就是将 UG NX CAM 产生的刀具路径或刀位轨迹标准格式（CLSF 文件），按照机床控制器格式转换为可执行的 NC 文件。

（5）加工坐标系原点　加工坐标系原点定义了在 UG NX CAM 操作环境中所有后续刀具路径输出点的基准位置，刀具路径中的所有数据相对于该坐标系进行设定。

（6）切削模式　在定义操作轨迹参数时，定义刀具在切削过程中运动的方式，例如刀具跟随部件 、往复 及沿轮廓 等走刀方式。

（7）材料侧　保留边界的内侧还是外侧的材料不被切除。

（8）毛坯边界　设定加工前尚未被切除的材料边界，在此边界以下的材料视为毛坯。

（9）检查边界　用于定义加工中刀具所避开的边界，强制刀具不可穿透所选定的边界。

（10）部件几何体　加工后所保留的材料，也就是产品的 CAD 模型。

（11）毛坯几何体　加工前尚未被切除的材料，使用实体方式进行选取。

（12）检查几何体　定义加工中刀具需要避开的区域或特征，即强制刀具不可穿透所选定的任何几何体或特征，例如夹具和重要的表面。

10.1.3　UG NX 加工环境

进入 UG NX 7.0 加工环境的方式有两种。

1. 新建加工文件

1）启动 UG NX 7.0 软件后，单击【新建】按钮，弹出【新建】对话框，如图 10-53 所示。

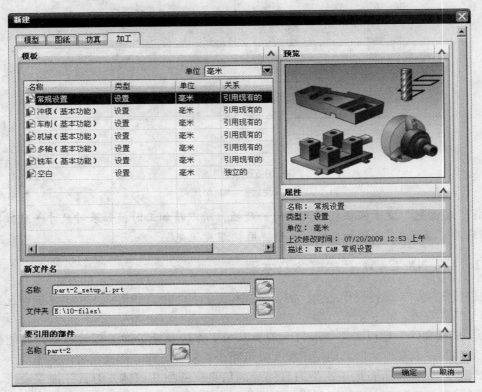

图 10-53　新建加工文件

2）选择【加工】选项卡，在【模板】选项区的列表中选择加工类型。

3）并在【单位】列表中选择【单位】为"毫米"。

4）在【新文件名】选项区的【名称】中输入文件名，【文件夹】中输入存放路径。

5）在【要引用的部件】选项区的【名称】输入框中指定加工引用的部件。

6）单击【确定】按钮，即可进入该模板对应的操作环境。

如果在步骤 2 选择【模型】选项卡，则进入建模环境，此时可单击标准工具条【开始】按钮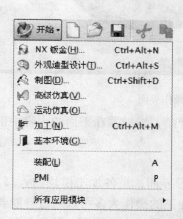，如图 10-54 所示，选择【加工】即可进入加工模块，自动弹出 10-55 所示的【加工环境】对话框。系统默认的【CAM 会话设置】为"cam general"，该设置包含多种模板文件。

图 10-54　【开始】下拉列表

图 10-55　【加工环境】对话框

2. 由模型文件进入加工模块

1）单击【打开】按钮，在弹出的【打开】对话框中选择要打开的文件。

2）单击标准工具条【开始】按钮，如图 10-54 所示，选择【加工】即可进入。

10.1.4　UG NX 7.0 数控编程界面

数控编程操作界面，如图 10-56 所示。

1. 菜单栏

主菜单包含了 UG NX 7.0 软件所有主要的功能。它是一组下拉式菜单，单击主菜单栏中任何一个功能时，系统将会弹出下拉菜单。

2. 工具条

工具条位于菜单栏下方，以简单直观的按钮来表示每个工具的作用。单击按钮可以启动相对应的 UG 软件功能，相当于从菜单区逐级选择到的最后命令。如果将鼠标停留在工具条按钮上，则会显示该工具对应的功能提示。如果工具条按钮显示灰色表示该工具在当前工作环境不能使用。

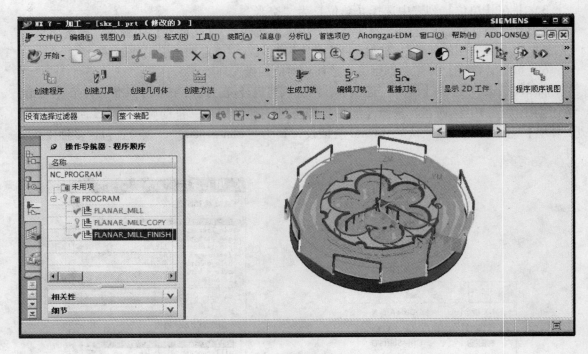

图 10-56　UG NX 7.0 CAM 操作界面

标题栏、提示栏、绘图窗口等在前面的章节已有介绍，导航器在下面的内容中讲解。

10.1.5　操作导航器

操作导航器是一个采用图形化管理当前操作的树形界面，是各加工模块的入口。在 UG NX CAM 中，操作导航器具有非常重要的功能，有关加工的操作大多可以通过导航器完成。

操作导航器有程序顺序视图、机床视图、几何视图和加工方法视图 4 种显示形式，每个视图具有相应的树状结构，并按层次组织起来，构成父子关系，可以对操作进行复制、剪切、粘贴和删除等，如图 10-57 ～图 10-60 所示。

操作导航器中每个操作的前面和后面都会出现各种状态标记，表明每个操作的当前状态。

（1）完成　　此操作已产生了刀具路径并且已经后处理（UG/Post PostProcess）或输出了 CLS 文档格式（Output CLSF），此后不再被编辑。

（2）重新生成　　此操作从未产生刀具路径，或虽有刀具路径但被编辑后没有被更新。在相应刀具路径中单击鼠标右键，在弹出的快捷菜单中选择【信息】命令，信息窗口提示 Need to Generate，表示需重新产生刀具路径以更新此状态。

（3）重新后处理　　此操作的刀具路径从未被后处理或输出 CLS 文档。在相应刀具路径中单击鼠标右键，在弹出的快捷菜单中选择【信息】命令，信息窗口提示 "Need to Post"，表示需重新后处理以更新此状态。

（4）变换　　此操作正常生成而且已执行了【变换】命令。在操作导航器中单击鼠标右键，在弹出的快捷菜单中选择【对象】｜【变换】命令，可以对操作进行平移、旋转和镜像等。

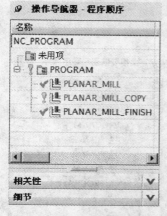

图 10-57　程序顺序视图

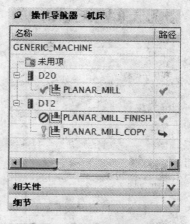

图 10-58　机床视图

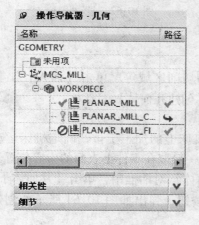

图 10-59　几何视图

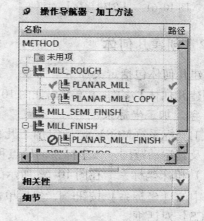

图 10-60　加工方法视图

10.2　创建组

在 UG NX CAM 中，创建组是执行数控编程的第一步。通过创建的组，可存储刀具数据、进给率、公差等加工信息，而且在组中指定的信息都可以被操作所继承。组包含程序、刀具、方法和几何体四部分数据内容。

10.2.1　创建程序

程序组用于管理各加工操作和组织各操作的排列次序。

执行【插入】｜【程序】菜单命令，或单击【导航器】工具条上的【程序顺序视图】按钮，可将当前操作导航器切换至程序视图。然后单击【插入】工具条上的【创建程序】按钮，弹出如图 10-61 所示【创建程序】对话框。

在【类型】选项区中可选择模板文件。【程序子类型】选项区中显示已创建的程序。在【位置】选项区的【程序】下拉列表框中可选择当前程序的父节点。在【名称】选项区的文本框中输入程序名，单击【确定】按钮后，可在操作导航器中查看程序，如图 10-62 所示。

图 10-61　【创建程序】对话框　　　　　　　图 10-62　显示程序

10.2.2　创建几何体

创建几何体包括定义加工坐标系、工件、边界和切削区域等。单击【插入】工具条上的【创建几何体】按钮，弹出如图 10-63 所示的【创建几何体】对话框。

1. 创建加工坐标系

加工坐标系（MCS）是指定加工几何体在数控机床上的加工工位，确定机床运动部件的位置及其运动范围。该坐标系的原点称为对刀点，一般取在零件上表面的中心位置。

（1）机床坐标系　在图 10-63 所示的【创建几何体】对话框中，单击【几何体子类型】选项区中的【坐标系】按钮，然后单击【确定】按钮，弹出如图 10-64 所示的创建坐标系【MCS】对话框。

图 10-63　【创建几何体】对话框　　　　　　图 10-64　【MCS】对话框

单击按钮，弹出【CSYS】对话框，如图 10-65a 所示。绘图区中将动态显示加工坐标系, 如图 10-65b 所示。可直接拖动坐标系控制点进行定义, 也可以选择其中一种坐标系构造方法来建立新的加工坐标系。

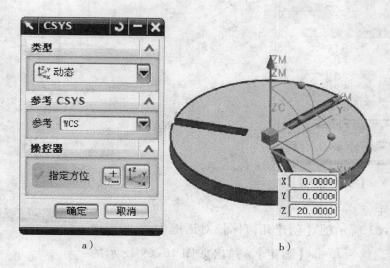

a）　　　　　　　　　　　　b）

图 10-65　设置坐标

a）【CSYE】对话框　b）设置坐标实例

注: 在生成的刀具位置源文件中, 起刀点、安全平面的值、刀轴矢量及其他矢量数据都是参照工作坐标系的; 确定刀具位置的各点坐标则是参照加工坐标系的。

（2）间隙　该选项用于指定安全平面的位置, 即刀具从一个刀位点快速运动到下一个切削点的高度, 如图 10-66 所示。

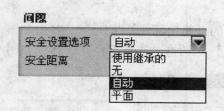

图 10-66　【安全设置选项】下拉列表框

【安全设置选项】包括"使用继承的"、"无"、"自动"和"平面"4 个选项。

1）"使用继承的"表示使用上级参数的设置。

2）"无"表示不使用安全设置。

3）"自动"表示直接指定安全距离的数值。

4）"平面"表示指定某个平面作为安全平面。

选择"平面"后, 单击【指定安全平面】按钮, 弹出【平面构造器】对话框, 如图 10-67 所示。选择一个表面或基准面作为参考面, 输入【偏置】数值。单击确定按钮, 将显示以黄色虚线三角形表示的安全平面位置, 如图 10-68 所示。

图 10-67　【平面构造器】对话框

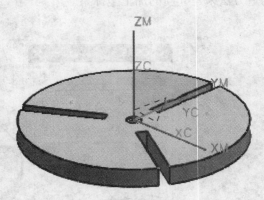

图 10-68　安全平面

2. 创建工件

单击图 10-63 所示的【创建几何体】对话框中的 WORK-PIECE 按钮 ，然后单击【确定】，弹出如图 10-69 所示的【工件】对话框。【几何体】选项区中的【指定部件】用于指定零件几何体，【指定毛坯】用于指定毛坯几何体，【指定检查】用于指定检查几何体。

（1）指定部件　在平面铣和型腔铣中，部件几何对象表示零件加工后得到的形状；在固定轴铣和变轴铣中，部件几何对象表示零件上要加工的轮廓表面。切削区域由部件几何对象和边界共同定义，可以选择实体、片体、面、表面区域等作为部件几何对象。

单击【工件】对话框中的【指定部件】按钮 ，弹出如图 10-70a 所示的【部件几何体】对话框，选择部件几何体，如图

图 10-69　【工件】对话框

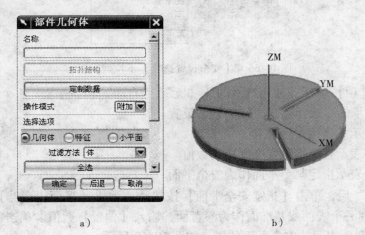

a)　　　　　　　　　　　　　　b)

图 10-70　指定部件

a)【部件几何体】对话框　b)选择几何体

10-70b 所示。

在【选择选项】选项区中可指定选取对象的类型:【几何体】、【特征】及【小平面】。在【过滤方法】列表框中限制与类型对应的可选几何对象类型。

1）选择【几何体】时,可选择视图、片体、曲线等对象作为加工几何对象。

2）选择【特征】时,只能选择曲面区域作为加工几何对象。

3）选择【小平面】时,只能选择小平面作为加工几何对象。

选择【过滤方法】中的"更多"选项时,将打开【选择方法】对话框,选择更多的对象作为加工几何对象。

注:将创建操作之前所定义的加工几何对象作为创建操作的父节点时,可以为多个操作使用。但在操作过程中指定的加工几何对象只能被该操作使用。

（2）指定毛坯　毛坯几何体是要加工成零件的原材料。

单击图 10-69 所示的【工件】对话框中的【指定毛坯】按钮，弹出如图 10-71 所示的【毛坯几何体】对话框。【毛坯几何体】对话框有【自动块】和【部件的偏置】两个特有选项。

1）选择【自动块】时,系统将自动以部件几何体在加工坐标系（MCS）中的极值来确定一个长方体作为毛坯几何体；通过拖动自动块箭头至合适位置，创建毛坯几何体，如图 10-72 所示。也可在对话框中的坐标文本框中输入坐标增量，创建毛坯几何。

图 10-71　【毛坯几何体】对话框

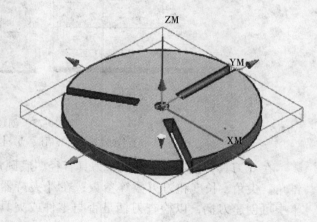

图 10-72　【自动块】——毛坯几何体

2）【部件的偏置】选项，一般用于确定铸件毛坯，以部件几何体所有平面的均匀余量作为毛坯几何。

（3）指定检查　检查几何体用于定义在加工过程中刀具要避开的几何对象，防止过切。可以定义为检查几何体的对象一般有零件侧壁、凸台及夹具等。

单击【指定检查】按钮，弹出【检查几何体】对话框，可指定几何对象为检查几何体，该对话框中各个选项的使用方法同【指定部件】。

10.2.3　创建刀具

在创建操作时必须创建刀具或从刀具库中调用刀具，否则将无法进行编程加工操作。

1. 创建刀具

单击【插入】工具条上的【创建刀具】按钮 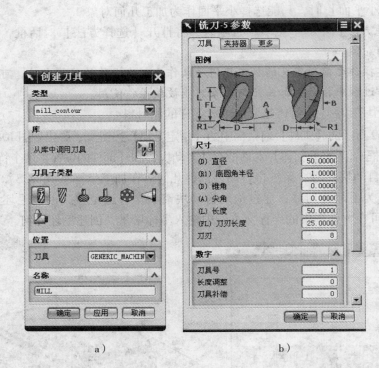，打开如图 10-73a 所示【创建刀具】对话框。选择【类型】、【刀具子类型】，在【名称】文本框中输入刀具类型、名称，然后单击【确定】按钮，打开如图 10-73b 所示的【铣刀-5 参数】刀具参数对话框。

图 10-73　创建刀具
a)【创建刀具】对话框　b)【铣刀-5 参数】对话框

在【刀具】选项卡中可设置刀具直径、底圆角半径、锥角、尖角、长度和刀刃数等参数；在【夹持器】选项卡中可创建刀柄，以检查刀柄是否与零件或夹具发生碰撞。

2. 从刀库中调用刀具

在如图 10-73a 所示的【创建刀具】对话框中单击【从库中调用刀具】按钮，弹出如图 10-74 所示的【库类选择】对话框。

展开 "Milling" 组，选择端铣刀库 "End Mill（non indexable）"（不可转位端铣刀），单击【确定】按钮，弹出如图 10-75 所示的【搜索准则】对话框。输入直径 "20"，单击【确定】按钮，弹出如图 10-76 所示的【搜索结果】对话框。选择合适的刀具，创建操作时可以直接调用。

图 10-74　【库类选择】对话框

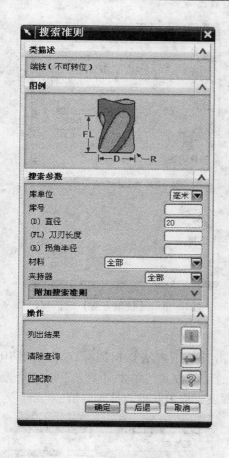

图 10-75 【搜索准则】对话框

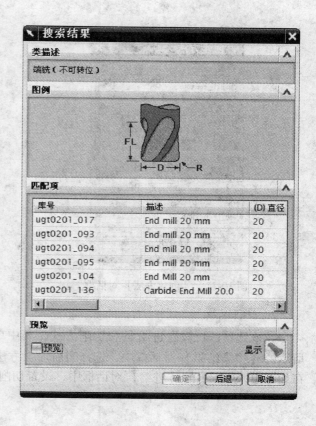

图 10-76 【搜索结果】对话框

10.2.4 创建方法

创建方法是指为粗加工、半精加工及精加工指定统一的加工公差、加工余量、进给率等。

单击【插入】工具条上的【创建方法】按钮，弹出如图 10-77 所示的【创建方法】对话框。选择【类型】、【子类型】及【位置】，输入【名称】，单击【确定】按钮，弹出如图 10-78 所示的【铣削方法】对话框。可在对话框中设置【部件余量】、【内公差】及【外公差】的数值。

1. 部件余量

为保证加工精度和工件尺寸，在工艺设计时预先增加，而在加工时去除的一部分工件尺寸量称为加工余量。UG 中设置的部件余量为当前所创建的加工方法指定加工余量，即零件加工后剩余的材料。这些材料在后续加工操作中被切除。一般粗加工余量大，半精加工余量小，精加工余量为 0。

2. 内公差和外公差

加工精度越高其值应越小。两者的含义在通用参数中已做介绍。

图 10-77　【创建方法】对话框

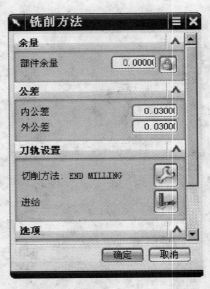

图 10-78　【铣削方法】对话框

3. 刀轨设置

在该选项区可设置进给量和切削方式，其中单击【切削方法】按钮，在如图 10-79 所示的【搜索结果】对话框中，选择当前加工方法的切削方式。单击【进给】按钮，可在如图 10-80 所示的【进给】对话框中，设置切削深度、进刀和退刀等参数值。

图 10-79　【搜索结果】对话框

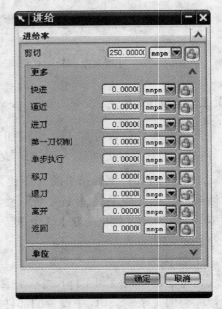

图 10-80　【进给】对话框

10.3　创建操作

创建操作包含所有用于产生刀具路径的信息，例如几何体、刀具、加工余量、进给量、切削深度等。创建一个操作相当于产生一个工步，前续创建的组所获得的对象主要是为了创建操作。

10.3.1　指定操作和操作子类型

创建操作的第一个步骤是指定操作类型，即首先指定加工的类型，其中包括铣削、车削和钻削等。不同的类型对应的子类型也各不相同。然后选择加工子类型和其他参数类型。

执行【插入】│【操作】菜单命令，或单击【插入】工具条上的【创建操作】按钮

，弹出【创建操作】对话框，如图 10-81 所示。在【创建操作】对话框【类型】选项区的下拉列表中选择加工类型；然后在【操作子类型】选项区选择加工子类型；在【位置】选项区选择【程序】、【刀具】、【几何体】和【方法】；在【名称】选项区的文本框中输入新建操作的名称。最后单击【确定】按钮，弹出新的对话框，进行进一步的加工参数设置。

10.3.2　指定操作参数

在定义操作子类型后，必须对该加工方法定义切削模式、步距、切削参数、进给率和主轴切削速度等参数，因为这些参数直接影响刀具轨迹的生成。

在弹出新的对话框中进一步设置加工参数，如图 10-82 所示。

图 10-81　【创建操作】对话框

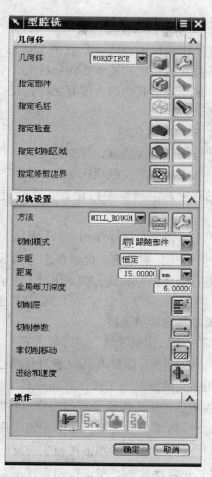

图 10-82　参数设置对话框

10.4　生成刀具路径

数控编程的核心工作是生成刀具运动轨迹，然后将其离散成刀位点，并对创建的刀具轨迹进行检验，经后处理产生数控加工程序。

10.4.1　生成刀轨

为了检验所设置的操作参数和定义的路径是否正确，必须生成刀轨。如果无法生成刀轨，则需要重新定义这些参数以生成刀具轨迹。

单击【操作】工具条上的【生成刀轨】按钮，系统将生成刀轨。

如果创建的刀轨与模型发生过切现象，可通过调整切削边界来调整刀轨的位置。

10.4.2　刀轨检验

为确保程序的安全性，必须对生成的刀轨进行验证，检查刀具路径有无明显过切或者加工不到位的情况，同时检查是否会发生与工件及夹具的干涉。

1. 绘图窗口中直接查看

在绘图窗口中以线框形式或实体形式模拟刀具路径。之后通过对视角的转换、旋转、放大、平移直接查看刀具路径，适于观察其切削范围有无越界及有无明显异常的刀具轨迹。

2. 模拟实体切削

通过加工过程仿真，可直接通过计算机屏幕观察加工效果，加工过程与实际机床加工非常相似。对检验中发现问题的程序，应调整参数设置，重新进行计算，再作检验。

单击【操作】工具条上的【确认刀轨】按钮，打开【刀轨可视化】对话框。此时单击【播放】按钮，系统开始进行实体模拟验证，如图 10-83 所示。

（1）动画速度　数字从 1 到 10，速度逐渐增加。可通过滑块位置调节速度。

（2）播放控制区域　该区域含有 7 个按钮。

1）返回。如果刀具位于刀具路径的起始点，单击该按钮后，跳到前一个操作对应的刀具路径；如果刀具不位于起始点，单击按钮则跳到当前刀具路径的起始点。

2）反向单步播放。单击按钮实现反向单步播放。

3）反向播放。单击按钮实现反向播放。

4）正常播放。单击按钮实现正常播放。

5）正向单步播放。单击按钮实现正向单步播放。

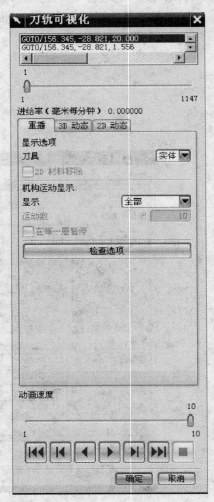

图 10-83　【刀轨可视化】对话框

6）前进。单击按钮选择后一个操作对应的刀具路径。

7）停止。用于停止当前播放的刀具路径。

（3）刀具路径验证方式　包含【重播】、【3D 动态】和【2D 动态】3 种方式。

10.5　后置处理

把刀位源文件（Cutter Location Source File，CLSF）以规定的标准格转换为 NC 代码即数控程序，并输出保存的过程就是后置处理。后置处理是 CAD/CAM 集成系统的重要组成部分，它直接影响软件的使用效果及零件的加工质量。

图形后处理的操作步骤如下：

1）在【程序顺序视图】模式下，单击【操作】工具条的【后处理】按钮，打开如图 10-84 所示【后处理】对话框。

2）在【后处理器】列表中选择模板包含的机床定义文件，在【输出文件】选项区中设置保存路径和文件名。

3）单击【确定】按钮确认操作。

4）系统以记事本的形式显示 NC 程序，如图 10-85 所示。

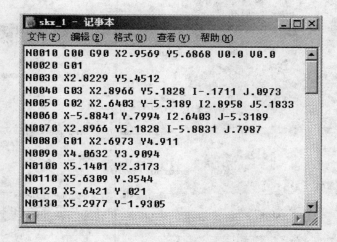

图 10-84　【后处理】对话框　　　　　　　　图 10-85　NC 程序文件

生成 NC 程序之后，需要进一步检查程序文件，尤其要注意程序开始及程序结尾部分的语句，检查修改完毕，将文件传输到数控机床的控制器，由控制器按程序语句驱动机床进行加工。

注：选择不同的加工节点进行后置处理，生成的 NC 程序文件内容不同。

10.6 车间文档

车间文档包括刀具参数、操作次序、加工方法、切削参数等。UG NX 7.0 提供车间文档生成器,以自动生成车间工艺文档,并能以各种格式输出。

生成并输出车间文档的步骤如下:

1)单击【操作】工具条上的【车间文档】按钮,弹出如图 10-86 所示的【车间文档】对话框。

2)在【报告格式】选项区的列表框中选择一个工艺文件模板。

3)可选用带有(HTML)的模板,生成超文本链接语言的网页文件,或者带有(TEXT)的模板生成纯文本文件风格的网页文件。例如选择 Operation List(HTML)列表项,并指定文件路径,单击【确定】按钮,系统将以 HTML 格式生成车间文档,如图 10-87 所示。

图 10-86 【车间文档】对话框

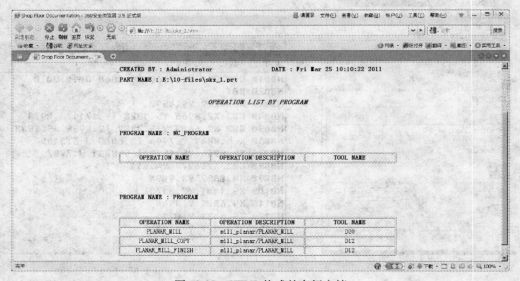

图 10-87 HTML 格式的车间文档

10.7 实例

本书将以图 10-88 所示的零件为例,介绍编制数控加工程序的一般操作过程。

1. 零件工艺分析

(1)零件加工部位分析 零件图如图 10-88 所示,需要加工的部位有顶面、外轮廓、内部型腔、2 个 ϕ22mm 的孔、4 个 ϕ10mm 的孔。

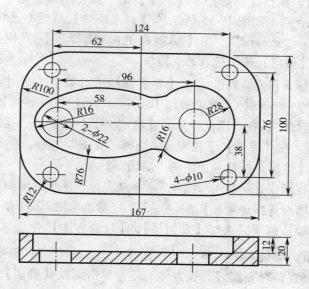

图 10-88　零件图

（2）工步分析　分析零件的结构和加工部位，按以下 5 道工序进行加工：

1）顶面的面铣削粗精加工。采用 ϕ50mm 的面铣刀，每刀切削深度为 1.5mm，设置主轴转速为 600r/min，进给速度为 300mm/min。

2）内部型腔和外轮廓的平面铣粗加工。采用 ϕ20mm 的平铣刀，采用分层切削，每层切削深度为 1.5mm，设置主轴转速为 700r/min，进给速度为 500mm/min。

3）内部型腔和外轮廓的侧面精加工。采用 ϕ12mm 的平铣刀，采用分层切削，每层切削深度为 1mm，设置主轴转速为 900r/min，进给速度为 350mm/min。

4）钻 4 个 ϕ10mm 的孔。采用 ϕ10mm 的钻头进行加工，采用普通钻削加工，设置主轴转速为 350r/min，进给速度为 50mm/min。

5）钻 2 个 ϕ22mm 孔。采用 ϕ22mm 的钻头进行加工，采用普通钻削加工，设置主轴转速为 300r/min，进给速度为 30mm/min。

2. 设置通用参数

（1）进入加工模块

1）启动 NX7.0，进入操作界面。

2）打开模型文件。执行【文件】｜
【打开】菜单命令，在弹出的【打开】对话框中选择零件模型文件，网络下载资源包中的 "10zhang \ 10-89-part-2. prt"，单击【OK】按钮，打开如图 10-89 所示的零件模型。

3）确定工作坐标系原点的位置。选择
【视图】工具条上的【俯视图】 和【前视图】 按钮，观察工作坐标系原点是否在工件模型的顶面正中位置。如果不在，可执行

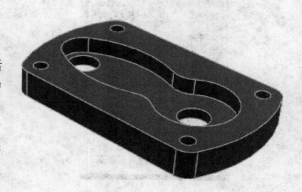

图 10-89　工件模型

【格式】|【WCS】|【原点】菜单命令，将坐标系移至合适位置。

4）进入加工模块。执行【开始】|【加工】命令或使用快捷键〈Ctrl + Alt + M〉进入 UG NX 7.0 CAM 模块，弹出如图 10-55 所示的【加工环境】对话框。在【CAM 会话配置】下拉列表中选择"cam _ general"，在【要创建的 CAM 设置】下拉列表中选择平面铣"mill _planar"，单击【确定】按钮进入加工模块。

（2）设置加工坐标系和安全高度　在【导航器】工具条上单击【几何视图】按钮，双击操作导航器中 MCS_MILL 图标，弹出如图 10-1 所示的【Mill Orient】对话框。在【安全距离】文本框内输入"20"；在对话框中单击【指定 MCS】按钮，系统弹出如图 10-65 所示的【CSYS】对话框。在【参考】下拉列表中选择"WCS"选项，使加工坐标系与工作坐标系重合。然后单击【确定】按钮，关闭两个对话框。

（3）设置毛坯　在操作导航器中双击 WORKPIECE 图标，系统弹出如图 10-90 所示的【铣削几何体】对话框。单击【指定毛坯】按钮，系统弹出如图 10-71 所示的【毛坯几何体】对话框。在【选择选项】选项区选择【几何体】，【过滤方法】为"体"。单击【部件导航器】按钮，在展开的" 模型历史记录"下，选择" 拉伸(14)"，单击右键，在快捷菜单中选择【显示】。选择建模时创建好的长方体毛坯，单击两次【确定】按钮，关闭对话框。然后隐藏长方体。

（4）设置加工公差　在【导航器】工具条上单击【加工方法视图】按钮，在展开的操作导航器中双击" MILL_ROUGH "图标，弹出如图 10-78 所示的【铣削方法】对话框。设置粗加工的【部件余量】为"1"，【内公差】、　　【外公差】为"0.05"；双击" MILL_FINISH "图标，设置精加工的【部件余量】为"0"，【内公差】、【外公差】为"0.02"。

（5）创建刀具

1）面铣刀。单击【插入】工具条上的【创建刀具】按钮，弹出如图 10-91 所示的

图 10-90　【铣削几何体】对话框

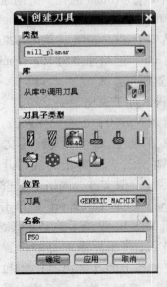

图 10-91　【创建刀具】——FACE _ MILL

【创建刀具】对话框。单击【刀具子类型】选项区中的面铣刀【FACE_MILL】按钮，在【名称】文本框中输入 "F50"，单击【确定】按钮，弹出如图 10-73b 所示的【铣刀-5 参数】对话框。在【尺寸】选项区的【直径】文本框中输入 "50"，在【数字】选项区的【刀具号】文本框中输入 "1"，其他参数默认，最后单击【确定】按钮，完成面铣刀的创建。

2）立铣刀。D20 和 D12 立铣刀的创建过程与面铣刀基本相同，区别在于：在【创建刀具】对话框的【刀具子类型】中选择铣刀【MILL】，在【名称】文本框中输入 "D20"；在【铣刀-5 参数】对话框的【直径】文本框中输入 "20"，【刀具号】文本框中输入 "2"，完成 D20 立铣刀的创建。

在【名称】文本框中输入 "D12"；在【直径】文本框中输入 "12"，在【刀具号】文本框中输入 "3"，完成 D12 立铣刀的创建。

3）钻头。创建方法同前，在图 10-92a 所示的【创建刀具】对话框中【类型】下拉列表中选择 "drill"，在【刀具子类型】下选择钻头【DRILLING_TOOL】，在【名称】文本框中输入 "Z22"，单击对话框中的【确定】按钮，系统弹出如图 10-92b 所示的【钻刀】对话框。在【直径】文本框中输入 "22"，【刀具号】文本框中输入 "4"，单击【确定】按钮完成创建。用同样的方法创建 Z10 钻头，在【刀具号】文本框中输入 "5"。

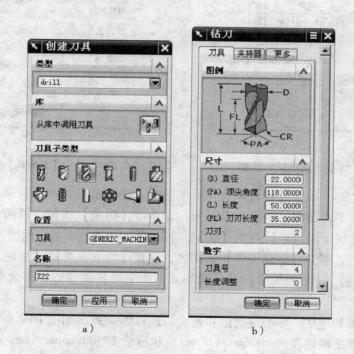

图 10-92　【创建刀具】——DRILLING_TOOL
a）【创建刀具】对话框　b）【钻刀】对话框

（6）创建程序　单击【插入】工具条上的【创建程序】按钮，弹出如图 10-61 所示的【创建程序】对话框，选择【类型】为 "mill_planar"，【程序】为 "NC_PROGRAM"，【名称】为 "PROGRAM"，单击【确定】按钮完成创建。

3. 面铣削粗精加工

（1）创建面铣削操作　单击【插入】工具条上的【创建操作】按钮，弹出如图 10-93 所示的【创建操作】对话框。选择【类型】为 "mill _ planar"，【操作子类型】为面铣削【FACE _ MILLING】，【程序】为 "PROGRAM"，【刀具】为 "F50"，【几何体】为 "WORKPIECE"，【方法】为 "MILL _ FINISH"，【名称】为 "FACE _ MILLING"，单击【确定】按钮，弹出如图 10-94 所示的【平面铣】对话框。

图 10-93　【创建操作】对话框　　　　　图 10-94　【平面铣】对话框

（2）指定面边界　单击【指定面边界】按钮，弹出如图 10-95a 所示的【指定面几何体】对话框。选择工件顶面，如图 10-95b 所示，单击【确定】按钮，返回【平面铣】对话框。可通过单击【指定面边界】右侧【显示】按钮的方式查看指定的边界。

（3）刀轨设置　展开【刀轨设置】选项区，设置【切削模式】、【步距】、【平面直径百分比】、【毛坯距离】、【每刀深度】及【最终底部面余量】的参数，其余参数采用默认值，如图 10-96 所示。

（4）设置进给和速度　单击【进给和速度】图标，弹出如图 10-2 所示的【进给和速度】对话框。设置主轴速度为 600rpm（r/min）和进给率 300mmpm（mm/min），单击【确定】按钮，返回【平面铣】对话框。

（5）生成刀轨　单击【平面铣】对话框底部的【生成】图标，生成如图 10-97 所示的刀轨。

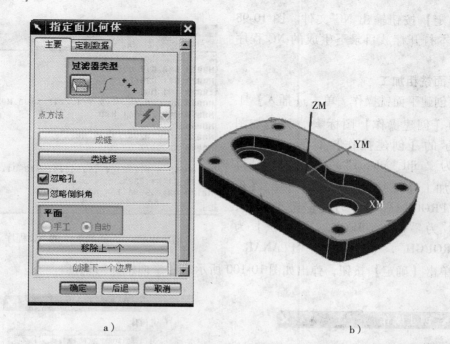

a)　　　　　　　　　　　　　　　　　　b)

图 10-95　指定面边界
a)【指定面几何体】对话框　b) 选择零件顶面

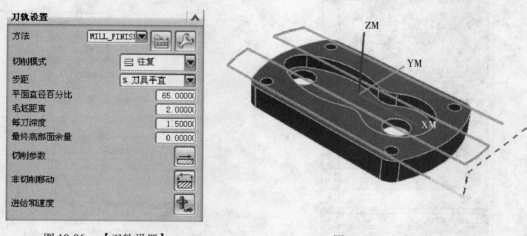

图 10-96　【刀轨设置】　　　　　　　　　图 10-97　生成刀轨

（6）检验刀轨　单击【确认】图标 ，弹出如图 10-83 所示的【刀轨可视化】对话框，选择【2D 动态】，将【生成 IPW】设置为"粗糙"，调节【动画速度】滑块至合适位置，单击【播放】按钮 ，查看加工效果。确认刀轨正确后，单击【确定】按钮关闭对话框，完成面铣削操作的创建。

（7）后处理　在操作导航器中选择【FACE＿MILLING】，单击【操作】工具条上的【后处理】图标 ，弹出如图 10-84 所示的【后处理】对话框。在【后处理器】中选择 3 轴数控铣床 "MILL＿3＿AXIS"，在【文件名】文本框中输入文件的存放路径和文件名 "E：＼10zhang＼part-2. prt"，在【单位】中选择"定义了后处理"，勾选【列出输出】复选框，

单击【确定】按钮输出 NC 文件。图 10-98
为用记事本打开存放目录下生成的 NC 程序
文件。

4. 平面铣粗加工

（1）创建平面铣操作　单击【插入】工
具条上的【创建操作】图标，弹出如图
10-99 所示的【创建操作】对话框。选择
【类型】为"mill_planar"，【操作子类型】
为平面铣加工【PLANAR_MILL】，【程
序】为"PROGRAM"，【刀具】为"D20"，
【几何体】为"WORKPIECE"，【方法】为
"MILL_ROUGH"，【名称】为"PLANAR_
MILL"，单击【确定】按钮，弹出如图 10-100 所示的【平面铣】对话框。

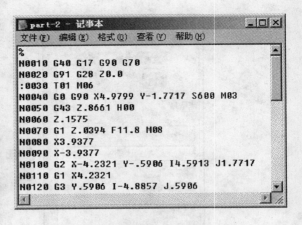

图 10-98　面铣削加工的 NC 程序

图 10-99　【创建操作】对话框

图 10-100　【平面铣】对话框

（2）指定几何体

1）指定部件边界。单击【平面铣】对话框中【指定部件边界】图标，弹出如图 10-
101 所示【边界几何体】对话框，设置参数。选择零件顶面为部件边界，如图 10-102 所示，
单击【确定】按钮。

注：如果在直径为 φ10mm 的 4 个孔处生成刀轨，可以在【模式】中选择【曲线/边】
指定外轮廓和内腔轮廓作为部件边界。

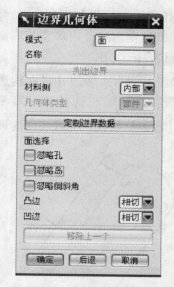

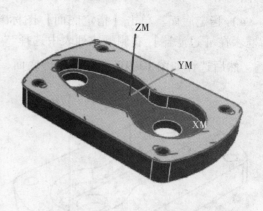

图 10-101　【边界几何体】对话框　　　　　　　　　　图 10-102　创建部件边界

2）指定毛坯边界。单击【部件导航器】按钮 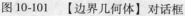，选择【模型历史记录】中 "草图 (12) "SKETCH_001""。单击右键弹出快捷菜单，选择 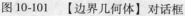 显示，则在零件底部显示毛坯的矩形线框。

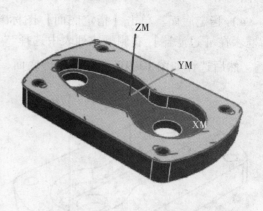

单击【平面铣】对话框的【指定毛坯边界】图标，弹出如图 10-101 所示【边界几何体】对话框。在【模式】下拉列表中选择"曲线/边"，弹出如图 10-103 所示【创建边界】对话框。选择毛坯的矩形线框，在【平面】下拉列表中选择"用户定义"，弹出如图 10-104 所示【平面】对话框。分别单击【创建边界】和【平面】两个对话框的【确定】按钮，创建如图 10-105 所示毛坯边界，然后单击【边界几何体】对话框的【确定】按钮。

在【部件导航器】中隐藏毛坯矩形线框，而后单击【操作导航器】按钮。

图 10-103　【创建边界】
对话框

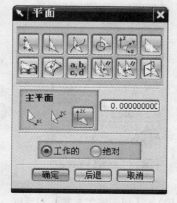

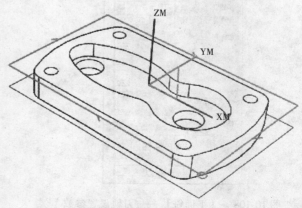

图 10-104　【平面】对话框　　　　　　　　　　图 10-105　毛坯边界

3）指定检查边界。在【平面铣】对话框中单击【指定检查边界】图标，弹出如图 10-101 所示的【边界几何体】对话框，勾选【忽略孔】复选框。选择内部型腔底面为检查边界，如图 10-106 所示，单击【确定】按钮，完成检查边界的指定。

4）指定底面。单击【指定底面】图标，弹出如图 10-67 所示的【平面构造器】对话框。在【过滤器】右侧下拉列表中选择"面"，【偏置】为"0"，选择 XC-YC 平面按钮，然后选择如图 10-107 所示的零件底面，最后单击【确定】按钮，完成底面的选定。

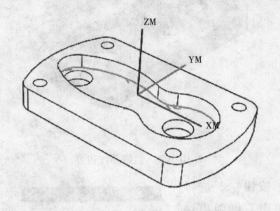

图 10-106　创建检查边界

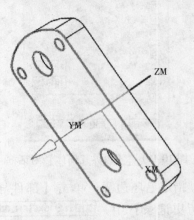

图 10-107　指定底面

（3）选择刀具　将【刀具】指定为前面已经创建的 D20 立铣刀。

（4）刀轨设置

1）设置【刀轨设置】。展开图 10-100 所示【平面铣】对话框中的【刀轨设置】，进行如图 10-108 所示的参数设置。

2）设置【切削层】参数。单击【切削层】图标，弹出如图 10-109 所示的【切削深度参数】对话框。设置切削深度参数，单击【确定】按钮，返回【平面铣】对话框。

图 10-108　【平面铣】——刀轨设置参数

图 10-109　【切削深度参数】对话框

3）设置【切削参数】。单击【切削参数】图标 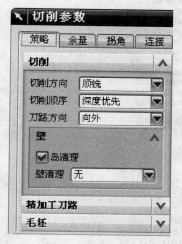，弹出【切削参数】对话框。首先设置如图 10-110 所示的【策略】参数；之后选择【余量】选项卡，设置如图 10-111 所示的【余量】参数；其他参数采用默认值。单击【确定】按钮，返回【平面铣】对话框。

图 10-110　【切削参数】——【策略】选项卡设置　图 10-111　【切削参数】——【余量】选项卡设置

4）设置【非切削移动】。单击【非切削移动】图标 ，弹出【非切削移动】对话框，设置进刀参数如图 10-3 所示，其他参数采用默认值。单击【确定】按钮，返回【平面铣】对话框。

5）设置【进给和速度】。单击【进给和速度】图标 ，弹出如图 10-2 所示的【进给和速度】对话框。设置主轴速度为"700rpm"，进给率为"500mmpm"，其他参数采用默认值。单击【确定】按钮，返回【平面铣】对话框。

（5）生成刀轨　单击图 10-100 所示对话框底部的【生成】图标 ，生成如图 10-112 所示平面铣粗加工刀轨。

（6）检验刀轨　单击图 10-100 所示对话框底部的【确认】图标 ，在弹出的如图 10-83 所示的【刀轨可视化】对话框中选择【2 D 动态】，【生成 IPW】选择"粗糙"，单击播放按钮 ，平面铣粗加工效果如图 10-113 所示。确认刀轨正确后，单击【确定】按钮，完成平面铣操作的创建。

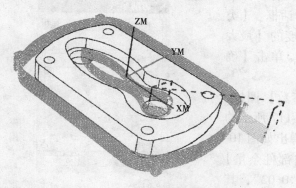
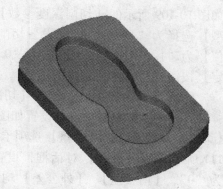

图 10-112　平面铣粗加工刀轨　　　　　图 10-113　平面铣粗加工效果图

（7）后处理　在操作导航器中选择
"🏆📐PLANAR_MILL"，再单击【操作】工具条上
的【后处理】图标，弹出如图10-84所示的
【后处理】对话框。在【后处理器】下拉列表中
选择"MILL _ 3 _ AXIS"，在【输出文件】下设
置文件的存放路径和文件名"E：\ 10zhang \
part-2-2. prt"，【单位】选择为"定义了后处理"，
勾选【列出输出】复选框，单击【确定】按钮，
完成 NC 程序的创建。在文件的存放目录下找到
生成的 NC 程序文件，用记事本打开如图10-114
所示的平面铣粗加工的 NC 程序。

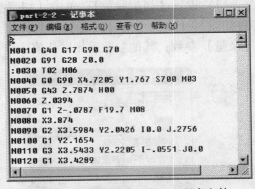

图 10-114　平面铣粗加工的 NC 程序文件

5. 侧面精加工

（1）复制平面铣粗加工操作　在操作导航器中选择"🏆📐PLANAR_MILL"，单击鼠标
右键，在弹出的快捷菜单中选择【复制】；继续选择"🏆📐PLANAR_MILL"，单击鼠标右
键，在弹出快捷菜单中选择【粘贴】，则在 PROGRAM 下增加了一个子程序
"📐PLANAR_MILL_COPY"。

（2）修改刀具　在操作导航器中双击"📐PLANAR_MILL_COPY"，弹出如图10-100所
示的【平面铣】对话框，选择刀具为"D12"，如图10-115所示。

（3）设置方法和切削模式　如图10-116所示，在【方法】的下拉列表中选择"MILL _
FINISH"，在【切削模式】的下拉列表中选择"轮廓"。

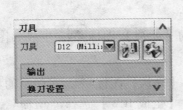

图 10-115　修改刀具

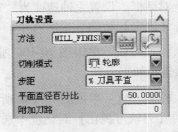

图 10-116　刀轨设置参数

（4）设置切削层　单击【切削层】图标，弹出
如图10-109所示的【切削深度参数】对话框。【类
型】选择为"用户定义"，设置切削深度的【最大
值】为"1.5"和【最小值】为"0.5"。单击【确
定】按钮，返回【平面铣】对话框。

（5）设置切削参数　单击【切削参数】图标，
弹出【切削参数】对话框，设置如图10-117所示的
【策略】参数；选择【余量】选项卡，弹出如图10-
111所示【切削参数】对话框，设置【部件余量】
为"0"，【内公差】、【外公差】均为"0.02"；其
他参数采用默认值。单击【确定】按钮，返回【平

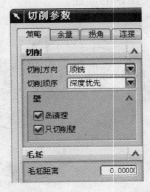

图 10-117　【切削参数】——策略设置

面铣】对话框。

（6）设置进给和速度参数　单击【进给和速度】图标，弹出如图 10-2 所示【进给和速度】对话框，设置【主轴速度】为"900rpm"，【进给率】为"350mmpm"，其他参数采用默认值。单击【确定】按钮，返回【平面铣】对话框。

（7）生成刀轨　单击【生成】图标，生成如图 10-118 所示的平面轮廓铣精加工刀轨。

（8）检验刀轨　单击【确认】图标，弹出【刀轨可视化】对话框。选择【2D 动态】，【生成 IPW】选择"粗糙"，单击播放按钮，平面轮廓铣精加工效果如图 10-119 所示。确认刀轨正确后，单击【确定】按钮，完成平面轮廓铣精加工操作的创建。

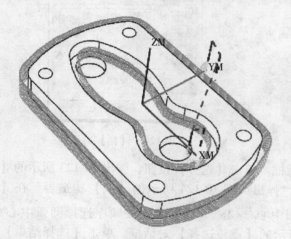
图 10-118　平面轮廓铣精加工刀轨

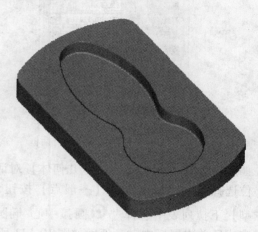
图 10-119　平面轮廓铣精加工效果图

（9）后处理　在操作导航器中选择" PLANAR_MILL_COPY "，单击【操作】工具条上的【后处理】图标，弹出如图 10-84 所示的【后处理】对话框。在【后处理器】中选择"MILL _ 3 _ AXIS"，在【文件名】文本框中输入文件的存放路径和文件名"E：\ 10zhang \ part-2-3. prt"，在【单位】中选择"定义了后处理"，勾选【列出输出】复选框，单击【确定】按钮，完成 NC 程序的创建。可用记事本打开存放目录下生成的 NC 程序文件。

6. 钻 ϕ10mm 的孔

（1）创建钻孔加工操作

单击【插入】工具条上的【创建操作】图标，弹出【创建操作】对话框。选择【类型】为"drill"，【操作子类型】为【DRILLING】，【程序】为"PROGRAM"，【刀具】为"Z10"，【几何体】为"WORKPIECE"，【方法】为"DRILL _ METHOD"，【名称】为"DILLING"，如图 10-120 所示。单击【确定】按钮，弹出如图 10-121 所示的【钻】对话框。

（2）确定几何体

1）指定孔。在【钻】对话框中单击【指定孔】图标，以指定钻孔加工位置，弹出

图 10-120 　【创建操作】对话框

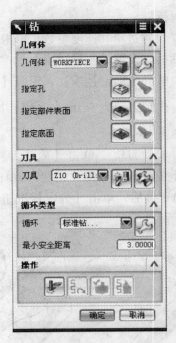

图 10-121 　【钻】对话框

如图 10-122 所示的【点到点几何体】对话框。单击【选择】按钮，弹出 10-123 所示的【点位选择】对话框。单击【一般点】按钮，弹出如图 10-124 所示的【点】构造器。在【类型】下拉列表中选择"⊙圆弧中心/椭圆中心/球心"，在零件上按顺序选择圆弧中心点，完成后单击鼠标中键，返回如图 10-123 所示的【点位选择】对话框。单击【选择结束】按钮，返回【点到点几何体】对话框，则显示如图 10-125 所示的序号。单击鼠标中键，返回【钻】对话框。

图 10-122 　【点到点几何体】对话框

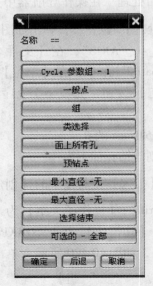

图 10-123 　点位选择对话框

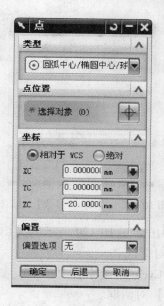

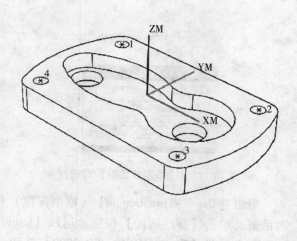

图 10-124　【点】构造器　　　　　　　　　图 10-125　显示孔位置的序号

　　2）指定底面。在【钻】对话框中单击【指定底面】图标，弹出如图 10-126 所示的【底面】对话框，选择零件模型的底面。

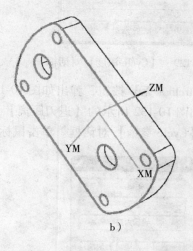

a)　　　　　　　　　　　　　　　　　　b)

图 10-126　选择底面
a)【底面】对话框　b) 被选为"底面"的平面

　　（3）设置循环参数　单击【循环类型】选项区的【编辑参数】图标，弹出如图 10-127 所示的【指定参数组】对话框，采用默认参数。单击【确定】按钮，弹出如图 10-128 所示的【Cycle 参数】对话框。

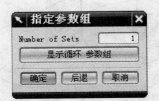

图 10-127 　【指定参数组】对话框

图 10-128 　【Cycle 参数】对话框

单击【Depth -Thru Bottom】（模型深度）按钮，弹出如图 10-129 所示的【Cycle 深度】对话框。单击【穿过底面】按钮，返回【Cycle 参数】对话框。

单击【进给率（MMPM）-50.0000】按钮，弹出【Cycle 进给率】对话框，参数设置如图 10-130 所示。单击【确定】按钮，返回【Cycle 参数】对话框。

图 10-129 　【Cycle 深度】对话框

图 10-130 　【Cycle 进给率】对话框

单击【Rtrcto - 无】按钮，弹出如图 10-131 所示的【退刀设置】对话框。单击【距离】按钮，弹出如图 10-132 所示的【退刀距离】对话框。将退刀距离设为"20mm"，单击鼠标中键，返回【Cycle 参数】对话框。单击鼠标中键，返回【钻】对话框。

图 10-131 　【退刀设置】对话框

图 10-132 　【退刀距离】对话框

（4）设置钻孔操作参数　将【钻】对话框中的【通孔安全距离】及【最小安全距离】的参数设为 1，如图 10-133 所示。

（5）设置进给和速度　在【钻】对话框中单击【进给和速度】图标，弹出如图 10-2所示【进给和速度】对话框，设置【主轴速度】为"350rpm"，【剪切】为"50mmpm"，单击鼠标中键，返回【钻】对话框。

（6）生成刀轨　所有参数设置完毕后，单击【钻】对话框【操作】选项区的【生成】图标 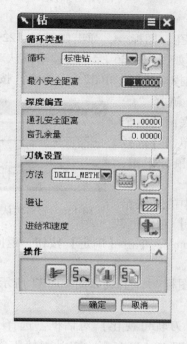，生成如图 10-134 所示的钻孔加工刀轨。

图 10-133　【钻】对话框

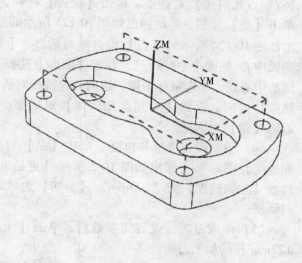

图 10-134　钻 4-φ10mm 孔的刀轨

（7）检验刀轨　单击【钻】对话框【操作】选项区的【确认】图标 ，弹出【刀轨可视化】对话框。选择【2D 动态】，【生成 IPW】选择"粗糙"，单击播放按钮 ，钻孔的效果如图 10-135 所示。确认刀轨正确后，单击【确定】按钮关闭对话框，完成钻 4-φ10mm 孔加工操作的创建。

（8）后处理　在操作导航器中选择 " DRILLING"，单击【操作】工具条上的【后处理】图标 ，弹出如图 10-84 所示的【后处理】对话框。在【后处理器】中选择 "MILL _ 3 _ AXIS"，在【文件名】文本框中输入文件的存放路径和文件名 "E:\10zhang\part-2-4. prt"，在【单位】中选择"定义了后处理"，勾选【列出输出】复选框，单击【确定】按钮完成 NC 程序的生成。可用记事本打开存放目录下生成的 NC 程序文件。

图 10-135　钻 4-φ10mm 孔的效果图

7. 钻 φ22mm 的孔

（1）复制钻孔加工操作　在操作导航器中选择 " DRILLING"，单击鼠标右键，在弹出快捷菜单中选择【复制】命令。再选择 " DRILLING"，单击鼠标右键，在弹出的快捷菜单中选择【粘贴】命令，则在"PROGRAM"下增加了"DRILLING_COPY"子程序。

（2）修改刀具　在操作导航器中双击"DRILLING_COPY"，弹出如图 10-121 所示的【钻】对话框，选择刀具为"Z22"。

（3）重新指定孔　单击【钻】对话框中的【指定孔】图标，弹出如图 10-122 所示的【点到点几何体】对话框。单击【选择】按钮，弹出如图 10-136 所示的省略确认对话框。单击【是】按钮，系统弹出如图 10-123 所示的点位选择对话框。单击【一般点】按钮，弹出如图 10-124 所示的【点】构造器对话框。【类型】选择"圆弧中心/椭圆中心/球心"，在零件图形上选择型腔底面的两个圆的中心点，单击鼠标中键，返回点位选择对话框。单击【选择结束】按钮，返回【点到点几何体】对话框。单击鼠标中键，返回【钻】对话框。

图 10-136　省略确认对话框

（4）重新设置进给和速度　单击【钻】对话框中的【进给和速度】图标，弹出如图 10-2 所示【进给和速度】对话框，设置【主轴速度】为"300rpm"，【剪切】为"20mmpm"，单击【确定】按钮，返回【钻】对话框。

（5）生成刀轨　设置完参数后，单击【生成】图标，生成如图 10-137 所示的钻 2-ϕ22mm 孔的加工刀轨。

（6）检验刀轨　单击【确认】图标，弹出【刀轨可视化】对话框。选择【2D 动态】，单击播放按钮，钻 2-ϕ22mm 孔的加工效果如图 10-138 所示。确认刀轨正确后，单击【确定】按钮关闭对话框，完成钻 2-ϕ22mm 孔加工操作的创建。

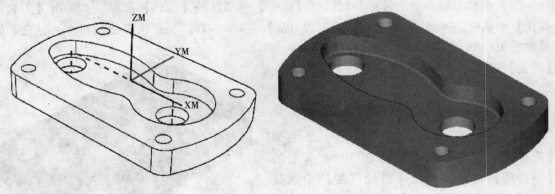

图 10-137　钻 2-ϕ22mm 孔的加工刀轨　　　　　图 10-138　钻 2-ϕ22mm 孔的加工效果图

（7）后处理　在操作导航器中选择"DRILLING_COPY"，单击【操作】工具条上的【后处理】图标，弹出如图 10-84 所示的【后处理】对话框。在【后处理器】中选择"MILL_3_AXIS"，在【文件名】文本框中输入文件的存放路径和文件名"E：\ 10zhang \ part-2-5. prt"，在【单位】中选择"定义了后处理"，勾选【列出输出】复选框，单击【确定】按钮完成 NC 程序的创建。可用记事本打开存放目录下生成的 NC 程序文件。

（8）保存文件　执行【文件】|【另存为】菜单命令，弹出【保存 CAM 安装部件为】对话框。选择正确的路径并输入文件名"part-2-n"，单击【OK】按钮，保存创建好的操作。

10.8　本章小结

本章从数控加工的基础知识入手，介绍 UG NX 7.0 加工模块、数控编程的一般方法和流程。重点介绍了数控加工的基本操作方法，最后采用综合实例具体讲解了零件的数控铣削加工过程。

10.9　思考与练习

10-1. 数控编程的基本流程是什么？

10-2. 平面铣削、型腔铣削及固定轴曲面轮廓铣削的应用范围是什么？

10-3. 创建如图 10-139 所示零件的数控刀路路径和 NC 程序，文件位于网络下载资源包中的 "10zhang \ 10-139. prt"。

10-4. 创建如图 10-140 所示零件的数控刀路路径和 NC 程序，文件位于网络下载资源包中的 "10zhang \ 10-140. prt"。

图 10-139　习题 10-3 图

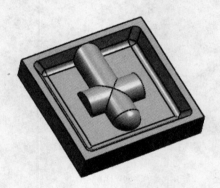

图 10-140　习题 10-4 图

参 考 文 献

[1] 毛炳秋，田卫军，李云霞，等．中文版 UG NX 7.0 基础教程 [M]．北京：电子工业出版社，2010.

[2] 展迪优．UG NX 7.0 快速入门教程 [M]．2 版．北京：机械工业出版社，2010.

[3] 麓山文化．UG NX 7 从入门到精通 [M]．北京：机械工业出版社，2010.

[4] 郑贞平．UG NX5 中文版三维设计与 NC 加工实例精解 [M]．北京：机械工业出版社，2010.

[5] 梁玲，张浩．UG NX6 基础教程 [M]．北京：清华大学出版社，2009.

[6] 云杰漫步科技 CAX 设计室．UG NX 7 中文版完全自学一本通 [M]．北京：电子工业出版社，2011.

[7] Siemens PLM Software．NX7.0 中的新增功能 [R/OL]．2011 [2011 - 3 - 22]．http：//articles. e-works. net. cn/cad/article85623. htm.

[8] 温正．UG NX 7.0 完全自学与速查手册 [M]．北京：电子工业出版社，2010.

[9] 吴明友．UG NX 6.0 中文版数控铣削 [M]．沈阳：辽宁科学技术出版社，2010.

[10] 陈永涛．精通中文版 UG NX 6 数控编程与加工 [M]．北京：清华大学出版社，2008.

《三维数字设计与制造——UG NX 操作与实践》

王亮申　主编

信息反馈表

尊敬的老师：

　　您好！感谢您多年来对机械工业出版社的支持和厚爱！为了进一步提高我社教材的出版质量，更好地为我国高等教育发展服务，欢迎您对我社的教材多提宝贵意见和建议。另外，如果您在教学中选用了本书，欢迎您对本书提出修改建议和意见。

一、基本信息

姓名：_____ 性别：_____ 职称：_____ 职务：_____

邮编：_____ 地址：_____

工作单位：_____校/院_____系　任教课程：_____

学生层次、人数/年：_____电话：____—_____（H）_____（O）

电子邮件：_____手机：_____

二、您对本书的意见和建议

（欢迎您指出本书的疏误之处）

三、您对我们的其他意见和建议

请与我们联系：

100037　北京百万庄大街22号·机械工业出版社·高等教育分社　舒恬　收

Tel：010—8837 9217（O）　　Fax：010—6899 7455

E-mail：shutiancmp@ gmail. com